美丽公主的爱情

笑仙散人 ◎ 著

世人眼中的“美丑之恋”能得到多少理解和祝福?

为了自己的爱情，他是坚持下去，还是放弃?

命运会把他们带到何处?

他们的爱又将何去何从?

北京燕山出版社
BEIJING YANSHAN PRESS

图书在版编目（CIP）数据

美丽公主的爱情 / 笑仙散人著．—北京：北京燕山出版社，2015.12

ISBN 978-7-5402-4048-6

Ⅰ．①美…　Ⅱ．①笑…　Ⅲ．①长篇小说－中国－当代
Ⅳ．①I247.5

中国版本图书馆 CIP 数据核字（2015）第 304055 号

美丽公主的爱情

作　　者：笑仙散人
责任编辑：王月佳　常思薇
封面设计：点击成金
出版发行：北京燕山出版社
社　　址：北京市西城区陶然亭路 53 号
邮　　编：100054
电话传真：010-65240430（总编室）
印　　刷：廊坊市海涛印刷有限公司
开　　本：720×1020　　1/16
字　　数：338 千字
印　　张：18.25
版　　次：2015 年 12 月 第 1 版
印　　次：2015 年 12 月 第 1 次印刷
定　　价：35.00 元

目录

CONTENTS

第一章　白雪公主

春寒料峭，清晨的路面上结着一层冰，两旁铺着一层没化完的雪。路面非常滑，汽车小心翼翼地行驶着。骑摩托车和自行车的人也慢慢地移动着，就连路上的行人也是双腿僵直倍加小心。整个世界像是电影里播放的慢动作画面。尽管这样，还是时不时有骑摩托车或骑自行车的人摔倒，他们通常狼狈不堪地爬起来，边拍身上的冰碴子边咒骂着该死的天气。

此时，2000 年春节已经过去十多天了，但是北方仍看不见春天的影子，依旧狂风怒号，仿佛在向人们宣告：此时还是它们的时代。

阜阳火车站十分热闹，挤满了外出打工的人。他们往往大包小包，三五成群，有说有笑，谈论着即将开始的工作，好像连离家的痛苦都在未来的幸福生活中融化了一般。

拥挤的人流中，有不太显眼的三个人——一对老夫妻和一个年轻人。这一对夫妻衣着朴素，穿得很厚。他们容颜苍老，约有 60 多岁，一看就知道是饱受风霜的农民。其实他们才 50 多岁而已。由于在农田里辛苦劳作，整日风吹日晒，所以他们看上去比较苍老。

老夫妻后面的年轻人把自己包裹得严严实实，上面大红色的羽绒服，长可过膝，下穿浅蓝色牛仔裤，白色运动鞋。羽绒服的帽子戴到头上，就这样还怕冻着，用围脖把鼻子和嘴全挡住，只露出一双眼睛，看不出她的年龄长相。她这打扮挺可笑，看起来像一只南极的企鹅。

天气预报说今天的温度 -5℃～ 5℃，是一个相当冷的天气，人们不约而同穿得很臃肿，生怕寒冷会乘虚而入。

这个女郎就是我们的公主——吴晴，是阜阳颍上人。她今年 24 岁，去年毕业于合悦财政大学会计专业，是一个大专生。

这对老夫妻，老头儿叫吴良玉，老婆儿叫陶慧丽，老两口一大早就来送自己的女儿外出打工。

火车票是提前预订的，得到售票大厅旁的取票口来取火车票。售票大厅好多人呀，取票机前排着长长的队伍，一直排到门外。吴晴看着眼前新闻中常出现的场景，不由得被春运的热闹景象惊呆了。她排到 11 点才取到票，她要去杭州。

吴晴怕父母等急了，一取到火车票就来到父母面前。陶慧丽问女儿："晴呀，这火车几点开？"

"晴"是吴晴的乳名，她取了火车票也没来得及看一眼开车时间。她一看，回道："下午 5 点 06 分。"

吴良玉十分惊讶地说："啊，这吴龙怎么把火车票订得这么晚，害我们来这么早！"

吴晴笑笑说："爸，春运期间，火车票很难买，能买到就不错了，哪里还容得我们挑来挑去。您看周围那么多人都是买的站票，我们来早点不算啥。"

吴良玉一听在理，点点头，望望四周，很快又沉浸在即将到来的离别中。唉，看着女儿要出远门了，真有点放心不下。像吴晴这样生在新时代，长在春风里，二十多年来，连大学都是在本地上的，哪里出过远门？她就是在阳光细雨下成长的禾苗，哪里有受过一点狂风暴雨、风霜严寒？到了外面，离开了父母，遇到麻烦怎么办？想到这里他就拉住女儿的手，说："晴呀，你在外面不比在家，凡事多加小心，要不然，你会吃亏上当的。到了杭州多听你大哥、大姐，还有你大嫂、姐夫的话。不管什么事都要跟他们商量，不要一个人自作主张。"

"知道了。"吴晴点点头说。

陶慧丽的眉头也皱起来，担心女儿在外面受苦，千叮咛万嘱咐："晴呀，你在外面多注意身体，天气冷了，你要多穿衣服，夜里多盖被子。你在外面千万别舍不得吃、舍不得喝，想吃什么想玩什么就去买，不要把自己饿瘦了。我们也不指望你挣什么钱，你就照顾好自己，不要亏待了就行……"

老夫妻对这个女儿倾注了太多的爱，以至于她的每一次离开都紧紧地牵动着他们的神经。说着说着，陶慧丽禁不住泪眼婆娑。

吴良玉看到如此，心中发酸，忍不住叹了一声："唉，慈母多败儿呀！"

陶慧丽看了丈夫一眼，没好气地说："你呀你，你这做爸的也不知道是怎么做的，女儿要出门了，你一点也不担心吗？"说着就和丈夫吵起来。

吴晴就笑着说："好了好了，爸、妈，你们就别担心我了，我又不是小孩子，我会照顾好自己的。再说了，我是一个大学生，也不至于吃亏上当的。当然了，小心还是好一些。我要是有什么事，会跟我大姐、大哥商量的。你们呀，就不要担心我了。"

这陶慧丽又把女儿拉到一边，悄声地说了："晴呀，还有一件事，你一定记住，不管是什么男孩追你，你可千万别动心。如果你要敢在外面和什么男孩子谈恋爱，我饶不了你！你给我记住，不能在外面乱交男朋友。要是做了什么丢人的事，你就别回家了。”

吴晴连连点头，笑着说：“我知道了，我知道了！”

“你知道就好，如果你要是不声不响带回来一个男友，我就死给你看！”

现在已经进入21世纪了，在这个恋爱自由、婚姻自主的新时代，好像还有人固守着他们的老观念阵营不肯做出改变。不过，这也难怪，陶慧丽生在农村，打小受老一辈儿的影响，又没受过高等教育，什么封建礼教、三从四德、三纲五常的毒害五千年，从小就耳濡目染，想一下子根除哪这么容易？

这吴晴偏偏长得漂亮，怎么会没有人追呢？上初中的时候有人追她，那时她还小，不懂得什么是感情，加上家教严格，她就没有搭理那些男孩子。随着她的长大，出落得越来越标致，追她的男孩子越来越多。但是这个封建老妈，把追她的男孩子统统拒之门外。

在她上大学的时候，追她的男孩子就更多了。每天她都能收到许多情书，一年下来光情书就有一箱子，但这些都没敢让爸妈知道。这些情书总被她藏着掖着，怕爸妈看到情书生气，她曾经告诉过这些男孩子不要再写情书了。但是那些情书还是像雪片似的，铺天盖地而来。其中不乏优秀男孩，她曾动过心，当然也跟几个男孩小打小闹地谈过恋爱。只因为这个封建家庭，最后也都不了了之。或许这就是美丽之罪吧。

一开始，她挺烦的，后来嘛，就习惯成自然了。因为父母的约束，她对爱情本也不是很上心，对追她的男孩子冰冷无情，进而导致她整个人也变得冷漠起来了。

其实，从内心来讲，她非常渴望一段刻骨铭心的爱情，对方和她志同道合，风度翩翩，不仅让她倾倒，一定还要让父母喜欢。

意识到女儿的美貌，父母总是很担心。吴良玉也说：“晴呀，这一点你妈妈说得对呀，外面的男孩子我们都不知根知底，你千万可要小心。至于你的婚姻大事，我和你妈会给你找一个好一点的人家，你明白吗？”

吴晴乖乖地点点头说：“嗯，我知道你们都是为了我好。”

陶慧丽又接着絮叨上了：“嗯，你知道就好，做父母的也不会害了儿女。你现在还小，哪有我们见得多呀。”他们又絮叨了好久，才依依不舍地离去。

吴晴看着爸妈离去，心中不禁有些伤感：虽说自己还有一个妹妹吴洁，但也早一年前出去打工了。如今家里只剩下父母了，出来进去真是太孤冷了。唉，自己在外面赚了钱，一定要回家孝顺父母。吴晴一直等到他们的身影消失在川流不息的人流之中，才转身往候车室走去。

候车室有空调，不像外面那么寒冷。她就卸下厚厚的装备，顿时好像变了一个人一样。白皙的皮肤，精致的脸庞，丰乳美臀，这种美不妖娆，而是一种健康的青春活力。人们所谓的天使面孔、魔鬼身材想必就是来形容她的吧。尤其只是她的眼睛由于虹膜黑色素比较少，呈现出一片美丽的蓝色，和一般的东方人的眼睛不一样，是蓝眼睛，俗称猫眼人。蓝眼睛，黑头发，既有西方高贵的美，又有东方古典的美。

她的年龄不大，看上去只有十八九岁。其实她今年24岁了。她是爸妈捧在手心里长大的，一点重活没干过，就连出个门都打个遮阳伞，生怕太阳晒着了。就因为如此,她出门才更被父母牵挂——因为她单纯得都没有见过世界。

等车的无聊时间里，她拿出一本书来消磨时间。候车厅里人来人往，十分嘈杂，然而她却看得十分入迷，好像周围的喧嚣离她很远。她低着头，秀发慢慢地顺着肩头飘落，显得是那么飘逸！她静静地看书，无意中成了候车厅里一道靓丽的风景线。

一时间，众人纷纷对她行注目礼，即便是拖着旅行箱匆匆走过的人，偶尔瞄她一眼，也会情不自禁地回过身来发出啧啧的赞叹——一个貌美如花的女子在静静地看书，这种恬淡的美简直可以摄人心魄！很多男人眼睛都看直了。也有人想把美丽瞬间永远留下来，拿出相机，偷偷给她来个特写，但是按了两下相机没有反应，原来是一激动按错了地方。

没有相机的男人就拼命看吴晴，其间他们的目光也许会看向别处，但是眼睛最终还是会落在吴晴身上。有个男人只顾着看美女，却忘记老婆还在其身边。那妻子正在跟丈夫说正事，自己说了半天，不见丈夫应声，抬头一看，只见丈夫直勾勾地盯着一个美女。这妻子是个醋坛子，见丈夫在盯着别的美女如醉如痴，不由分说直接揪住丈夫的耳朵，疼得那个男人只想叫，叫出来又怕丢人，龇牙咧嘴忍着不敢叫出声。

吴晴正在聚精会神地看书，忽然听到有个人喊：“哎，白雪公主，你怎么也在这里呀？”

她放下书本，抬头看到面前站着一个女人，相貌不出众，但是也不丑。她觉得眼前这女人十分眼熟，就是想不起来，问：“不好意思，你是……？”

那女子笑着说：“白雪公主，你真是贵人多忘事。还记得有一个女孩和你同桌，学习成绩不怎么好，老抄你作业的那个。”

吴晴一听抄作业，一下子就想起来了，高兴地站起身来说：“啊，我想起来了，张丽呀！你的变化好大，我都认不出来了！”

张丽拉着吴晴的双手，羡慕地说：“哇，你越长越漂亮了，到哪里都那么抢眼。哎，对了，白雪公主，你找到你的白马王子了没有？”

吴晴摇了摇头说："我去年刚毕业，还没有男朋友。你呢？"

张丽低下头回答："我已经结婚了。"

"啊，你都已经结婚了，他对你好不好呀？"

张丽的情绪立刻低落下来，沮丧地说："他对我不好，我们已经离婚了。"

吴晴很惊讶："啊？是不是你们夫妻有什么误会呀？"

张丽在旁边的空位上坐下，就跟老同学讲起了自己的故事："那是我第一年打工的时候，就在广东电子厂工作。没有半年，我就遇见一个男孩子，他对我很好。那时我才十七八岁，很快就接受了他。没多久我就和他有了那种事。"

"啊，有那种事的时候你们结婚了吗？"

"没有。我们恩爱一段时间后，他就对我不像以前那么好了。我们就勉强结了婚。婚后，他就更放肆了，整天在外面拈花惹草，花天酒地。这些还不算，还赌博喝酒，要是赌博输了就拿我出气。我们的矛盾愈演愈烈，后来我实在受不了就和他离婚了……"张丽说起伤心的往事，止不住地掉泪。

吴晴非常抱歉地说："对不起，我触及你的伤心事了。"

张丽擦了擦眼泪，说："没事，事情已经过去了，倒是你，以后千万要找个好男人，别像我这样。"

"是啊。你也不要太难过，将来肯定有个好人在等着你。对了，你这是去广东吗？"

"不是，我这次去山东找二叔打工，他在服装厂上班。"

她们又聊了很久，直到开往山东的火车开始检票，张丽这才提起行李走了。她回过头向吴晴挥了挥手，以示告别。

吴晴也向张丽挥了挥手。张丽回头的一瞬间那么凄凉，吴晴一辈子也忘不了。

又过了很久，开往杭州的火车终于出发了。她随着拥挤的人流通过检票口，登上火车。火车上走道中挤满了人，连个转身的缝隙也没有。有带孩子没有座位的，孩子被挤得哇哇大哭。许多外出打工的男子，穿着邋遢的衣服，扛着硕大的帆布包、编织袋，挤在车厢连接处。车厢的空气不太好，潮乎乎的，带着火车上特有的离别的味道，吴晴闻到就想吐。但是她张了张嘴，还是忍住了。春运的恐怖她算是见识到了。

这一路上，每一站都不断有人上车，也不断有人下车。她望着进进出出的人，想象着远方的风景，和自己即将开始的未知的人生，心中充满了迷茫。

第二天清晨 6 点多，到了杭州火车站。她随着众人下了火车，天还没有大亮。出站口挤满了旅馆旅游团的老板，什么西湖一日游、千岛湖一日游，还有舟山一日游等等，他们不断拦截着出来的旅客，推销着自家的廉价旅馆。

吴晴好不容易挤出来，到路边上，用公用电话给哥哥打电话，让他们来火车站接她。

她哥哥、嫂子在杭州最大的菜市场卖菜，姐姐、姐夫在一家电子厂上班，吴晴此行的目的就是来这家电子厂上班。

打完电话，吴晴就来到广场外的一个空地上，坐在行李上，耐心等着哥哥。为了打发时间，又看起那本书来。

火车站广场一如既往地乱，一伙流里流气的小伙子经过，肆意地吹着口哨，见吴晴长得漂亮，便停下来胡言乱语。吴晴抬起头看了他们一眼，有些害怕的向后退去。他们看到吴晴的眼睛，就大声喧哗起来："哟，不是外国人就是混血儿！"或许是他们错认为吴晴是混血儿的缘故，但是这种错误的判断的确起到了震慑力，他们赞叹着吴晴的美貌，大摇大摆地走了。天渐渐亮了，火车站聚集了一些卖早餐的小摊贩。一个卖茶叶蛋的中年妇女瑟缩着身子，不停地和旁边卖炸糕的摊贩聊天，赞叹着："这姑娘真好看！"吴晴无心看书，不住地四周望望，看哥哥是否来到。中年妇女也许因为生意冷清，也许是太好奇，径直走过来问吴晴是外国人还是混血儿。一些简单的人，连生活和思维方式都那么简单。

吴晴一听就知道了，又是自己的眼睛让人家误会了，回答说不是。但是这妇女不依不饶："啊呀，那你怎么是蓝眼睛，你的父母也这样吗？"吴晴摇摇头。中年妇女讨个没趣，就拍拍手走开了。

吴晴怕那些无聊的人再来纠缠，就换了一个地方。

在拥挤的火车站找人，真是一件困难的事。想着哥哥快到了，吴晴不断地在人群中穿梭，寻找熟悉的面孔。在火车站来回逛了好几圈，陌生的脸庞不断从眼前走过又消失，还是看不见哥哥来。她有些沮丧，抬起头时，远远看见两个女子，年龄都在 30 岁左右。

前面走的那个女人，穿戴很时髦。身高约 1.7 米，身材苗条，长得跟吴晴很是相像，但是她没有吴晴长得漂亮，却也是美女。

后面走的那个女人身材有点胖，但她的穿着打扮很时尚：齐耳的蘑菇头，正衬托着鹅蛋脸，让人觉得胖也是那么美丽。

那不是姐姐和嫂子吗？吴晴喜出望外，对着她们边招手边喊："姐，嫂子，我在这里呀！"被她称作姐姐的人叫吴玉娟，身材丰满的美女是她的嫂子，名叫黎曼。

吴玉娟见到妹妹很开心，攀住妹妹的胳膊说："小丫头，几年不见，又长高了，还漂亮了许多。"

吴晴笑着跟嫂子打招呼。黎曼接过吴晴的行李，说："小晴，是不是等急了？”

吴晴假装生气的样子埋怨道：“姐，嫂子，我给你们打电话这么久，你们怎么才过来？我还以为你们不来了呢。”

黎曼笑着说：“哪儿敢啊，你哥接了电话，就给我和咱大姐打电话。我们一点也没有耽误，就来接你这位二小姐。”

吴晴扑哧笑了：“好了，我知道了，我们快去大哥那里吧。”

她们打了辆出租车，直奔菜市场。

菜市场里早已摆满了各式各样的新鲜蔬菜，很多种蔬菜瓜果的气味交杂在一起。吴晴丝毫不摆架子，从容地在菜摊前穿梭。别看吴晴在火车上是那么稳重，一见了大哥，还跟小孩子一样在哥哥面前撒娇。

哥哥吴龙长得身材魁梧，性情直爽，看到妹妹就高兴地大叫起来，很快就吸引了菜市场菜老板们的目光。就连平时不怎么跟吴龙说话的人，今天也来跟吴龙打招呼。得知吴晴是吴龙的妹妹后，大家都纷纷打趣说：“没想到你小子还有这么漂亮的妹妹！”“哎哟哎哟，不像一个妈生的！”大家开心地说笑，倒也无拘无束。

第二章　美冠群芳

吴晴的美，天生带着一种气场，一种强大的让大家情不自禁臣服的气场，虽然她十分和善。她的到来，使得菜市场几个自以为很漂亮的年轻姑娘、小媳妇都自惭形秽，心中不由得羡慕又妒忌。

吴龙和妻子、大姐商量一番，就给姐夫——许洪亮打电话。因为吴晴要进的这个凯德威电子厂，就是他介绍的。许洪亮就是这个厂的技术兼质量总监。

不一会儿，手机通了。许洪亮在手机的那头说：“小晴来了是吧，让她跟着她大姐和嫂子来厂里再说吧！”他的口气不怎么痛快。

吴龙一听心里就堵得慌，但是妹妹来了，不管怎么也要给她安排工作。就算姐夫再怎么不高兴，也要把妹妹安排在凯德威电子厂。他一向都是性如

烈火，可是今天为了妹妹，不得不低声下气地说："姐夫，小晴来了，你就帮帮忙，不管怎么样也要给妹妹安排到你们厂里。安排好了，晚上我请客。"

"看你说的什么话呀！小晴是你妹妹也是我妹妹，她的事我能不管吗？只是这个厂我快离开了。"

吴龙奇怪地问："不是干得好好的吗，怎么要换厂？"

许洪亮在手机中说得十分含糊："我有我离厂的原因，你就别问了。你放心，即便我离开了，小晴要进这个厂，我还是有能力安排的。"

吴龙转忧为喜："这就好，反正小晴的事就麻烦您了。"说完他就挂了电话，对吴晴三人说，"姐夫说了，让你们上班的时候，带着小晴到厂里等他安排。"

吴玉娟拿出来手机看了看时间，说："现在才 7 点 10 分，离上班的时间还有些时候，你就在这里歇吧，坐了这么久的车也挺累的！"

吴晴笑着说："没事，我帮大哥卖菜。"

吴龙笑着说："别别，我可受用不起，让你一个大学生卖菜，你觉得行我还不愿意呢！"

不一会儿，吴龙一双儿女也来了。他的女儿叫吴灵冰，乳名叫灵灵，今年 10 岁，上三年级；儿子比女儿小两岁，名字叫吴强，才上一年级。

他们见吴晴来了，都很高兴地喊："二姑姑，你来了。"

吴强毕竟是小孩子，上来就很顽皮地问："二姑姑，你给我们买好吃的没有？我们饿了。"

吴晴轻轻地掐了下侄儿娇嫩的小脸蛋，说："你这小调皮，姑姑这就带你们买吃的去。"说完她就问侄女，"灵灵，你知道超市在什么地方吗？"

吴灵冰很高兴地回答说："我知道，出了菜市场一拐弯就是一个大超市。那里面什么好吃的都有！"

吴强又笑嘻嘻地问："二姑姑，你要给我买什么好吃的？"

吴玉娟教育侄子说："你就知道吃，不知道姑姑坐车累呀！你出去玩吧，姑姑等会儿还得上厂里上班呢。"

"哎，知道了，我们去去就来。"吴晴说着就拉起侄女和侄子去超市。见到哥哥的两个孩子，吴晴总是会泛起一丝柔柔的母爱。

吴强真是不客气，见什么东西都要。没过多久，吴晴就花了 100 多块。这两个孩子忙得手不够用了。最可笑的就是那吴强，双手不够用了，就用嘴叼了一袋子东西。看着侄儿和侄女可爱的样子，吴晴真是非常开心，连长途旅途的劳顿都忘了。

出了超市之后，忽然吴灵冰指着前方的一个小女孩喊："姑姑，那是张慧，我的同学。"说着大声喊开了，"张慧，张慧——"她挥着手喊。

吴晴顺着侄女的手看，见一个男子牵着一个小女孩。

这女孩子长得蛮可爱，10 岁左右的样子。

而那个男子二十七八岁的样子，身材高高瘦瘦，长得并不白，戴着黑边近视眼镜，看上去老实沉稳。最明显的就是脸上有两道伤疤，好像曾经发炎溃烂过，两道伤疤连成一片，在脸上占据着相当大的比例。其实，他长得也不丑，但是有这伤疤，无形中增加了一些恐怖的色彩。

吴灵冰问道："这位叔叔是谁呀？"

"吴灵冰，他是我的三舅，叫李贵诚。"张慧说到这里，挺骄傲地补充道，"我舅舅还是大学生呢！"说完很自豪地撇了一下嘴。

吴强什么事都要争先，把二姑姑往前一推，也挺骄傲地说："我二姑姑也是一个大学生！"嘿，这小孩子比张慧还显得骄傲呢！

李贵诚看到吴晴只是羞得低下头。他都不敢相信自己的眼睛，这个女孩是天使、是安琪儿、是童话中的公主，他在想："天呀，我这是不是在梦中呀？要说这不是在做梦，怎么进入格林童话了呢？这不是格林童话中的白雪公主吗？这明明就是现实呀？人间还有这么漂亮的女孩子。我现在到底是在做梦还是在现实中呀！"

看到吴晴第一眼，他就有种"众里寻她千百度"的感觉，可是当走近她时，他明显地被这美丽灼伤了，直呆呆地看着吴晴，然后窘迫地低下头。

吴晴很大方地打招呼："你好！"

李贵诚这才从痴迷中反应过来，尴尬地笑了笑说："你好。"他说完话，就拉着外甥女急匆匆走了。

吴晴心中好笑："在这个时代居然还有男人害羞，真是少见。"然而她并不知道李贵诚只因为看了她这一眼，就对她念念不忘，继而狂追猛攻，让我们的这位美丽公主，对他又恼又恨，都不知道怎么摆脱。这都是后话。

吴晴带着两个孩子，回到了菜市场。吴玉娟和黎曼就把妹妹带到了凯德威电子厂。

光看这家厂门口，就知道这个厂的规模不小。厂门墙面上镶嵌着金字——凯德威电子（电脑）股份有限公司，对面是保安室。厂里绿化搞得非常好，门口一溜排有十几棵香樟树。

保安室的队长老邓一见吴玉娟和黎曼来了，笑嘻嘻地打招呼。

吴玉娟问："老邓，我老公来没来？"

老邓说："我没有看见呀！"接着问了问保安老刘，"老刘，你看见许总监过来没有？"

老刘也犹豫地回答："好像是没过来吧！"

黎曼着急地说："我姐夫也真是，现在已经 8 点多了，他还没有来。"

保安小马就笑着说："这也不怪他，因为人事调动，他这几天有情绪。"

正说着，老刘用手一指，喊："小吴、小黎，你们看，许总监不是来了吗？"

迎面有个骑摩托车的人缓缓而来。他来到保安室门口，取下摩托车头盔，露出一张俊俏白皙的脸庞，戴金边近视眼镜，略微有些发福，大概三十多岁，像个领导的样子。

吴晴有几年没有见过姐夫了，没曾想姐夫除了胖了些，什么都没有变。她来到姐夫的面前，喊了一声："姐夫，你还认识我不？"

这许洪亮还真看了半天，才认出来是自己的小姨子，说："啊呀，是小晴！看你都长成大姑娘了，还是跟小孩子一样顽皮。你都喊我姐夫了，我能不知道你是小晴吗？"

许洪亮来到保安室，对黎曼说："小曼，你那儿忙，就先回去吧，这儿由我安排就行了。"

黎曼点点头说："好吧，小晴的事就麻烦姐夫了。"

许洪亮又对自己的爱人说："你也去上班吧！"

吴玉娟点了点头，没有说什么就去上班了。

许洪亮便带妹妹来到办公楼。这办公楼设计得太漂亮了，办公楼前是草坪，在这周围种了许多花草，草坪中央设计了一个大喷泉，颇有些西方气息。

吴晴又看了看办公楼，乃是五层楼，建造气派豪华。

他们进了办公楼，吴晴的眼睛更不够用了。第一层楼地板砖铺地，墙上贴满了台式电脑、笔记本电脑画报。这些款式新颖、时尚的电脑，被漂亮的模特放在腿上，感觉十分气派。这一层是迎客大厅，靠窗的地方，还放置了一套真皮沙发。第二层楼是人事部，所有的应聘者都来此报到登记备案。

许洪亮领着吴晴来到了二层。人事部南边是窗户，窗户很大，显得那么明亮。西面墙上，一个明星拿着笔记本，上面有一行字：数字科技引领未来。东面墙上也有一幅画，上面有许多类型的台式电脑、笔记本电脑。他们来到人事部部长老钱的面前。许洪亮介绍说："钱部长，这是我小姨子，我介绍她来厂里上班。"

钱部长很为难地说："你小姨子的事，还是问总经理吧！许老弟呀，我也是有苦衷的，你也体谅体谅我好不好？"

钱部长是许总监最好的朋友。许洪亮本以为他很痛快就答应了，然而他却不给面子。许洪亮有些不满地说："我知道，交情在这个社会上没有什么用。人走茶就凉嘛。"

说完，他们上了三楼，来到总经理室。这总经理室自然是富丽堂皇，南边是锃亮的窗户，整个办公室十分亮堂。东面墙上有一幅雄鹰展翅翱翔在浪涛汹涌的大海之上的国画，这是《宏图大展》，西面墙上则是《万马奔腾》，旁边摆设有红木雕刻《天马行空》。办公桌上一台电脑，旁边摆着水晶烟盒，还有档案夹，门口墙上挂着市政府颁发的各种荣誉证书。

总经理姓唐，有四十五六岁，是一个秃顶的大胖子。在他对面坐着一个比总经理还要胖的大胖子，长得慈眉善目，跟一尊弥勒佛似的，有60多岁。

这个大胖子就是凯德威电子厂董事长朱仲彪。他不仅是这家电子厂的董事长，还是好几个厂的董事长，就连北京也有朱氏企业的厂房。

董事长一见小许来了，十分高兴，向小许招了招手说："小许，坐。"

许洪亮连连摆了摆手，说："不了，董事长、总经理，我今天来是有事。"

董事长笑着说："没有想到这次来，还能见到许总监。"然后他笑着对总经理说，"总经理，如果这个厂里员工都像我们许总监这样，我这做董事长的就省心了。你看他一见我就有公事要谈。"

许洪亮被说得不好意思了，忙说："董事长、总经理，这回我跟你们说的不是公事，而是私事。董事长，我爱人的妹妹想到厂里上班，不知道您能不能安排一下？"

董事长这才看到许洪亮身后的吴晴，不由得被吴晴的美丽打动，心里说："要不是小许说是他小姨子，我还以为不是影星就是歌星。她没有进娱乐圈，那是娱乐圈的一大损失！"想到这儿，他站起身，伸出右手跟吴晴握手："你好，小吴是吧？请坐。"

吴晴很大方地跟董事长握手，又跟总经理握手，然后坐下了。

许洪亮也找了一把椅子坐下了。

总经理问吴晴："小吴呀，你是什么学历，学什么的呀？"

吴晴说："我是专科学历，学的财政、财务计算。"

董事长笑着说："财务计算，正是我们厂所缺的人才呀！"随后他对小许说，"那好，你就到人事部找老钱，就把小吴的事定下来吧！"

许洪亮一想到老钱，不由得叹了一口气，说："唉，董事长，这事让我怎么说呢，钱部长办我的事很为难。"

董事长却只顾着对吴晴说："小吴呀，我见你第一眼就觉得很投缘。第一次见面，也没有什么好东西送给你。"说着就从兜里掏出一张金卡，递给吴晴说，"这是一张健身房贵宾卡，送给你当见面礼。"

吴晴知道这张金卡非常贵重，忙推辞不要。

董事长就把卡放到桌子上，说："小吴呀，要按年纪说，我应该是你的大伯。再说我和小许的关系不是一年两年了，这几年小许跟着我，任劳任怨，我也

看在眼里，好不容易见到他的家人，想表示感谢，你真的不给我面子吗？小许。”

许洪亮一听就明白了，忙对吴晴说：“小晴，这张金卡是董事长的一番心意，你怎么好拒绝呢？你看董事长也是真诚给你，你就收下吧！”

吴晴一听姐夫这样说，只好点头收下。她拿起金卡一看，这张卡竟是天宝坊健身房的金卡。

董事长一见吴晴把金卡收下了，心中高兴。然后他抬起手腕看看手表，站起身对总经理说：“老唐，小吴这件事由你安排。我还有别的事就先走了。我希望下次来的时候，还能看到这个美丽的女孩子。”

总经理一听就明白了，就董事长这一句话，比别人说一万句都管用。

他们送走了董事长，来到人事部。许总监说话不好使，总经理说话挺管用。钱部长立刻就把吴晴安排到财务部，正巧和吴玉娟一个办公室。

那钱部长知道刚才得罪了许洪亮，便想卖个人情：“小许呀，你该生气了吧。不是我不给你面子，实在是我这人事部长难干呀！我们这交情不一般，我拒绝了你心里也很难过。希望你别往心里去，这下好了，总经理说话了，我就把你小姨子安排到财务部工作，这就是看你许总监的面子……”

许总监只好表面敷衍：“你看钱部长说的哪里话，我能不知道你的难处吗？再说我的小姨子要不是你帮忙，很难安排到这么好的工作。钱部长，我真要谢谢你。我就不多说了，我还要带着小晴看看她工作的地方。”

钱部长也不好意思再讲什么了，顺着台阶下来说：“那好，你先领着她去财务部吧！我们马上通知他们一下。”

许洪亮带着吴晴来到了财务部。这财务部人民币没有，屋里的电脑倒是不少，充分显示出造电脑的公司优势。这些电脑用玻璃格子隔开，一个玻璃格子就是一个工作间，后面这里还有几个格子是空着的。

这财务部门在北面，前面是个大窗户。在东西两面墙上照例挂着几种台式电脑、笔记本电脑的画报。靠着窗户一行大字特别醒目：贯彻文明精神，落实正确方针。

吴玉娟见丈夫领妹妹进来，高兴地说：“太好了，小晴来财务部工作了，我们一个办公室工作。我也好照顾她，免得别人欺负她。”

吴晴挎着姐姐的胳膊，说：“就大姐疼我，不过我不是小孩子了，谁能欺负我呀！”

许洪亮在旁边提醒：“玉娟，你们姐妹就别聊了，快给小晴介绍介绍同事吧！”

吴玉娟这才想起来给妹妹介绍同事。这财务部的人个个都是美女，黎婷，吴晴认识，她是黎曼的妹妹；陈小玉、姚容丽、晁梦洁、刘丽、黄丽菊，她们都是已结婚的人，还有两个没有结婚的，陈美霞、王秀娟。

吴晴一一跟她们打过招呼。

许洪亮扫视了女孩们一眼，问：“前两天，新来的那个女孩子呢？叫刘……刘……刘什么来着？”他实在想不起来了。

刘丽笑着说：“你说的是不是刘婷芳呀？”

许洪亮点头说：“对对！她到哪里去了？”

晁梦洁说：“打水去了。这不，我们办公室的饮水机坏了，没有办法喝开水。只好到生产车间热水炉打开水。可是那个车间的人都是男人，那些男人都跟色狼似的，盯着我们死看。我们都不敢去打开水，只有女诸葛敢去打开水。”

许洪亮笑着开玩笑：“行行行，我们男人都是色狼。看起来这财务部办公室不欢迎男人。我赶紧走，别把我当成色狼打了。”说着他就喊，“小晴，我们走吧！”

吴玉娟忙叫住他说：“哎哎哎，你出去带她干吗呀？”

许洪亮回答：“我带她到食堂、生产车间转转。”

吴晴跟姐夫离开办公室，直奔生产车间而去。这厂里环境太美了，绿树成行，四周郁郁葱葱，阳光照耀下叠翠流金，让人一下子从零摄氏度升到夏天。这厂里的卫生也十分干净，隔不远就有一个垃圾桶。她心里说：“这哪里是厂区呢？这简直就是公园。”

许洪亮带着妹妹来到生产车间，生产车间也是整洁干净。整个车间都是忙忙碌碌的，忙着各自的生产。看到有这样的大美女路过，男人们不禁地直勾勾看着吴晴，恨不得能把她吞到肚子里。

第三章　女诸葛

许洪亮带着吴晴熟悉环境，但电子厂太大了，累得吴晴腰酸腿疼。他们来到电子厂的食堂。吴晴看着这食堂，就想起了学校饭堂。这餐厅跟学校饭堂差不多，只是学校饭堂是一行桌子一排凳子，这餐厅是一行桌子两排凳子。

许洪亮又带吴晴来到洗澡间。吴晴进去看了看，觉得这个洗澡间虽说不算太好，但也可以。

他们又来到宿舍楼，宿舍楼有四层，第一层是车库，放汽车、摩托车，以及自行车。第二层是夫妻房间，分东西两排，房门对着房门，中间一道走廊。第三层是单身男子的房间，这儿的环境极其不卫生，门口凌乱地放着几双鞋，充分显示出单身男子的邋遢。四楼才是单身女子的房间，这一层环境倒十分干净，而且有一股清香的味道。

最后，他们又回到财务部办公室。

许洪亮道："玉娟，小晴在厂里工作的事，我都安排好了，你看看她住在哪一块合适。"

吴玉娟拉过妹妹说："小晴呀，我给你介绍一个美女。"

还没有等介绍，这个美女自己蹦蹦跳跳跑过来，拉住吴晴的手，说："哎呀，你就是她们说的那个美女吧？我一回来就听她们说你美丽得就像天仙，高贵得像公主。这一看，还真是名不虚传哪。"

吴晴仔细打量着眼前的这位美女，她二十出头的样子，皮肤白皙，五官极美。身高 1.67 米左右，个子不算很高，但身材苗条，真的是娇巧玲珑。她的大眼睛忽闪忽闪，声音像银铃般动听，给人的感觉就是一只可爱的百灵鸟。

吴晴不好意思地说："看你说得我都不好意思了，我哪有这么漂亮。"

这个美女说："是呀，我没有见到你之前，也是这样想，在这世上哪有像她们说得那么完美的女人呀！可是我见了你以后，觉得她们一点都没有胡说八道，你真是集美丽高贵于一身的完美女人。"

吴晴问这个美女："哦，你好，不知你怎么称呼……"

这位美女这才自我介绍："哦，光顾着说话，忘记自我介绍了，我叫刘婷芳。"

吴晴连说："噢，我知道你，你就是姐姐她们说的女诸葛。"

刘婷芳笑着摇摇头："什么女诸葛，我哪称得上女诸葛，都是她们乱叫的。"

两个年轻的女孩子好像见面熟一样聊着天，不一会儿就根据年龄排了大小，吴晴年纪略大，所以就被刘婷芳称为"吴晴姐"。

吴玉娟发愁地说："小晴呀，你跟谁一个房间呀？"

刘婷芳快人快语，说："吴姐，你就不用发愁了，不如我和吴晴姐一个房间吧！"

吴玉娟见她们聊得很是投机，让她们住在一起也放心，就点点头同意了。

刘婷芳说完就带着吴晴来到自己住的 408 号房。这屋中极其干净整洁，床上放着粉色的小猪麦兜绒线娃娃，一看就知道这是个美女的房间。

第二天，吴晴就住进来了。到了农历十四正式上班。

正月十五元宵节，人事部长带着新来的员工到杭州市人民医院进行体检。通过身体全面检查的，就能在凯德威电子厂工作。通不过的，只能离开了。

吴晴和刘婷芳排在队伍的后面，体检进程缓慢，还要很长时间才能排到她们体检。

这不，又惹出事情来。不是她们爱惹事情，是她们长得太漂亮，那就是耀眼明星，即便她们身在再不起眼的角落，也遮挡不住她们耀眼的光芒。

一个小伙子，给家属买了份稀粥。在返回的路上，看见了这两位天使般的美女。眼睛只顾着看美女，没有注意前面的路。事也凑巧，迎面走来两个护士推着车子，说说笑笑地也没有看路。小伙子迎面就和护士们撞上了。那装稀粥的袋子也掉地上了，溅得自己和护士身上都是饭粒。

两个护士见工作服弄脏了，埋怨起小伙子来。小伙子洒了粥，也不甘示弱，硬说是护士不看路，也撞到了他。三人争执起来。

刘婷芳看到之后，开玩笑说："我说吴晴姐，以后千万别走到大马路上，以免你的美丽造成交通事故。"

"看你说得多夸张呀，我美得有那么离谱吗？说不定那个小伙子是看你，才和那两个护士相撞。"

最终她们都通过了全面检查。

到了下午 4 点半的时候——也就是下班的时候。吴晴的姐姐和姐夫就来找她。

吴晴问："姐姐姐夫，你们有事情吗？"

吴玉娟回答说今天是元宵节，大哥想请吃饭，所以来接她。

吴晴就匆匆忙忙回到自己的房间，把自己要去大哥家吃饭的事，简单地跟好姐妹——刘婷芳说了，然后坐着姐姐的电动车，去了大哥家里。

过了两天，对工作环境熟悉了一些之后，吴晴才想起董事长送的健身卡。于是把那张金卡拿出来，问："女诸葛，你可知道这天宝坊健身房在什么地方？"

刘婷芳说："天宝坊健身房我知道。不过那是高级健身房，不是我们去的场所。我看呀，我们还是别去了吧。你要想健身，我就给你找一家便宜的健身房。不过，也要等发工资以后再去吧！"

吴晴笑着说："我倒是有一张卡，我们去可以不用花钱。"

刘婷芳奇怪地问："啊，真的啊，是张什么卡呢？"

吴晴就把那张金卡递给刘婷芳看。

刘婷芳接过金卡一看，惊讶地问："这不是天宝坊健身房的贵宾金卡吗？你是怎么得来的呀？"

吴晴一笑：“这你就不用问了，你带我去就是了。”

她们结伴来到天宝坊健身房。这里面装修十分豪华气派，空间又非常宽敞。只见偌大的健身房里摆放着划船器、健美车、健步机、跑步机、美腰机等，还有弹簧棒、仰卧架、卧推架、活动斜板……更有许多叫不上来名字的运动器械。

一般工薪阶层绝对没钱到这里健身，但凡来这里的，除了大老板，就是富二代。这里来去的有许多年轻漂亮的男女，也有 40 多岁的中年人。

她们开始健身锻炼，不一会儿，就大汗淋漓。看一旁的跑步机上跑着好几个年轻的女孩子。原来，许多丰乳、细腰、美臀都不是天生的，而是流了不少汗水锻炼出来的。吴晴在看别人的时候，也有别人在看她。有几个青年男子壮着胆子跟她们搭讪。

她们锻炼了一个小时，就回去了，到厂房宿舍就开始做饭。她们吃饭都是在一起做的，花的钱均摊。因为吴晴从小就喜欢做饭，所以就做得一手好菜。这下子，刘婷芳可有口福了，只是她是陕西人——爱吃辣，不过对吴晴做的饭菜也是赞不绝口。

她们吃过晚饭，闲来无事就聊起来。

吴晴好奇地问：“女诸葛，我很奇怪。你这女诸葛的外号怎么得来的，为什么他们都喊你女诸葛呢？”

刘婷芳回答：“其实也没有什么，我这个人吧，就爱管闲事。从我小时候说起吧。我们女生老是被那些男孩子欺负，我就看不惯他们的行为，可又打不过他们，于是我就想办法对付他们。我在教室设机关、下埋伏，让他们上钩。”

吴晴问：“设的那些埋伏管用吗？”

“第一次设的机关，就有意想不到的效果，把那帮贼小子整得头破血流。不过，他们也不笨，上了一次当就学聪明了，设的机关就没用了。我们女生就重新想办法，另设机关，又让他们吃一次大亏。就这样说吧！他们和我们斗一次，败一次。时间久了，他们见了我们女生都躲着走。”她说到这里的时候，笑得十分得意。

“噢，我知道了，你就这样被人称为‘女诸葛’的是吗？”

刘婷芳摇摇头，说：“不是，这‘女诸葛’的外号是在这个厂里的时候，我们财务部的那些同事送的。”

“她们为什么给你取这个外号？”

“那是因为我们办公室的饮水机坏了，为了喝热水，就得到车间开水炉打开水。那车间工作的都是男的。那些男人都跟生下来没见过女人似的，对她们色眯眯地看。光这些还不说，还对她们说那些不三不四的话儿。她们是怕了那些色狼，都不敢再去打开水。我自告奋勇地去打开水，我倒也想见见那些色狼的嘴脸。我拎着开水壶来到那个车间，就有几个男人用色眯眯的眼神看着我，把我看得浑身不自在。我心中暗暗憋气：‘等着吧！色狼们看我怎么收拾你们。’我就低着头来到开水炉旁打开水。明明一个男人已经打完水准备走了，但为了近距离看我，就把茶杯的热水倒在地上重新回去打。他用那种眼神看着我，就像我没穿衣服似的，很讨厌。我心想得让他尝尝苦头，于是假装对他甜甜一笑。哎哟，他看着我发笑。那杯子的开水满了，他也不知道，开水就流到他的手上，把他烫得大叫一声，杯子掉在脚面上，又烫得他又蹦又跳的，那样子真是太滑稽了，以后他看到我就绕着走，哈哈哈！”

吴晴听得忍不住大笑：“你说得可真好玩呀！不过，你也真是的，那开水炉本来就是给工人打开水的，说不定那个人真是要喝开水的呢，看见你这么漂亮的大美女情不自禁多看两眼也正常。再说，你怎么知道他会把热水给倒了呢？”

“那杯子的水倒在地上，还在冒热气，由此可见杯子的水是刚打不久的。再说他看我的那种眼神，绝对是不怀好意。把那家伙教训一下也好，让他们知道我们女人不是好欺负的。我就把这件好玩的事，告诉办公室的那些同事，她们就送了我这个外号——女诸葛喽。”

如果，一些男子远远地看着美女，也不失为欣赏。但有些人看到美女，不是静静地看，而是指指点点，大说大叫地评头论足，有的还吹口哨，让人烦不胜烦。这厂里的老戚、老谢、老严、小杨、小于、小王，都是这种人。特别是小杨。他是山西太原人，一见人就说：“我是金刀令公杨继业的后人。”他挺会往自己脸上贴金。

以前，那些女人都怕他们，见了他们都躲着走。他们的人缘这么臭，还把他们美得不行呢！觉得自己多么了不起，见了这儿的女同事就更肆无忌惮了。

现在，又多了两个美女，他们又有新的话题了：“哎，老谢，你们看那蓝眼睛的姑娘是外国人还是中国人？”

老谢看了看吴晴，说：“应该是个混血儿吧！”

他们谈论了吴晴老半天，声音又不小，都被这几个女孩听得清清楚楚。吴晴有心想发作，但她是一个女孩子，当着这么多人的面不好意思质问这些人。

他们把吴晴的话题谈完了，又无聊地谈起刘婷芳：“那蓝眼睛美女旁边的美女，你看结婚没有。我看好像没有结婚，你们看呢？”

其余的众人都说：“我们和她都没有结婚。”这就没有话题了。可是他们就从没有话题中找话题，又聊了起来：“你们说那个小妞有没有男朋友，那我

们有机会了……”他们讨论的声音比刚才的声音还大呢！说得比之前还过分，这纯粹是倒霉催的。

刘婷芳一听十分生气，几度想拍桌子站起来，但餐厅有这么多人，就硬生生忍住了，胸脯一起一伏，用愤怒的眼神看着那几个人。

这些人看见别人生气，是他们最开心的事。

美女们都吃过了晚饭，刘婷芳还在生气。

吴晴就劝：“妹妹，你就别生气了。为了那些男人生气不值得。”

刘婷芳点了点头：“男人呀就是贱。我曾经说过了男人是最可恨的动物！”

吴晴就奇怪地问：“妹妹，你怎么这么恨男人呀？”

刘婷芳说：“吴晴姐，我就告诉你我为什么这么恨男人！你想听我的故事吗？”

“我最喜欢听别人的故事了。”吴晴高兴地说。

刘婷芳就讲起了自己的故事：“我妈是一个苦命人。她生下了姐姐、我和妹妹，爸爸就去世了。我妈不可能守一辈子寡，后来改嫁了。就把姐姐留给我的奶奶，把我带到后爸家里。后爸始终是后爸，哪比得上亲生的爸爸，对我一点也不好。可我又偏偏天生爱管闲事，天天就给他们惹祸。后爸就把我视为眼中钉，因为这我妈妈受了许多委屈。妈妈看我在后爸家中待不下去，就把我又送回奶奶家上小学。我就恨我后爸。为了能在他的面前扬眉吐气，我努力学习，这才考的大专。我再说我恨的第二个男人，他就是我姐夫。没有结婚的时候，他对我姐姐百般温柔，处处体贴。哪知道我姐夫对我居心不良。一天晚上，他来到我房间，有事没事地跟我东拉西扯，我没有多想。开始他还挺规矩，最后，他说着说着话，就对我动手动脚的。我就跟我姐姐说了。”

吴晴眼睛睁得大大的，问：“你姐姐怎么说？”

“她当然不会相信，不但不相信，反而把我痛骂了一顿，只说我不懂事开玩笑。这件事我就忍了下来，可苦了我姐姐一片真心。我姐夫……”她说到这里，又改口痛骂，“那个王八蛋朝三暮四。没有多久他就另寻新欢，要和我姐姐离婚。那时候我姐姐生了孩子不久，身体也没恢复好，那王八蛋又和她闹离婚，这打击犹如雪上加霜。没过半年，我姐姐就去世了。”说着，刘婷芳的眼中充满泪水。

吴晴也是十分惋惜：“你姐姐太可怜了，怎么就死了呢？”她心中庆幸：“我的姐夫就不是那种人，他对我很好，就像亲哥哥对亲妹妹一样。”

刘婷芳的身世，让吴晴听了之后泪水涟涟。

“从此我就恨男人入骨。我曾经对我自己说，只要有我在，决不让女人受男人的欺负，也不让身边的女人受男人所骗。”刘婷芳咬着牙说。

“妹妹，你恨男人的心情我能理解。但我们毕竟是女人呀，始终都是要找男朋友的，难不成一辈子都不找男朋友了吗？”

刘婷芳怅然说：“是呀，我们是女人，将来是要找男朋友的。我也不知道会找一个什么样的男人。”她反问吴晴，“吴晴姐，在你的心中你要找一个什么样的男人？”

吴晴就说出自己心中男朋友的标准来：“我将来要找的男朋友家中一定要有钱。”

刘婷芳点点头：“噢，我听明白了，你要的就是富二代呗！”

吴晴说：“他不仅有钱而且要长得英俊潇洒，风度翩翩。”

“你说的不是白马王子吧。吴晴姐，不是我对你头上泼冷水，这白马王子都是在童话中呢，现实生活中哪有十全十美的男人呀！”

吴晴问道：“不知道你心目中的男友是什么标准？”

刘婷芳也就毫不隐瞒地说出自己心中男友的标准：“我的要求可没有你高，他英俊不英俊不要紧，只要他对我好就行；他潇洒不潇洒没关系，只要他对我温柔体贴就行；他有钱或没钱都可以，只要一家幸福就行。只要是夫妻两个人和睦，比什么都强。”

“你说的那不就是许仙或刘彦昌（《天地传说之宝莲灯》）吗，不都是神话故事里的？”

刘婷芳叹口气说：“唉，这世上还有这样重情重义的男人吗？我也见过许多男人，从来就没有见过像我想象中的男人呀！”

“易得无价宝，难得有情郎。你说我们心中的那个他会出现吗？我的他什么时候能出现呀？”吴晴手托着下巴，陷入对意中人的期待中。

刘婷芳对自己将来的情感似乎很悲观，有些害怕地说：“我可不要步我姐姐的后尘呀！千万别让我遇见始乱终弃、用情不专的人。”她语气十分沉重。

这不只是男人想女人，有时女人寂寞的时候也想男人，只不过嘴上不说。对于爱情的憧憬，从来没有性别之分。

第二天，刘婷芳二人刚上班，就有几个同事围上来，说：“女诸葛，你以前不是说有你人在决不让女人受男人的欺负，也不让身边的女人受男人所骗吗？那你也想个办法，收拾收拾那帮王八蛋。你要是不给他们颜色看看，他们就更嚣张了。”

刘婷芳义不容辞，说：“那好，我也想收拾那些臭男人。早就看他们别扭，就是你们不说，我也会想办法收拾他们。不过，我一人身单力薄，还要靠你们的力量。”

吴玉娟奇怪地问：“靠我们的力量？我们能帮上你什么忙呀？”

第四章　贵在真诚

这些人讨厌极了老戚几个俗人，就要求刘婷芳想办法惩罚他们。刘婷芳也看他们太不老实，决心教训他们一顿。她思考了一会儿，然后神秘地一笑："没有你们那可不行。一会儿吃饭的时候，就有他们好看。"她说着话，就收起了笑容，"我先说好了，到时候，你们都不要退缩。谁退缩都不行！"

吴晴就问："妹妹呀，你到底是什么主意呀？还把我们都用上了。"

刘婷芳就把自己的计谋讲了一遍。

刘丽一听就咧嘴说："你这主意靠谱吗？我怎么听着挺悬呀！这不是让我们羊入虎口吗？"

刘婷芳看了众人一遍："如果你们一眼能看透，这还叫什么好主意？你们就放心吧！我们就给他们来个突然袭击，会有意想不到的效果的。"

到了中午吃饭的时候，老戚一干人还跟往常一样，聚集在一起讨论厂里的女孩们，却不知道他们马上要倒霉了。

没过多久，吴晴等众美女也来到餐厅打饭，这又引起老戚这几个人的话题。

小于说："她们这几个姑娘长得多漂亮呀，如果我们能和她们坐在一起，那该多好呀！"

老戚说："你净瞎说，姑娘们要坐也是和我坐一块儿，哪轮得到你？"

他们像馋猫一般瞄着姑娘们，话语渐渐猥琐起来。

吴晴这几个人打了饭菜，出乎意料地直接来到老戚他们坐的那张桌子，和这群男子们面对面坐下。这几个人正你一言，我一语讨论得正热闹，一扭脸刚才谈论的美女，竟然真的就坐在身旁。

这美女来袭本来是好事，但来得突然，他们一点准备都没有。几个已经结婚的一下子都蒙了，唯唯诺诺，不知如何是好；那几个没有结婚的，一看眼前这几个女人，全都心跳加速，血压升高，脸都红到了耳根，甚至连呼吸都变得困难起来。

吴晴和刘婷芳根本不介意，还朝他们甜甜地一笑，他们哪经得起这两个大美女这一笑，这笑容简直要把他们的骨头融化了。

小杨手一软，筷子都掉地上了。这还不算丢人的，要说丢人得数老严，他一激动，不小心把饭吃到鼻子里面了。

说来也奇怪，这老戚等人平时有说有笑的，今天，没有一个人说话了——都噤声了。还有的脸红了，连头也不敢抬——低着头。

这男人呀！就是这样，没有见到女人的时候，一个个都是夸夸其谈，好像多有经验似的。女人真的就坐到他们的面前的时候，却一句话不敢说，装得挺正经的。

老戚也不说话，几个美女却是有说有笑，就当他们不存在似的。

他们坐在那里也觉得无趣，但是在众目睽睽下有几个男人被这几个美女吓跑了，确实太丢人，所以他们无趣的坐着，即使坐得不自在，也不想丢了面子。

刘婷芳聊来聊去，仍旧不解气地说："吴晴姐，你说这男人老是在背后议论我们，也不知道议论什么。"

吴晴说："这有什么难的，他们到底议论我们什么，我们问问他们不就知道了吗？"她说罢话，看了老戚等人一眼。

要说最聪明的就是老戚，他坐在美女面前，实在太不自在，第一个就溜走了。他一溜走，剩下的那几个人，也都坐不住了，一个个都狼狈而逃。小杨过于紧张，没有看好脚下，一下子就绊了个跟头，爬起来逃走了。

其实，吴晴等人也是捏了一把汗。不过好在老戚等人做贼心虚，如果他们再挺一会儿，这几个美女就该坐不住了。

几个逃跑后的男子又聚在一起。老戚是第一个跑的，倒埋怨起别人来："我说你们真是，被几个小女人吓成这样。你们跑什么，她们又不是吃人的老虎。看你们这没出息的样子。"

他们哪里服气呀，都是你埋怨我，我埋怨你。互相埋怨半天，谁也说不出来该怨谁，都在推脱责任找借口。

老戚这才回过神来，说："哎，现在才想起来，她们坐在我们的对面，我们跑什么呀！那几个小丫头，也没有什么主意。我就不相信斗不过那一帮女人。我们非出这口怨气不可。"

他们就在一起合计了老半天，才下了一个决心，他们也给吴晴她们来个以其人之道还治其人之身。但这是用别人用过的主意，再用到别人的身上，不是找倒霉是什么呢？

他们在合计的时候，却没有提防身后打扫卫生的老太太。

第二天，他们信心满满地要报复一下，趾高气扬地来到餐厅打饭菜。吴

晴她们早就来餐厅用餐，不过是在她们以前经常坐的桌子上吃饭。

老戚等人打了饭菜，也来一个突然袭击坐到吴晴等人对面了。刘婷芳带着众姐妹端起碗来站起身就走，还骂道："不要脸，还想跟我们坐在一起，你们配吗？"

老戚等人被弄得更无趣了，一个个垂头丧气。

他们吃过饭，回到生产车间。小于就发现老严身上有白色黏胶写的字，小杨也发现老谢身上有字，原来他们身上都有字。这些字是"我们是王八蛋"。

刘婷芳怎么知道老戚那些人会给她们也来突然袭击？难道她真是如诸葛亮能掐会算，或是料事如神？原来这都是扫地的老太太告诉她的。

设局对刘婷芳来说，那是拿手好戏。老戚等人不知道她的厉害，这才吃了一个大亏。

这下，他们可成了全厂人的笑柄，好在他们脸皮厚，也不在乎，跟往常一样上下班。

不过，他们收敛多了，不再像以前那么肆无忌惮地谈论吴晴和刘婷芳了。

这天又在餐厅吃饭，看见吴晴她们，老谢还是不服："你说刘婷芳有什么厉害的？不过是一个小黄毛丫头。我们吃亏只不过是我们太大意，看我们再跟她们拼一次。"

他们怎么知道这主意是"女诸葛"刘婷芳出的？这可是他们花了两天时间打听出来的。

老戚看了刘婷芳一眼，说："得了吧，'女诸葛'就是我们男人的克星。我们以后见她还是躲着走吧！"

他一半是怕刘婷芳，一半是对老谢使用激将法呢。老谢也知道老戚是在激他，不过他就是要在众人面前显摆能耐。

他的脑袋一热，为了显示自己的勇气，就来到刘婷芳对面坐着，吴晴等人没有理他。

他一个男人坐在女人堆里，浑身上下不自在。要说他不害怕那是假的，手心里都是汗水。那两只眼一直盯着刘婷芳，省得她再玩什么花样自己吃亏。

刘婷芳只和几个女同事有说有笑，连看也不看他一眼，只当他不存在。

老谢坐在那里，那是苦撑着呢！这时间好难熬呀！吴晴这几个美女也没想跟他一直耗下去，坐了半个小时就回办公室去了。可是这半小时对老谢来说简直比半年还长。

然而，老谢又是一个好了伤疤忘了疼的人，明明刚才还神经紧张的端坐在几个女孩子面前，现在女孩子走了，紧张的感觉立刻被抛到九霄云外，变成了他可以去炫耀的资本，所以他打算在老戚前面炫耀一番，但是老戚等人早走了。他追到生产车间，准备在老戚面前炫耀。

其实，刘婷芳早就布好局，偷偷在他背上写了“我是大浑蛋”。老戚等人也缺德，就没有告诉他。他就带着这张纸条工作一下午，整个厂的员工除了老谢自己，都看见了那张纸条。

纸条还是下班到家的时候，他老婆告诉他的。

从此，老戚等人见了刘婷芳等人，都是离她们三丈远。

这一日，中午餐厅打饭的时候，有一个人跟打饭的妇女大吵起来。

这个打饭的人，二十七八的年纪，身材高高瘦瘦，着装朴素，戴着黑边眼镜，看着是那样文气。他的脸上有两道伤疤，那是因伤口没有得到及时处理，就溃烂得连成一片。所以这男人长得极丑，看起来也极其讨厌。

他不是别人，就是吴晴在超市里遇见的李贵诚。也是机缘巧合，他也到了这个凯德威电子厂工作。

那个打饭的妇女欺负人，她见李贵诚长得丑，就故意每次给他打饭打得都很少。

李贵诚并不是一个令人讨厌的人，相反，他为人温和，十分忠厚老实。打饭的妇女把他的米饭打得很少，他不想惹事就忍了。那个打饭的妇女以为李贵诚好欺负，给他的米饭打得越来越少。这些米饭连小女孩吃都嫌少，李贵诚实在忍无可忍，所以才跟那个打饭的妇女吵起来。

李贵诚和那个妇女争吵了半天，也没有争出个所以然来。他就端着饭菜来到老戚这张桌子上。他也不知怎么就和老戚这些人混在一起了，像他这么老实的人和他们交朋友，那是很容易吃亏的。

这件事本来也没有什么大不了的，不怕没好事，就怕没好人。要是别人就应该劝劝，可是他们和别人不一样——特别缺德！不但不劝反而是火上浇油：“李贵诚，那个老女人是看你好欺负，所以才给你打特别少的米饭。”

那个也说：“是呀，你看她敢给谁的米饭打得少，要是换了我，绝对跟她没完。”

随后，你一言我一语，他们都用激将法激李贵诚。李贵诚本来就有气，被他们一激又火冒三丈，连饭也吃不下去了。

最后，老戚给他出主意：“小李呀，你光在这里生气有什么用，不如这样，你现在去找总经理，让他来这里处理。如果那个老女人不承认的话，我们给你做证。”

李贵诚把他们都当成好人，还对他们十分感激。

其实，他们哪有这好心帮李贵诚呀，他们也跟那个妇女因为打饭争吵过，一直都对她怀恨在心。今天，他们是借李贵诚的手，为自己出气。李贵诚刚走，

他们就听有人说："哎，这打饭的女人可惹不起！她可是总经理的亲戚！"

老戚等人一听都傻眼了："坏啦，我们撞枪口上了。"

李贵诚哪里知道这些，气呼呼地来到总经理室，把打饭的妇女给自己少打饭的事全跟总经理讲了。

这时，总经理也是闲来无事，就跟李贵诚来到餐厅。

李贵诚带着总经理，来到老戚这张桌子上，一看傻眼了：盘子里少得可怜的米饭已经变成满满的一大盘！

其实，这块米饭是李贵诚走后，那个妇女又重新调换的。老戚害怕这事情闹大，会查到自己的头上，就偷偷把李贵诚去找总经理告状的事跟打饭女人说了。打饭女人怕叔叔责备自己，所以才把那小块的米饭调换成大块米饭。

总经理顿时就不开心了，问："我说小李呀，你不是说你的米饭少吗？这块米饭也不少呀！"

李贵诚说："总经理，刚才我找你的时候，不是这块米饭。你要不相信，问问老戚他们。"说着他用手一指老戚等人。

总经理还真问老戚等人："这到底是怎么回事？"

李贵诚满以为老戚等人能给自己做证，他万万没有想到老戚等人把头一低，没有一个说话的。他就着急地问道："老戚哥，你们刚才不是说给我做证，怎么连话也不说一句？"

老戚开口道："小李呀，我们也想给你做证，但是这怎么回事，我们也不知道，怎么给你做证呢？"

李贵诚这才知道自己被人利用了，气得一句话也说不出来，光剩下哆嗦了。

总经理一看不说也明白，就把那个侄女——也就是打饭的那个妇女找来对质。打饭女人一见叔叔来了，十分理直气壮："总经理，这个人太难缠了。你说我给打的这块米饭小吗？"她用手指着米饭，说，"总经理，你要不相信，你就去问问他们，我是不是给他米饭打少了。"

老戚这几个人无耻到家了，李贵诚让他们做证，他们不吭声。总经理的亲戚一问，都是争先恐后做证："是呀，是呀，她给小李打的米饭不少。小李这个人吧，我们也不好意思说他。"他们生怕自己落后了，得罪了总经理。有的嘴慢得落后了，赶紧补上来，直接责备李贵诚："小李，我不是说你，你这个人也真是的。你说跟人家胡缠什么，你这块米饭少吗？"这是为了向总经理表忠心，旁边的这几个人，争着指责李贵诚，所以李贵诚耳边的指责声不绝于耳。

李贵诚气得浑身发抖，用手指着他们说："你……你……你们……真无耻！"说罢，他气呼呼地离去。

这餐厅的许多人对面前眼生的小伙子表示同情，也恨老戚等人的无耻。

而且平时那个妇女仗着自己是总经理的亲戚，飞扬跋扈，不是今天跟这个吵，就是明天跟那个骂，人缘弄得极其差。大家一直都是敢怒而不敢言。

今天打饭事触了众怒，大家一个个都过来为李贵诚做证：“就是你家的亲戚，给人家的米饭打得少，人家不服去告状，她觉得自己没不对，于是心虚地给那个人换了一块大的。”许多人都这样说，弄得老戚等人倒像鬼。他们就躲在一旁看着。

这总经理被弄得脸上红一阵，白一阵，脸色极其不好看了，可是当着这么多人的面，他也不好公开袒护侄女，就教训侄女道：“青芳呀，你让我说你什么好呢？你工作怎么这么不认真呢！我是看着堂兄的面子，这才让你在这厂里餐厅工作，没想到你给我惹了这么多事。你要想干就给我好好干，要是不干了，我给你工资结结——走人！”

唐青芳被叔叔说得低头不语，觉得自己还挺委屈，就哭了起来。但是这个餐厅的人没有一个同情她，都觉得大快人心。

事后总经理怕失人心，当着所有人的面对小杨说：“小杨，你去把小李找来，到我办公室，我要好好安慰一下小李，别让人家受委屈。”

众人一听，无不竖起大拇指称赞。要不说人家能当总经理呢，会收买人心。

不一会儿，李贵诚就被叫到总经理办公室。总经理就给李贵诚道了歉，让李贵诚反而不好意思起来，不由得打心眼里佩服总经理公私分明。

李贵诚得到了安慰，出了总经理室，迎面走来一个中年男人，这个人不是别人，正是吴晴的姐夫——许洪亮。他忙跟许总监打招呼：“许总监好。”

许总监就拍了拍他的肩膀说：“你好好地干，有什么难事尽管找我。”

李贵诚点点头：“我会的。”

许总监顺口问了一句：“哎，小李，你来人事部找总经理干吗？”

李贵诚就把这件事简单地说了一遍。

他怎么和许总监认识的呢？原来他来到电子厂找工作时，钱部长以貌取人。偏偏那时，许总监也在场，一听李贵诚口音，应该是阜阳一带的。既然是老乡，他就不能袖手旁观，跟李贵诚聊了起来。他一聊一问，才知道李贵诚是本科生。他觉得李贵诚是个人才，走了怪可惜的。所以他在钱部长面前说了很多好话。最后，钱部长不仅把李贵诚留下了，还让李贵诚当了仓库管理员。

钱部长就是一个爱卖人情的人，为李贵诚这事，又卖起了人情：“小许，这是看你的面子。不是你，要按他的长相我说什么也不要。我是为什么呀，我就是为我们这么多年的交情。”他拍了拍小许，开玩笑，“小许呀，你要请我吃一顿。”

许洪亮也是哈哈大笑道：“哈哈……我们就到五星级大酒店，请你吃一顿

大餐。”

他们是开玩笑，李贵诚不知道真假，不但把这件事记到心里，而且还忧心忡忡好一阵子。

第二天，李贵诚上班的时候，在工作之余，特意来到许总监办公室。

许总监还不知道他的来意，问他有什么事。

李贵诚开门见山地回答：“许总监，你能帮我忙，我就感恩不尽啦。怎么能再让你花钱，我就更不好意思了。”

这些话倒把许总监说糊涂了，奇怪地问：“什么花钱？”

“就是你为了帮我，请了钱部长的饭钱。我不能不知恩图报，也不能让你吃亏。你请钱部长花了多少钱？”

许总监反应过来，不过逗他道：“嗯，你还别说，我还真花了 2000 块钱。”

李贵诚一笑，点点头：“这 2000 块钱我会还你的，不过得要两天之后。”

许总监点点头：“行了，这钱不要了。你还是快去工作吧！”

李贵诚在临走的时候，说：“许总监，过两天我就把钱还给你。”

许总监就没把这件事放在心上，忙他自己的事情去了。但是李贵诚可记在心上了，过两天真到许总监办公室，可是事不凑巧，许总监出差到外地去了。

今天，李贵诚无意中碰见许总监，于是就想起了还钱。一摸兜，还好，那 2000 块钱还在兜里。于是就要把这 2000 块钱给许总监，倒把这个许洪亮总监弄得哭笑不得。

许总监也不是贪小便宜的人，哪能要他的钱呀。但是李贵诚还挺实诚，许总监不要，他还非给不可。许总监是好说歹说，最后好一顿说，李贵诚才把这 2000 块钱收回去。

许总监见李贵诚离去了，这才长长嘘了一口气，心中暗自好笑：这年头还有这么实诚的人，真是少见。这个人还真有意思。

李贵诚在离开办公楼的时候，迎面来了两个女郎，头前走的这个美女个子不高，但也身材苗条，皮肤白皙，五官清秀，让男人忍不住多看两眼。

李贵诚又看后边这个美女，身材非常苗条，长得也十分漂亮。不过，她的眼睛比较特别——是一双清澈如大海的蓝眼睛，蓝得就像矢车菊的花瓣一样美丽，刹那间，李贵诚的世界都好像被照亮了——她就是神话，就是公主。

这个公主正是他在超市旁边遇见的那个女孩子，就是让他魂牵梦萦的女孩。她在他眼里就是公主，就是天使！

他怎么也没想到在这个电子厂能再遇见她，心里无比激动，想向这女孩搭讪。但是她在他心目中是那么美丽、那么高贵，简直是高不可攀的女神！他在她的美丽光芒照耀下，自惭形秽，没有勇气打招呼。

他对她一见钟情，之后魂牵梦萦，可她连看他一眼也不看，就从他面前走过去。她都走远了，他还在那里发呆。他回到仓库，问两个卸车的工人，一个是陈明，一个是张志鹏。

他问：“陈明，我向你打听一件事，你可知道那个蓝眼睛的美女叫什么名字？”

陈明摇摇头说：“不知道她叫什么名字，但大家背地里都叫她美丽的公主。”

张志鹏却说：“李管理员，我看你还是离她远一点吧！”

第五章　暗恋

李贵诚四处打听美丽公主的名字，可是没有人告诉他。陈明、张志鹏还告诉李贵诚不要招惹她，因为她身边有个厉害的角色——刘婷芳。

李贵诚不知道谁是刘婷芳，奇怪地问：“为什么，难道她很凶吗？”

“她凶还是温柔，我是不知道。但是人们称她‘女诸葛’，据说十分泼辣，谁敢惹她谁就倒霉！唉，你知道老戚那几个人吗？老戚算聪明吧，他们就吃过‘女诸葛’的亏，‘女诸葛’哪个能惹得起呀？你以后见了她可要注意，千万别得罪她，要不然那是自找麻烦。”张志鹏说。

人言可畏，“女诸葛”的事迹在众人之间口耳相传，逐渐有了些传奇的色彩。李贵诚听到刘婷芳的大名时，刘婷芳在众人眼中的形象已经从一个古灵精怪的美女变成了一个母夜叉，面目狰狞，又充满市井之气。以至于李贵诚听到她的事迹之后，不由得咋舌，然后把张志鹏的话记在心上，心中对这个不认识的“女诸葛”，滋生了一种莫名其妙的恐惧。

晚上，他又想起了那个美丽公主，他想着她的美丽，觉得无论怎么想，她都不像是和凶恶的人做朋友的人。

突然，有敲门声，他开门一看，原来是老戚等人。

李贵诚有些不高兴地问：“你们来干什么？”

小杨厚着脸皮说："小李，你还在生气呀！其实，我们都是为了你好。"

李贵诚冷冷地问："为了我好？那你们为什么不给我做证？"

老戚说："你不知道你走了以后，我就向总经理说了实话。那总经理还有意思偏袒着他那个亲戚，我们还跟总经理吵了起来，总经理觉得理亏，就把他亲戚臭骂了一顿，还把你找到办公室给你谈话。"

李贵诚平时最看不惯这种人，淡淡地说："哦，那我在的时候，你们为什么不给我做证？我走了以后，你们又为什么给我做证？"

老戚无言以对，反戈一击，说："我不是刚才给你说过，都是为了你好。"

"为了我好？"

老戚点点头："是呀！如果你在场的时候，我们给你做证，你不就把总经理得罪了吗？只有我们把你气走，然后我们再给你做证，你就不会得罪总经理了，我们却为了你把总经理给得罪了。"

要说这最不要脸的也不过如此；要说最无耻的也非他们莫属！

李贵诚恍然大悟："噢，原来如此，你们还真是为了我好。你看我还这样误会你们，真是不好意思呀！"

其实，他也不是个傻子，知道他们只会说人话，不会做人事。只是在生活中也有许多无奈，有时总会免不了一些逢场作戏。

至于，他为什么要和这样的人逢场作戏，我们不得而知。不过在这个厂里他太孤独了，到现在还没有朋友。

他也没想跟老戚等人做朋友。物以类聚，人以群分，李贵诚是受过高等教育的人，哪像他们似的俗人一个？平时闲着没事，就开始聊男女那些事，都是不堪入耳的。李贵诚从不参与其中；他们就说李贵诚发育不正常，不是正常男人以及性功能不行一类的话儿。

人群中的小王，怎么看李贵诚怎么不顺眼，之前听说李贵诚说自己是大学生，他就是心里不舒服，脖子一梗说："你看他长这么难看也能上大学？我长得这么漂亮才上高中。大学里要是都招这么恐怖的人，你脸上一道疤，我胳膊上刺一条龙，这样的大学不上也罢！"

小王的行事风格不是那么磊落，但是他也不会像老戚那样人前一套背后一套。他为了让李贵诚难堪，仗着自己是高中生还有点知识，就带着老戚这些人，来到李贵诚的房间要挑战李贵诚。李贵诚自然不怕他，欣然接受挑战。

老戚表面上当着和事佬，其实"坐山观虎斗，趴桥看水流"，巴不得李贵诚出丑。

小王先发制人，说："李贵诚，我们也别来难的，就提个生活用品的问题吧，请问我们用的肥皂中有什么成分？"

老戚这几人一听就直摇头，谁知道肥皂里面成分是什么。别看这个问题能难倒他们，却难不倒李贵诚。

李贵诚在高中的时候，化学是最好的，他不慌不忙地回答道：“这肥皂里面有硬脂酸钠，其中分子式是 $C_{17}H_{35}COONa$，就是碳 17 加氢 35 加碳，再加两个氧加钠，我们也可写成 RCOONa，由氢氧化钠 NaOH 和油脂发生化学反应产生的。小王，你说我说得对不对呀？”

小王被说蒙了，当下就泄了气，心想：妈呀，这大学生还有点水平。

老戚不懂装懂地说：“对对对，好像肥皂里面就这些东西。”

小王问一个问题，李贵诚总能一字不差地回答上来。他们就一问一答，从化学问到物理，又从物理问到历史，本想让李贵诚出丑，但是李贵诚却回答得轻松自如。但小王还是不甘心，又接着问几何。除了英语他都问了个遍，因为他英语不好，也不会提什么问题。

这些都是高中的东西，哪能难倒大学生李贵诚？李贵诚见他的本事也卖弄得差不多了，就笑着说：“小王，你问了我半天了，我也考考你。”

小王擦了擦脸上的汗，拍拍桌子虚张声势说：“你问吧！”

李贵诚说：“小王，我也不问你大学里面的知识，那太难了。我要是问了，那是欺负你。这样吧，我就问你小学一年级的东西吧！”

小王一听就不干了：“李贵诚，你他娘的别看不起人，给我提问一年级的东西，你也太小看人了。你就直接说我连一年级的小学生也不如呗！”

李贵诚也不生气，乐呵呵地说：“我一点也没有小看你，你小学一年级的也不会，不信我考考你。”

小王一听就更火了：“我一个高中毕业生，你怎么说我连一年级的也不会呢！你这不是小看我吗？”

老戚怕这事情不热闹，尽在旁边煽风点火：“小李呀，你也别出一年级的难题，你给他出二年级的题。”

小王点点头说：“好，你说我一年级的难题不会，如果你出的问题难不住我，你该怎么办？”

李贵诚呵呵一笑：“呵呵，如果我出的题难不住你，那好办，我马上请你吃饭。以后，我每次见了你都喊你一声王哥。”其实，他比小王大好几岁。

小王一见李贵诚都把话说到这份上了，也表了态：“好，如果我要是被你难住了，也请你吃饭，并且我还跪下给你磕头。”

李贵诚摆了摆手：“不用这么麻烦，要是你输了的话，就马上出去。不过，出去的时候别忘了把门关上。”

小杨倒有些迫不及待：“好好好，你就快出题吧！”

李贵诚看了看众人，问："我想你们应该都知道《锄禾》吧？"

老谢说："《锄禾》我们怎么不知道呢？

"锄禾日当午，汗滴禾下土。
谁知盘中餐，粒粒皆辛苦。"

李贵诚说："这个简单吧，我们就让小王把这首《锄禾》默写下来吧！"

"这个简单，只是我没有带笔和纸。"

李贵诚说："我这屋中笔和纸有的是。"说着他就从抽屉里拿出一只圆珠笔和一张纸递给了小王。

小王得意扬扬地接过笔和纸，就开始默写《锄禾》。这首诗的前三句他写下来了，可是最后一句"粒粒皆辛苦"的"皆"，不知道是哪个"皆"了。他想了老半天也没想起来。

老戚见小王写着写着，就不下笔了，忙问："小王，你怎么不写了？"

小王小声说："我有个字不会写。就是那个'粒粒皆辛苦'的'皆'，我不知道是哪个'皆'了。"他都不敢大声说话——怕丢人。

小于说："'粒粒皆辛苦'那个'皆',就是那个节省的'节','粒粒节辛苦'嘛。"

小杨摇摇头说："不对，不对，哪是那个节省的'节'呀！应该是开花结果的'结'，这不是粒粒结辛苦吗？"

随后,他们都纷纷讨论这"皆"是哪个"皆",你说是"接",我说是"洁",他说是"揭"，还有最离谱的，把"姐"也说上去了。什么 jie 字都用上了，就是没有说出这个"皆"。

李贵诚乐呵呵地看着这一群活宝，悠闲自在地玩着电脑。

小王见他们讨论半天，也没有讨论出个所以然来，急得问道："到底是哪个'皆'？"

这些人要说嘲笑人、讽刺人，那绝对是一流的，可要说文学知识，那简直就是不入流。

最后，还是老戚脑子转弯快，拉了一下小王，说："我说小王呀，我们还是走吧！我们本想借着你让李贵诚请一顿，看来我们是吃不到了。"

老谢等人站起身来都走了。小王见众人都走了,再待在这屋也没有意思了。

小王真不甘心呀,但是那个"皆"字实在写不出,也不好意思去问李贵诚。他很不情愿地放下笔，出了李贵诚的房间，只听李贵诚冷冷地说："请你随手把我的门关上。"他没有办法，只好回头给李贵诚把门关上了。

第二天，小王悄悄地找到李贵诚，低声下气地求李贵诚，不要把那件丢人的事传出去。

李贵诚为人厚道，自然不会为难他，很痛快答应了。

不过没过两天，小王却辞职走了。原来李贵诚虽然没有把那件丢人的事传出去，而是老戚几个人把那件事传了出去，并且还时不时拿这件事取笑他。小王是又气又恼，这才离开了电子厂。

李贵诚通过这件事，才看清楚老戚等人有多不是东西：为了自己开心，不惜伤害自己的好朋友。或许在老戚他们眼里所有的人不过都是过客，根本没有什么朋友。从此以后，为了不给自己惹麻烦，李贵诚就躲着他们，可是躲还躲不掉，李贵诚到哪张桌子上吃饭，他们就跟着去哪张桌子。真是甩都甩不掉，不过老戚他们收敛了些，不再挑事。

李贵诚又开始打听美丽公主的名字，可是跟人家不熟，又不能明目张胆地打听，只好拐弯抹角假装不经意地提起财务部的蓝眼睛美女。有的人真不知道，但是有的人知道也不会告诉他。

他打听了几天，还是没有一点结果，真是好失望："唉，美丽的公主呀，你究竟叫什么名字？谁能告诉我呀！"

以后每次见到吴晴，他都会不由自主地想入非非，脸上通红通红的，心跳也开始加速，但却有一种莫名其妙的害怕。吴晴走的时候，他又那样依依不舍，痴痴地望着她的身影。虽然他没有和吴晴说过话，但是在他的梦里，他和吴晴早就是好朋友，是无话不谈的亲密的朋友。

老戚一看李贵诚两眼发直，就知道李贵诚喜欢吴晴。他们这一次可就有话题了，无聊地讨论了起来。好像在偌大的电子厂，人们除了每天工作，无论男女都喜欢谈论厂里的八卦，好像这样能为他们平淡的生活增加一些乐趣。

甚至有一次吃饭时，老戚对李贵诚说："兄弟，那个大美女，你是别想了！你再喜欢也没用。"

李贵诚被说中了心事，死不承认："我喜欢人家什么呀，我连她的名字都不知道！"

老戚不信："你真不知道她的名字？"

李贵诚有些着急："我是真不知道，你说那个女孩子叫什么名字。"

老戚摇摇头说："我们哪里知道她叫什么名字呀！这样吧，我给你出个主意。"

李贵诚一听老戚给自己出主意，立马来了精神。

老戚说："这很简单，你走过去问问她叫什么名字就行了，用不着这么麻烦。"

李贵诚一听，就一咧嘴："你这是出的什么主意呀？"

老戚就忍不住哈哈大笑："哈哈……李贵诚，你过去问问她叫什么名字，不知道她会不会告诉你呀！"

李贵诚只是苦笑："那她不骂我才怪呢！"

老谢说："但你只是问她的姓名，又没有得罪她，她凭什么骂人？"

李贵诚就笑着说："你们不是已经吃过亏了吗？"

老戚等人一见李贵诚揭自己老底儿，都不再言语了，不高兴地闷下头吃饭。

李贵诚看着吴晴和周围的同事有说有笑，不知道她们在聊些什么。他真想走过去问问这位美丽的公主叫什么名，但是他没有那么大的勇气。他知道"女诸葛"厉害，老戚几个都吃过她的亏，更何况自己。不过他倒也不是完全害怕刘婷芳，只是因为吴晴在他眼里是那么美丽，那么高贵。一想到自己容貌长得这么丑，就觉得自惭形秽，怎么可能当着这么多人的面，问这位公主的名字呢？这样让别人看到，多影响人家女孩的形象啊！

他觉得自己好没用，爱一个女孩，却不敢当面表白，只能远远地看着。这时，恰好吴晴和美女有说有笑地从李贵诚身边走过，完全没有注意到李贵诚的存在。李贵诚心中难过：唉，你怎么连看也不看我一眼？他又一想：唉，她长得这么美丽，这么高贵，怎么会看上我这丑八怪呢？我究竟哪一点能配得上她？我明知道自己配不上她，为什么还在不停地想她呢？像我这么丑的男人，别说这美丽的公主，就算是普通的女孩子也看不上。我什么时候才能遇见爱我的人？现在容貌如此丑，会有人爱上我吗？

自卑的心理一直缠绕着李贵诚，有时候他真想去美容院整容，把那条令人恐惧的疤痕消除掉，但那需要一大笔钱，他只能望洋兴叹。

快到下班的时候，陈美霞从外面跑进来，说："各位美女，我告诉你们一个好消息！"

刘婷芳就笑着问："什么好消息呀？是不是老板给我们涨工资呀？"

陈小玉看了一眼"女诸葛"说："你怎么就惦记着老板给我们涨工资呀？"

陈美霞说："我刚才到人事部递资料的时候，听说我们这财务部办公室要来一个帅哥。"

陈小玉一听，就立刻来精神了，忙追问道："那帅哥叫什么名字呀？"

陈美霞摇摇头："他的名字我哪知道，反正我听说他长得很帅很帅。"她兴奋得又蹦又跳。

黎婷迫不及待地问："那个帅哥什么时候上班呀？"

陈美霞含糊地回答："好像明天就上班！"

说完财务部的女孩们都开心地大笑起来。同性相斥，异性相吸，这亘古不变的真理对于男女都适用。

第二天终于到来了，大家都陆续来上班了。

来得最晚的就是那个黎婷。她进门就问：“哎，那个帅哥来没来呀？”

吴玉娟就笑着说：“你看把你给急的。等那个小伙子来了，我给你做个媒。”

黎婷哈哈一笑：“只怕人家看不上我。倒是你们都比我长得漂亮。”她说着话，就笑着对陈美霞说，“说不定呀！那个帅哥就看上了我们的陈大美女。这下我们就有喜糖吃了。”

陈美霞噘着嘴说：“那我可不敢当呀！我说最漂亮的，当数我们的公主。在吴晴姐的面前谁敢称美女？说不定那个帅哥就看上了吴晴姐了。”

吴晴也不生气，笑呵呵地说：“你们也真是的，那个帅哥没来的时候，你们你推我让。待会儿要是那个帅哥来，看人家长得帅，又该你争我抢了！”

在说话间，总经理就带了一个小伙子来到办公室。女孩们马上闭了嘴，纷纷回到自己的桌前。然后抬起头，偷偷打量传说中的帅哥。然后一个个都不由暗暗点头：“这小伙子长得真叫一个帅呀！”

这位帅哥看上去就是二十岁刚过的样子，身高 1.75 米左右，体重大概在 65 公斤，身材刚刚好。上身穿蓝 T 恤衫，上面印有一个威武的雄狼头，外罩银灰色羊毛褂，下身穿浅蓝色牛仔裤，黑色休闲鞋。一身休闲的打扮让人平白多了几分亲和力。

他的发型是燕尾式，头发染成紫红色，在前面额头有两绺头发染的是金黄色，他的左耳朵上戴着纯金的耳钉，有点像港台片中的时尚造型师。将他的五官单拿出来，倒也禁得起细看。尤其是他的眼睛，弯弯的，无论什么时候，你看他好像都在笑。他还时不时带着坏坏的眼神，这得让多少少女为他疯狂。

总经理面带微笑，介绍说：“这是新来的员工，叫王丰。以后和你们一起在这个办公室工作。希望你们多多帮助他，都不要欺负他。”

刘婷芳十分顽皮地说：“这么一个大帅哥，我们不欺负才怪！”

总经理就笑着说：“他要是受了委屈，我第一个就找你！”

刘婷芳做了一个鬼脸。

总经理又说笑了一会儿，就离开了办公室。

有意思的是那王丰没有来的时候，大家都是议论纷纷，迫不及待地要见到这个帅哥。这帅哥真的来了，都不敢跟他聊一句话，也没有再说一句话。年轻男女们在面对异性时，总是十分羞涩。

第六章　泡妞高手

办公室来了一个大帅哥，今天谁也没有心思工作。别说那没有结婚的小妹妹，就是那结过婚的姐姐，也忍不住想多看王丰几眼，又怕被别人看见，只好偷偷地看。有的美眉偷偷看王丰，一不小心，就被别人发现了，脸一红赶紧把脸扭开。有的美女发现别人在偷看王丰，就忍不住“嘿嘿”嘲笑别人。

大家一起工作一个上午，都觉得王丰挺老实的，低着头工作，一句话也不说，有时候发现女同事偷看还脸红。

其实，她们都错了，这王丰一点也不老实。别看他长得怪帅，为人可不怎么样。他最爱占别人便宜，自己从来都不吃亏。虽说跟他交朋友都没有占到便宜，但是还是有很多人喜欢跟他交朋友。因为这个人嘴能说会道，伤人的话一句也不说，说的都是别人爱听的话。即使是十分虚伪的话，到他嘴里说出来，都显得那样真诚。谁会不喜欢和这样的人交朋友呀？

他还是一个泡妞高手，小伙子长得这么帅，男人都想跟他做朋友，何况是那些少女？这张嘴在女人面前不仅能说会道，而且还会花言巧语，哄得那些无知少女纷纷投怀送抱。他还是个花心大萝卜，见一个爱一个。他很小的时候，就十分愿意和女孩子一起玩耍；青春期懵懂时，他隐隐约约知晓了一些男女之事，开始懂得讨女孩子欢心，随着年龄的增长，他的女朋友越来越多。

他这个人有一个很不好的习惯，就是喜欢脚踏多只船。像别人都是把这一个甩了，然后再聊下一个，但他呢，以前的女友还没有断，又和另外几个美女扯上关系了。也许他喜欢的就是这种刺激的感觉。

这个王丰来到财务部办公室，不知道谁会遭殃。

这些办公室的一群女生们偷偷看他的时候，他也没有闲着，也偷偷打量着这些美女。他觉得这些美女都不错，但是都难入他的法眼——喜欢有时候也会变得十分奢侈。

当他打量美丽公主——吴晴的时候，不由得眼前一亮。他觉得眼前这位戴着金边眼镜的美女，简直就是上帝送到人间的天使。

其实，吴晴的眼睛不近视的，只因为别人老是议论她蓝眼睛的事情，她为了减少麻烦就配了平光镜戴上。戴上眼镜后，她更显得温文尔雅，气质高贵，知性又不失甜美。

说来也奇怪，像这样见一个爱一个，宁可错爱也不愿放过一个美女的花心大萝卜，却对吴晴有种莫名其妙的尊重感，就像弟弟尊重姐姐一样。普通的美让大家平视，高贵的美却让人仰视。

他又打量刘婷芳，觉得她长得也十分漂亮，虽然比吴晴稍逊一点点，但比吴晴活泼天真，眉目间多了几分灵气。这种女生很聪明，一般很难搞到手，可恰恰是因为她们聪明，所以他才觉得这种挑战更刺激。他看到刘婷芳不由得点点头，心里说：我下一个女朋友就是她了。

他在这间办公室工作一个上午就看明白了，那些美女都因为害羞，不敢和他说话。他可不是一块木头，有的是手段。那些美女不跟他说话，他变着法儿就跟那些美女说话。和女人们打了那么久的交道，他对女人的了解也比一般男人多一些。

于是，他就故意找了一些资料装着不懂，去请教这些美女。被请教的美女自然很乐意告诉他。本来两句话就能讲清楚的问题，就故意讲老半天才说明白。他听得也是那么认真，还时不时点头，装出很专注的样子，让人觉得他很老实。

当他有问题去请教吴晴和刘婷芳二人时，一个简单的问题，却问得那样复杂。通常别人讲了几遍，他还皱着眉头说不懂。这两个人只好花费老半天才给他讲明白。

他在这办公室工作了一天，觉得工作环境还可以，心情十分愉快。

到了下班的时候，他高高兴兴往回走。他没有住在电子厂的宿舍里，而是在电子厂附近租了房子。

离他的房子很远，他就看见门开着，肯定是自己的女朋友——刘雅婷来了。因为他约刘雅婷到公园去玩。但他又一想："不对呀，她没有我的钥匙，怎么进得了屋呢？"

他顾不得多想，恨不得马上就见到刘雅婷。他的脚步加快，进了自己的房间，刚要张嘴喊"刘雅婷"，可是抬头一看，不是刘雅婷，而是王霞。他心中庆幸：刚才我幸亏没有喊出口，要不然我就惨了。

这王霞是谁呢？自然也是王丰众多女友中的一个。也是王丰目前最喜欢的一个，都把房门钥匙给了她。王霞一见男朋友可算回来了，忙关心地问："下班啦？那工作怎么样？"

王丰含糊回答："还行吧！"

王霞跑过来向男朋友邀功："小丰，你看我把这屋子打扫得这么干净，你怎么奖赏我呀？"

王丰打量了一下屋子，的确被王霞收拾得很干净。他心情也不错，就笑着说："我的奖赏就是全心全意地爱你，一辈子都不会变心。"

王霞开心地笑了。女人们是很喜欢这些甜言蜜语的，王霞心满意足，两手攀住王丰的脖子问："小丰，你今天上班，跟没跟什么女孩子搭讪呀？"

王丰含情脉脉地看着王霞，拿手刮了刮她的鼻子说："你看你这么聪明的人，怎么会问这么傻的问题！"

王霞一听就不高兴了，把小嘴一噘："哼，你嫌我笨，我偏问这个问题。今天，你有没有跟什么女孩子说话呀？"

王丰拉着王霞的手并肩坐下，说："我有你这么漂亮的女朋友，我还跟什么女孩子说话，你说还有什么女孩子比你更漂亮、比你更温柔呢？"

王霞这才喜笑颜开，甜蜜地把头靠在男朋友的肩上，说："你就是一个小甜嘴儿，天天逗人开心。"她紧紧地抱着男朋友的肩膀，就听王丰说："不过呀……"她一惊，没等王丰把话说完，把头抬起来追问："不过什么呀？"

王丰看着着急的王霞，笑着说："那些女孩子看我长得帅，都争着跟我说话。我就说：'你们别跟我说话，因为我的女朋友比你们每一个人长得都漂亮。'"

"你坏死了，害得我的心'扑通，扑通'直跳。"王霞用手轻轻敲打王丰的肩头，又甜蜜地把头靠在王丰的肩膀上。

王丰顺势把她搂在怀里，吻吻她的秀发，说："傻瓜，你怎么对我还不放心，我有你就够了，我的心哪还能再装下别人呀？"

接着，王霞提议去吃饭。王丰就帮王霞摆碗筷。王霞就把饭菜端到桌子上，坐在他的对面。王丰吃着饭，心中不由得暗暗着急：唉，没有想到这王霞会来，她要是今天不走，马上刘雅婷要过来了，那我就惨了。他忍了一会儿，不动声色地问："亲爱的，你今天晚上能不能留下来陪我呀？"

被需要是一种十分美好的感觉。王霞听到之后非常陶醉，可是她在危急关头还保持着清醒："不行，我晚上还上夜班呢，我吃了饭马上就走。我 5 点上班，晚了就来不及了。下次再陪你吧！"

王丰心中暗暗高兴：心里的一块石头总算落地了。我是 6 点约的刘雅婷，她们应该不会碰面。幸亏我聪明，我怎么会这么聪明呢？可是他的脸上还装出十分失望的表情，说："噢，好吧。本想让你多陪我一会儿，没有想到你要上夜班，那等你下次有空吧。"

王霞一听心就软了，温柔地说：“小丰，对不起，我要上班。你要是觉得今天晚上真的寂寞，我给厂里打电话，请假不去了。我就在这里陪你好不好？”

王丰赶快摇头说：“算了，还是上班要紧。我不能耽误你的工作。”

刘雅婷有很长时间没有见王丰了，思念搅得她睡不着觉，她就连做梦都是王丰。

早上，王丰给她打电话，说给她一个惊喜。她高兴得又蹦又唱，班也没有心思上了，就盼望着快到傍晚6点。这时间过得可真慢，简直连一秒的时间都被无限拉长。

她不知道男朋友会给自己什么惊喜，就提前下班，打算也给王丰一个惊喜。女人一旦真心投入一段感情，所有的事情便都为感情让步，所有的错事也都有了理由。

她满怀欢喜地来到男朋友门前，推开门抬头往里看。哎哟，只见王丰和一个挺漂亮的美女同桌吃饭。最使她不能容忍的是他们好像还很亲密。她不知道男朋友给自己什么惊喜。她看到这一幕，这喜是没有了，光剩下惊了。她不由得怒火中烧，冲进去问：“丰哥，她……她是谁呀？”

王丰见她来了，哪还会有惊喜，都成惊吓了。

王霞一见有一个美女来找王丰，而这美女好像还比自己漂亮，气呼呼地问：“她是谁呀？为什么来找你？她和你什么关系？她是不是你的女朋友？”她一口气不知道问了多少个问题。

王丰的两个女朋友撞面，是经常的事。人家是泡妞高手，解决这方面的事情最有经验，别说是两个女朋友撞面，就是四个五个女朋友撞在一起，他也游刃有余。

他就对王霞说：“姐，你先在这里待着。我马上回来给你解释。”他说着话，急忙把刘雅婷拉到没人的地方，说：“我不是让你6点来吗？你怎么来这么早呀？”

“我们都有好长一段时间没有见面了，我就是想你嘛。”刘雅婷不依不饶地问道：“丰哥，那个女人是谁呀？”

“谁让你这么早来的呀？你给我闯祸了知道吗？”

“我给你闯什么祸了？”刘雅婷不知所措地问。

“你知道刚才屋中那位是谁吗？”

“我刚才不是问你吗？你怎么又问起我来了，她是不是你的相好？”

王丰假装气呼呼地说：“雅婷，请你对她尊重一些，否则我就不理你了。”

刘雅婷伤心地哭了：“我就说嘛，你这么久没有找我，又有相好的了。是不是早就把我给忘了？”她说完就呜呜地哭了起来。

王丰拉着刘雅婷的手，说：“好了，好了，你就别哭了。什么相好不相好的，

她是我的姐姐，名叫王霞。”

刘雅婷止住哭声，不相信地问：“她真是你姐姐？”

“是呀！她就是我姐姐呀！”

“她是你姐，跟你怎么长得一点也不像呀？”

“谁说一个娘生的非得长得一模一样不可？我们只是姐弟，不是龙凤胎。”

刘雅婷还是不相信地问：“那她见着我干吗这么生气呀？分明就是在吃醋。”

“什么吃醋呀！”王丰开始信口开河，“我跟着我姐姐一起出来打工的。她对我管得可严了，就连我交女朋友也不允许。其实，我也老怕她了。要么这样吧，你先去开明广场等我，我等我姐走了，就去找你好不好？”他说完话，就伸手擦去刘雅婷脸上的泪水。

刘雅婷很乖地点点头：“嗯，我在开明广场等你，你一定要来呀！”说完她就离开了。

王丰见终于把刘雅婷打发走了，就长出了一口气。他就往回走，进了屋才想起来，这里还有一个大麻烦没有解决。

王霞正气呼呼地坐在床上，等王丰回来跟她解释。

王丰拿起手机，看了看时间，说：“王霞，这都5点多了，你怎么还不上班呀？难道不怕迟到吗？”

“我打电话请假了。”王霞没有好气地说，“你说我还有心情上班吗？”

“我这不是要给你解释吗？”

“我就等你给我一个合理的解释。”王霞说着说着，眼泪掉了下来，“小丰，你说她是不是你的女朋友。”

王丰这下没有否认，点点头说：“是，她是我的女朋友。”

王霞一听，“哇”的一声大哭起来。王丰就靠着她坐下来，抱着她。她甩开王丰，说：“你走开，不要碰……不要碰我！”

王丰却把她抱得更紧了，说：“她是我女朋友不假，可那都是过去的事情了。她是我没有遇见你之前就认识的。她一见我，就疯狂地追求我。我不喜欢她。说实在的，我没有遇见你之前，不知道什么叫爱情。直到我遇见了你以后，才知道什么叫爱。你放心，我一生只爱你一个。现在是，以后是，永远都是。”

王霞半信半疑，问：“那她来找你干吗？是不是还纠缠着你不放呀？”

王丰抱着她说：“不是，人家已经有男朋友了，她邀我去看看她的男朋友。可我拒绝了她。”他低下头，看着怀中的王霞是那么温柔，温柔得就像一只小猫儿一样，他忍不住在她额头上亲了亲，横下心来说，“亲爱的，你今天不上班也好，就在这里陪我吧！”

女人都是水做的，当听到这种话，王霞的疑虑就基本消除了，从王丰怀里站起来说：“我要上班了。”

“你不是请假了吗？”王丰奇怪地问。

王霞说：“我就请了一个小时的，要是不去上班，会被罚钱的。”她说完就走了。不过在临走的时候，在王丰的脸上吻了一口。

王丰笑嘻嘻地看着她走远，打扮了一番，来到开明广场，跟刘雅婷好一番浪漫。

第二天，王丰早早就来上班了，这一上午倒也相安无事。

到了吃中午饭的时候，在去工厂餐厅的路上，财务部办公室浩浩荡荡的美女大军中多了一个帅哥，美女和帅哥这样的组合，很快成了这个厂里的一道亮丽风景线。

王丰被这一帮美女簇拥，简直就像是《红楼梦》中的贾宝玉一样。可羡慕坏了电子厂所有的男的，当然也包括李贵诚在内。

吴晴和同事，有说有笑开心得不得了，却没有注意到旁边有一双充满爱慕的眼睛，一直在默默关注她。

这自然是深深地爱慕着吴晴的李贵诚，他发现在吴晴的身边多了一个帅哥，心里开始不高兴。

李贵诚看着王丰，心中很是羡慕：唉，你怎么这么好福气呀，一来就能坐到她的身旁。也不知道坐到她身边的幸福是什么味道。唉，我什么时候才能坐到她面前，跟她讲一句话我就能幸福得快要死掉。唉，这也是白日做梦吧！也许我这一辈子，都没有福气跟她说上一句话。想到这里，他心中又涌出一番痛楚。

到了下班的时候，李贵诚到刷碗池洗衣服。那刷碗池就在宿舍前不远处，是砖头砌成，用白瓷砖贴面。刷碗池有 1.5 米长，中间有个长钢管，上面两边都是水龙头，以便南北两边都能刷碗、洗衣服。竖面瓷砖上有一行醒目的红字：讲究卫生，节约用水。

在刷碗池前面有一排香樟树，左侧就是一片草坪，草坪中有许多花，不说是姹紫嫣红，那也是五颜六色，时而有双双对对的蝴蝶翩翩起舞。这里的风景显得特别美。

他本来每天早上都洗衣服，可是今天起来晚了，他没来得及洗衣服就上班了，所以到下班的时候才来。

这里已经有两个小姑娘在洗衣服了，于是他就用旁边不远处的水龙头洗衣服。

他在洗衣服之余，偷眼看那两个美女，不由得激动了起来。这两个人竟

是吴晴和刘婷芳！

他从来都没有离吴晴这么近过，不知道是高兴还是紧张，整个人都哆嗦起来。

突然他有个想法，想要跟吴晴搭讪。但他不知道该说些什么，也没勇气跟她说话。他就在想："如果我跟她说话，她要是不理我，我不是很难堪吗？要是她因我长得丑跟她说话，生气了骂我一顿，我该怎么办？"思想矛盾之下，这搭讪就不了了之了。

这时，吴晴把衣服洗完了，就说："婷芳，我先上楼了。"

刘婷芳央求道："好姐姐，你洗完衣服了，在这里陪陪我吧！"

"我在这里陪你，我们晚上不吃饭了？"

李贵诚听吴晴喊面前这个女孩子"婷芳"，不由得大吃一惊，怎么也不敢相信眼前这个天真烂漫的小姑娘就是电子厂所有男人谈"芳"色变的"女诸葛"。

他只听说过"女诸葛"刘婷芳，但是不知道哪个是"女诸葛"。在他想象里，"女诸葛"至少也有 40 岁，长得五大三粗，十分丑陋，让人一见了就害怕。

第七章　如梦似幻的人生

李贵诚遇见了"女诸葛"刘婷芳，出乎意料的是，这"女诸葛"竟是一个天真烂漫的小姑娘。他觉得自己好幸运，幸亏没有跟那个心爱的女孩搭讪。要不然，自己怎么倒霉的也不知道。但他还是不敢相信眼前这个小姑娘，怎么会让这些男人怕她？

李贵诚吃过饭后，本想玩一会儿电脑，但是心里一想起美丽的公主，怎么也玩不下去了，就把电脑关了。熄灯躺在床上，却翻来覆去怎么也睡不着。他想着美丽的公主，又想起今天见到的"女诸葛"刘婷芳。《诗经》里说"求之不得，寤寐思服"，大概就是这个感觉吧。

他想了好久，才昏昏沉沉地睡去。也不知道睡了多久，恍惚间感觉自己就在仓库做什么记录。

突然听到有人敲门，他抬头一看，不由得吓了一跳。敲门的正是男人的克星女诸葛——刘婷芳。不知道她找自己有什么事，忙战战兢兢地问：“你找我有什么事吗？”

刘婷芳回答：“李贵诚，有一个人要见你。”

“什么人要见我呀？”

“不要问，你跟我来就是，到地方你就知道谁要找你了。”刘婷芳嘴角带着诡异的笑容，转身离去。

李贵诚不知道为什么，不由自主地跟着她一前一后就来到宿舍后面的广场。

他看见有一个女郎背对着他们，光看灯下缥缈的倩影，就可以断定她绝对是个大美女。

李贵诚走上前，未曾说话，脸先红了，十分忸怩地问：“你好，是你找我吗？”

那个女郎转过脸说：“对，是我找你。”

李贵诚一看，那真是一张俏丽非凡的脸，一双蓝宝石的眼睛，像泉水一样清澈。正是自己深爱的那个不知名的女孩。他一阵激动，一阵高兴，又一阵紧张，还有一阵害怕。他愣怔怔的一句话也说不出来。

吴晴看着发愣的李贵诚，说：“你不是天天都在想我吗？怎么，今天见到我，怎么不说一句话呀？”

李贵诚十分尴尬，红着脸说：“我……我……我……”他只会说“我”，其他的话都不会说了。

吴晴又问：“你天天想我，是不是喜欢我呀？”

李贵诚又木了半天，才反问：“如果我喜欢你，你会不会接受呀？”

吴晴毫不犹豫地回答：“我不接受你！”

李贵诚听了，就像有人在心头上重击了一下似的，半天才问：“为什么，你是不是嫌我长得丑？”

刘婷芳就在旁边开言道：“我说你呀就死了这条心吧！你说哪个女孩子会爱一个木头呀！”

吴晴笑了，似乎在嘲笑他，问：“你觉得你什么地方能让我爱呀？你有让我爱的地方吗？”

李贵诚一听，心想：“是呀，我只想着爱她，可是有什么资格爱她？像她长得这么美丽，像天使一样。而我呢？和她相比那就是地下天上。我想她就是对她的亵渎，更不要说爱她了。就是她愿意嫁给我，我又用什么给她幸福呢？我是富二代吗？不是！我很有钱吗？我穷小子一个！她跟着我受苦，我会忍

心吗？我有什么地方值得她爱我，她又怎么会看上我呢？算了，我还是打消这个念头吧！”

就在这时候，好端端的青天白日却开始聚起黑雾。刚开始的时候，黑雾一点点，后来黑雾遮天盖地，伸手不见五指。

好一会儿，黑雾才散去，吴晴却没了踪影。

李贵诚和刘婷芳都惊叫：“难道这是在闹妖精吗？”

刘婷芳问：“姐姐哪儿去了？”

李贵诚也不敢相信，可是分明吴晴就不见了。

刘婷芳着急：“你说不是妖精，那黑雾是什么？为什么黑雾一过，我姐姐就没了？”

李贵诚也着急了：“那肯定是被妖精掳了去。”

刘婷芳就说：“李贵诚，你不是喜欢她吗？你快去把她救回来才是。”

李贵诚自然不会袖手旁观，问：“你可知道那个老妖精的老窝在哪里？”

刘婷芳说：“这个妖精来自竹林公园，血竹老魔王。对，就是血竹老魔王把我的姐姐抓走了。”

李贵诚点点头：“好，我绝不会眼睁睁看着你姐姐被老魔王抓走。到了晚上，我就闯一闯竹林公园。”

说来也奇怪，这天色瞬间就黑下来了。他就对刘婷芳说：“你等我的好消息，我这就回房间换衣服。”说完，李贵诚就回到自己的房间，急忙换上了一身白色道服，袖口、领口都镶着黑边。明眼人一看就知道，李贵诚练过跆拳道。

这跆拳道起源于韩国，乃是一种使用手和脚的近身格斗或对抗的运动。它以“始于礼，终于礼”的武道精神为基础，以“礼义廉耻、忍耐克己、百折不屈”为跆拳道精神。学习跆拳道是很辛苦的，只有不怕辛苦的人才能学好跆拳道。他拿出红色腰带系在腰中，十分醒目。懂得跆拳道的人，就知道李贵诚已经练到红带一级。

他急匆匆奔赴竹林公园，一个凡人为了自己心爱的女人，去斗一个十分凶恶，而且又极有魔力的血竹老魔王，也许这就是爱情的力量。

这个竹林公园离电子厂不远，过两个红绿灯的路口，300 多米就到了。

不多时，他就来到竹林公园。这里面竹子很多。

说来也奇怪，那竹子本来都是死物，但是李贵诚往里走，那些竹子就会移动位置，拦住李贵诚的去路，李贵诚就施展拳脚往里冲。他每前进一步都是那么艰难，但依然为爱情奋斗。这些竹子哪能挡住他坚定的步伐。他一步步往里冲。

终于，他冲破了那些竹子的阻拦，来到老魔王的面前。

那老魔王长得真是十分怪异，浑身上下都是竹子叶，简直就是一棵大竹子，只不过浑身上下都是赤红色，老魔王正蹲在吴晴的面前，说："我说你这个小妞也太不识相了，让你做我的妃子，也没有委屈你。你怎么就不答应了？"

吴晴被绑在一个椅子上，一个劲地哭，一句话也不说。

李贵诚看着自己心爱的女孩哭得那么伤心，心都碎了，忍不住大喝："你这个作恶多端的老妖怪，胆敢在这里兴风作浪！"

吴晴一见李贵诚，就像见到了救命稻草，哭着大喊："贵诚哥哥，快来救我呀！这个老妖怪要逼我嫁给他。你快带我离开这个地方。"

"你不要着急，我来就是为了救你出去。"李贵诚又对老魔王说，"喂，你这个老妖怪趁早把这个女孩子放了，要不然我就不客气了！"

那个老魔王看了看李贵诚，轻蔑地说："你是谁，竟敢来这里搅我的好事。我会让你死得很难看。"他又对那些竹子说，"你们都是一群废物，怎么连一个凡人也挡不住呀？"

那竹子居然也能口吐人言："那个人有一种勇不可挡的力量。我们谁也挡不了他。"

"你们真是一群废物，连个凡人都挡不住，我要你们有什么用？"老魔王气急了，把长满竹叶的爪子一挥，就见一道黑烟扑向那些竹子。黑雾散去，那些竹子已成了碎片，在天空中飘着。

李贵诚一见老魔王果然没有人性，就挥动拳头往上冲，恨不得把老魔王打倒。

老魔王传下命令："来呀，给我挡住这个小子，要是挡不住，刚才的那些竹子就是你们的下场。"

他这一下令可了不得，那些小竹怪不要命地往上冲。李贵诚施展跆拳道，虽说他的水平和那些跆拳道黑带九段的高手差得远，但也是相当厉害。跆拳道讲究的是拳和腿攻击人，最厉害的就是能用旋风踢。

他的跆拳道是很厉害，但他对付的毕竟是妖魔鬼怪，这些小竹怪有很多。最终寡不敌众，被擒住了。他看着吴晴说："我不知道你叫什么名字，但我很爱你。不管你喜欢不喜欢我，我依然为了你而拼命。"他也不知道从哪儿来的力量，猛一起身就把小竹妖弹飞好远。他顺手抓过一把宝刀，只见这把宝刀火光焰焰，想必是一柄斩妖除魔的神兵利器。

果然，李贵诚手握这把宝刀顺手一砍，就将一个竹妖砍为两段，那棵竹子居然流出鲜血来。李贵诚趁势奋起，抡起宝刀把那些小竹妖斩得稀里哗啦的。但是那些竹子妖，还是前仆后继地往上冲。

最终，李贵诚把那些小竹妖斩得干干净净，冲着老魔王招手："哎，你这

个老妖怪，你所有的小竹妖都被我斩尽杀绝了。你还不过来跟我痛痛快快打一仗。”

老魔王大吼一声，就来到李贵诚面前伸手一掌，一片血光扑向李贵诚。李贵诚闪身躲过，抡起宝刀就砍向老魔王。

老魔王躲闪不及，被李贵诚刺了一刀，正中腰下。老魔王恼羞成怒，立刻使用魔法招来无数黑云，冲向李贵诚。李贵诚四处躲闪。与老魔王大战四十回合，老魔王才终于被打倒。吴晴哭着喊：“李贵诚，你快来救我呀！”

“好，我现在就帮你解开绳子。”李贵诚来到吴晴的面前，给她解开绳子。她哪还能站得稳呀！一下子就瘫软在李贵诚的怀中。他关心地问：“你没事吧？”

“我没事。”吴晴看着李贵诚，问，“你为什么这样不要命地救我？”

李贵诚在老妖魔面前丝毫不惧，但是在吴晴的面前，是那样害怕，害怕得连一句话也说不出来，甚至连抬头看吴晴一眼也不敢看，只低下头一句话也不说。

吴晴又问：“你是不是喜欢我呀？你为什么不讲出来？你不说出来，我哪知道你喜欢我呀？其实，我也喜欢你呀！可是你连跟我说话的勇气都没有，我又怎么会喜欢你呢？”

终于，李贵诚有勇气抬头看吴晴了。吴晴在他的眼里，那自然是天使、是女神，是那样神圣不可侵犯。

他傻傻地问吴晴：“你能不能把你的名字告诉我呀？”

“你不是喜欢我很久了吗，怎么连我的名字都不知道，听好了，我叫……”

李贵诚认真地听着，但他只见吴晴张嘴说话，却什么也听不到。他十分着急，大声地问：“你到底叫什么名字呀？”吴晴又说了一遍。他还是什么也没听见，又大声问。

吴晴一遍又一遍地告诉他自己的名字，李贵诚始终都没有听到自己女神的名字。

他着急极了，拼命地晃脑袋，结果美梦就醒了。什么斩妖除魔、英雄救美呀，都是在梦中发生的。

这时候，天还没有亮，他打开手机看时间，才凌晨 3 点 10 分。

他做了这个梦，就再也睡不着了，想着梦中吴晴的那番话：“你是不是喜欢我呀？你为什么不讲出来？你不说出来，我哪知道你喜欢我呀？其实，我也喜欢你！你连跟我说话的勇气都没有，我又怎么会喜欢你呢？”

他躺在床上，想道：“对呀，我这么爱她却不说出口，她怎么能知道呢？我为什么没有勇气跟她讲话？搭讪还可能有机会，但是不搭讪就永远没有机会，我要找个机会跟她搭讪。”

这个决定做出以后，他每天守在吴晴经过的地方，但是每次他都鼓不起勇气，眼睁睁看着吴晴走过。每次错失机会后，回去他都深深地责备自己，可是当他又一次鼓起勇气等候吴晴的时候，勇气又泄得精光。

眼看，这一天下班的时候，又是一次好机会。吴晴在洗衣服，他也在洗衣服。他鼓足的十二分勇气，见了吴晴也不知道跑哪里去了。

他看着吴晴洗衣服，无数次想要跟吴晴搭讪，但是都没说出口，反倒把自己弄得脸红。

吴晴洗完了衣服，就端着盆转身要走。李贵诚一看这次机会又要错过了，心想要是这一次机会错过了，又要等到明天了。他终于下定决心，走向前去，用小得几乎听不见的声音说：“你好。”

他这一句搭讪，倒把吴晴吓了一跳。

吴晴看到他忽然挡住自己的去路，惊讶得抬起头，然后就慌里慌张地走了。

看着心爱的女人离开，李贵诚十分沮丧，既埋怨自己，又怪老天爷，为什么会这么不公平。为什么这个美丽的女孩连看自己一眼都不行，唉，感情真是个让人伤神的事情。

王丰在财务部办公室工作了几天，跟办公室的所有美女都混熟了。而且他说话幽默，所以人气还挺高的。有时候，挺假的话从他嘴里说出来，都是那么好听。那些美女明知道是假的，但是听了还是那么高兴。人与人之间的交流就是这样微妙，同样的一句话，从不同人口中说出来就是不一样。

一天，大家干完了手中的活，闲着没事干。黎婷就没话找话，笑着问王丰：“小王，你刚来的那两天，怎么老是盯着我们陈大美女呀？”这陈大美女自然指的是陈美霞。

这个尴尬的问题要是换作别人，纵然会脸红，那也自不会承认。但王丰脸不红气不躁，不慌不忙，更没有否认：“那两天我是老盯着陈姐看来着，我想在这个办公室居然还有这么靓丽的女孩。要她做我的女朋友，我是没有这个福气了，你们说我不偷看陈姐，还能做什么呢？这么漂亮的女孩子在眼前，不多看几眼，那是要遗憾终生的。”

大家一听，不由得哄堂大笑。

陈美霞被笑得不好意思，其实她听了王丰这番话，也是心中甜蜜，没有留神，幸福的笑容跑到脸上。她怕别人看见取笑她，就推了一把黎婷，说：“是不是你看上了王丰，却拿我当挡箭牌？”

黎婷笑着说：“我喜欢他什么呀，我都有男朋友了。”

大家你一言我一语，十分开心。

刘婷芳伸了伸懒腰，准备四处去走走，无意中看见王丰时不时地在看自己，问道：“小丰子，你看什么呢？”

这要是换了别人，肯定就生气了。叫他小丰子就是说他是太监。哪知道他不但不生气，反而立刻“啪啪”打了两下马蹄袖，学着清宫戏里太监的样子单腿点地，尖着嗓子说：“奴才在！”他学太监说话惟妙惟肖，不去当演员真是可惜了。

美女们被逗得花枝乱颤，一下子财务部就从现代电子工厂穿越回清朝，变成了皇帝的后宫。

刘婷芳顺势学着后宫妃子的腔调，慵懒地问：“小丰子，你有什么事来此呀？”

王丰依旧学着太监腔调：“奴才回芳贵人的话，奴才是奉了老佛爷的懿旨，请芳贵人、晴格格到慈宁宫候旨。”

“芳贵人”就问：“什么老佛爷？我们没听说过。”

“哎哟喂，芳主子呀，你说话可得留点神儿，你说太后老佛爷是哪个老佛爷，当然是我们的慈禧老佛爷了。”王丰跷起兰花指，真是活脱脱一个太监，又逗得那些美女笑得直喊肚子痛。

刘婷芳似乎没玩够，沉浸在自己精湛的演技中，娇俏地端起架子说：“好，前头带路。”

“喳！”王丰上前弯腰，并扶住刘婷芳的手。

刘婷芳虽然是真娘娘，但是王丰却是假太监。触到王丰的手，刘婷芳吓得一甩手，忙问：“你干什么呀？”

王丰笑着说：“芳贵人，你见哪一个太监不托着主子的手呀？”

“你占我的便宜！”

“我是太监，怎么能叫占你的便宜呢？你说哪个太监能占你的便宜？走吧，老佛爷在慈宁宫等你呢！”王丰就托着刘婷芳的手，装模作样走了一番。

吴晴笑得直不起腰来，问：“王丰呀，你这是哪一出清廷剧呀？”

王丰拉着刘婷芳的手，回答说：“奴才演的这是《一个太监和一个贵人的故事》。”

刘婷芳甩开王丰的手，怒声呵斥说：“你哪是太监呀，简直就是一个色狼！”

同事中有个叫刘丽的，笑着问刘婷芳：“‘女诸葛’，你不是色狼的克星吗？他还能把你怎么样？”接着她又对王丰说，“王丰你可要小心哟，她可是你们色狼的克星。你竟敢在她面前这么放肆，看她怎么收拾你。”

王丰赶快单腿跪地，做出十分害怕的样子，说：“‘女诸葛’，饶命呀，我错了，下次我不敢了。”

王秀娟就笑着打趣：“王丰，你这是在求婚吗？”

王丰几次想跟她成男女朋友。但是他一说这个话题，刘婷芳就用别的话题扯过去。他觉得刘婷芳太难追了，激流勇上，这就引起他对刘婷芳更大的兴趣。

他这两日正愁着怎么追刘婷芳，就借着王秀娟“你这是在求婚吗”这一追刘婷芳的机会。他的脑子反应真快，真的拉住刘婷芳的手单膝跪地求婚：“亲爱的，你就嫁给我吧！我会一辈子爱你的。I love you！”

第八章　上有天堂　下有苏杭

王丰真不愧是泡妞高手，他借着这次开玩笑就假戏真做——求婚。大家还以为他开玩笑呢，都看着刘婷芳尴尬的样子捧腹大笑。尽管刘婷芳热情奔放、性情泼辣，也被弄得不好意思起来，那脸红得就像苹果似的。索性就趴在桌子上哭了。

到了下班的时候，大家都纷纷离开。

刘婷芳还趴在桌子上哭呢。吴晴没有走，在她身边劝慰，怎么劝她也不抬头，只是“呜呜”一个劲地哭。

王丰也没想到事情会发展到这个地步，走上前，赔不是道：“好了，对不起，我错了。一切都是我的错，我不该让你在众人面前出丑。你就别哭了，要是你还生我的气，就打我两下。”他说着话，就用手推了推刘婷芳的肩头。刘婷芳没有大的反应，只是“呜呜”地哭个不停。他就拿起刘婷芳的手往自己身上打，边打边说：“好了，好了，你怎么惩罚我都行，只要你别哭。我一听你哭，我心里就发慌。”

吴晴看着着急的王丰，说：“你看你开玩笑也没有你这样的，过分。你当着这么多人的面向她求婚。你让她一个女孩子的脸面往哪儿搁呀！再说这个求婚的玩笑能是随便开的吗？”

王丰听了着急地说："她这样哭个不停也不是个事儿，你也想个办法呀！"

"你知道这不是事儿了吧？以后呀，这种玩笑少开！"吴晴看着王丰可怜巴巴的，口气就缓和了下来，"这样吧，你先走吧，我留下来慢慢地劝就是。"

"吴晴姐，拜托你了。"王丰说完只好唉声叹气地走了。

吴晴看着正在哭泣的刘婷芳发愁，可是还没有等她张口劝呢，哪知道刘婷芳把头抬起来了，一滴眼泪也没有，相反还笑嘻嘻地问："他们都走了吗？"

吴晴吓了一跳，问："婷芳，你在干什么呀？"

刘婷芳十分扭捏地说："哎哟，你就别问了嘛！"

吴晴这才恍然大悟地笑着说："噢，我知道了，原来你听说王丰向你求婚，你非但没有生气，相反，心里就像吃了蜜一样！怕我们看见你脸上的笑容，取笑你一番，所以你就趴在桌子上。刚才你不是在哭，而是在偷偷地笑。"

刘婷芳哪能承认，忙否认："不是的啦。好了，这人都走了，你还不下班吗？"

吴晴用手指刮着自己的腮，说："羞，羞，一会儿哭，一会儿笑。"

说罢，两人有说有笑地回去了，好像什么事都没发生一样。

王丰他的心情特别不好，随便做了一点饭吃了，碗筷也没刷就躺在床上。就听门外响起了敲门声，他没有一点精神，问："谁呀？"

只听见门外有一个娇柔悦耳的声音说："王丰，是我。"

这美女敲门是多少男人做梦都想的事，可是王丰却不胜其烦。他开门一看，门外站着一个美女。这也是他其中一个女友，名叫谢玉梅。

她一进门就抱住了王丰的腰，说："亲爱的，你今天能不能陪我去逛街呀？"

要是往日，王丰一口就答应了。可是他今天心乱如麻，说什么也没有心情陪着女朋友去逛街。

谢玉梅问男朋友："为什么，难道你都不喜欢我了？你见到比我更漂亮的了？王丰，你说我美吗？"她这句话问出口，自己也觉得不好意思了，就害羞地把头低下了。

王丰看着眼前的谢玉梅，要说以前她还真的是一个美丽的女孩。但是自从他见到吴晴、刘婷芳，那谢玉梅在他眼中就黯然失色了。他怕谢玉梅伤心，就说："你在我的心目中，一直都是最漂亮的。我这一辈子就爱你一个。"说出这话他自己都想吐，可是谢玉梅听了，心中甭提有多甜蜜，满脸都是开心的笑容。

王丰本想一个人静一静，谢玉梅就是不走。他心里想的都是怎么追刘婷芳，哪有心思陪谢玉梅。谢玉梅还是在他的面前喋喋不休，他三句只能应付两句，话一多了，还是前言不搭后语。

谢玉梅喋喋不休和王丰缠绵了半天，这才依依不舍离去。

王丰见她终于走了，这才长舒了一口气，可是门外又响起了敲门声。他以为是谢玉梅又回来了，就没有好气地说：“你不是走了吗？怎么又回来了呢？”

门外站着一个漂亮的女孩，可是不是谢玉梅。她又是王丰另外一个女朋友，有一个很好听的名字——冯梅秀。

她偏着头看着自己的男朋友：“谁来了？”

王丰随口回答：“刚才来了一个朋友烦得要死，在我这儿啰唆了半天才走。”

冯梅秀看着王丰言辞闪烁，就问：“该不是你的女朋友吧？她长得美不美？”

“唉，要真是美女，我还是这一副表情吗？要真是美女就好了。”

“不是就好了，你少在外面拈花惹草。”冯梅秀说着就要进屋。

王丰就摆了一个Pose，挡在门口。

“你挡在门口干吗？是不是怕我进屋看到你的秘密？”冯梅秀从王丰胳膊底下钻了过去。可她进屋一看，这美女没有，倒是看到锅碗瓢盆乱七八糟的。

她十分利落地挽挽袖子，边刷锅碗边埋怨：“王丰呀，你也真是够懒的，我每次来，你这屋中都是乱七八糟的。”

王丰一看，懒洋洋地半躺在床上，斜眼看着冯梅秀，说：“我就知道今天你要来，你知道这叫什么吗？”

“这叫什么，等着我给你刷碗？”

王丰摇摇头：“嗯，不是，我怎么舍得你刷碗呢，我是说我们有默契！这就叫心有灵犀一点通。”

她本来很生气，一听王丰说这话，怎么也气不上来，笑着说：“我和你有默契能累死。”

说话间，她就把碗筷刷好了，又拿起笤帚扫地。王丰就从后面抱着她的腰，说：“梅秀，你真好。”说着在冯梅秀的脖子上亲了一口。

冯梅秀没有白忙活，得到王丰一个吻，笑着说：“嗯，在我面前说得好听，不知道背着我找了多少女朋友。”

这次，王丰挺坦然，说：“女朋友我不是不想找，但是我也找了半天，也见了许多女孩子，就是没有遇见一个比你漂亮的女孩子。唉，我看在这世上比你长得漂亮的也就没了，我找下一个女朋友也就难了。”

冯梅秀挣扎出王丰的怀抱，生气地说：“啊？你要找女朋友，难道我不好

吗？你老实告诉我，你到底找到了几个女朋友？”

“那是我说着玩的，你说我有你这样好的美女做女朋友，还有什么不满意的？如果我有了你，还找其他的女孩子，那我的脑袋就是被门挤了。”

冯梅秀就忍不住笑了：“你不是被挤脑残了吗？”

王丰笑着说：“我知道你不喜欢脑残，所以我就没敢用大门挤。”

冯梅秀拉着王丰的手，撒娇说：“走，我们去开明广场走走吧！”

刚才谢玉梅要王丰去开明广场，他不想去，这冯梅秀让他去，他倒是乐意去了。说着就手牵手来到开明广场，又搂又抱，搞得好浪漫！

没想到刚来一会儿，就又撞见了他的另一个女朋友。

还是冯梅秀先发现的，她一把拉住王丰问：“哎，王丰，那个不是你的前任女朋友陈美珊吗？”

王丰扭脸一看，妈呀，他害怕地一拉冯梅秀，说：“我们走吧！”

冯梅秀一看，就不高兴地说：“王丰，你是不是跟她还有联系？”

王丰连连摇头：“没有没有，一点联系也没有。”

“哼！”冯梅秀哼了一声说，“王丰，你心中要是没有鬼的话，那你干吗害怕？”

王丰嘴硬：“谁害怕了，我们能有啥联系呀，我和以前那些女朋友的联系，不也为你断了吗？”

“说得挺好听，不知道你背着我交了多少女朋友。”

“以前的事情都过去了，我们还是走吧！”王丰拉着冯梅秀的手，匆匆忙忙离开了开明广场。

冯梅秀本来挺开心的，但是看见王丰害怕陈美珊的样子，心里就不高兴。

王丰和她的心情不一样，心中庆幸陈美珊没有看见自己。

王丰拉着冯梅秀回到房间，冯梅秀还在不依不饶地问王丰。女人通常都对男朋友的前女友十分敏感。可是上天赋予了王丰能解决这种事的能力，冯梅秀本来挺生气的，被王丰花言巧语一番，她的怒气不仅全消了，还心满意足地离去。

转眼间，清明节就到了。常言道清明时节雨纷纷，可是今年的清明天气特别好，晴空万里，正是旅游出行的好天气。

公司为了提高员工的积极性，搞了个西湖旅游行动。这厂里员工太多了，一趟西湖行，要不少的费用。

于是，总经理只能挑最优秀的 20 名，他为了讨好许洪亮，就把吴晴姐妹二人带上，黎婷、刘婷芳、王丰自然少不了。其中也包括李贵诚，那也是许洪亮再三提出来，总经理才答应的。

这选上的20个人自然是兴高采烈，没有选上的就心里特别不平衡。特别是老戚等人的抗议声就更高了，说这个厂里制度不公平，但他们也只能在背后说说而已。

清明节这一天，大家早早就在车站等车，西湖之旅带队的就是许洪亮。

不一会儿，这公交车就到了。许洪亮就让这些人上了公交车，直奔西湖。

王丰在公交车上和吴晴、刘婷芳有说有笑的。惹得一些男同事既羡慕又嫉妒。

李贵诚在不起眼的角落坐着，看到王丰左右逢源的样子，丝毫没有羡慕的意思：有些人天生就有一种和异性打交道的魅力，自己也许这方面不如他，可是肯定会有比他优秀的一面。

吴晴在和王丰说笑之余，也打量车外的风景。在公路两旁有整齐的路灯。路灯下面则是半米高的灌木，被工人剪得整整齐齐，隔开机动车道和非机动车道。在人行道的两边，种着香樟树、玉兰树之类的风景树。这市区绿化搞得非常好，让人看到赏心悦目。一座座高楼大厦拔地而起，设计得别具风格，足以显示杭州的富饶和繁华。

公交车行驶到一片树林，道路两旁都是郁郁葱葱的大树，树叶有好多种颜色，深绿、嫩绿、嫩黄、浅红、紫红……就是画家描画也描不出这么美的画卷。

吴晴不由得赞叹大自然造物的力量。

公交车很快就穿过树林，来到田野中。那里有一望无际的水稻、大麦等农作物，还有一大片油菜花地。现在，正是油菜花盛开的时候，一片金黄的油菜花，随着春风此起彼伏，就像绿色海洋泛起黄金海浪，让人无限遐想。

公交车来到了杭州火车站。大家就在这里等着换乘另一路公交车，等了半天也没见公交车，只好包了一辆面包车。

这20个人好像货物一样被塞进车里，你挤着我，我挤着你，你坐在我腿上，我坐在过道里，不得不令人佩服司机在如此超载的情况下还能自如地开车。

面包车行驶了好长一段，这才来到西湖大门口。大家正挤得难受，一听说到了西湖大门口，都纷纷争着下车。

吴晴和刘婷芳下了车，就直接跑到一旁吐个不停。车里太挤，而且空气不流通。直到她们把吃进肚子的东西全吐出来，才作罢。

许洪亮心情十分好，因为他对西湖太熟悉了，曾多次到西湖游玩。他挥动着小旗子告诉大家："你们跟紧了，不要落单。否则走散了很难找得到。"

他们第一站是钱王祠。他们穿过三道大门，一尊高大石像屹立在旅客的面前，那石像顶盔掼甲，手拿弓弩，十分威武地注视前方。

王丰好奇地问："这石像是谁呀？"

许洪亮十分含糊地回答："好像是春秋战国的一个君王吧，我也不清楚。"

他们绕过石像，眼前不由得一亮。大家看到了闻名于世的西湖。西湖旁边真是熙熙攘攘，游人如织。

现在正是阳春三月，姹紫嫣红。西湖本来就很美，被春天完美地装饰，真不愧是人间天堂。垂柳枝条摇曳，绿树交错成荫。那绿草为大地披上绿装。万紫千红的花儿，俏皮地点头，仿佛是在欢迎西湖的游人。游人边走边看美景。还有许多则是坐下来慢慢欣赏美景。有更多人用手机、相机拍照留念。

走过功德坊，就来到西湖边上。都说西湖水平如镜，当然也不是平得跟镜子一样，但水面仍然十分平静。这么大的西湖没有大波浪，如一块碧玉，让人感觉很平静。往西湖中心看，便有许多游船画舫，在清澈碧玉般的湖水中荡漾，真的是逍遥胜神仙。

他们往左走了不多远，就是柳浪闻莺。以前柳浪闻莺是帝王御花园，现在是清波门的大型公园。园林格局清新、雅致。这里以垂柳为主，在垂柳中还有紫楠、雪松、广玉兰。西湖边垂柳枝条能垂到水中，真是美如仙境。

只是，黄莺少了些。大家来了半天还没有看到一只黄莺。有些人开始开玩笑。

不过，在这里呼吸新鲜空气，欣赏如画般的美景，还是让游客心旷神怡。

又往前走几步，就看见历史上最著名的涌金门。

许洪亮说："我马上带你们到三潭印月好不好？"

刘婷芳问："三潭印月离这里远吗？"

"远是不远，不过我们要坐船，大家有人晕船吗？"

大家一听说坐船游西湖，无不雀跃，都纷纷摇头说："不晕不晕！"

许洪亮就带着大家上了游艇，让大家坐好，然后他就去买船票。

不一会儿，游艇就坐满了游客。游艇启动了，可是速度并不快。人们坐在游艇中，荡漾在西湖上，欣赏着美景，真有点做神仙的感觉。

吴晴情不自禁地说："这感觉太奇妙了，就像腾云驾雾般。"

刘婷芳也说："天呀，这是我第一次醒着都有在梦中的感觉。"

王丰也不由得油嘴滑舌起来："我都不知道是在做梦还是在现实中了，坐在两位美女身旁，荡漾在水平如镜的西湖中，做神仙也不过如此吧！这要是美梦，我希望永远也别醒过来。"

刘婷芳向王丰瞪了一眼，说："王丰，如果你再说废话，你信不信我一脚把你踹水里去？"

吴晴在旁边忍不住笑："王丰，你不是希望永远也醒不过来吗？正好让婷芳给你一脚踹下去，你就永远不用醒过来了。"

王丰吐了吐舌头，做了个鬼脸，就没敢再胡说八道了。

吴晴扶了扶眼镜框，欣赏起西湖美景。

不一会儿游艇就到岸了，虽说上了岸，但是岸上还有水，一块块长条青石立在水中，供游人走路。穿过一凉亭就看见一个石碑，上写“三潭印月”。

许洪亮边往里走，边问大家：“你们看见没有，这‘三潭印月’写错了一个字。你们知不知道是哪个字写错了？”

大家你看我我看你，谁也没回答。他们有的真不知道，有的知道了也不好意思回答。

许洪亮这个人真有意思，见没有人回答，他就指名道姓了：“刘婷芳，你不是号称‘女诸葛’吗？你说说看，这‘三潭印月’是哪个字错了？”

刘婷芳也没有谦让：“这‘三潭印月’的‘印’写错了，本该是倒映的‘映’，不是印刷的‘印’。”

许洪亮一跷大拇指：“真了不起，‘女诸葛’就是‘女诸葛’！”

刘婷芳也提了问题：“我们的许大总监，你说这‘三潭印月’是何人写的？”

这问题问得也太刁了，许洪亮哪里知道“三潭印月”是谁写的呀！

吴晴也不知道，就问身边的王丰：“王丰，你知道这‘三潭印月’是谁写的吗？”

要说泡妞，王丰那是一流的高手。要是其他的，那是马尾巴串豆腐——不值得一提。你不知道就说不知道不就得了，可是他偏回答：“这个‘三潭印月’是谁写的？这个人可了不起了，他乃是一个文学家。要提起来这个人没有不知道的，但是这个人究竟是谁，反正这‘三潭印月’不是我写的。”

大家哈哈大笑起来。

吴晴偏偏来了兴致，问刘婷芳：“好妹妹，就告诉我们这个题写‘三潭印月’的到底是谁吧！”

第九章　人间天堂

刘婷芳提的问题“三潭印月”出自何人之手，没有人能回答得上来，大家都问刘婷芳结果，她抿嘴一笑：“要说这个‘三潭印月’是谁写的，其实呀，我也不知道。你们问我们的许大总监。”

许洪亮就笑着说：“我看我们这 20 个人也没有知道的。”

吴晴好失望地说：“算了，我还是回去自己查一下吧。”

李贵诚一向沉默寡言，大家都在议论，只有他在欣赏周边风景，只见岛荫凝秀、树木奇异，堪称美景一绝，路边芍药笑脸迎人，还有许多不知道名的花儿，也与名贵花朵争艳。游人走走停停、歇歇看看，或拍照或留影，一步一景，让游客们流连忘返，饱览美景。真是岛中有岛，园中有园。

他知道这“三潭印月”是谁题写的，只不过他不爱在人前卖弄而已。正当他沉醉在美景中时，看到美丽公主失望的样子，就说：“许总监，我知道这‘三潭印月’是谁写的。他乃是一代风流君王。此人三次下江南，到处题诗留字，而且还到处留情。我想你们该知道这位风流天子是谁了吧？他就是乾隆皇帝。谁说天子没有错了，乾隆皇帝何等英明，却也有错误。这‘三潭印月’不就写错了吗？反而被人们口耳相传，成为千古佳话。”

吴晴用崇拜的眼神，看着眼前这个丑男人，说：“哇，看不出来你还真有学问。”在吴晴的眼中，博学多识的男人天生就有一种魅力，此时她心中对李贵诚充满敬佩，那阻碍人们审美的疤痕就好像没有一样。

李贵诚听到吴晴的话，真是受用无穷，心里说不出来的甜蜜。

他们说说笑笑来到三潭印月，西湖中央有三个瓶形的石塔。就听身旁的美女导游说：“三潭印月建于宋代，它有‘小瀛洲’之称，要是到了月圆之夜，在石塔洞里点燃蜡烛，照映在湖中，就会呈现出 18 个圆月，如真似幻，让旅客不知道哪个是真月亮，哪个又是假月亮。真称得上是奇异景致。”

听到这些，吴晴又开始了幻想。如此浪漫的地方，以后真要多来几次。

他们在三潭印月游玩了一番，坐船直奔小孤山。船上的美女解说员，又开始用清脆悦耳动听的声音讲解：“旅客们，大家好，我现在就给大家讲一讲西湖。所谓的西湖就是这个美丽的湖，在杭州市区西面。周长有15公里，水深有2.27米，但是淤泥就有15米。所以在西湖游泳是很危险的事，因此公园管理人员禁止在西湖游泳……”

吴晴听了一会儿就烦了，一拉身边的刘婷芳，说：“走，我们到船头上坐一会儿。”

其实，刘婷芳性子急，加上解说员说得不精彩，实在听不下去了，就拉了吴晴，还转过头问王丰：“哎，你到船头上吗？”

王丰说：“你们去吧！我听这个讲解员讲得怪有意思。”其实，他不是因为讲解员讲得有意思，而是对讲解员的美貌有意思。

刘婷芳二话不说，就拉住王丰衣服领子一扭，说：“你给我走吧！”

王丰被她拉得连腰也直不起来，只好跟着“女诸葛”走了。

三个人就来到船头上，其实这里已经有好多人了。那天是那么蓝，湖水是那么碧绿，在湛蓝的天空上飘着几片白云，更添几分诗情画意。西湖水映青山，青山衬碧水，湖光山色，格外秀丽。

左边是苏堤春晓，右边是断桥、白堤，前面就是山不孤独人孤独的小孤山。远处还有几个小岛，叫不上来名字。

一阵轻风飘来，吹在每一个游人的脸上，说不出的清凉。荡漾在西湖中央，往日的疲劳一扫而过，什么工作压力、生活烦恼都抛在了脑后。

不多时，游艇就来到小孤山，大家都离船上岸。这里房子还是古代建筑，就连路灯都是古代灯笼式的。除了游人穿戴是现代风格，没一点现代的气息。让人有一种穿越的感觉。

这孤山虽说叫孤山，其实并不孤独，相反十分热闹。这路两边摆满了做生意的，卖西湖特色小吃、小玩具，也有卖古玩、扇子、手链一类的工艺品。

他们又往前走了一段路，前边就有一个大饭庄，就是楼外楼。这楼外楼的东坡肉、童子叫花鸡，还有西湖醋鱼，都相当有名。他们还没有进到楼外楼，就闻到里面酒菜的香味，真让人流口水。只是楼外楼是高档酒店，不是他们打工一族消费得起的。大家只好在外面看看。

楼外楼周围卖酒的很多，不是用玻璃瓶，都用酒坛子装罐，一看就知道是价格不菲的好酒。

大家看了一会儿就往前继续走。过了一个大桥，这条路就算走到头了。在左边一拐弯，就是慕才亭，乃是精致六角凉亭，亭中有一坟墓，墓碑上题“钱塘苏小小之墓”。周围苍松翠柏，风景极美。

这苏小小墓整整有十二副楹联：

“桃花流水杳然去，油壁香车不再逢。”
“金粉六朝香车何在，才华一代青冢犹存。”
“灯火疏帘尽有佳人居北里，笙歌画舫独教芳冢占西泠。”
“几辈英雄拜倒石榴裙下，六朝金粉尚留抔土垄中。”
“千古芳名留古迹，六朝韵事著西泠。”
……

他们又往前来了不远，走到风雨亭。有人本来不懂，偏偏卖弄学问，说：“岳飞就是被秦桧害死在风雨亭中。”

李贵诚闻言，不由得阵阵冷笑，心说：你也太会胡说八道了，岳飞是被害死在风雨亭吗？岳元帅是被害死在风波亭的。可是他不愿意去拆穿。

大家往左一拐，又有一条路往前方。

吴晴好奇地问：“我们这是去哪里呀？”

许洪亮说：“去苏堤春晓。”

李贵诚点点头说：“据我所知，这个苏堤春晓是个极美的地方。”

许洪亮说：“不错，还是小李说得对！那苏堤春晓真让人流连忘返。”

大家就往前走，观看着两边的美景。那些树木长得千奇百怪，看样子这些树木都有些年头了，郁郁葱葱，叠翠流金。

不一会儿，他们就来到了苏堤。苏堤乃是宋大学士苏东坡所建，南到南屏山，北到栖霞岭，全长将近3公里。道路宽有36米。有6座单孔石拱桥，古朴典雅，十分美观。分映波、锁澜、望山、压堤、东浦、跨虹。

苏堤两边有垂柳随风摆动，碧桃含羞看着游人、海棠笑脸相迎，芙蓉姿态高贵，傲慢地看着往来的游人，还有紫藤纠缠不清。

人们漫步在苏堤之上，细柳如烟，春风轻柔。真是鸟语花香，景色幽美，令人陶醉。杨柳青青、桃之夭夭。柔情无限，湖水如镜，照映美景。每当春风吹来，勾魄销魂。桃花笑脸相迎，风情万种。

李贵诚偷眼观看吴晴，只见她手不停地玩弄垂柳枝条，完全被苏堤美景所陶醉。他觉得吴晴不是因为苏堤而美丽，而是苏堤因为吴晴而秀美。

吴晴买了两瓶冰红茶，递给刘婷芳一瓶，问：“婷芳，王丰呢？”

刘婷芳喝着冰红茶，说：“那不是吗？”

吴晴扭脸一看，王丰真行，到什么地方都忘不了泡妞。现在正和两个不认识的美眉聊天呢！

他们在这里玩了半天，就离开了。吴晴等几个年轻的女孩依依不舍。当然王丰更是舍不得，不是因为苏堤的美景让他留恋不舍，而是没有跟美女聊够。

很快就到了中午，他们找了一家小饭馆吃了中午饭，虽说是小饭馆那也花了不少的钱。至于这饭钱嘛，自然是掏自己的腰包。吃过中午饭，他们来到岳王庙。岳王庙位于西湖西北角。庙门是二重屋檐，宏伟庄严，巍峨肃穆，中间竖悬一款匾额“岳王庙”。

许洪亮买了门票，大家就进了岳王庙。一条青石条的甬道直通忠烈祠，两边古树参天。正殿忠烈祠高悬一块“心昭天日”牌匾，乃是叶剑英元帅所题。正中间是4.5米高的彩色岳元帅的塑像，身穿紫色蟒袍。不过他在生前可没有资格穿蟒袍玉带，南宋孝宗追封他为鄂王以后，才蟒袍加身肩披黄金甲，眉宇间掩不住威严，真是英雄气概。他就是民族英雄岳飞——岳鹏举。

岳元帅两边有“精忠报国”“碧血丹心”牌匾，头顶还端悬一块“还我河山”牌匾。字迹苍劲有力，特别是“还我江山”，据说出自岳元帅之手。光是这些气势非凡的字，就看得人们热血沸腾，爱国之情顿生，恨不得穿越回南宋，和岳元帅一样“壮志饥餐胡虏肉，笑谈渴饮匈奴血”。

旁边的偏殿则是岳元帅《满江红·怒发冲冠》碑刻所在地，语句豪情万丈，忠贞英烈：

怒发冲冠，凭栏处。潇潇雨歇。抬望眼，仰天长啸，壮怀激烈。三十功名尘与土，八千里路云和月。莫等闲、白了少年头，空悲切！靖康耻，犹未雪；臣子恨，何时灭？驾长车，踏破贺兰山缺。壮志饥餐胡虏肉，笑谈渴饮匈奴血。待从头、收拾旧山河，朝天阙。

碑刻的旁边就是岳元帅生前兵器沥泉神枪和湛卢宝剑，看到这些在战场上砍杀过无数敌人的兵器，看着它们锋利的刀锋，不由得让人喟叹它曾经追随岳元帅南征北战，不知饮过多少胡人血啊！

李贵诚走进岳飞墓园，神情十分庄重，他一直视岳飞为偶像，来到这里他已经完全沉浸在战场的腥风血雨中了。墓阙旁边有一口井，名曰忠泉。墓道两旁有石羊、石马、石虎、石狗，不过石狗已被损坏。正中间便是岳元帅墓，墓碑上刻着“宋岳鄂王墓”。左侧即是岳云墓，石碑上刻着“宋继忠侯岳云墓”。其实，岳云死在哪里，至今还是个谜。这个只不过是一个衣冠冢罢了。墓前有一副对联：正邪自古同冰炭，毁誉于今判伪真。

岳飞墓的正前方，四个铁铸的人像，都是倒剪着双手，面墓而跪。他们就是害岳元帅的秦桧、王氏、张俊、万俟卨，人们将这些人像铸在这里，供世人唾骂。墓阙后重门有一副对联：青山有幸埋忠骨，白铁无辜铸佞臣。

李贵诚看着游人们个个义愤填膺，将一口口唾沫吐在四人铁像上，不由

一阵冷笑：这些人也太无知，他们哪里知道害岳飞的不是秦桧四人，秦桧四人只不过是替罪羊而已。真正害岳元帅的恐怕是宋高宗吧，他怕岳元帅迎回父兄二帝，自己就做不了皇帝了。他这才十二道令牌调回岳元帅，让秦桧弄了个莫须有的罪名害死他。在岳元帅墓前，应该再加上一人，那就是昏君赵构，到时候他就吐上两口，再踹上两脚。

他们在岳王庙逗留了好长一段时间。吴晴、刘婷芳主张去雷峰塔，看压住白娘子的雷峰塔到底是什么样子的。女孩子们还是喜欢爱情的缠绵悱恻。

许洪亮轻蔑的笑着说："你一直以文人著称，难道你们就没有学过鲁迅的文章《论雷峰塔的倒掉》吗？那雷峰塔已经倒掉了，破破烂烂的有什么好看的？"

吴晴二人受九十年代台湾电视剧《新白娘子传奇》影响太深了，非要去看看不可。不过这也难怪，她们都是看着台湾版《新白娘子传奇》长大的，既然来到这里不去看太可惜，即便是倒掉了，那也要去看看才行。不光是她们二人，有好多人不死心，一致提议去看看。

许洪亮也不好违背众意，只好带着大家来到雷峰塔旧址。

众人去了，果然只看到破破烂烂一堆砖瓦，丝毫没有塔的样子，真是令人失望。

李贵诚惋惜地说："雷峰夕照，多美的景象，就在岁月中倒塌了。"

大家乘兴而来，败兴而去。他们不知道在2000年就开始重建雷峰塔，直到2002年才竣工。雷峰塔有七层，里面安装了电梯、电灯以及现代化的设备。站在第七层俯看，西湖美景尽收眼底。他们去的是旧址。

双峰插云路程太远，他们就没有去，直接来到花港观鱼。这花港观鱼好大呀，足足有20多公顷，与雷峰塔、净慈寺隔苏堤相望，只不过雷峰塔已经不在了。池岸幽曲自然，池中叠石为山。岸上架梁为屋，鹅卵石铺的路。苍松、翠柏、芍药、红枫、紫薇、海棠、梅树等，高低错落，疏密得体，景色恬静。这里有许多名贵的花，像魏紫、姚黄、绿玉，以及娇容三色，更美的安徽宁国的玉楼春，千姿百态，群芳争艳。纵观园林绚丽多姿，绿葱娇翠。一阵轻风吹来岸边花瓣缤纷，飘落水面上，鱼儿玩戏花瓣，真是好一幅鱼戏水中花的山水画卷。

这里的游人很多，四处挤满了摆姿势拍照的人。

吴晴和刘婷芳二人倚靠栏杆上观赏鱼儿，鱼儿一点也不怕人，或游动或冲刺或跃出水面。四周垂柳成荫，吴晴一把鱼食抛入鱼池中，引得百千尾金鳞红鱼游来争夺食物，荡起一圈圈涟漪，真是美极了。

这鱼池虽美，但在李贵诚的眼中，再没有比吴晴喂鱼儿美了，简直就是一幅《仕女喂鱼图》。正当李贵诚陶醉在吴晴的美丽中时，吴晴又拉着刘婷芳，来到花港观鱼的草坪。李贵诚竟不知不觉地跟着她们，来到草坪上。

不过，王丰没有在这里，不知道到哪里找美女聊天去了。

这草坪上有一片桃园。现在正值桃花盛开，桃花朵朵，如叠翠的锦绣，无限娇艳。

良辰美景春意无限，吴晴身心释放，不由得也翩翩起舞，她的身姿是那么婀娜，轻盈得就像一只小燕子。桃花虽美，但跟吴晴比起来也是黯然失色。或许以前王昭君杨贵妃的沉鱼落雁之美，也不过如此吧。

李贵诚看天使跳舞，看得如醉如痴，他心中暗暗发誓：有朝一日，我非携着这个女孩的手，走入婚姻殿堂不可。他就打此时开始，对吴晴着了魔了，非她不娶了。

不仅是李贵诚被吴晴的倩影吸引，很多游人都停住了脚步，看着这个混血天使舞于姹紫嫣红中。她边跳舞边笑，那笑声真比黄莺叫还好听。有许多游客见吴晴跳舞那么美，也跟着扭起来，但是他们怎么跳也没有吴晴跳得好看。

刘婷芳看着吴晴，说："你看你，长那么漂亮，到哪儿都是你的追随者，别说是那些男人，就是我看着这么美的女孩，我也会为你魂不守舍。我要是男人肯定非你不娶。"

吴晴就在刘婷芳头上来了一个爆栗，说："我让你消遣我。"

她打了就跑。

"好哇，你敢打我。看我不把你逮住。"刘婷芳揉着脑袋随后就追，她们一前一后穿梭在花丛中。

大家看着这两个疯丫头互相追逐，顿时觉得春天真的来了。

她们折腾了老半天，才气喘吁吁坐下。忽然看到眼前递上两瓶冰红茶。她们还以为是王丰给自己买水呢，结果抬头一看，不是王丰，而是一个脸上有伤疤的丑男人，也戴着近视眼镜，好像是刚才讲解三潭印月是谁题写的那个人。

"你们折腾累了吧，来点喝的。"

她们不认识李贵诚，但是知道是厂里的同事，说了一声"谢谢你"并接过冰红茶。

"不客气。"说完李贵诚就十分满足地离开了。仅仅是这一个微小的动作，他也是鼓足了十二分的勇气，才做到的。他在给吴晴二人买冰红茶的时候，心中就暗暗祈祷：如果上帝把这个天使赐给我，就让这个女孩接受我的冰红茶。如果我们没有缘分的话，她就拒绝。他害怕极了，生怕吴晴拒绝他。没有想到吴晴接受了。他十分开心，看到水中的鱼儿也是成双成对的，他望着鱼尾激起的涟漪，顿时信心满满。

至于曲院风荷，大家一致认为现在也不是荷花盛开的时候，所以就没有去。由于时间关系，断桥残雪就没来得及去。

天晚了，许洪亮看了看表，说：“现在已经 5 点了，我们回去吧！”

许多旅游胜地占地面积十分广，相当多的游客来到这儿不过是游览了冰山一角，现在由于天色已晚，大家只能忍痛割爱。

吴晴和刘婷芳意犹未尽，想再在西湖玩一天。

许洪亮短暂地思索了一下，没有反对。随后他又觉得两个女孩子不安全，就对妻子说：“玉娟，你就留下来陪着她们吧！”

吴玉娟点头答应了，其实，她在人间天堂也没有玩好。

许洪亮带着王丰等人回去了，留下来的只有吴晴姐妹二人和刘婷芳，对了，还有李贵诚。

至于李贵诚留下来，一半是为了吴晴而留下来，另外也是因为没有看够人间天堂。他们选了一家比较便宜的旅馆住下。

李贵诚吃罢晚饭后，就出来欣赏西湖的夜景。夜幕下的西湖是另外一种景象。远处望，五彩斑斓灯光闪烁，西湖更美了，就像一颗璀璨的夜明珠闪耀五彩缤纷的光芒。

他又看近处，那些名贵的花草在灯光照耀下更加绚丽多姿。

他玩到了 10 点，才回去睡觉。

第二天一早，吴晴三人在李贵诚起床前不知道到西湖哪一个景点又玩去了。只有李贵诚孤独一人来到断桥上。

断桥在李贵诚印象中应该是白娘子与许仙久别重逢，桥未断、情已断的伤心地。没有想到断桥还挺热闹，有许多俊男靓女，倒是一道亮丽的风景线，哪有白娘子和许仙凄凉的味道？这都不是断情，应该是情侣桥。

李贵诚见游人双双对对，或牵手或勾肩搭背、嬉笑或玩闹、亲热搂抱或合影。只有他形单影只，不免有些触景生情，作诗一首：

看人成对又成双，心中羡慕又凄凉。

人人都能成双对，独我何日能成双？

李贵诚好学，对古典文学非常了解，诗词歌赋对他来说并不陌生，虽说不能出口成章，吟诗作对方面也有一定的造诣。

第十章　Party

李贵诚一个人走过了断桥，继续往前，两边柳暗花明，就像走在画卷中一样。走过白堤，就到了平湖秋月。不是秋高气爽，皓月当空之时，这里也没有什么好看的。

他再往前走，就是昨天来过的小孤山。

吴晴三人坐车来到苏堤春晓游玩了一番，来到了南屏晚钟。南屏山就是九曜山的分支。这山不过百米，怪石嶙峋，凸起来的横坡就像一道屏障，故叫南屏山。

这里有上千年的树木，拥有足以让世人敬仰的粗壮的树干，和那象征着沧桑的完全的长枝桠。满山青翠在蓝天白云衬托下，亭台楼阁，风景秀丽，让游人赏心悦目。这里有许多寺院，阵阵钟声传来，让游客仿佛进入佛国仙境，什么名利是非，一切为空，心如止水。

她们在这地方玩了一个小时，就来到断桥。

此时，李贵诚就在小孤山楼外楼附近。

这一天的时光，就在西湖上快乐度过。

他们依依不舍地离开了这人间天堂。

吴晴在临走的时候，回过头看了几眼美丽的西湖，十分留恋：“唉，不知道我什么时候能再来到这个美丽的西湖。”

刘婷芳也说：“是呀，这真是个美丽的天堂。”

吴玉娟说：“走吧，不用这么留恋。有时间了，我们可以再来嘛。”

回到电子厂。以前觉得这个电子厂的景色挺美丽的。但是游完西湖以后，这厂里的风景便立刻相形见绌。

没有去西湖的同事，就问游玩西湖的人，这西湖上有什么，到底好不好。有些轻浮的人说：“没有去西湖之前，不知道西湖有多么美，这一去西湖，才发现西湖也不过如此，真是看景不胜听景，人间天堂就是一个大水坑，有什么好看的。”

不过另外一些同事却啧啧赞叹，表示再也没有什么地方可以同西湖相比。

李贵诚本以为游完西湖，能有一个好的心情，但是没有多久又烦恼了起来。

他游西湖回来第一天上班，老戚那些人都围上来取笑李贵诚：“小李，你这次有什么收获没有？那里的美女多不多呀？”

李贵诚一见他们就烦，没好气地说：“美女多得很！”

小杨趁机取笑说：“李贵诚呀，你也够笨的。西湖上有那么多美女，你也没有拉回来一个。”

接下来，你一言，我一语。李贵诚性格有些窝囊，就怕惹事。所以他都忍了，任由他们嘲笑。

吴晴倒是和陈小玉、陈美霞分享了很多关于西湖的美丽景色，还说西湖美得就是天堂。有许多人不相信，不就是个西湖嘛，怎么会如仙境一样美。

吴晴用手一指王丰，说：“你们要不相信，就问王丰，看看我有没有骗你们。”

王丰回味无穷地说：“美，美，太美了。一个个都是那么美！”

吴晴就奇怪地问：“什么是‘一个个都是那么美’呀？”

王丰就说：“唉，我在苏堤看见两个小妞，前凸后翘，小蛮腰。真是正点极了。还有我在小孤山遇见的那个美女长得也不错。还有在花港观鱼，有三个小妞也是美得不得了。还有还有……”

他还说个没完没了。他这次西湖美景不美景都没注意，光注意美女了。他不是看景色，而是去看美女的。

刘婷芳白了他一眼，说：“你正经一点，好不好？”

王丰反问道：“哎，婷芳姐，我有什么不正经的？我想每一个生理正常的男人，都会像我这样。这是男人的本色。”这小子就站起来摆了两个Pose，故意气刘婷芳。哪知道黎婷故意使坏，把椅子偷偷挪开了。他也有点得意忘形，回来的时候没注意椅子已经被拉开了，一屁股坐在地上，疼得他龇牙咧嘴。

美女们又是哄堂大笑。

陈美霞脸上就有点不自在，忙上前把王丰拉起来，温柔地问：“你没有事吧？”

“没事。”王丰随口说了一声，“哎哟，你们看美霞妹妹多善良，哪像你们这么邪恶。哎哟，谢谢美霞妹妹。”

陈美霞甜甜地一笑：“没事就好。”

又过了两天，厂里发工资了，厂里的帅哥美女们，开始了花钱狂欢——举行Party。

Party 地点是厂区的一片空地，有好多人参加，当然也少不了吴晴、刘婷芳、王丰、黎婷、陈美霞、王秀娟等等。就连李贵诚也参加了。出门在外的年轻男女总是十分喜欢热闹。

不过，老戚等人中只有小于参加了这次 Party。不是老戚几个人不爱凑热闹，而是怕凑一个人 50 块钱的份子钱。老戚约莫 40 岁，什么事都想到家里的孩子读书怎样怎样，比如五十块钱够孩子花一个月零花啦，够给孩子买好几本书啦，他平时也省吃俭用，这样的聚会肯定不会参加。

大家又唱又跳，有说有笑，有的讲故事，有的谈自己的经历。大家玩得都很开心。

李贵诚在这里没有一个朋友，谁也不跟他说笑。他很孤独，但是已经习惯了孤独，就觉得孤独是一种享受了。

他正享受这种平静，可是偏偏有人来打破他的平静。他就是小于。

小于和小王是最好的朋友，小王离开这个厂的时候，他很难过。他觉得小王离厂的原因，就是因为和李贵诚比学问输了。

其实，小王离厂跟李贵诚还真没有多大的关系，但是他把这些都算在李贵诚头上，所以怎么看李贵诚怎么不顺眼。

不过，还因为别的原因，就是老戚几个看李贵诚由厂里出资游西湖心里不爽，所以就起了妒忌之心。本来这犯不上多大冲突，但是有那么一些人从中挑拨离间，由此出现了接下来的一幕。

今天，小于来到李贵诚的面前找碴儿：“李贵诚，你是不是喜欢那美丽的公主呀？”

要在平时，李贵诚肯定矢口否认，但他今天多喝了几杯酒，就没有否认：“是，我喜欢她又怎么啦？”

“你看你这模样，也配喜欢美丽的公主？”小于哼了一声，“哼，我看你是癞蛤蟆想吃天鹅肉。”

这是李贵诚修养素质好，要换个旁人非揍他不可。李贵诚的修养好，也不免生气了：“于凯志，你少给我狗眼看人低。我模样丑咋啦，我模样丑照样敢追漂亮的女孩子。”

小于笑着说：“哎，李贵诚，不如打个赌吧，如果你在一年之内能追到那个女孩，我就当着厂里所有的人面，围着食堂爬一圈，而且还学狗叫。如果你在过年前，没有追到美丽公主的话，你就当着厂里所有的人面围着食堂爬一圈，而且学狗叫。”

李贵诚喝了一口啤酒，就很痛快地答应了：“好，我就答应了。不过，我别的运气都不好，只有打赌时运气非常好。我希望你不要像小王一样，输了

只会向我求饶。”

小于十分得意地笑：“哈哈……李贵诚呀，你没有撒泡尿照照你自己是什么样子？美丽的公主能看上你？你别说追一年，就是追一辈子你也追不上。”说完得意洋洋地离开了。

又过了几天，李贵诚正在玩电脑，就听门外有人敲门，就问了一声：“谁呀？”

“是我。”门外人应了一声。

李贵诚一听，就知道是门卫老邓。他忙给老邓开门：“你有什么事吗？”

老邓用手一指身后一个小伙子，说：“这个小王要住在厂里，宿舍楼没有房间了，跟你一个房间好不好？”

李贵诚这才发现，在老邓的后面站着一个小伙子，正是他认识的帅哥——王丰。

王丰怎么要搬到宿舍楼呢？别人是没有女朋友而烦恼，他是女朋友太多心里烦，而且经常会撞到一起。他虽然能应付得来，但是次数多了也头痛。所以他不是搬到厂里住，而是暂时到厂里来避难的。

李贵诚见王丰时常跟自己喜欢的女孩在一起，正好能向他打听吴晴的一些事，他欢迎还来不及呢，哪能不愿意呢！热情地说：“欢迎，欢迎。只要你不嫌我丑就好了。”

王丰也十分客气地说：“有什么嫌弃不嫌弃的，你要能同意我住这个房间，我就相当感谢了。”

李贵诚笑着说：“这房子又不是我的，能有什么权力让谁住不让谁住呀？”

老邓一见，这两个年轻人说得来，他就离开了。

李贵诚就帮助王丰拿行李，拿被子。不一会儿，两个人就把这些东西拿到屋中。

王丰拿出香烟，抽出一支给李贵诚：“来，抽支烟。”

“谢谢，我不会抽烟。”李贵诚笑着说。

王丰只好笑着收回来，嘴上说着“没关系”，然后叼着烟打量这屋中的陈设。这屋中卫生搞得极其干净，床上被子也叠得整整齐齐，什么脸盆、毛巾、口杯、牙膏、牙刷等也都放得十分规整。那边桌子上是锅灶，这边桌子上就是电脑和书籍。

李贵诚说：“我认识你，你是不是叫王丰呀？”

王丰对李贵诚十分陌生，他一向都是只注意美眉，哪注意到长相丑陋的李贵诚，要不是搬进电子厂，还不知道这个电子厂有李贵诚，于是他不好意思地说：“是啊是啊，来之后就顾着搬东西忘记自我介绍了。我叫王丰，请问你贵姓？”

“我姓李，叫李贵诚。你就叫我小李吧！”

“叫什么小李呀，以后我就喊你李哥好了。”

李贵诚一听，心里别提有多舒服了，想他长得这么丑，谁喊过他哥呀！

有一次，一个亲叔伯兄弟，十分看不起李贵诚，就把李贵诚贬得一无是处。

李贵诚也生气了，就说：“我好歹也是你三哥，我又没该你的，也没有欠你的。你不该把我说得一文钱不值。”

那个人听李贵诚说是他三哥，就像受了莫大的耻辱，冷冷一笑：“像你长得这么丑，还想让我叫你哥哥，你就等到下辈子吧！”

李贵诚只叹了一口气，说：“唉，这人可真势利呀！没有本事的人亲弟兄也不是弟兄了。”

别说是别人了，就是他的亲弟弟李贵田，要不是有事求到他时，也不叫他三哥，而是直呼其名。

今天，王丰喊他“李哥”，怎么不让他有飘飘然的感觉？顿时觉得自己有了尊严。

忙完了，王丰坐下来问：“李哥，你是哪里的人呀？”

“我老家在安徽临泉。”

“噢。”王丰点点头，其实他也不知道临泉在什么地方。接着他又问：“哎，你老婆在什么地方工作呀？”

李贵诚叹了一口气，说：“我没有老婆，现在还是光棍一条呢！”

“啊？你怎么还没有结婚呀！像你人这么好，怎么会还没有结婚？”

李贵诚苦笑了一下，说：“结婚？我会有那一天吗？小王呀，你不知道我家太穷了。我有兄弟四个，大哥叫李贵海，二哥叫李贵山，我是排行老三，叫李贵诚。我还有一个弟弟叫李贵田。我大姐李桂珍，二姐李瑰丽，我还有个小妹妹叫李婉婳，家里兄弟姐妹太多，生活很是不容易……”也不知道为什么，李贵诚看着王丰特别亲切，什么事都想跟他说。

王丰心里想：这个人挺实在的，做朋友肯定靠得住。

这时候，李贵诚介绍完自己的身世，笑着问：“小王，你结婚没有呀？”

“没，这单身贵族多好呀，没有人管，多自由！”王丰说着，脸上抑制不住的兴奋，然后他试探着问，“那咱们厂里，有你相中的吗？”

李贵诚低下头腼腆地笑了。

王丰一再追问，李贵诚才点点头。

王丰一听来精神了，忙问：“她是哪个美女呀？她长得漂亮不漂亮？”

李贵诚有点不好意思了，说：“我说出来，你别笑话。”

“我笑话你什么呀！每一个人恋爱的时候，都是这样。”

“这个女孩子长得漂亮是够漂亮的，我就是不知道她叫什么名字。”

王丰一听，差点儿笑出声了，说：“李哥，我听明白了。你和她根本就没交往，是不是搞暗恋呀？跟我说说是哪个部门的，我也好给你打听打听那个美女叫什么名字。”

“这个女孩子你应该认识。”

王丰就乱猜测：“你该不会喜欢上刘婷芳了吧？”

李贵诚撇了撇嘴，说：“你是说‘女诸葛’呀，我哪敢呀！听说她是男人的克星。”刘婷芳虽然和李贵诚不认识，但是由于她泼辣的性格，早已名声在外，私底下成为男人们的谈资。

“那你喜欢的是哪一个美女？”

“她是这个厂最美的女孩子，应该是天使、公主。她最美的就是一双蓝宝石眼睛。”

“噢，说了半天，原来是她呀！”

“她叫什么名字？你能不能告诉我！“李贵诚十分急切地问。

王丰看着李贵诚急迫的样子，回答：“她呀，是安徽颍上的，名字叫吴晴。”

李贵诚笑了笑说：“小王，我是认真地问你，你怎么跟我开起了玩笑？”

王丰一脸认真，一点没有开玩笑地说：“李哥，她就叫吴晴。”

李贵诚忍不住大笑：“哈哈……笑死我了。无情，无情，怎么不说她叫无情无义呢。”他的笑声中充满了无奈，摇了摇头地说，“哎，谁能告诉我那个女孩子叫什么名字。”

“李哥，我真的没有骗你，真的叫吴晴。”他说着话，就拿在桌子上的圆珠笔，在纸上写了“吴晴”，说，“口天‘吴’，日青‘晴’。”

李贵诚看了看“吴晴”这两个字，说：“好哇，她的名字真美。”说着就提笔在纸上写了一首诗：

我思春光一片情，爱恋豆蔻玉立婷。

吴都双乔相比愧，晴空一笑我倾情。

王丰有些震撼，说：“李哥，你的诗词作得不错呀！”

李贵诚也挺自豪地说：“我也觉得这首诗挺好，如果吴晴能看到就好了。”

王丰就说：“这有什么难的，我拿给她就是了。”

“别别别，小王兄弟，千万不要拿给她！”

“你怕什么？”

李贵诚十分认真地说：“我怕她看到之后笑话我。”

“李哥，你这个人挺好的，我真想帮你。”

“好，你明天把这首诗送给吴晴后，千万别说是我写给她的。”李贵诚做出了让步。

“为什么不让吴晴知道这首诗是你写给她的？”王丰十分惊愕地问。

李贵诚十分神秘地说：“我要让她跟我说话。”

王丰惊奇地说：“啊？你还没有跟她说过话呀？”

“小王，我今天全告诉你。我就说过一句话，可是她没有理我。”

王丰点头说：“好吧！既然你这么相信我，我就帮你一次。”

“小王，太谢谢你了。”李贵诚就像抓住一根救命的稻草。

“你不用感谢我，我要是把这件事办成了，你请我喝酒。”

“没问题。”李贵诚哈哈一笑。

王丰看看电脑，说：“李哥，我现在就有个请求，你的电脑给我用一下呗！”

李贵诚自然点头说：“好哇，我们都成兄弟了，还分什么你的我的。以后我的东西你随便用就是了。”

王丰说是用一下子，哪是用一下子呀，一用就是几个小时。李贵诚都睡觉了，他还在玩呢。

第二天，李贵诚有事没事总是乐呵呵，还时不时一个人大笑。到了吃饭的时候，老戚等人就跟他坐一张桌子。看他笑嘻嘻，就问：“小李，你干吗这么高兴呀？是不是捡到钱包了？”

李贵诚笑着摇摇头：“不是，但是比捡到钱包还要高兴的事！”

老谢就奇怪地问：“比捡到钱包还要高兴的事，那是什么事呀？”

“我终于知道那个蓝眼睛公主的名字了。”李贵诚笑着说。

第十一章　蝴蝶公主梦

李贵诚知道了吴晴的名字，难掩心中高兴，就告诉了老戚几个人。

“这有什么好高兴的？”小杨问，“她叫什么名字呀？”

李贵诚兴奋不已地说：“她叫吴晴，是王丰告诉我的。”

老戚笑着问："他有没有告诉你，吴晴是你们安徽颍上的，她还有一个乳名叫晴呀？"

李贵诚惊讶地问："哎，你怎么知道了她的名字？"

小于冷冷地说："她的名字又不是秘密，我们怎么会不知道？在你没有进厂之前，我们就知道她的名字。"

李贵诚一听，就不高兴了："那我问你们她的姓名时，你们为什么不告诉我？"

老严说："你又不给我们买烟吸，我们凭什么告诉你？"

这些半玩笑半揶揄的话，李贵诚听了很不舒服，他不明白为什么既然这些人早就知道吴晴的名字，而不告诉他。害得他仅仅是为了打听吴晴的名字，而费尽周折，李贵诚心中非常受伤害。后来，他想老戚老严一干人固然俗不可耐，可是在他几次偷偷看着吴晴的时候，这种感觉是非常美好的。爱情，不管明恋还是暗恋，只要美好就够了。

不一会儿，吴晴等人也来吃饭了，王丰也坐在吴晴对面。李贵诚侧起耳朵，就听吴晴问道："王丰，你能不能告诉我，写这首诗的人到底是谁！"

王丰还真行，咬紧牙关说："吴晴姐，我不知道说多少次了。我已经答应那个人啦，我不能讲。你就当我不知道。"

吴晴苦苦追问："王丰，我求求你，这个到底是谁写的，你就告诉我嘛。"

王丰都求饶了："吴晴姐，你就饶了我吧！我不能讲。你都问了我一上午了，你就别问了，我说过不能讲就是不能讲。"

吴晴气得哼了一声说："嗯，这也不知道是谁跟我开这种玩笑，别让我知道他是谁，要是让我知道了，有他好看的！"

李贵诚隐约觉得自己好像闯祸了，也怕王丰撑不住，把自己出卖出去。

他心中有鬼，哪还敢在餐厅待，慌忙起身，饭都没吃完，就急匆匆离开了餐厅。

好不容易熬到了晚上，李贵诚买了几瓶啤酒，又买了一些花生米、荷兰豆之类的下酒菜。然后和王丰喝起酒来。李贵诚不经常跟人一起喝酒，但是这次真的很开心。

王丰在李贵诚面前卖人情道："李哥，我喝你这次酒，也太不容易了。你知道吗，我把这首诗给她的时候，她还以为我喜欢她，给她写情诗呢。你说这整的什么事呀？我就跟她说：'这首诗哪是我写的呀，我也没有那个才华写诗。'刘婷芳就把那首诗看了一遍，笑着说：'我的天呀，这首诗写得这么难懂，这是李白再世吗？'"

李贵诚忙问："后来怎么样了？"

王丰嘴咧得就像吃了苦胆一样，说：“还能怎么样呀，就是吴晴不停地问我呗。我烦都烦死了。吴晴生气了。”

李贵诚一听就害怕了，忙问：“她要是知道是我写给她的，她会不会找我的麻烦呀？”

王丰不在乎地说：“李哥，你怕什么呀！我想她也不是第一次收情书了，为这一点小事也不至于找你的事。”

李贵诚还不相信地说：“会吗？我看她好像很生气的样子！”

王丰笑着说：“李哥，你说谁收了情书，会大张旗鼓地去找写情书的人碴儿吗？怕人不知道还是怎么回事？女孩子收了情书都会偷偷地藏起来。”

李贵诚摇摇头说：“你说的也不完全是。这样吧，我就跟你讲讲我的事。我曾经喜欢过两个女孩子。我先说我喜欢的第一个女孩子。那是我上大学的时候，有一个女孩子长得十分漂亮。我暗恋了她好久好久。我还没来得及把写好的情书送给她，我们就大学毕业了。毕业后大家就各奔东西，就没再联络过。”

王丰吃惊地问：“你还上过大学？”

“嗯。”

王丰十分羡慕地说：“哇，你的学历比我高多了。我才是个高中毕业生。”

李贵诚叹了一口气说：“唉，我上大学有什么用，还不如你呢！你看你一个高中生就能在财务部工作。而我呢，一个大学本科生到哪里找工作都没有人要。唉，不说了，王丰，我还是接着聊我女朋友的事吧！”

“好吧，你接着说。你那女朋友怎么啦？”

李贵诚就接着讲：“我好不容易找到一个工作了，就在那个厂工作了半年。厂里新来了一个女员工，长得也不太好看，可奇怪的是我就爱上她了。我也怕自己再跟上次似的，为了不让自己再一次遗憾，就给她写情书。没有想到一场大祸临头了。”

王丰问：“怎么啦，你该不会追的那个女孩有老公吧？要么，就是有男朋友的？”

李贵诚摇摇头说：“都不是，那个女的是单身。你说要追她，不得把她的情况打听清清楚楚的？要不然我能给她写情书吗？她收到了我给她的情书后，就把我的这封情书交给领导。领导把我叫到办公室好一顿训斥。”

王丰不禁说：“这小妞做事可够绝的。”

“可这事情还远远没有完。我追一个女孩子，被领导训斥了，被全厂的人都知道了。大家都嘲笑我，让我好没有面子。有些人还总是拿那个女孩开玩笑，女孩十分难过，没有几天，就走了。厂里领导就把我也开除了。唉，王丰呀，

我万万没想到事情会弄到这个样子，现在想起来真是后悔莫及，真是不该给那女孩写情书啊。”

“写个情书怎么了？那个女的是不是神经病呀？”

李贵诚叹息说：“唉，你说吴晴该不会也这样吧？”

王丰摇头说：“不会的，别人不知道她，我还不知道她吗？李哥，你放心，她要是找你的事，不是还有我吗？”

李贵诚很感动，一直没有什么朋友，没想到碰到王丰这么好的人，而且还和心爱的女人在一块儿工作，打听吴晴的事也方便。想到这里，他不禁十分欣喜，连连向王丰敬酒。

他们喝到深夜，喝得迷迷糊糊，李贵诚先睡去了。不过王丰又玩了一个小时的电脑才睡。

第二天，王丰上班来到办公室，就听刘婷芳说什么鬼不鬼的事，他围上去：“你们在说什么事？”然后兴趣浓浓地问道：“婷芳姐，我刚才听你说什么鬼不鬼的事呀？”

刘婷芳说：“啊？你还不知道呀。就是我们厂里那个小陈呀。”

王丰迫不及待地打断说：“小陈我知道，是不是他的老婆长得很漂亮？”

“你就记着看人家的老婆。”刘婷芳说：“那小陈出去上网，很晚才回来。他回到宿舍的时候，就遇见鬼了。”

“鬼！”王丰惊讶地说，“遇见什么样的鬼呀？”

“他在回来的时候，就发现前面有一个人。他借着昏暗的走道灯光，惊奇地发现那个人没有脚。那人就在那儿飘来荡去，像鬼一样，好吓人呀！”

吴晴一点也不相信：“估计是没看清楚吧，现在是21世纪，你们还聊鬼呀！婷芳呀，这鬼呀只是逗小孩子玩的，不要说了，大家会害怕的。”

“小陈也以为是自己眼花，就走上前想看清楚。那个影子慢慢地，慢慢地转过身。小陈尖叫一声‘啊’，那个影子真是鬼。他的整张脸都是倒着长的，嘴巴长在最上面，而眼睛就长在下面。那个鬼用冰冷的声音说：‘你看清楚我是谁！’小陈看清那个鬼的一张脸不是倒着长的，而是那个鬼的头被人砍了一刀，但是这一刀没把他的脑袋砍掉，那脑袋就背在后面，所以他才看到那张脸是倒着长的。那鬼的脖子还在汩汩地流着黑血，但是他居然还能说话。”

吴晴这屋中除了王丰都是女人，一听这个故事，不由得背上冒凉气，就连王丰都吓得发抖，说：“哎，你就别讲了，挺吓人的，我们不想听鬼故事。”

也许那个小陈看到的是搭晾的衣服吧！在风中随着微风飘动，又在昏暗灯光中，看起来十分诡异。由于种种原因，这才有“遇鬼”的事情。

在这个世界上绝对是没有鬼的，所谓的鬼怪都是指世上明处是人，暗处是鬼的小人。大家虽然明白这个道理，到了晚上还是小心翼翼。

李贵诚见送诗词没有达到预想的效果，又写了一封书信，让王丰传了过去。

吴晴收到一首莫名其妙的诗词，心里本来就烦得不得了，见王丰又带来了一封没有落款的书信，不由得怒从中来。

到了下班的时候，她就把书信拿给刘婷芳看了，并说上次的诗词也是这个人写的。

刘婷芳尽管号称“女诸葛”，但是也看不出所以然来，说：“上次那首诗词作得不像情诗，这封书信也是奇怪，我们都不知道上面讲的是什么。”

吴晴咬了咬嘴唇，恨恨地说：“我一定要把这个人揪出来。”

刘婷芳一见好姐妹不高兴了，就劝慰了一番。

这以后，吴晴每次去餐厅吃饭的时候，开始偷偷观察周围的人。这一留神注意，哪能发现不了？她就发现李贵诚时不时偷偷地看她。但她仍不确定那首诗词、书信，就是这个丑男人写的。

于是，她就有意无意地接近李贵诚。无奈，李贵诚身边都有人。

直到这天下班的时候，她发现李贵诚在洗碗池洗衣服，身边没有任何人。

她一见这是一个机会，哪能错过。她端了一盆衣服，就在李贵诚身边洗衣服。

她看着眼前这个丑男人，心中有些害怕。但是她为弄清楚诗词和书信的事情，不得不跟这个丑男人说话。

她鼓了几次的勇气，始终没有跟李贵诚说话。向来都是男孩子跟她先搭讪，她哪先开口跟男孩子说过？

恐怕这还是第一次，她有几次张了张嘴，这话又不知道怎么问出口。急得她直咬嘴唇。最后，她鼓足了勇气要问李贵诚，但李贵诚的衣服已经洗完了。她还没有问出口，李贵诚端着盆转身就走了。

李贵诚走得老远了，她才喊道：“这位大哥，我问你一件事呗！”

李贵诚等的就是让吴晴跟自己说话，忙转身问：“你有什么事吗？”

吴晴笑了笑说：“这位大哥，我想问问你，我收到了一首诗词，还有一封书信，是不是你写给我的呀？”

李贵诚也没有否认：“是，那首诗和书信是我写的。”

吴晴一听，不由得暗暗点头：我总算没有找错人，笑了笑说，“你的诗词写得还不错嘛！”

李贵诚面现愧疚地说：“不好意思，我写了一首诗……打扰了你平静的生活了……我没有吓到你吧？”

“没有。”吴晴摇了摇头，又问，“你为什么给我写诗词和书信？我也没有看懂什么意思。”

“不好意思，我听别人说你是我的老乡，想跟你打招呼，但是一直没机会，只好给你写诗词写书信了。呃，你不会生气吧？”

“你要真是想跟我说话，也不用写诗词、书信呀！让别人知道了误会我们俩有什么事情一样。”吴晴顿了顿，说，“我的名字是不是王丰告诉你的？”

李贵诚点了点头。

吴晴低下头继续洗衣服。

就这样，吴晴跟李贵诚说话了，李贵诚心里说不出的兴奋，激动得一夜也没有睡好觉。

这一日，吴晴和刘婷芳聊了一会儿天，就早早睡觉了。

她睡下不久，就开始做美梦了，她梦见她走在厂里，香樟树林子里。那些树叶也都变成了蝴蝶，那些蝴蝶舞动着美丽的翅膀都飞离了树枝。

蝴蝶越来越多，漫天飞舞，整个天空都是五彩斑斓。最美的就是两只凤蝶，巨大的翅膀舞动着，让人觉得五彩缤纷。

地上也开满了美丽的花朵，姹紫嫣红，真是美极了。

她就在这个美丽梦中的天地中，翩翩起舞。优美的身姿，美丽的舞蹈。

那些蝴蝶也跟着吴晴美丽的舞蹈飞舞，真是一幅美丽的画卷。

一位王子路过这里，看见一位公主在跳舞，她的舞蹈很美，美得就连蝴蝶也跟着飞舞。

他就走下了华丽的马车，来到美丽公主的面前，拉住她的手，说：“我美丽的公主，你的舞蹈真是美丽，我都为你陶醉了。”他说完话，就在吴晴的手上吻了一下。

吴晴看着眼前的这位王子长得很帅，而且气质高雅。特别是王子吻她手的时候，风度翩翩，颇有绅士风度。王子拉着她的手，说：“我美丽的公主，这是不是上帝特意的安排？让我们在这里相聚。公主，你就到我的快乐王国中去吧！我要让你过上幸福的生活，每一天都开心。”

他们就上了马车，马车里面真是好豪华呀！里面坐垫松软舒适，真是舒服极了。

王子给吴晴倒了一杯葡萄酒，递给她说：“公主，就让我们快乐地共饮这杯红酒吧！”

吴晴接过酒杯，红酒就像琥珀一般好看。她晃了晃高脚杯，红酒就在酒杯中漾开，散发着葡萄酒的醇香味。她轻轻地嘬了一口，真是香醇滑口，带着葡萄的淡淡香味。

王子也喝了一口红酒，然后闭上了眼睛，享受着红酒的美味。

吴晴就随着这个王子，来到属于他们的快乐王国。

这个王国的子民都对他们顶礼膜拜，不住地欢呼，吴晴觉得十分浪漫，俨然自己真的是公主一样。

王子携着美丽公主的手，来到王宫。那王宫真是宏伟壮观，富丽豪华，真像童话里描写的一样。

吴晴也觉得自己进入了童话世界一样，整个世界都是甜蜜幸福的。

这个快乐王国的国王和王后，也出来迎接儿子。

吴晴仔细打量国王和王后，国王长得慈眉善目，王后也温柔善良。

王子上前跪倒，说："父王、母后，儿臣回来了。"

那老国王笑着问："王儿，你这次出去寻找最美丽的公主，结果怎么样？"

王子十分恭敬地回答："回父王的话，儿臣走遍了全世界，终于找到了最美丽的公主。"

王后一听，忙问："王儿，你说你找到美丽公主了？她在哪里？快让我看看。"

王子一指美丽公主，就跟父王、母后介绍："父王、母后，她就是我找到的美丽公主。"

吴晴上前躬身施宫廷礼，用柔美的声音说："拜见国王、王后。"

国王、王后一看美丽公主，都不由赞美："呀，好哇，这个公主长得跟天使似的。"

王后就对国王说："国王，现在就给王儿和美丽公主举行婚礼吧！"

国王说："好吧，我们就给我们的王儿和公主举行一个盛大的婚礼。"

王子和公主倒身下拜，说："谢父王和母后。"

国王就传令："来呀，传我的命令，给我儿举行全国最大的婚礼。"

吴晴看着面前帅气高大的王子，心想自己马上要和他结婚了，以后就是快乐王国的王后了，心里就无比甜蜜、无比激动。

她这一激动不要紧，美梦就醒了，好梦总是不长，美梦醒了的吴晴还沉浸在梦里。

这时，天还没有亮，梦醒了，刚才一切的一切不过都是梦而已，梦的确醒了，什么也没有了，这就是现实的无情。

美梦醒后的人，就是有失落感，对现实充满失望。吴晴怎么也睡不着，直到天明也没有再睡着。

她起来得很早，一个人呆呆地坐着。

刘婷芳也起床了，看见吴晴一个人坐那里发呆，问："吴晴姐，你一个人发什么愣呀！是不是你的魂儿被哪个帅哥勾走了？"

吴晴愣怔怔地说："白马王子，你在哪儿呀？"

"什么白马王子呀？"刘婷芳奇怪地问。

吴晴知道自己说漏了嘴，就转移话题："婷芳，你吃什么，我给你买去。"

刘婷芳笑着说："算了吧，你像丢了魂儿似的。这买早餐还是我去吧，别再你出去了把自己弄丢了。我的公主，你就请好吧！"她就十分顽皮地做了一个鬼脸，向吴晴招了招手就买早餐去了。

第十二章　烂泥扶不上墙

吴晴做了一个美梦，一天都开心不起来。因为梦中的童话般的王子、公主都不是事实。而她始终难忘王子英俊的脸庞，她多么希望美梦成真啊。

到了下午 4 点快下班的时候，吴晴跟刘婷芳商量："婷芳，你能不能在吃过饭后，陪我去网吧？"

刘婷芳奇怪地说："去网吧干吗？"

吴晴就说："我昨天夜里做了一个好美好美的梦，我想把它写到我的博客上。"

刘婷芳看了看外面下着零零星星的小雨，皱起眉头说："陪你也行，但你看外面下着小雨，网吧又离这儿这么远……"

吴晴央求说："我的好妹妹，你就陪我去嘛！"

刘婷芳说："要么这样，我们今天就别去了，明天，我们再上网吧不是一样吗？"

吴晴皱了皱眉头，说："不行！我怕明天把这个梦忘了，就今天去好不好？"

"吴晴姐，我们也没有伞，等到了网吧，恐怕我们的衣服都淋湿了。"

王丰在一旁开了言："你们想用电脑是不是？这个简单！"

吴晴问："你有什么办法能让我们去网吧呀？"

王丰一笑："用电脑干吗要去网吧呀！和我房间一个哥们儿，他有电脑。

也就是你给写书信的那个人。”

刘婷芳泄气地说：“啊？还不是你的呀？”

吴晴也十分为难地说：“我们打扰人家好吗？”

王丰站起来，拍拍胸脯，大包大揽地说：“我的那个哥们儿人特别好，就跟我亲哥似的，再说他的东西也就是我的东西，你们晚上过来，电脑随便用。”

吴晴还是觉得不妥：“要我到你房间呀？”

刘婷芳可不怕，说：“吴晴姐，我们就去吧，也看看王丰的房间。”

吴晴还是直摇头，但禁不住这两个人劝，看看外面越下越紧的雨，最后还是点头同意了。

王丰对吴晴说：“吴晴姐，我先有个事情得说清楚。我那个哥们儿脸皮特别薄，你们千万别取笑他呀！”

刘婷芳笑着说：“噢，现在的男人居然还有害羞的，真是少见。”

李贵诚和王丰二人吃过晚饭，李贵诚觉得无聊，说：“小王，你能不能陪我去买东西呀？”

王丰心里想：“你别走呀！你要是走了，这场戏不就没法唱了吗？”想着十分神秘地靠过来：“我们今天哪儿也别去，就在这屋中待着，会有意想不到的惊喜等着你。”

李贵诚苦笑着说：“我会有什么惊喜。”

“你不用多问，就在这屋中等着，马上惊喜就到。”

李贵诚就忍不住追问王丰。王丰却一直玩着电脑，笑而不答。

李贵诚一见王丰不回答，也不多问，随手拿起一本金庸的武侠小说《侠客行》，看书消磨时间。

不一会儿，门外就有敲门声。这敲门的自然是吴晴和刘婷芳了。

她们的心情大不一样，吴晴是胆战心惊，就像做什么见不得人的事一样。到了三楼就怕遇见别人，前瞅瞅，后看看，心跳成一团，像偷人家东西似的。

刘婷芳就不一样了，不像吴晴那么胆小。她从来没有去过男生房间，也不知道男生的房间是什么样子，去王丰房间觉得是游戏大冒险，觉得挺好玩的。所以她有说不出的兴奋。

王丰一听有人敲门，对李贵诚说：“李哥，你去开门吧，看看谁来了。”

李贵诚也犯嘀咕：“这到底是谁敲门呀？”他开门抬头一看，那心差点儿从嘴里蹦出来，他做梦也没有想到，会是自己最心爱的吴晴来了。

他也不知道是激动，还是紧张，头发蒙，双腿发软，要不是王丰在背后扶他一把，兴许站也站不稳了。他一时都不知道说什么好了，傻傻地看着吴晴。

吴晴十分温柔地说：“大哥，我们又见面了。”

李贵诚痴呆呆地，只会说：“啊。”

吴晴有些不好意思地说：“大哥，你的电脑能不能借我用一下。”

“啊。”李贵诚又痴呆呆“啊”了一声。

“大哥，我今天就麻烦你了，用你的电脑。”

“啊。”李贵诚还是“啊”。

“谢谢你！”吴晴看着李贵诚说。

“啊。”李贵诚又“啊”上了，呆呆地僵在门外，也不知道让美女进屋去。

王丰一看要坏事，慌忙走过来，夸张地说：“李哥，你是人还是乌鸦，你怎么光‘啊’了，你也让人家进屋呀，老是让人家站在外面，人家该生气了。”说着把李贵诚推开，把吴晴和刘婷芳让进屋来。

“噢。”李贵诚这才从痴迷中反应过来，满脸歉疚地说，“对不起，对不起。我见了你，太高兴了，欢迎，欢迎。”李贵诚伸出手要跟吴晴握手。

吴晴很大方地跟他握手。

他胆战心惊地把手递过去，轻轻触碰了吴晴的手，好像触电一般，他的脸立刻红了，连脖根都红红的。他正欲将手拿走，却感到吴晴轻轻握住他的手。一股暖流直击心底，他已无力招架，浑身瘫软。世界如过山车一般急速旋转。而他却想沉浸在这种美好的滋味里，不要醒来，情不自禁地把这次握手的时间拉得无限绵长。吴晴只好淡淡一笑，将手抽出来。他才回到现实中。

王丰在旁边看着，心里好乐：“哎呀，谁说李贵诚老实呀！那是没有机会。要是他有机会，比谁都会把握。这才刚跟吴晴见一次，就把手握上了。”

李贵诚又跟刘婷芳握手。刘婷芳自然也不小气，就伸出小手跟李贵诚要握手。

别看李贵诚跟吴晴握手，王丰乐呵呵地看着。李贵诚要跟刘婷芳握手时，他心里就不乐意了：“李哥呀，你也太贪了吧？来两个美女你都要握手呀！那个是我的你不能碰。”他忙走上前，隔开两个人的手，笑着说：“我说你们也真有意思，这又不是国家领导人见面，握什么手呀！”

李贵诚说：“两位美女，快往里请，快……”他说着话，就用手一敲自己的脑门子，说，“该死，我怎么对你们不尊重呢？”他又对吴晴二人说，“我叫你们美女，你们该不会生气吧？”

吴晴害羞地说：“我们没有那么爱生气。再说，你喊我们美女，我们觉得挺好的。”

李贵诚手足无措地说：“你们不生气就好。”

刘婷芳捂着嘴，暗笑：“哎呀，吴晴姐长得就是美呀！你看给这王八蛋迷得语无伦次了。”

吴晴二人进了屋中，就打量这屋中的环境。这屋中有好多的书，但是并不凌乱，摆放得整整齐齐的。李贵诚床上也干净整洁。她们又看看王丰的床上，不由得就是一皱眉。只见他的床上被子、被单都是乱七八糟的。嗬，这臭袜子、臭鞋，甚至牙膏、牙刷都在床上了，就差脸盆没在床上了。

吴晴就说："大哥，你的电脑现在不用吧？"

"不用，不用，你现在就用吧！"李贵诚忙给吴晴拉椅子。

"谢谢！"吴晴就坐在电脑前，摆动鼠标操作电脑。

王丰就拉了拉刘婷芳的衣袖，说："婷芳姐，我们能不能出去走走呀？"

刘婷芳并不想走，看了看吴晴说："吴晴姐不走，我也不走。"

王丰就说："婷芳姐，你跟我出去，我有话跟你说。"

刘婷芳还是坚持地说："王丰，不是我不跟你出去，只是吴晴姐还在这里。我们总不能把她撂在这里吧？"

王丰就说："婷芳姐，你怕什么呀！该不会怕李哥把吴晴姐吃了吧？"

吴晴也不愿和这个陌生人——李贵诚待在一个屋子里，只好说："你们等我一会儿。马上我就把这博文写完，我们一起出去走走！"

王丰笑着说："吴晴，你在这里还怕什么呀！李哥这个人老实得要死，你和他在一起，他吃不了你。"

吴晴把嘴一鼓地说："小王，你看你说什么话呀？好吧，你们去吧！我看大哥能不能吃了我。"

李贵诚红着脸说："你们说什么呢？我又不是吃人的老虎。"

刘婷芳就被王丰生拉硬拽地拖走了。

这屋中只剩下了吴晴和李贵诚二人。

吴晴专心写博文，纤细的手指灵活地在键盘上跳动，就像在跳优雅的舞蹈，发出清脆的声音，就像好听的音乐节拍。那文字也是一个接一个，欢快地出现电脑屏幕上。

李贵诚也真是一块木头，跟这么漂亮的美女在一起，就是没话也要找话说，可是他倒好，还是接着看他的小说《侠客行》。这个时刻他期待了很久，但是当真正来到时，他反而变得很平静，其实他的心里就好像武侠小说中那样高潮迭起。

这屋中只有手指按键盘"咔咔"的声音，除此之外什么声音也就没了。李贵诚觉得十分幸福，能和自己喜欢的女孩在一个房间里，是多么幸福的事啊。以后要是再想到吴晴，终于有一件事可以供他回忆了。

本来吴晴来到男生宿舍十分局促，可是看到李贵诚正在认真地看小说，就放下心来——一个专心看书的人一定是有内涵的人。

王丰和刘婷芳出了电子厂，来到一个没人的地方坐下。

王丰看着刘婷芳，说：“婷芳姐，我有一件事情跟你说。”

刘婷芳就知道王丰又要向自己表白，心中就想：“今天是他第 25 次向我表白了，看他这次还能要什么花招。”

没想到王丰说：“婷芳姐，你知道吗？李哥喜欢吴晴姐。我们能不能帮帮他们呀！让他们成为情侣，那多有意思呀！”

刘婷芳听了，很是惊讶。本以为王丰又一次向自己表白，没有想到王丰说的是别的事情。她就以为王丰在跟自己开玩笑，漫不经心地说：“你开什么玩笑，这话要是让吴晴姐听到了，小心她以后就不理你了。”

王丰认真地说：“我没有跟你开玩笑，我说的是真的。”

“王丰，你是昨天没有睡好吧，还是你在做梦呢？你没有看看你那个李哥长得……我都不好意思说出口。”

“李哥长得怎么了，我看还可以！李哥多实在，多善良啊，要说好，这厂里哪个男人比得上他！”

刘婷芳忍不住就笑了：“王丰呀，原来你的审美程度就这水平呀！我就这样跟你说吧，别说是吴晴姐这个美丽公主，就算是个普通的女人，都不会看上他。”

“他有这么差吗？我的看法跟你恰恰相反。李贵诚长得丑，我不否认。可是你知道不知道一个漂亮的女人嫁给丑男人是一种幸福？”

“啊？”刘婷芳奇怪地问，“这是什么理论呀？漂亮的女人嫁给一个丑男人就是一种幸福？”

“不对，我刚才把话说错了，不是一种幸福，而是有很多好处。”

刘婷芳斜眼看了看王丰，冷笑说：“你说说看能有什么好处。”

“第一，这漂亮的女人嫁一个丑老公，能突出自己的美丽。要是嫁给一个漂亮老公，你就会黯然失色，谁会注意到你的美丽呀！他不是突出你，是你突出他。第二，放心！因为老公不会有外遇。如果有一个很帅的老公，就会有很多的情敌。再说吧，很帅的男人大部分很花心。当老公出去的时候，你就会担心老公会不会花天酒地。当你老公回来晚的时候，你就会担心他会不会在外面和美女在一起鬼混。当他在睡梦中喊着别的女孩子名的时候，你会不难过吗？你嫁给他会幸福吗？”

刘婷芳抱着肩膀，似笑非笑地看着王丰。等王丰说完，就给王丰鼓掌，脸上一点笑容都没有，说：“你真会讲呀！那你怎么不找一个丑八怪做老婆，正好突出自己？哼哼，李贵诚不是不想找外遇，而是没有机会。他连老婆都找不到，还想找外遇？”

王丰笑着说："话可不能这么说，骏马常驮痴汉走，美女常伴愚夫眠。李贵诚就是能找一个漂亮老婆。倒是我想找一个丑八怪，可是人家不同意。"

刘婷芳打趣道："她是谁呀？我怎么没有听你说过。该不会是那个扫地的老太太吧？"

王丰点了点头说："嗯，差不多吧！比那老太太长得还丑呢。"说完他就对刘婷芳说，"亲爱的，你嫁给我吧！"

刘婷芳气得直哆嗦，把眼一瞪："你……"

婚姻是那么神圣的事情，王丰竟然这么轻易就说出口，真是玷污这个词。刘婷芳一时之间觉得王丰违背了自己的原则，她一直坚信自己的另一半一定是会经历很多风雨的，一定是一个成熟稳重善良的男子。假如遇不到，她就会一直寻找下去，至少她不会轻易就将自己嫁出去。因为只有一个经历了千锤百炼的情侣，才有可能和自己踏入婚姻的殿堂。

"婷芳姐，别生气，我们闹归闹，我们还是要给李贵诚和吴晴撮合到一块儿。"

刘婷芳斩钉截铁地说："你做梦，要让我帮助你们去追吴晴。有我在，你们就别想得逞。"

"你不帮忙也好，能不能别管这件事？"

"你这话说得真幼稚，你说我会看着我的好姐妹进入虎口，坐视不理吗？"刘婷芳愤然离去。

王丰和刘婷芳的谈判彻底破裂，他叹了一口气就回到屋中。

此时，吴晴已经离去了，屋中只剩下李贵诚一个人。

王丰问："你们聊得怎么样？"

李贵诚哭丧着脸说："我也不知道跟她聊些什么，也没什么话要说。所以嘛，她就写她的博客，我就看我的小说。"

"啊？"王丰一听，差点儿被他气死，用手指指李贵诚，十分无奈地说，"李哥呀，你可知道我把两尊菩萨请来有多难，也许以后再也没有这个机会了。你却让这千载难逢的机会白白流走，我白费了这么多的唾沫星子。"

李贵诚十分抱歉地说："对不起，枉费了你一番心意。唉，你知道吗？我跟女孩子从来就没接触过，所以见了女孩子都不知道说什么好。我记得有一次，我小的时候，和邻家小女孩子在一起玩耍。没过多久，就被我妈妈叫了回去，把我一顿臭骂。说我不知道害羞，一个小男孩子去和一个小女孩子玩。从此同村的小孩子再也没和我多说一句话。"

"你妈妈也真太封建了。小男孩和小女孩在一起玩怎么了，都是小孩子能有什么不妥的。那你上大学的时候，就没接触过女孩子吗？"

“那时候，我心高气傲的，总觉得以后能成就一番事业，再说男子汉大丈夫何患无妻呀！那时候无论多么漂亮的女人，我都不会多看一眼。只有那个女孩让我心动了，可我还没有来得及追求，人家就走了。”

“你说这次机会错过了，你有什么打算？”

李贵诚鼓了鼓勇气，咬了咬嘴唇，说：“我明天就找她要电话号码。”

王丰点点头说：“好，我们就这样说好了。”他看了李贵诚一眼，心中在想：“这下明天有好戏看了。”

这些事情李贵诚哪知道呀！只以为他是真心帮自己的。

或许王丰只是在搞一个恶作剧，没想到阴差阳错地真的帮了李贵诚的忙。

第二天，上班的时候，王丰以为刘婷芳吴晴二人会不理自己了呢！没有想到刘婷芳笑着说：“你看王丰穿得多帅呀！”

王丰十分得意地说：“不穿衣服更帅。”

“啊？”吴晴单纯地问：“你不穿衣服都帅吗？”说完之后，就后悔了，王丰这本来就是太开放了，这种话怎么能拿来开玩笑呢。

“你一个大小伙子一边玩去，别把我妹妹带坏了！”吴晴的姐姐朝王丰背上打了一巴掌，把王丰骂走了。

王丰笑嘻嘻，也不生气，回到了自己的座位上。

刘婷芳一直没说话，其实，她是怕吴晴知道这件事会生气，所以就没有告诉她。

到了下班的时候，也没见李贵诚过来要电话号码。眼看吴晴也要下班走了。王丰慌忙拦上去说：“哎哎，吴晴姐，你今天晚走一会儿，有一个人要见你。”

刘婷芳本来也要下班，一听王丰这样说，就知道李贵诚要过来，也知道吴晴玩不过王丰，怕自己的好姐妹吃亏，所以她也不走了。

王丰一见她不走了，心里很着急，走过去说：“婷芳姐，你怎么还不下班呀？”

刘婷芳冷冷一笑：“你有什么见不得人的事，我非要看看不可。”

“婷芳姐，你还是回去吧！我真的有一个朋友，跟吴晴姐有要紧的话要说。”

刘婷芳说什么也不走。王丰一直劝说不止。

刘婷芳冷冷哼了一声说：“哼，你别以为我不知道你要做什么。如果你再撵我走，信不信我把你见不得光的事情说出来？”

王丰见刘婷芳咄咄逼人，没敢再撵刘婷芳走，也怕刘婷芳把这件事情捅出来。

结果，他们三人等了一个多小时，李贵诚始终没有来。

王丰要再等一会儿，吴晴却已经等得不耐烦了，就走了。

王丰急忙跑回到房间，气呼呼地问：“你到底是怎么回事？我好不容易把吴晴才留住，一等就是一个多小时。你倒好，给我们放鸽子。”

李贵诚十分愧疚地说：“对不起，我实在没有勇气向吴晴要电话号码。我真的害怕。”

“你害怕什么，那不还有我在吗？”

李贵诚摇摇头说：“我还是不敢呀！真的，我害怕极了。”

“你到底害怕什么呀？”

“我……我……我怕，怕单独和人家在一个屋里人家会害怕，男女有别！”

“你管他什么狗屁的男女有别不有别的。像那些‘授受不亲’都是狗屁。你要知道现在是21世纪，是恋爱自由、婚姻自主的时代。不是已经过去的封建王朝，也没有那些老思想的包袱。”

李贵诚十分痛苦地说：“小王，我也知道这些。我在一个旧式家庭长大，我整个人，每一个细胞都受到陈旧思想的毒害。我也没办法。”

王丰干脆给李贵诚出主意：“我教给你一个办法。你不要把吴晴当作女人，就把她当作男人，也就没有什么狗屁‘男女有别，授受不亲’了。”

要是旁人，早就骂王丰出的什么狗主意，但是李贵诚点点头说：“好吧！就这样定了。”

“你这一次千万别放我们的鸽子。如果再放我们鸽子，我就骂死你！”

第十三章　冰火两重天

王丰一心想帮李贵诚追吴晴，哪知道李贵诚就是木头，而且还是一块朽木，不可雕也，王丰差点儿被他气疯。李贵诚终于被说通了，连连点头地说：“好好好，我绝对不会了。我要为了我的爱情而转变。”

话一出口，李贵诚就开始转变。首先从生活开始转变，有时他故意改变一些生活方式，十分兴奋，有时他又十分忧愁。一天犯错能有十回八回。陈明、张志鹏就发现这个仓库管理员和以前不一样了。以前，管理员在工作的事上

一丝不苟，从来没有犯过什么错误。可是今天时不时犯错误。他们都不知道怎么回事，问："李哥，你到底是怎么回事？"

一开始，李贵诚不好意思回答，但是禁不住陈明、张志鹏再三追问，最后就说了实话。

陈明、张志鹏对李贵诚十分同情，他们平时玩得也不错。他们一听也由衷地为李贵诚高兴。毕竟李贵诚以前十分自卑，不敢和女孩子一起说话，都这么大了，连个恋爱都没谈过。

转眼间，就到了下午 4 点了。陈明、张志鹏比李贵诚还着急呢，就催促李贵诚。

李贵诚有点害怕了，就像前一次一样打退堂鼓。但是陈明、张志鹏两个人催他，他没有办法，只好硬着头皮去财务部办公室。在临走的时候，说："风萧萧兮易水寒，壮士一去兮不复还。"

陈明、张志鹏看着李贵诚离去的身影说："你看他谈恋爱，就像上战场玩命似的。"

不过看着善良的李贵诚终于开始追喜欢的女孩子，他们都点燃一支烟，望着李贵诚的背影，觉得十分感动。再好的好朋友不过如此吧。

王丰又一次缠着吴晴，刘婷芳还是看热闹。

吴晴奇怪地说："王丰，你到底在搞什么鬼呀！如果那位神秘人物不来，我就生气了。"

王丰说："别着急呀，姐姐，他一定会来的。"

虽说不着急，王丰在屋中徘徊不停，一副着急的样子。

刘婷芳在旁边幸灾乐祸地说："哎，王丰，你不是说那个朋友过来？他怎么还不过来呀？"

王丰心想："这王八蛋该不会又放我的鸽子吧？真是烂泥扶不上墙。"他终于忍不住，气呼呼地说："我去把他揪上来！"

这时，李贵诚终于来了。

王丰又气又高兴地说："My God，你怎么才来呀！都把我急死了。"

吴晴一点也不惊讶地说："我早就知道是你。你找我有什么事吗？"

李贵诚鼓起勇气，才说："我……我想知道你的电话号码是多少。"

刘婷芳就在旁边捣乱："吴晴姐的号是 120。"

李贵诚有些惊讶地说："啊？我又没病，拨打 120 ？"

刘婷芳冷冷地说："我看你有神经病，所以让你打 120。"

王丰就说："什么神经病，我看李哥是犯了相思病了。"

吴晴问李贵诚："为什么要我的电话号码？"

李贵诚没有想到吴晴问得这么直接，总不能说我喜欢你吧！这话也说不出口。一时也不知道怎么回答才好，脸憋得通红。

吴晴淡淡一笑："你这个人真奇怪，想要我的电话号码又说不出理由。好，只要你能说出来理由，我就把这个电话号码给你。"这种人吴晴见得多了，就连追女孩都不能用个特别的方式，这些年轻人总是太轻浮，没想到连爱看书的李贵诚也这样轻浮，她有些失望，态度有些转变。

李贵诚除了喜欢吴晴，就没有别的理由了。他什么都说不出，用求救的眼神看着王丰。

王丰在旁边，看得那个着急呀！心中想："李贵诚呀李贵诚，你真够笨的。就这还是个大学生呢！连这个小问题都应付不来，也不知道你这大学怎么考上的。看起来还得我帮他，要不然他什么事都办不成。"想到这里，他走上前对吴晴说："李哥都不好意思说出口。是这样的，李哥吧，这个人非常老实，老实人嘛就被人欺负。这不，就被人家欺负了。"

吴晴听了半天也没听明白："什么乱七八糟的？"

刘婷芳也问："他被别人欺负了，跟要吴晴的手机号有什么关系呀？"

王丰就继续编下去："他和人家打了赌嘛。说的是在三天时间里，能不能要到你的电话号码！所以，李哥这才找你要电话号码。"

没想到男生背地里会玩这么无聊的事，吴晴有些生气，说："是他跟别人打赌，和我有什么关系？又不是我跟人家打赌，为什么要把我的电话号码给他呀？"

王丰说："吴晴姐，帮帮忙，你和他还是老乡，好姐姐，我就求求你了。"

吴晴禁不住王丰软磨硬泡，就把自己的电话号码告诉了李贵诚。

李贵诚二人高高兴兴地离开办公室，他们也没有做饭，去小饭馆庆祝了一番。

酒足饭饱后，他们回到房间。

李贵诚问王丰："王丰，你看我和吴晴要电话号码的时候，刘婷芳怎么老大不愿意呀？"

王丰说："你看出来了。还不算太笨。她哪是老大不愿意呀，她是非常不愿意！"

李贵诚就犯愁地说："我看这件事情有她插手，以后的事情就难办了。"

王丰说："李哥，你给吴晴打一个电话。"

"你说我给她打电话？"

"你不给她打电话，要她的电话有什么用呀？要她的电话号码就是要跟她联系的。"

李贵诚就拨通了吴晴的电话。

吴晴问："喂，请问你是哪位？"

李贵诚就十分激动地说："你好，我是李贵……"然后，他十分沮丧地说，"她挂了。"

王丰一听，气得一蹦，说："挂了再打。"

李贵诚依言，又拨通电话，没有人接。他又一连拨打了十几次，还是没有人接。

"嘿，我就不信这个邪了。"王丰拿过手机，拨通吴晴的号码。还不错，这次有人接了，但是这话可就不好听了："我说你这人有神经病呀！打了十几次，我都不想理你，你还打电话。"

王丰一听，就知道是吴晴的声音，忙说："我说你说话怎么这么冲呀，有话不能好好说呀，你能不能对我说话温柔一些？"

"你是谁呀，我对你温柔？"

"我是你大哥！"

吴晴问："你该不会是王丰吧？"

就听王丰没有好气地说："除了我还有谁神经病呀？"

吴晴立刻就不像刚才那么凶了，十分温柔地说："对不起，对不起，我以为你是那个人呢？你该不会那么小气吧？"

王丰还是很生气地说："你当我是哪一个？我们天天在一起工作，难道你连我的声音都听不出来吗？"

吴晴说："不好意思，我给你道歉还不行吗？不过，我先告诉你一件事：我们这里有一个人想你想得不得了。你还是赶紧过来看她吧，她想你都想出病来了。"

刘婷芳一听吴晴在取笑自己，就过来抢她的手机。吴晴满屋子躲闪，边躲闪还边在和王丰通话："王丰呀，你还是快来吧！她想你想得都发疯了。"

王丰本来还挺生气的，一听吴晴这样说，立马火气没了，十分高兴地说："好好好，我马上就去。"

他就像一阵风似的，直奔吴晴的房门口"啪啪"地敲门。

吴晴给王丰开门，问："天啊，这么快！"

王丰眼睫毛都乐开了花，说："那是，有美女相邀，我能不快吗？"说着他就进了屋里。

他还是一次来到刘婷芳的房间，这屋中十分干净。桌子上除了生活用品，就是洗面奶之类的化妆品。墙面上贴着刘德华、郭富城、关之琳、巩俐一类的著名明星的画像。窗户台上用完了化妆品的瓶子，插着美丽的花儿。这瓶子中有清水，所以这花几天都不会死，散发着淡淡的花香，屋中的空气好闻极了。

刘婷芳正歪在床上，一见王丰进来赶快坐起身说：“跑得真快，长了双兔子腿吧！”

王丰笑嘻嘻地说：“那我不就是为了快点看见你嘛。”

“油嘴滑舌，臭流氓！”刘婷芳来扑打王丰。

王丰转身就逃。

好不容易抓到王丰了，刘婷芳扬起手装作打人，王丰转而坐在地上抱着刘婷芳的腿讨饶。刘婷芳真是啼笑皆非。三个人又打又闹，有说有笑，好不开心。

王丰玩到10点才回去，李贵诚还没有睡，一个人在玩电脑。

王丰问：“怎么还不睡呀？”

“心情不好，睡不着。”李贵诚看着王丰一脸兴奋的样子，就知道他玩得很开心，苦笑了一下说，“王丰，说一句实在话，我很妒忌你。你为什么这么受女孩子欢迎，而我呢，为什么让女孩子这么讨厌呀！”

王丰安慰李贵诚：“李哥，你不要急嘛，这事也急不来的呀！我这不是也在为你想办法吗？再说让吴晴接受你，也要一段时间呀！”

李贵诚十分苦恼地说：“唉，你说我是什么呀！别人是异性相吸，然而我是同性相吸。那些女人见了我都跟躲鬼似的。然而，那些男人呢！不管认识不认识的都跟我说话。你说我这都是什么命呀！我喜欢的人都躲着我，不喜欢的人就在我的身边转来转去，赶也赶不走。”

王丰笑了笑说：“李哥，你这是在说我吗？”

李贵诚摇了摇头说：“我哪是说你呀，你这样全心全意地帮我，我感激你还来不及呢，怎么会说你呢？”

王丰笑着说：“李哥，你这个人实在，我是跟你开玩笑的，你可别当真呀！”

李贵诚不好意思地说：“没有办法，我这个人就这么实在，没有办法呀！”

王丰说：“李哥，你的电脑我玩一下好吗？”

李贵诚就给王丰腾位置，说：“行，你想用多久用多久。”

王丰一玩电脑就上瘾，这一玩就玩到将近凌晨。

到了第二天准备去上班的时候，王丰说：“你要想追吴晴，别离她那么远，能有接触的机会就接触。比如说，你在餐厅吃饭的时候，就跟她坐一张桌子。”

李贵诚很为难：“那怎么好呀！我哪好意思……”王丰没有等他把话说完，就打断他的话：“你有什么不好意思的？你要记住一点，追美女脸皮薄可不行，胆子小了更不行。你可知道饿死胆小的，撑死胆大的？”

李贵诚惊讶地说：“爱情原来是这样啊！”

王丰一笑，摆出一副循循善诱的样子说：“其实，追美女挺简单的。我把追女孩子的秘诀告诉你：要胆大心细，还要死不要脸。”

“啊？爱一个人，脸都不要了？”

“我们男人要脸干吗？脸是给别人看的，自己又看不到。那些漂亮的美女不都给不要脸的人做女朋友吗？”

李贵诚看着王丰，说：“我听说你的女朋友挺多，你今天跟哥说句实话，到底是不是真的。”

王丰听了挺自豪：“那是，一个男人没有十个八个女朋友，就不叫男人。就是结婚以后，要是没有几个情人就不叫爷们儿。”

“这是什么道理，整天朝三暮四还算是个人，那你还要脸吗？”

“不是李哥，我都这样帮你，你还说我不要脸。我泡妞不是靠脸皮子厚，而是我长得帅好不好？”

“你靠长得帅，就不用上班了？走吧！如果再不去，你就真迟到了。”李贵诚催促说。

说罢急匆匆去上班了。

到了中午，大家都到餐厅吃饭。

李贵诚没有敢去吴晴的那张桌子坐，一拐弯就到了老戚几个人的桌子吃饭。

老戚几个人也奇怪，平时，李贵诚都不爱跟他们在一起，今天却自己送上门了。

王丰一看，气得差点儿疯了，心里想：“天哪，难怪他找不到老婆，说实在话，他要是我弟弟，我真想揍他一顿。我要不是用他的电脑，说什么也不会这么卖力地帮他。在这世界上怎么会有这样的人呀？真是一个奇葩。”

他向李贵诚招了招手，意思是你快过来吧！李贵诚也向他招了招手，意思是我实在没有勇气。唉，真是扶不起的阿斗，王丰也是对李贵诚无可奈何。

李贵诚脸皮子薄，但有一个小子脸皮子挺厚的。他是这个厂里新来的员工，名字挺特别，不过挺形象，姓陶名叫彦仁。

他从来不掩饰自己喜欢哪个女生，看到吴晴长得漂亮就告诉身边的人说，这个人将来就是他老婆。他去食堂吃饭，一屁股就坐在刘婷芳的旁边，吴晴的斜对面，跟王丰对面。

大家一看，都烦得不得了。这个人长得人模狗样，不过眼圈发青，一看见美女眼睛都发绿光，让人一看就知道是花中饿鬼。加上他的动作十分妩媚，看起来十分没有男人味，扭扭捏捏更是招人讨厌。

王丰低下头小声说：“东方不败来了！”

刘婷芳也低下头说：“我看是林平之。”

然而陶彦仁一点都没听到，过来就给大家打招呼：“各位美女，认识一下，我叫陶彦仁。”

这些美女一听，差点儿笑出声了：“讨厌人？还有叫这个名字的？”

刘婷芳笑着说：“我看这个讨厌人就是翻版王丰呀！”

王丰挺讨厌这个陶彦仁的，一听刘婷芳这样说，就借题发挥：“我有这么讨厌人吗？”

老戚几个人想看李贵诚在众人面前出丑，于是老戚就说：“哎呀，小李呀，你看人家多勇敢，刚来就敢坐到吴晴、刘婷芳面前。你看你，我们让你去你还不敢。有什么好怕的？”

李贵诚想：“我真的懦弱吗？我真的没有勇气吗？我不能这样窝囊下去，更不能让人嘲笑。对，我既然选了这条路，我就勇敢地走下去。是啊，堂堂七尺男儿有什么好怕的。”他下定决心，闭上眼睛，大步来到吴晴这张桌旁。

王丰就给李贵诚来个鼓励的握拳，给他加油。

李贵诚看了一眼，信心倍增，十分从容地坐到吴晴的身边。十分绅士地跟大家点点头。

陶彦仁到这张桌子的来意，就是为了两个小妞。他一见又来了个丑八怪，看意思来者不善，哪能容忍呀！这小子就像狗护食一样看着李贵诚。

李贵诚倒是很坦然，从容不迫地跟王丰聊天。

陶彦仁想把李贵诚打发走，就出了几个坏主意：“猜几个谜语吧？”

众人没有一个人理他，因为都烦他。他跟王丰不一样，像王丰吧，他坏就坏在心里，表面上不露出来。李贵诚相貌虽然长得丑，但一身正气。然而这位呢，他自从来到这张桌子，那发绿的眼睛，始终没有离开两位美女的胸部。有时候还直咽口水，就好像人不知道他是色狼似的。

其实，王丰早就想把这小子打发走，就说：“好哇，反正也闲着没事。我们不如就对对联吧？”

“对对联，千万不要出得太难呀！”陶彦仁微微一笑。

“不会太难，很简单，就是一年级的小学生都会。我先来。”他说，“我出‘大’。”

陶彦仁跟对：“我对‘小’。”

“我出‘人’。”

“我对‘狗’。”

“我出‘上’。”

“我对‘下’。”

“我出‘天堂’。”

陶彦仁心想：“他出‘天堂’。这个简单。”他就脱口而出：“我对‘地狱’。”

大家隐约觉得不对，知道王丰要算计人了。果然王丰就说：“接下来就是考验人的记忆好不好，刚才出的连起来就是大人上天堂。”

“我是小狗下地……”话一出口。陶彦仁反应过来了，有心想发作，又不想在美女面前失态，他只好忍住，说，“哥们儿，你真会开玩笑。”

其实，王丰是小时候听单田芳评书《三侠五义》中的雨墨对联取笑冯君衡的一段，今天就用在了陶彦仁的身上。

刘婷芳也挺讨厌这个陶彦仁的，也想来耍一下这个小子，便说：“唉，我给你出个字谜，不知道你能猜不？”

陶彦仁正生闷气呢！一听美女要给自己猜字谜，立刻就精神了，说：“好哇，我喜欢猜字谜，而且是给美女猜字谜。”

刘婷芳也不是饶人的人，大家都知道这个王八蛋又要吃亏。就听刘婷芳点点头说：“你可听好了。我这个字谜是：‘地有天没有，他有你没有。’”

第十四章　真情流露的表白

刘婷芳出个字谜，让这个陶彦仁猜。陶彦仁也挺聪明，没有多久就猜出来了：“是也。”

刘婷芳故意地说：“你说是什么呀？”

“也，你听清楚了吗？”

刘婷芳笑着说：“你叫我什么？喊我爷？你该叫我奶奶才对。”

大家都捧腹大笑起来，李贵诚也跟着笑起来。

陶彦仁霍然站起，用手指点：“你……你不要太过分。”

刘婷芳笑着说：“哎，这可不是我让你喊的，是你自己喊的。”她对王丰二人说，“王丰，李贵诚，这儿有一个大乖孙子，你们要不要？”

陶彦仁忍不住了，气呼呼地说：“王八蛋，你他妈的说谁呢？”

王丰一见这个王八蛋骂自己心爱的女人，一拍桌子说：“王八蛋叫谁呢？”

陶彦仁也一拍桌子，大叫：“我叫王八蛋。”

整个餐厅的员工一听，又是一阵大笑。

李贵诚不是爱让别人出丑的人，看大家都有些愤怒，连忙过来打圆场，虽然自己也不喜欢陶彦仁，可是更不愿意看到二人大打出手。好不容易才把他们劝住了。

陶彦仁原本想到这张桌子上讨美女们的便宜，哪知道在这里还没有 10 分钟，自己就吃了三次亏。他倒也聪明，没有再在这里停留，直接就跑了。

到了晚上，王丰从外面回来，一拍李贵诚的肩头说：“李贵诚，你长进不少呀！你就胆大一点，脸皮再厚一些。追求吴晴不是什么难事。”

李贵诚听了，挺高兴的，说：“哎，是啊，我也觉得看到希望了，难得今天心情好，你能不能陪我去买东西呀？”

“买什么东西？”

“我的牙膏没了。”

王丰本来不想去，就想在房间中玩电脑。但是禁不住李贵诚的缠磨，最后就答应陪着李贵诚去逛街。不跟王丰逛街不知道，去了才知道王丰真能逛呀！他哪是陪李贵诚逛街，简直是李贵诚陪着他逛街。他见什么东西都想买，又不带钱，李贵诚只好在后面付钱。

他们逛了这家商店，又逛那家超市。一连逛了一两个小时。

李贵诚就说：“我们回去吧！”

王丰说：“李哥，我们好不容易出来一趟，还没有逛过瘾呢！干吗这么早回去？”

李贵诚几次催他回去，他正逛得兴起，哪里愿意回去。李贵诚只能舍命陪君子，继续逛街。

又逛了一会儿，李贵诚说：“王丰，我们还是快回去吧，你看现在都快 9 点半了。”

“你着啥急呀，这时间还早呢！”

“我都累死了，你还接着逛呀？”

“我不觉得累呀！”

李贵诚说：“你买的东西，都是我给你提着呢，你不累，可我都快累死了。”

“你还想追吴晴不想？”

李贵诚无奈地说：“好好好，你接着逛。我就舍命陪君子。”

直到李贵诚腰里这 200 多块钱花光，王丰这才罢休。

他们刚进厂里，迎面就走来白天被他们羞辱的那个陶彦仁。陶彦仁一见

李贵诚二人来了，就说："李贵诚，你站住，我有话跟你讲。"他怎么知道李贵诚名字呢？其实，这个简单，一打听脸上有伤疤的丑男人，就知道是李贵诚了。

王丰就说："你找李哥有什么事吗？"

陶彦仁冷冷地说："这儿没有你的事，你给我一边去。"

平时，别看王丰乐呵呵的，但你别得罪他，他性子是最野不过的。他早就想把这个王八蛋揍一顿，一听陶彦仁说话不好听，上前就抓住了陶彦仁的衣领子，抡起拳头咬着牙说："你他妈的说什么？"

李贵诚的修养比较好，就忙拉开王丰，说："你们这是干吗呀？"

"要说打架还能怕你不成？"

王丰又要扑上去，但是被李贵诚拦住："我说我们有话能不能好好说？不要动不动就打架。"

"这个王八蛋欠抽。"

"陶彦仁，你到底怎么回事？"

陶彦仁把眼睛一瞪，说："你以后离吴晴远一点。"

"什么，你他妈的凭什么？"王丰就从地上捞起来半截砖，就想往陶彦仁头上砸。

李贵诚忙拉住他，问："她是你家人吗？"

陶彦仁说："不是。"

李贵诚又问："你是她的亲戚？"

"也不是。"

"你是她的男朋友？"

"暂时还不是。"

李贵诚冷冷一笑："你一不是吴晴的家人，二不是吴晴的亲戚，三不是她的男朋友。你凭什么让我离吴晴远一点？"

陶彦仁眼一横说："你不配追求吴晴。"

李贵诚一听，不但不生气，反而还乐了："就像你这样的都可以追，我为什么不可以追呢？说实在话，我以前没有勇气追吴晴，是你给我的勇气。还是刚才的那句话'像你这样的都能追，我为什么不可以追呢？'说来说去，还要感谢你呢！"

王丰上前，用手指着陶彦仁的胸口，说："你给我听清楚，吴晴是我的好朋友。我也可以明确告诉你，要说李贵诚追吴晴，有我帮忙，多多少少还有点希望。像你嘛，哼哼，一点戏也没有！"

"走吧，我们不要和他说了。"说着，李贵诚拉上王丰走了。

陶彦仁看两人都不是好惹的，顿时气泄了一半，眼睁睁看着他们走了。

李贵诚一进屋，就说："我亲爱的床呀，我可想死你了。"一下子就躺在床上了。

王丰还说呢："跟你一起逛街真没劲。"

"啊？"李贵诚就十分委屈地说："你和我一起逛街没有劲？你今天花了多少钱呀？那些东西都是我提着。"

王丰还没忘记欠李贵诚逛街的钱，问道："李哥，我们今天好像花了300块吧？"

李贵诚说："花了285块。"

王丰倒是豪爽，说："好吧！我就还你300块吧！"

李贵诚还客气上了："我们谁跟谁，花这两个钱就不用还吧！"

"哎，李哥，你把我当成什么人了，我是借钱不还的人吗？300就300，一个整数好记。"

李贵诚还挺实在："王丰，你不是借钱不还的人，难道我就是爱占便宜的人吗？这样吧，你就还给我280好了。"

王丰说："好好好，280就280。不过李哥，你真是让我另眼看待。你刚才跟那个王八蛋说的那番话，真是太……太……太爷们了！"

"要知道无论再窝囊的人，为捍卫自己的爱情，都是勇敢的。"

"爱情爱情，爱情到底是什么呀？"

李贵诚十分甜蜜地说："爱情其实是一种思念，这种思念就像蜂蜜的甜，在这甜蜜中透着胆汁一样的苦。爱情的滋味很霸道，它能让人撕心裂肺地心碎，又让人不得不想。"

王丰笑着说："你说的爱情好奇怪呀，我和这么多的女孩子接触过，怎么没有你说的那种感觉？"

"等你遇见你所爱的人，就知道爱情是什么感觉了。"说完就脱衣服睡觉了。

又过了几天，陈美霞突然就辞职了。

大家都不解地说："陈美霞做得好好的怎么就辞职了呢？"

吴晴望着昔日陈美霞坐过的座位，惆怅地说："陈美霞这个女孩子挺好的，她忽然辞职，我这还怪想她的。"

王丰看了刘婷芳一眼，刘婷芳也十分温柔地看了王丰一眼。

也许，这些美女都不知道陈美霞为什么要走，但是只有王丰和刘婷芳才知道陈美霞走的真正原因。

其实，陈美霞走的真正原因，就是为了王丰。她喜欢王丰，喜欢得发狂。在年轻人面前，以貌取人便是爱情中重要的一部分。

陈美霞在昨天晚上把王丰约出来，向王丰勇敢地表白了。可是王丰拒绝她说：“对不起，我们真的不合适，真的，你能爱上我，我真的觉得好高兴。只是你太完美了，完美得让我不想伤害你。表面上我的优点很多，其实我也有很多缺点。”

陈美霞鼓起勇气，上前拉住王丰的手：“王丰，我爱你，无论是你的优点，还是你的缺点，我都爱。”

王丰表现得挺君子，忙抽回手，说：“对不起，我们真的不合适。”

“没有相处，怎么知道不合适？”

“美霞姐姐，我实话告诉你吧，其实我早有喜欢的人了。”

“是吴晴吗？”

王丰摇摇头：“不是，我喜欢的是刘婷芳。”

陈美霞一听，哭了：“你喜欢她什么呀？”

“不知道，反正我就是喜欢她。我知道爱上一个人，就是思念的感觉。这种思念有时就像蜂蜜一样的甜蜜，有时又像胆汁一样苦。它非常霸道，你明明知道那是一种撕心裂肺的痛苦，又让你不得不想。”

其实，这段话就是李贵诚告诉他的，王丰不过是现学现卖，要是换别的女人，兴许王丰会逢场作戏和她好一阵子，但不知道为什么他就是不忍心骗陈美霞。

陈美霞哭着说：“可我是真的喜欢你呀！你为什么这样对我？”

王丰无言以对。陈美霞哭着走了。

说来也巧了，王丰和陈美霞的谈话，全都被刘婷芳听得清清楚楚。她倒也不是有意偷听别人讲话，而是到外面买东西回来，无意之中撞到王丰和陈美霞在这里，所以她就听了一会儿。

她听王丰说喜欢自己，而且是在她不在场的情况下，她的心里立刻充满了甜蜜，好像春天明媚的阳光，又好像雨霁之后天边的彩虹。她沉浸在爱情的美好中，刚好被王丰看见。

王丰走到她的面前说：“想必我们的谈话，你都听见了吧？”

刘婷芳哪能承认，摇头道：“哪有呀，我只不过刚好路过而已，至于你们讲的什么，我一句都没有听见。”

王丰说：“不管你听见没听见，我都要跟你讲一遍。我爱你，真的爱你。你知道吗？爱一个人是很痛苦的。我和你在一起的时候，时间过得很快。当你不在我身边的时候，我的世界很慢很慢，好像时间都停止了一样。”

“你又在向我表白吗？”

王丰点点头：“对，我又一次向你表白。如果这次你不答应我，我下次还要向你表白。你拒绝我一次，我第二次向你表白。你拒绝第二次，我就第三次向你表白。哪怕是向你表白一千次，一万次，直到你接受我为止。”

刘婷芳忽然变成了温顺的小绵羊，温柔地说：“人家就不理你。”

刘婷芳第一次没有恶言相向，王丰有些发愣。

刘婷芳回头说：“你还不追上来？我们把这个好消息告诉吴晴姐。”

王丰问：“什么好消息呀？”

刘婷芳一阵娇笑：“你真是个傻子……”

王丰这下明白了，上前拉住刘婷芳的手，说：“婷芳姐，我爱你一辈子也不变心。”

刘婷芳一笑，王丰就握得更紧了，就好像一松手，她就能飞走了一样。他们就这样拉着手回到刘婷芳和吴晴二人的房间。

刘婷芳把自己接受王丰的事情告诉了吴晴。不过，王丰拒绝陈美霞的事情没有讲。原本以为陈美霞被拒绝了，工作几天也就忘了，没想到她一气之下辞职不干了。

陈美霞真是伤心极了，她是那么爱王丰，王丰却不接受她。她不想待在这个伤心地，于是她就选择了辞职。也许王丰没有接受她，是对她少一分伤害。

她走时，还偷偷看了王丰一眼，但见王丰和刘婷芳是那么甜蜜，卿卿我我的，她的心都碎了。

陈美霞离开的冷清气氛在财务部维持不到一上午，就在年轻人的欢快之中消逝了。而刘婷芳和王丰的恋爱则进入了大众的视野。从此以后，王丰大大方方地和刘婷芳坐在一起吃饭，大大方方地牵着刘婷芳的手在厂里的广场上走。很多人看到这对小情侣牵手都很惊讶，真想不到刘婷芳这么一个泼辣的女孩竟然一下子变得小鸟依人，爱情的力量真是伟大啊！

这一日，下午的时候，王丰趁下班，十分神秘地问刘婷芳：“婷芳，你知道不知道今天是什么日子？”

刘婷芳想了想，说：“今天也不是什么特别的日子呀！”

王丰笑着说：“你要是想不起来，我给你提个醒，今天是农历三月二十二。”

“农历三月二十二，到底是什么日子呢？”刘婷芳嘴里嘀咕着，三月二十二到底是什么日子？她想了半天也没有想出来。

“还没想起来？”

“谁知道今天是什么日子呀！”

“你既然想不起来那就别问了。”王丰就拉着刘婷芳的手，说，“走，我带你到一个地方，你就知道了。”

他们二人就手拉手出了电子厂，走了好远好远的路，来到一家五星级的酒楼。

刘婷芳打量周围环境，里面的装饰富丽堂皇。豪华的旋转门，气派的沙发软椅，轩敞的大厅中高高悬挂着吊灯，就连墙角都摆上了郁郁葱葱的盆栽，整个大厅里弥漫着一股清香味，和穿戴整齐化了淡妆的女服务生的气质融为一体。她担心地扯扯王丰的衣角说："王丰，这里消费很贵的，我们走吧。"

"你怕什么呀！又不让你花钱。再说我为你花再多钱，也是值得的。今天是个值得庆祝的日子，这点钱算什么。"

"今天到底是什么日子呀？"

"你不要多问，到地方就知道了。"王丰喊了一声，"服务员。"

一名盘着简单短发的服务员走了过来，带着灿烂的笑容问："先生，请问你需要什么服务？"

王丰问："请问我今天早上订的房间在哪里？"

服务员说："先生，您订的是 305 号房间。"

"那房间都布置好了吗？"

"都是按着您的吩咐布置的。"

王丰点点头说："嗯，很好。"

王丰转身对刘婷芳说："婷芳，你先这里等着我，我去付钱。"他就走到收银台付钱。

刘婷芳看着王丰，只见王丰从兜里掏出来厚厚一沓人民币。她忍不住走上前看那么厚的一沓钱是多少钱。

收银员小姐就把钱放到验钞机，那些人民币就像流水似的哗哗跑起来。检验完毕，验钞机屏幕上出现一个数字 25。

刘婷芳看这个数字，差点儿吓死。在这种酒店住一夜就要两千五，那么多！简直顶上一个月的工资。她哪里知道这只是其中的一部分，王丰早上付的订金也是 2500 块。

至于王丰哪有这么多钱，就得说到李贵诚。

他付了钱，拿了钥匙，牵起刘婷芳说："我们走吧！看看我给你的惊喜。"

刘婷芳十分感动地说："王丰，你为了我一下子花了这么多钱，难道你不心疼吗？"

王丰轻轻地捏了捏刘婷芳的鼻子，说："你真是傻子，你是我的女朋友，我为你花这些不是应该的吗？"

刘婷芳感动得一塌糊涂。虽然说钱不能代表一切，但是在和平年代，在大家很少有机会为了爱情去经历生离死别时，钱就成了表达爱情的最佳方式。

一个肯为你花钱的男人可能不是爱你的男人，可是若一个男人不肯为了你花钱，肯定不是真正爱你。

她做了一个鬼脸，那么天真烂漫，哪点像是男人谈“芳”色变的“女诸葛”呀！

王丰二人来到305号房门前。王丰故作神秘地说：“婷芳，你先把眼睛闭上。”

刘婷芳笑着说：“你在搞什么鬼呀？”

王丰央求道：“你就把眼睛闭上嘛，惊喜马上就来了哦。”

她乖乖地闭上了眼睛，说：“惊喜，但愿别是惊吓。”隐隐约约她感觉到王丰牵着她的手，她就放心地跟着他往里走，一会儿，就听王丰说：“你可以把眼睛睁开了。”

刘婷芳睁开眼睛一看，简直不敢相信眼前的一切，不由得又闭上了眼睛。片刻后，只听见她“哇”了一声，惊得嘴都合不上了。

这屋中布置得别致极了。先映入眼帘的是很多五彩缤纷的气球，一只只、一簇簇都用红线系着，满屋飘荡，气球上有葫芦娃、唐老鸭、米老鼠等一类的精致卡通人物画像，还有一道气球摆的风景墙，让人情不自禁想起快乐的童年。

地上则摆满了红玫瑰，最中间是五色蜡烛摆成两个心形的图案，有一行白色英文穿过两颗心，表示一见钟情。刘婷芳仔细一看，那行字是用白玫瑰摆成的：Happy birthday to you。

刘婷芳恍然大悟地说：“噢，原来今天是你的生日呀？我先Happy birthday to you！”

王丰说：“我说‘女诸葛’呀，你真会装傻！今天是你的生日，难道你就真记不得了？”

刘婷芳十分惊讶地说：“我的生日？”

王丰点点头说：“对呀！不是你的生日，难道还是我的生日？”

“我的生日早过去了一个多月了。”刘婷芳又问，“你听谁说的是我的生日呀？”

王丰说：“吴晴告诉我的呀。我问你生日的时候，你就是不说。吴晴就说，你的生日是农历三月二十二。”

刘婷芳一想，的确有一次他问自己的生日，自己因为害羞，就没有告诉他。吴晴在旁边也就是随口一说，没有想到他就当真了。她就说：“你这个傻子呀，她是骗你的，你也当真了。”

王丰看着刘婷芳有些沮丧“唉，我长这么大都没有给女孩子过过生日。

今天给你过生日，还过错了。婷芳，我就是个傻子。你喜欢傻子吗？你要是喜欢傻子，我就为你做傻子。”

刘婷芳看这房间布置得那么浪漫，浪漫中透着温馨，可以看得出弄出这些费了好多心思。终于有一个人关心自己了，终于有人在乎自己的感受了——被人喜欢原来是这么美好的事情！她心里不由得热乎乎的，眼泪不由自主地掉了下来。

王丰温柔地把刘婷芳抱在怀里，问：“宝贝，你怎么啦？是不是怪我为你过生日过晚了？”

刘婷芳哭着摇摇头。

“你是不是不喜欢这个房间？”

刘婷芳依然哭着摇摇头。

“那是我惹你不开心了？”说着，他就伸出手掌打自己的脸，边打边说，“王丰，你真是浑蛋，把婷芳弄哭了，你这个浑蛋真是该死！”

刘婷芳慌忙制止。

“都是我不好，把你弄哭了，难道我不该打？”

刘婷芳哭着摇摇头说：“不是啦，都是我不好。你为了我过个生日，花了这么多钱。我心疼，又感动……”

第十五章　为爱执着

刘婷芳见王丰这么大张旗鼓地给自己过生日，都感动哭了。王丰用手捧着她美丽的脸庞，给她擦眼泪，说：“傻瓜，你哭什么。我为了你花这点钱算什么呢？只要是你开心，我哪怕花再多的钱也愿意。”

刘婷芳感动得又掉下泪来。

他十分深情地说：“你的生日过了就过了吧，今天只当是我为你补办生日吧！ Happy birthday to you！祝你生日快乐！”

刘婷芳用那明亮的眸子看着王丰说：“对不起，你为我过生日，可是我还骂你。你该不会怪我吧？”

王丰把刘婷芳搂在怀里，说：“傻瓜，我怎么会怪你呢，我喜欢你骂我，你不知道被你骂是多么开心！你知道吗？能被自己心爱的女人骂是一种幸福。我最怕的就是你离开我，要是你离开我我都不知道怎么活下去。”他低下头问怀中的刘婷芳，说，“我愿意你骂我，你打我，但是你不要离开我，我们永远在一起好吗？”

刘婷芳乖乖地点点头：“嗯。”

两人拥抱良久，王丰牵着刘婷芳的手，来到一张纸板前。上面有一首诗：

今天是（农历）三月二十二，
这一天是特别的日子。
对别人来说，今天是平常的一天。
可今天对我来说，是意义非凡的日子。

三月二十二,二十三年前的今天，
一位天使降生，
她是为我而生，
她是为快乐而生，
她是我的天使，是我的女神！
命中注定，她是幸福的，她是快乐的！

三月二十二,二十三年后的今天，
我们有缘相遇，相爱，在一起。
我在你的生日，送上九千九百九十九朵玫瑰
你是我的——最爱！

三月二十二，由今天起，
我要让她快乐，我要让她开心，
我要让她幸福地过着每一天，
我要让她甜蜜地过一辈子。
我会记住这一天，
今天是三月二十二！

刘婷芳一看这是王丰的字体，这是他为她写的诗《三月二十二》，她又一

次感动得稀里哗啦，哪知道还有更大的惊喜等着她。

王丰昂起头，打个响指。

立刻就有一位漂亮的服务员，推着一辆推车，车上有一款非常别致的生日蛋糕。蛋糕上的图案也很是应景，上边有山有水，还有花草树木，一样不缺。最有趣的，在这蛋糕上还有一对小小的人儿。一个男的，一个女的。女的十分甜蜜地把头靠在男人的肩头。他们好像在看天空上的彩虹。其实那彩虹就是两行弧形的字：祝我的公主刘婷芳生日快乐！下面还有一行英文：happy birthday to my princess！

他对那个服务员摆了摆手，服务员就出去了。

刘婷芳在王丰的陪同下，许了生日愿望，又吹灭了蜡烛。

王丰说："今天，虽不是你的生日，但我们也要吃一次浪漫的烛光晚餐。我要为你作一首诗。你要乖乖地听哟。"

刘婷芳的泪水又涌出来。

王丰擦擦她的泪，朗诵道：

"也许我忘掉这个世界上的所有人，
也不会忘记你。
就是把我自己忘记，
也不会忘记你！
不管是天荒是地老，
还是海枯是石烂，即便世界末日的那一刻，
我永远不会忘记你！"

朗诵完，他给刘婷芳切了蛋糕，递到她手上，又朗读那首诗：

"这蛋糕真甜呀！
它的味道甜，不是因为有糖。
因为有你在！
只要有你陪在我的身边，
我就是吃黄连、胆汁，
也会觉得甜蜜无比。"

王丰顺手拿起一枝玫瑰，继续道：

"这枝玫瑰真美丽呀！
美丽中散发着芳香。
但它没有你独有的魅力。
你的魅力让我倾倒。

你的美丽让我今生难忘。
无论是现在还是永远，
你在我的心目中一直都是完美的！

我不会忘记这一次，
不是因为烛光晚餐，
也不是因为浪漫，
是因为有你在我身边！
有你在身边的每一刻，每一时，
我都会珍惜！
每时每刻我都会用爱呵护你，
我今生只爱你一个！”

刘婷芳在这温馨而又浪漫的房间，又有这么帅的男人给自己过生日，吃到这么甜的生日蛋糕，又听到了这么美的诗。她除了感动的哭，就只剩下点头了。

在刘婷芳完全没有任何抵抗力的时候，王丰又使出大规模杀伤性武器——“亲爱的，I love you！”

刘婷芳的心融化了，扑到王丰怀中。王丰紧紧抱着她，把灼热的嘴唇轻轻地吻在她红艳如火的嘴唇上。刘婷芳像是被电流击中一样，浑身都酥软，瘫倒在王丰怀里了。幸福得都有点窒息，快乐得都有点想死掉了。真是难以用语言来形容。

一个长长的吻过后，王丰放开刘婷芳说：“亲爱的，我不能这样，我想给你一个难忘的夜晚，可是又怕伤害了你。”

有什么样的表白还能这样令人感动呢？厂里以前也有女员工和男友在外面还没结婚就住在一起，而且女孩最终都被男人甩了。有前车之鉴，刘婷芳十分谨慎，然而这个深爱自己的男人却害怕忍不住情欲伤害了自己。这才是真爱，她感动得不能自拔，脱下自己的衣服说：“来吧，我不怕！”

王丰看着她线条优美的胴体，在浪漫的灯光下闪着少女迷人的光芒，再也抑制不住，一把抱住她，将她抱到床上……

…………

第二天要到上班的时候，他们才回到电子厂。

此后，两人的关系比以往更亲密，上班时不时地互相偷看，眉目传情。刘婷芳还沉浸在处女的羞涩中，随之，就害羞地躲闪了。

吴晴、黎婷，还有王秀娟这些姑娘没有结婚，都不知道怎么回事，还挺好奇的。像吴玉娟等结过婚的人，都是过来人，一看就知道，噢，王丰这小子好事成了。

到了晚上，吴晴不经意地问起。刘婷芳也没有隐瞒，就把和王丰发生关系的事告诉了好姐妹。

“啊？”吴晴一听，非常惊讶，“你怎么把初夜给了那个王丰？王丰很花心的，你小心别让他骗了。”

刘婷芳满脸都是幸福的甜蜜笑容，说：“他不会骗我的。我看得出他是真对我好。你知道吗？那一次，他问我的生日，我没有告诉他。”

“是我告诉他的，其实那是瞎说的。”

刘婷芳点点头说：“对，他当真了！”

吴晴十分羡慕地说：“哇，So romantic！如果有个男人对我这么好，我也不敢肯定会不会像你一样。唉，我生命中的他，什么时候才能出现呀！”说着说着，她茫然若失。

刘婷芳安慰道：“吴晴，你愁什么呀，你长得这么美丽，又是高学历，人也善良，未来陪你到永远的男人，一定是童话般的白马王子。”

吴晴开心地笑了，右手托着腮，不断地憧憬着未来。

而这边，王丰却是另一副样子。他边玩电脑，边在李贵诚面前炫耀地说：“李哥，你不如我吧！昨天和刘婷芳的那一夜，真是……”他就闭上眼睛，咂着嘴回味着。

没想到李贵诚说：“你要是真想跟人家结婚，再和人家去宾馆；你要是没想好，就别碰人家，玩弄人家感情干吗呢！”

王丰脖子一梗，说：“你还真是封建，谁说上了床就非得结婚了？”

李贵诚坚持己见：“不想结婚和人家上床干什么？你太不道德了！”

“道德？你倒是挺道德，还不是连女人的滋味都没尝过？”

“你……我宁愿不尝女人滋味也不会祸害人家！”

“你真是……好好好，李哥，我错了，我错了，我以后改了还不行吗？过来过来，我们谈谈你的感情大事吧。”

“你别给我出损招，我追人家吴晴，是想跟人家结婚的。”

“好好好，结婚结婚，我要是能撮合你们结婚，你怎么感谢我呢？”

李贵诚说：“如果我能和吴晴步入婚姻殿堂，绝对不会亏待你的。”

“哎呀，你看李哥说的什么话呀！我帮你是图你的好处吗？我帮你追吴晴，全是为了你我之间的友谊。”他嘴上说得挺好听，心中在想：什么亏待不亏待，我借你的2000块钱，你不往回要就行。

李贵诚转而又叹一口气，说：“唉，模样太丑，人家未必能看上我。再说，我虽然那么爱吴晴，可是当着她的面儿，就是说不出口呀！我真是窝囊！”

王丰一听来劲了：“李哥，你不是没有勇气，也不是窝囊，你就是有点自卑。人模样丑怎么啦？谁说男人长得丑，就不可以追女朋友？谁要是说人因为模样丑，不配拥有爱情，我就揍他！”说着他就站起身，说，“李哥，要不这样吧！你要是喜欢她说不出口，我就去跟她说。你看行不行？”

李贵诚有些茫然，然后点点头说：“好吧！你就跟她说说看，看她是什么态度。”

“好，只要你点头，我就敢问问她，你喜欢她，她是什么态度。我现在就问问她去。”李贵诚在房间里等待着。

王丰来到吴晴的房间。

刚好，吴晴二人已吃过晚饭，并刷好锅碗。

刘婷芳见王丰来了，十分温柔地说：“你来了，吃饭没有？”哪还是那个平时豪情奔放，性情泼辣的“女诸葛”呀，分明就是一个勤俭持家的小女人。

王丰点点头说：“我早就吃过饭了。”

刘婷芳十分害羞地说：“不是说好晚上九点才见面吗，怎么来这么早？”

“咳咳。”吴晴故意在旁边咳了两声，笑着说：“哟哟哟，看你们亲密的样子，都羡慕死人了。你们是不是忘记旁边还有一个人呀？”

王丰二人被吴晴说得都不好意思了：“你看吴晴姐说的什么话，像你这么漂亮的公主站在我们的旁边，我们会把你忘记吗？”

“我怎么觉得自己多余的呢，还是出去吧！”

“吴晴姐，你就消遣死我吧！”刘婷芳向前拉住吴晴的胳膊。

吴晴哈哈大笑：“哈哈……谁让你平时那么消遣我，我不趁现在报复什么时候报复呢？”

王丰本来打算今天来探探吴晴的口风，但是看到吴晴今天挺高兴的，就别有用心地说：“吴晴姐，你不要羡慕我们。其实，有一个人爱你爱得要死，你还不知道呢！”

吴晴只当王丰跟自己开玩笑，于是就消遣王丰：“该不会是你吧？那可不好！我要是抢了婷芳的男朋友，婷芳不掐死我才怪呢！”吴晴抱着刘婷芳，笑着说，“王丰，你是不是在挑拨我们姐妹之间的感情？”

“我看出来了，你今天就是报仇的。”刘婷芳就笑着挠吴晴的痒痒。吴晴也去挠刘婷芳的痒痒。两个人打打闹闹，忘记了王丰。

王丰说：“好了，好了，你们就别再闹了。”

她们哪里听王丰的呀，还玩闹在一起。直到吴晴求饶：“好妹妹你就饶了

我吧！”刘婷芳这才罢休。

王丰说：“你们就跟小孩子一样——哎，我们说正经的。”

吴晴娇喘吁吁地说：“哎哟，累死我了。”

刘婷芳也是上气不接下气地说：“没有想到吴晴姐的劲儿好大呀！”她看了一眼自己的男朋友，问，“你有什么正经的话，快说呀？”

“吴晴姐，事情是这样的，我屋那个李哥他爱上你了。”

本来，吴晴挺开心的，一听王丰说这话，脸立马沉了下来：“王丰，请你不要开这种玩笑好吗？我不喜欢这种玩笑。”

刘婷芳一见吴晴的脸色不好，就使劲给王丰使眼色。

王丰看见刘婷芳给自己使眼色了，但是这话已经问出来了，也不能问个不明不白的。他索性就问个清楚，于是继续说：“吴晴姐，他真的爱你爱得很深。我看得出来他是真心爱你的。”

吴晴一听，都气炸了：“那个人是谁呀？我们三句话都没有说过，就说爱我，而且他自己为什么不来说？”

王丰坚持说：“吴晴姐，他太自卑了，不敢跟你说，可是我觉得他人真的很好，你知道人家李哥还是个大学生呢！”

吴晴哼了一声：“哼，大学生有什么了不起的，本科学历又有什么了不起？别说他大学生、本科学历，就是他是省长的儿子，我也不会做他的女朋友！”

屋中的气氛特别尴尬，王丰对吴晴的反应有些心理准备，但看到吴晴真发火，就有些坐不住了。刘婷芳为缓解气氛，说：“王丰，你回去问问他，是不是想吃天鹅肉？”

王丰一时也没有反应过来，就尴尬地说：“天鹅肉，谁不想吃呀！”

刘婷芳笑着说：“吃天鹅肉的都是癞蛤蟆！”

王丰就苦了一下脸，说：“你又在消遣我呀！”

吴晴连看也不看他们，脸朝里自个儿生气。

刘婷芳多聪明呀！她把王丰拉到宿舍下，埋怨说：“我说王丰，你神经病呀！以前我都跟你讲过，吴晴不会喜欢那个人的。你跟我说还不算，你还在她面前讲。刚才说李贵诚神经病，我看你才神经病呢！”

她又平静了一下，问，“哎，我就不明白了，那个人不是喜欢吴晴姐吗？他为什么不跟吴晴姐说呀？”

王丰叹了一口气说：“唉，婷芳，那个李贵诚胆子又小，又没有勇气，真是烂泥扶不上墙。他喜欢吴晴姐，又不敢对吴晴姐说，所以我就帮他讲了。”

刘婷芳气呼呼地说：“你们两个一不沾亲，二不带故，你为什么要帮他呀？我就不明白了，这么丑的一个男人也值得你这样去帮他！”

王丰说："你不知道他很自卑、很孤独。他真的很可怜，真的需要我们的帮助。我们就帮助他们呗，就让他们成为一对儿情侣。你说我们不是做了好事一桩吗？"

刘婷芳抱着肩膀，冷笑道："我明确地告诉你，让我帮那个丑八怪，休想！有我在，绝不会让身边的女人被那些臭男人骗。"

王丰跟她套近乎："亲爱的，你看我们的关系这么好，你看李哥又是我的朋友，你帮助他就是帮助了我。"

刘婷芳却十分敏感："我们关系好不好，和我能不能帮助那个丑八怪有什么关系？这是一码归一码，你让我坑害我的好姐妹，那是做梦！"她又向王丰挑衅，"王丰，我向你挑战！你不是要帮助李贵诚追吴晴姐吗？那你们有什么花招就使出来吧！"

王丰能不知道刘婷芳"女诸葛"的厉害吗，她那鬼灵精的主意，真是让人想也想不到。他哪敢选"女诸葛"做对手呀！就笑着说："婷芳，我们就别闹了吧！"

刘婷芳轻蔑地看了他一眼，冷冷一笑："怎么，你不敢接受我的挑战？"

王丰还真不敢挑战这么强的敌人。

"王丰，你要是不敢接受我的挑战，就别打吴晴姐的主意。"刘婷芳转身离去。

王丰也在问自己："我为什么要帮助那个李贵诚呀！我干吗要当他的炮灰呀？可是我是从内心里要帮助李贵诚。我是怎么啦？"他自己也弄不清楚。

李贵诚在房间静等佳音，他多么希望王丰能带来好消息，可是等了老半天，也没见王丰回来。关于吴晴的态度，他大致猜到了。他想用电脑消磨时间，但怎么也玩不下去。

他又等了老半天，王丰这才回来，他忙问："王丰，吴晴是什么态度呀？"

第十六章　雪上加霜

王丰刚进房间，李贵诚就迫不及待地问他。王丰没有回答李贵诚的问题，而是问："李哥，你想不想吃天鹅肉呀？"

李贵诚反问："怎么啦！想不想吃天鹅肉？王丰，你要是想说我是癞蛤蟆，就直接说，不用说癞蛤蟆想吃天鹅肉。"

王丰笑着说："李贵诚，没有看出来呀！你比我聪明多了。"

李贵诚问老问题："你跟吴晴说没说我喜欢她呀？"

"我说了。"

"那她是怎么说的呀？"

王丰收住笑容，一本正经地说："李哥，我跟你说，你可不要难过。"

李贵诚一听，心里就凉了半截，低下头。

王丰就把自己问的情况，简单地跟李贵诚讲了一遍。

李贵诚听了，心都碎了，站起身说："唉，这是为什么，我究竟作了什么孽呀！为什么每一个女孩子都要躲着我，我有那么可怕吗？我觉得我不吸烟、不喝酒，也不赌博，男人的那些坏习惯我一样不沾，可为什么就没一个女人喜欢我呢？"他真是伤心到极点了，忽然哈哈大笑起来，"哈哈……天下所有女人都对我这么冷淡。看起来呀！在这世界上能找到恐龙，也找不到一个喜欢我的女人。"

王丰看着李贵诚难过，自己心里也不是滋味：像李贵诚这么好的人，怎么就没有女孩子喜欢他呢。他上前安慰道："李哥，李哥，你不要这样。人家不愿意，我们也没有法子呀！我就不相信没有一个女人看上你。吴晴既然不喜欢你，我们又何必在一棵树上吊死呢？你可以和其他的女孩交往嘛。"

李贵诚强打精神说："王丰，你不用安慰我。找一个喜欢我的女孩子，比找恐龙还难！"

"啊？"王丰奇怪地问，"李哥，你该不会太认真了吧？"

“我自始至终都是认真的。”

“李哥呀，不是我给你打退堂鼓。吴晴真的不喜欢你，你还是把她忘了吧！”

李贵诚苦笑了两下，说：“王丰，难道我不想把她忘了吗？我就是忘不了她！你还记得我以前跟你说的一段话吗？爱情能让一个人撕心裂肺地痛，又让人不得不想。我现在真是好痛苦呀！”

“李哥，我也知道你现在很难过，但是你一定要振作起来呀！”

李贵诚却自言自语地说：“吴晴呀吴晴，我真的好爱你。我爱你爱得难以自拔。哎，怎么办？”忽然他有些痴痴地说，“王丰，如果你能帮助我，等我和吴晴结婚的那一天，我就给你一万块钱作为答谢。”

王丰一听来了精神，嘴上却说：“李哥，我知道你喜欢吴晴，在我们之间也用不着说什么钱不钱的。你要真是这样讲，我就想尽一切办法，也要你和吴晴成为一对儿。”

李贵诚从绝望中又看到希望，十分感动地说：“王丰，我先谢谢你。如果我们的好事成了以后，我不会忘记你的大恩大德。”

王丰说：“好，不过李哥，咱有话先说到前面。以后我让你干什么你就干什么，不要做事情婆婆妈妈的，你要做到胆子大、脸皮厚。不要怕什么狗屁‘男女有别，授受不亲’。”

第二天王丰找到刘婷芳，接受了刘婷芳的挑战。

不过，王丰约法三章：“第一，不论是谁输谁赢，都不拿感情要挟对方；第二，不要把什么损主意用在李哥的身上；第三，就有点牵强了，每天吃饭的时候，我们必须坐在一张桌子上，你不要让吴晴离开。如果连吃饭的时候，我们都不能坐在一起，那我们真是一点机会也没有了，我们的这场挑战也就没有意思了。”

这三个条件，刘婷芳一股脑答应了。

王丰就使尽了浑身解数，帮李贵诚去追吴晴。他可真够鬼的，把吴晴忽悠得云里雾里。有几次李贵诚邀请吴晴出去吃饭，吴晴真的要去赴约了，但都被刘婷芳当场揭穿。

王丰鬼点子多，但是刘婷芳也不是省油的灯。不管王丰玩什么阴谋诡计，她都能一眼看穿，她就像一个保护伞罩着吴晴。

王丰帮助李贵诚追吴晴，都把脑袋想破了。吴晴就像一个堡垒一样坚固，他们攻了一个多月也没有攻进去。

李贵诚一看都过了一个多月了，自己和吴晴的事也没有任何进展，十分着急。

这天晚上，李贵诚睡不着，就问王丰：“小王，你说吴晴什么时候才能接

受我呀？”

王丰摇了摇头叹了一口气，说：“难了难了。如果婷芳不帮助我们，要让吴晴接受你，那是做梦。但是让婷芳答应帮助你，比上火星还难。”

李贵诚想了一想，咬了咬牙，做了一个十分沉重的决定：“王丰，这样吧，你把‘女诸葛’约出来，我要跟她谈一谈。我动之以情，晓之以理，或许能把她感动了，答应帮我也说不定。”

王丰看了看李贵诚，说：“你求她帮助你？我看你是急疯了。她要是不从中捣乱，我们就阿弥陀佛了，你还求她帮你？”

李贵诚还是不死心，依然坚持地说：“小王，我就求求你了，你把刘婷芳约出来。无论如何我要试一试，否则我是不会死心的。”

王丰看到李贵诚可怜的样子，也不忍再说什么，只好点头说：“好好好，我就把婷芳约出来吧！但我有一句话要提醒你，你这一次有可能是自取其辱。”

李贵诚固执地说：“为了爱情，不管什么耻辱我都能受。”

王丰说：“好，是个汉子，这样吧，我先把她骗出来！”

李贵诚皱起眉头说：“骗？那样不好吧？”

王丰看着李贵诚说：“李哥，我说一句你不爱听的话，要知道是你约她，人家连理都不理你。这是策略，策略，反正咱又不把她怎么样。”

李贵诚点了点头说：“好吧，就这样吧！”过一会儿，他又问王丰，“小王，你骗她，她该不会生气吧？”

“不会不会。这有什么，你别想了！”王丰满不在乎地说，很快化解了李贵诚的担忧。

第二天，刘婷芳就被王丰骗到竹林公园，当时她还以为王丰在给她制造浪漫呢，傻傻地在公园等了半天，也没有见王丰的影子。

左看右瞧还是没有，她又耐着性子等了半天，还是没有见王丰。这时，一个男子在慢慢地靠近她。她一看这个人，就有些害怕：为了保护吴晴姐，我可没少得罪他。他是不是恨我坏了他的事情，到公园来报复我的呀？不过很快她的心又慢慢地平静下来了：哼，这是法制社会，他敢对我怎么样？

她走上前去冷冷地问：“李贵诚，怎么会是你？王丰呢？”

李贵诚慢条斯理地说：“‘女诸葛’，你就那么讨厌我？”

刘婷芳哼了一声：“哼，我看着你就想吐，我就不想见到你，可是你偏偏在我的面前出现。”在刘婷芳的眼里，丑陋的人都有一颗丑陋的心。

李贵诚十分平和地说：“‘女诸葛’，我就不明白，我到底是什么时候得罪了你，你为啥这么讨厌我？”他又顿了顿说，“‘女诸葛’，我们能不能坐下来好好谈一谈？”

刘婷芳依然站着，对看李贵诚也不看，十分冰冷地说：“我跟你有什么好谈的？”她转身就要走，就听李贵诚说了一句：“‘女诸葛’，你能不能帮我追求吴晴啊？”

她吃惊地说：“你说什么？”

李贵诚微微一笑：“我想让你帮我。”

刘婷芳笑了：“这是我听到的最好笑的话，让我帮你追吴晴姐？你做梦！”

“‘女诸葛’，我希望你能帮我。我真的很喜欢吴晴。”

刘婷芳哈哈大笑：“哈哈……你喜欢吴晴姐？喜欢吴晴姐的人多了，难道我都帮他们追？而且他们个个都比你好看，你回家用镜子照照，看看你的德行，吴晴姐要是和你成一对，真是暴殄天物。”

李贵诚悲哀地叹了一口气说：“唉，我也知道我长得丑，但是我有什么法子。难道一个人模样丑，就不配有爱情吗？我也是有血有肉的人，我也有七情六欲。我虽然模样丑，但我有权利爱！一个人的美丽并不在外表，而是内心。如果一个人拥有美丽的外表，却是蛇蝎心肠。你会觉得她美吗？”

刘婷芳敏感地问：“你是在说我吗？”

李贵诚摇头说：“不是，我是说一个人心灵美，才是真正的美。”

刘婷芳仰天冷笑：“哈哈，内在美，一个人心灵美，才是真正的美？一个人长得丑陋不堪，心灵再美，别人能看得见吗？”她看了一眼李贵诚，又说，“你还想追求吴晴？真是白费心机。你和王丰有什么阴谋诡计就使出来吧！我刘婷芳倒要看看你们能玩出什么花样！”

李贵诚也看着刘婷芳，说：“你做事也别太绝了，要给自己留条后路。备不住以后你就会求到我。”

“我会求到你？”刘婷芳气乐了，说，“以后我要求你的时候，你就用最无情的方式拒绝我好了。”说完她头也不回地走了。

第二天，王丰躲着刘婷芳，坐在自己的位子上，一句话也不说。

大家都纳闷，以前他总是跟大家一起聊天说笑，今天甭提多乖，一句话也不说。

王秀娟问：“王丰，今天你怎么了？跟换了一个人似的。”

王丰用手指挡在嘴上：“嘘！”

吴晴上班，看见王丰就说：“王丰，你今天就要倒霉了。”

王丰哆里哆嗦地说：“我……我……知道，我今天不好过。”

忽然传来一个尖锐而极为愤怒的声音传来：“王丰你个王八蛋，我要找你算账。”这个声音就是刘婷芳。

王丰双手合十，拜拜大家说：“我求求各位姐姐，等婷芳上来的时候，她

要问你们见没见到我，你们千万……”他的话没有说完，刘婷芳就破门而入。

他急忙就把脸扭过去。

刘婷芳来到王丰面前，怒气冲冲地说：“王丰，你这个王八蛋给我出来！”

王丰耍贫嘴道：“王丰不在。”

刘婷芳一推王丰，说：“你这个王八蛋，少给我扯那些没用的。”

王丰可怜巴巴地看着刘婷芳，干笑了两声：“嘿嘿，嘿嘿，婷芳，我们现在别闹，晚上再说好吗？”

“不行，现在说！”

吴玉娟笑着说：“这是办公室，不是你们家，你们就别在这儿打情骂俏了。”

王丰说：“婷芳，你等我们下班，我好好跟你解释解释。”

刘婷芳点点头：“好，我就看看你到底跟我解释什么！”

王丰利用上班的时候，琢磨鬼主意。刘婷芳可不是一般的女孩子，极其难对付。到了下班，他也没有想出好主意。

王丰没有好主意，就想溜之大吉。说来也不巧，他在溜走的时候，刚好被刘婷芳看见，说：“王丰，你哪里去，我就等着你给我解释呢！”

王丰一见自己溜也溜不了，只有硬着头皮说：“好吧，要说到外面说去。”

“好，我就看你能玩出什么花样。”

王丰上前想拉刘婷芳的手，刘婷芳将手一甩。王丰四处寻找着刘婷芳的手，然后攥在手里说：“宝贝，我们就别闹了好吗？”

刘婷芳只管向前走，一直来到了开明广场，找了公园一角坐下。

刘婷芳气呼呼地说：“王丰，说，昨天到底怎么回事，不是你约我过去的吗？怎么李贵诚去了？”

王丰没有办法，只好讲了实话。

“王丰，你骗我的时候，想过没有，我会不会伤心？在你的心中究竟是李贵诚重要，还是我重要？你知道不知道当他出现，我就……我就……”她就哭了，“我就非常害怕，我是真的很害怕。我以为他为了吴晴姐的事，会报复我，我还怕他……”她哭得连话也说不来了。

王丰听了，不由得哈哈大笑：“哈哈……婷芳呀，没有想到堂堂的‘女诸葛’竟被李贵诚吓哭了。”

刘婷芳气呼呼地说：“人家都哭了，你还笑。如果李贵诚他……他要是打了我一顿，你怎么办？你还笑！”

“哈哈……婷芳，没有那么严重！你是什么伦理剧、泡沫肥皂剧看多了。李哥不像你想象的那样，他虽然外表有些是不好看，不过人还挺好的。”

刘婷芳无理取闹：“你说那个丑八怪人很好，就是说我不好了？”

王丰赶紧说：“不是，你比他更好。”说着就想把刘婷芳搂到怀中。

“你就会花言巧语骗我。”刘婷芳把身子一躲，没让王丰抱。

王丰对刘婷芳也没有办法了，他把头转向远方。忽然他眼前亮了一下：离自己不远处有一个小妞。

这个小妞弯眉毛、长睫毛，水汪汪的大眼，皮肤十分白皙，长得还真养眼。可是王丰看见她，就像见鬼一样，故作镇定地说：“婷芳，你在这里等着我，我去一下卫生间。”

这女孩当然不是鬼，她叫贺玲，是王丰众多女朋友中最难搞定的一个。

这情节不会太假了吧？王丰怎么三番五次两个女朋友撞在一起？其实，一点也不假。因为王丰的女朋友太多了。

他要是不躲闪，或许贺玲还看不见他。贺玲无意中扭脸一看，在广场一角一个男人匆匆而去，看背影挺像自己的男朋友——王丰。她和王丰有好长一段时间没有见了，猛然看见一个人像王丰，就不由自主地跟了过去。

她越看眼前这个人，越像自己的男朋友，就问了一声：“王丰吗？”

王丰一听，心里想：“玲玲跟上来了。”他还在逃避呢：“对不起，你认错人了，我不是王丰。”

贺玲也不敢肯定眼前这个人是王丰，但王丰一说话，她就百分之百确定眼前这个人就是王丰。她就走到王丰面前，大叫道：“王丰，你这一段时间到哪里去了？我打你的电话都没有接。”

王丰将贺玲拉到僻静处，说：“玲玲，对不起。”

贺玲惊讶地问：“王丰，你怎么啦，有什么对不起我的呀？”

王丰就低下头说：“玲玲，我给你实话说了，又怕你伤心；我要是不跟你说，那就是伤害你。我不得不跟你说了。”

贺玲越来越惊讶地问：“王丰，你有什么事要告诉我呀？”

王丰看着贺玲，缓缓地说：“玲玲，你还是把我忘了吧！我不值得你这样为我等待。”

贺玲有些惊讶，说：“王丰你变了，你和以前不一样了。”

王丰点点头说：“是，我的确和以前不一样了。像我以前吧！不知道什么叫爱情，也不知道什么叫责任。以前我跟你说的那些甜言蜜语，都是说着玩的，从来都没有当真。”他停了停，说，“自从我遇见婷芳就不一样了，我才知道什么叫爱情，什么叫责任。我爱她就要守护她一辈子，不要让她受任何的伤害。我要让她快乐地过每一刻，幸福一辈子，这些就是我的责任。”他真是一反常态，没有往日的花言巧语或欺骗隐瞒，而是跟贺玲实话实说。

贺玲倒不敢相信自己的耳朵，摇摇头哭着说：“王丰，你以前不是这样对

我的。那时候，你对我多好呀！你还说过，你还说过要和我结婚的，我们彼此陪着对方变老。还说能看着心爱的人变老是一种幸福。难道你说的这些话都忘了吗？”她实在忍不住了，哭了出来，说，“王丰，你知道我有多爱你吗？你说要和我结婚，我幸福得要死掉了。但是你说和我结婚以后，就不见踪影了。”

要在平时，王丰就会一把把她搂在怀里，甜言蜜语地哄哄她。但是今天他却面带愧容地说：“玲玲，你不要这样。是我以前太浑蛋，欺骗了你，我对不起你。你还是把我忘了吧！我不值得你这样爱我。我相信天下比我好的男人有的是，你就找一个真正爱你的男人……”

“王丰，你为什么这样对我呀？你这个王八蛋！”说着，贺玲一把把王丰抱住，说，“王丰，你让我忘了你，我做不到，我真的做不到！”她哭着把她那热情似火的嘴唇吻在王丰的嘴上。

王丰推开贺玲，说：“贺玲，不要这样，我们有话好好说好嘛，不要这样，这样不好！”

贺玲依然哭着抱住他的腰，说：“我不要和你分开，就要和你在一起。我只喜欢你王丰一个人！除了你，在这个世界上再也没一个值得我所爱的人了。”她疯狂地吻着王丰的嘴巴，企图进行最后的挽留。

王丰有心想把她推开，但看她哭得十分伤心，心一软任她疯狂地亲吻。

就在他们纠缠不清的时候，就听背后有人拍手，说：“好浪漫。”

第十七章　剪不断理还乱的情丝

王丰正在和贺玲情意绵绵，忽听有人说话，一听，这是刘婷芳的声音。王丰有一种末日的恐慌涌上心头，他用力推开贺玲回头一看。

那可不就是刘婷芳吗？她正冷笑着看王丰二人。

贺玲用手一指刘婷芳，就问王丰：“王丰，你就是为了她就把我忘记了，你为了她就把我抛弃了？”

“是，是，她就是我现在的女朋友。”王丰把头低下了。

贺玲眼含热泪："王丰，你抬起头看我呀！"

王丰抬头看着贺玲，说："玲玲，我就是看着你，又能怎么样？"

"王丰，你这个浑蛋，以前对我甜言蜜语，你遇见她后就把我抛在脑后。"贺玲一巴掌就打在王丰的左脸上，气呼呼地走了。

刘婷芳缓步来到王丰的面前，冷笑："王丰，我真没有想到，你把我一个人丢到广场，在这里玩浪漫。"

王丰忙解释："婷芳，你听我说，我们真没什么，我们只是……"他的话还没有说完，刘婷芳就把他的话拦截了："王丰，你还给我说什么？什么我都看到了，你们两个卿卿我我，你还给我解释啥，难道我眼睛瞎吗？"

"婷芳，我们真不是你想象的那样！"

刘婷芳斜眼看着王丰，眼中已经有泪光，说："没有什么？你们都抱一起了，还没有什么事？"她就"呜呜"地哭了起来，又问："王丰，你说她是不是你的女朋友？你给我说实话。"

"婷芳，你就听我慢慢讲给你嘛！是，她是我的女朋友，不过，我和她的事已经都是过去的事了。她是我的前女友。"

"你的前女友，又是你的前女友。你到底有多少女朋友？！"刘婷芳打了王丰右脸一巴掌，哭着跑开了。

王丰看着离去的刘婷芳，无奈地看着天空，自言自道："他妈的，以前每次说谎，她们开开心心。我每次说些花言巧语，都能糊弄过关，这一次说了实话，我一下子就挨了两巴掌！"他狠狠地朝花池里的冬青打下去，冬青树晃悠悠，他无奈地回到宿舍里。

他这才觉得两边的脸火辣辣的，他就摸了摸脸："哎哟，哎哟，我的脸好痛呀！看起来说真话不好，很容易挨揍。我看还是说假话好，省得得罪人。"

李贵诚正在玩电脑，一看王丰从外面回来了，两腮红肿，笑着问："这刚出去一会儿，怎么还吃胖了？"

王丰吐了一口："什么吃胖了，被人打的。"

李贵诚吃惊地说："什么，被人打的？被什么人打的？"

"你还想替我出气不成？我是被女人打的。"

李贵诚差点儿笑出声，说："想不到连你都被女人打，真是好笑，你不一直是万人迷吗！"

王丰不再说话，腿一扬，像死尸一样躺在床上。晚上，他翻来覆去睡不着，心想：欺骗的事还没有完，又有这件事情，这是二罪归一呀！他想了很久，也没有睡着。

第二天上班，王丰四处追着刘婷芳，想给刘婷芳道歉。刘婷芳总是对他

不理不睬。但是他脸皮子厚，死皮赖脸地缠着刘婷芳。最后，刘婷芳被缠不过，发火了："滚，火箭有多快的速度，你就用多快的速度滚，我不想看到你！"

办公室里的女人们听到刘婷芳歇斯底里大吼，都不敢说话。刘婷芳怒气冲冲地出去，把门狠狠地关上。王丰闹了个没脸，只好躲得远远的。

吃罢晚饭，王丰又来到刘婷芳的房间。刘婷芳连看也不看他。

吴晴看他们两个都没有好脸色，开始善意地在旁周旋，努力促使他们和好。可是刘婷芳软硬不吃，静静地躺在床上，头朝里，任凭王丰怎么低三下四道歉都没用。其实，刘婷芳是在生王丰的气，不过更多的是对自己命运的哀叹：为什么偏偏摊上这么一个人，以后可怎么办哪？

王丰给她解释，刘婷芳动不动就开口大骂，叫王丰滚。王丰始终不滚，慢慢地蹲在刘婷芳床边。刘婷芳见撵他都不走，自己也叫累了，就不再说话，躲在床里边小声抽泣。

王丰对着刘婷芳的背影，说："婷芳，你就听我把这个事情原原本本地讲给你听。那个女孩子叫玲玲，是我在去年认识的。那时候，我们也交往了一段时间，但是我觉得我们性格不合，就和她分手了。本以为我和她的事情就这样结束了，谁知道她还是苦苦地缠着我，我也是对她没有办法。就在昨天，我就在开明广场又看见了她，我生怕你看见了误会，所以就躲了。没有想到她死死地缠着我，我只好给她解释……"

刘婷芳猛地坐起来问："又是解释，有你那样解释的吗？她是耳朵背呀，还说是听不见。你说谁见过嘴对嘴解释的吗？"

王丰就叫起冤来："冤呀！我真是冤死了！我真是比窦娥都冤呀！"

刘婷芳擦了一把眼泪，说："你冤枉什么呀？"

"婷芳，你讲点理好不好？"

"你给我出去，我不想看到你。"刘婷芳用手指着门，眼泪哗啦啦流下来。

王丰还想解释什么，刘婷芳哪还听他解释，歇斯底里大叫："王丰，你给我滚！"

"王丰，你还是出去吧！"吴晴给王丰递了个眼色，把王丰推了出来。

吴晴也出门，小声问："王丰你毕竟是有女朋友的人了，也不知道收敛收敛。"

王丰就叫苦："吴晴姐，这次我真是冤枉的呀！"

"你这次是冤枉的，哪次是不冤枉的呀？"吴晴问王丰，"你们到底怎么回事呀？"

王丰就把昨天的事情，都讲给吴晴听。

吴晴听了，也是不相信："你说的是真的还是假的呀？"

王丰就无奈地说：“你说我说假话吧，大家都相信；我说了实话吧，你们都不相信！”

“不是我不相信你，我也不知道你哪句话让人相信，哪句话又不让人相信。”

“吴晴姐，你说我怎么办？”王丰十分茫然地问。

“这样吧，别再惹她生气了，让她静一静。我想过一段时间就好了。”

王丰也没有更好的办法，就点头说：“只好暂时如此了。”

王丰回到自己的房间，李贵诚关心地问：“王丰，那刘婷芳原谅没原谅你呀？”

王丰一头烦恼地说：“原谅的话就见鬼了！”

李贵诚也着急地说：“那该怎么办呀？”

“我也不知道该怎么办。”

李贵诚就来到王丰面前，说：“你们到底是闹什么别扭？”

王丰就把昨天的事情又给李贵诚讲了一遍。

李贵诚皱了皱眉头说：“这事情就难办了。”

王丰苦着脸说：“唉，这窦娥也没有我冤呀！”

李贵诚说：“王丰，不是我说你，这事情也怪你！你说你以前交这么多女朋友干吗？这下子知道花心的后果了吧？”

“唉，都是我的错呀！”王丰就用拳头打着自己的头，忏悔道，“谁让你花心！谁让你花心！这都是你的错，惹得婷芳生气了。你是浑蛋！”

李贵诚抓住了王丰的拳头，说：“你干什么呀？”

“你说我爱一个人这么难吗？我以前是个花心大萝卜，不知道什么叫爱，什么叫情。但是现在我是真心爱婷芳的呀！可是她却这样误会我，怎么就不知道我的心呢？”

李贵诚看着王丰，一点也不相信地说：“你说的是真的假的？”

王丰叹了一口气：“唉，这实话就让人那么难相信吗？”

李贵诚说：“你要真是喜欢人家了，你就好好地待她，就不要在外面拈花惹草。你今天招惹这个，明天招惹那个，那也不是个事儿。”

“我真想对她好，我不要让她伤心。我这一辈子只对她一个人好。”王丰对李贵诚说，“李哥呀，你知道吗？我真的好爱婷芳。你说，婷芳该不会不理我了吧？她会不会一辈子都不原谅我？”

李贵诚一只手抱着王丰，说：“王丰，我来给你分析分析，我看你们散不了。我看得出来，她还是喜欢你的。你看她越生气，就说明她是在乎你的，如果她见你和一个女人亲热，不闻不问，那就说明心里没有你。你说，换作吴晴，她看到我和一个女人亲热，会像刘婷芳那么生气吗？不会。那就证明她心里

没有我。”

王丰听着李贵诚这一番话，顿时茅塞顿开，高兴地说：“哎，你说的还真是那回事。李哥，真有你的。你说我该怎么办？”

李贵诚想了想，说：“你一定要找机会把这件事给她解释清楚。”

王丰说：“好，我请你喝酒。”

“你请啥客呀！我们大家挣钱都不容易。”

“李哥，你就别说了。你要是拿我当兄弟的话，就让我请客感谢你。”

李贵诚一听他说这话，也就不好再说什么了。

王丰站起身，就要去买啤酒小吃。一摸兜，里面已是空空如也，他无奈地说：“李哥，你能不能借我一点钱呀？”

李贵诚很爽快，就借给王丰300块钱。

王丰接过钱，说：“等发工资还给你！”然后他就拿着借来的钱去买烟酒小吃。

李贵诚心想：“你这几个月哪个月不发工资呀！也没见还我的钱。”

天气越来越热，厂里女员工的衣服穿得越来越少，特别人事部、销售部、财务部、营业部，什么吊带衫、超短裙、露背装、小短裤，怎么靓丽怎么穿。女人喜欢过夏天，男人更喜欢！这些美女白领本来长得就十分养眼，又穿得那么时髦、那么性感，看得那些男人眼睛直了，眼里还噌噌冒绿光。在年轻人聚集的地方，还有什么比这些更让人欣喜的呢？

这一日到了午饭时间，大家都纷纷到餐厅吃饭。那些美女白领穿的都是那么好看，看得老戚等人眼睛都长到美女身上，也不看路了。

正好今天，厂里维修下水管道，到了中午，维修工嫌热就没动工，那窨井的盖子就没盖上。

如果不注意还真看不到。老戚脚下一软，“扑通”一声掉进窨井里。当时他正边走路，边回头看一个路过的女孩。

老戚拍拍身上的土，在众目睽睽之下，好不容易爬出来，按着腰走开了。紧接着，小杨也紧跟着掉到窨井里。这就是不长眼了。这幸亏只是个窨井，要是个坑呀，估计全厂的男人都能掉进去。

厂部领导知道了，就紧急把这两个人送到医院。吃饭时间本来就很放松，大家你一言我一句，很快就把老戚和小杨掉进窨井的事传开了。当然把他们看美女不看路的事浓墨重彩地渲染了一把。

平时，这个老戚和小杨净取笑别人，今天却变成了别人的笑柄。

王丰不以为然：“这有什么稀奇的呀！看美女掉坑里，这就是男人本色。”

王秀娟说：“这算什么男人本色呀？”

王丰说：“王姐，你这就不知道了吧？这男人本色就是男人本来就色的简称。”

他这一番谬论，逗得美女们开怀大笑，就连正在生他气的刘婷芳，也忍不住笑了。王丰有时候脸皮厚，就算现在，刘婷芳不理他，他还是死缠烂打，跟在刘婷芳后面，和她一起吃饭。

王丰一见自己把刘婷芳逗乐了，心中顿时轻松了许多。

第二天晚上，王丰来到刘婷芳的房间，又来缠磨刘婷芳。

一直和王丰冷战的刘婷芳忽然抬起头说：“王丰，我想了好久好久，我们一直这样也不是办法。”

王丰不懂刘婷芳的心思，顺着她点点头：“是呀，婷芳，我们也不能一直闹别扭呀。你原谅我好不好？”

刘婷芳看着王丰，缓缓说：“王丰，你误会了！我是说我们还是分手吧！”

王丰一听，那感觉真好比彗星撞地球，简直整个世界都毁灭了，他十分震惊地说：“你说什么，我们分手？”

吴晴也很极为惊讶：“什么，不会吧？你们要分手？”

刘婷芳点点头说：“对，我们还是分手吧！对你对我都有好处。以后，你再和哪个女人好不好的，和我没有关系。”她眼泪唰唰地流了下来，她说这句话的时候，心都碎了。

王丰激动地问：“婷芳，你说什么，要和我分手？你为什么要和我分手，你听我解释好不好？”

刘婷芳摇摇头说：“你不要再解释了，我们都分手了，你还解释什么呀？”

“婷芳，我们别闹了好不好，我是真的爱你。你还记得我们那一次，我还在竹林公园的时候，你说我们……”刘婷芳没有等王丰说了，就捂着耳朵说，“我不听，你就别讲了！”

王丰说：“婷芳，你就别闹了好不好？这样吧，婷芳，我错了好不好？”

刘婷芳冷冷地说：“我想你不是一个可以和我共度一生的人。”

王丰眼睛瞪大了，很久没说话，然后就出去了。

从此以后，王丰和刘婷芳再也没有说过话，虽然他们在同一个部门，在同一个办公室，却变得好像陌生人。

这转眼间，就到了五月初五端午节了，电子厂放了一天假。

到了端午节这一天，吴晴来到大哥家过节。哥哥很忙，吴晴和哥哥、嫂子来到菜市场卖菜。

没过多久，吴玉娟和许洪亮两个人也来了。

吴玉娟问：“大嫂，你有没有时间陪我去买衣服呀？”

黎曼说：“我什么时候都有时间。”

吴玉娟一听挺高兴，就问妹妹：“小晴，你去不去逛商场？”

吴晴说：“我不想去。你们逛商场没完没了，一件衣服能买半年。我跟你们逛商场累得腿痛。”

哥哥觉得吴晴辛苦，也赞成吴晴去买。

黎曼劝道：“小晴，走吧！多去一个人就热闹一些。”

吴晴笑嘻嘻地开玩笑说：“我不想去！像我这么漂亮的女生，被色狼揩油了可划不来。”她一拍哥哥的肩膀，说，“我呀，还是跟我哥哥在一起卖菜，安全！”其实，她是看哥哥太辛苦，想留下来帮帮哥哥。

黎曼就说：“你看这个死丫头说的什么话。”

吴玉娟说：“大嫂，她不去就不去吧！我们走。”

吴玉娟、黎曼、黎婷，还有许洪亮，就到市区商场买衣服去了。

逛街果然是个十分耗时间的事，吴晴就和哥哥在市场卖菜。幸亏她没有和他们逛商场。他们是早上 8 点 10 分走的，直到下午快 2 点了才回来。吴晴虽然是个漂亮的女生，可是并不像其他女孩一样虚荣。

逛街回来的人，炫耀了一番自己买的新衣服，才开始问生意好不好。有吴晴在场，菜卖出不少。倒是哥哥，如果看到顾客老是瞄身边的妹妹，就和人吵架，干脆不卖了。不过还好，很多人都是客气地来买菜，然后趁机打听一下吴晴。

毕竟是节日，哥哥想早点收摊，然后买了一大堆吃食就往家赶。吴晴心细，知道家里还有两个孩子等着，就到隔壁的超市买了一些零食。

虽然这些人背井离乡，不过家里的人都凑在一块儿，倒也其乐融融，省却了不少离家的思念。不过吴晴在高兴之余，还是想着一件事，就是自己不小了，总是遇不到喜欢的人。年轻的男女，没有喜欢的对象，就会变得十分可怜——因为喜欢本身就是一种美好的感觉。

李贵诚也来到姐姐家。只有到了姐姐家，才有家的温暖。他姐姐和姐夫对他极好，就像对待自己的孩子一样。李贵诚对他们也是像对父母一样尊重。

晚上，姐姐做了满满一桌饭菜。他们也挺热闹，因为李贵诚的二哥李贵山一家人也都来了。

李贵诚和姐姐一家人团团围坐，两个孩子吵着要喝饮料，丈夫张魁就买了一大瓶雪碧。姐姐说等看到李贵诚结婚就好了。李贵诚嘴上敷衍地回答道“没有喜欢的”，又开始自顾自的吃饭。在饭桌上，他看到这一家人坐在一起吃饭，其乐融融，心里忍不住想：“如果我结婚了，一切都完美了。”他想到吴晴，心里甜丝丝的。但是一想到自己和吴晴的事情八字还没有一撇，情绪就又失落下来。

第十八章　满堂春色

刘婷芳孤零零地躲在宿舍里，想着别人都在一起过端午节，倍觉冷清。这段时间以来，她总是沉默寡言，到了晚上也不再和吴晴玩笑打闹，背过身去一言不发，其实吴晴知道她在哭。

这天晚上，吴晴的手机短信铃音响了。她拿起手机一看，是王丰给她来的信息，让她出去。她本来不想出去的，但是想到王丰是她的同事，又是她的好朋友，还是好姐妹的男朋友，再说自己的好姐妹出了这事情，也应该调解调解。想到这里她就轻手轻脚地出门去了。

王丰等得正着急呢，一见吴晴总算来了，忙走上前。

吴晴问："你找我有什么事呀？"

"吴晴姐，我也不知道什么事，但是觉得你能帮我，你能不能陪我走走？"

吴晴有些犹豫，他毕竟是姐妹的男朋友，这样被人看到不好，但是她又觉得不该想太多，就点了点头说："好吧！"

两人来到开明广场，这里还挺热闹，有几个中年妇女在扭大秧歌，这边有几个老头、老太太打太极，还有许多年轻情侣坐在广场旁边的椅子上。

吴晴问王丰："王丰，你跟刘婷芳的事该怎么办呀？"

王丰也没有主张，摇摇头："我也不知道。"

吴晴看了王丰一眼，埋怨道："王丰，其实，这事情也怨你！"

王丰双手插兜里，看了看这个广场，恨恨地说："就是这个破广场，就是因为这个广场，我才和女朋友分手了。"

吴晴张了张嘴，似乎要说什么话，也不知道为什么，又把话咽回去了，低着头，就用脚踢着石头。

王丰说："吴晴姐，你帮我帮劝一劝婷芳吧！"

"你把她的心伤得这么透，我怎么劝她？"

"吴晴姐，你要是能帮我，你就是我亲爹。"

“啊？我是你亲爹？”

“我要是喊你亲妈，你不削死我呀？”

“那你就喊我姑奶奶呀！”

王丰咧咧嘴，说：“你占我的便宜也太大了。”

吴晴说：“王丰，你的心还真宽，你和婷芳都闹成这样啦，还有心思跟我开玩笑。”

王丰无奈地说：“不这样那又能怎样呢？以前我交过很多女朋友，我跟她们撒谎，甜言蜜语，骗她们，她们都很开心。可是我不想骗婷芳，我不忍心，她太需要人关心了，我怕做不好……可是我越真实，反而越伤害她……”

“王丰，不是我不帮你。”吴晴看他认真了，叹了一口气。

王丰就不耐烦地说：“到底帮不帮我呀？你就给我句痛快话吧！”

吴晴奇怪地说：“哎，不对呀，王丰，好像是你求我耶，怎么会是这种态度？”

“行行行，到底帮不帮吧？”

吴晴还是说：“我还是不能帮。”

“不帮是吧？好好好，我再最后再问你一遍。”

吴晴一见王丰蛮不讲理，说：“王丰，像你这样我怎么帮你呀？”

王丰点点头说：“好好好，吴晴呀，这是你逼我的。我告诉你，我早就知道你不会帮我的，你知道我为什么把你带到广场来吗？”

吴晴惊恐地问：“王丰，你想干啥？”

王丰不怀好意地说：“你最好是答应我。你要是不答应，你看到没有，这广场这么多人。”

“这么多人怎么了？王丰，你想干啥？”吴晴十分害怕地问。

王丰哼哼一笑：“哼哼，我想干啥，我不干啥！我就‘扑通’往你面前一跪。这么多人看着，不知道的还以为我向你求婚。”

“王丰，你怎么耍赖皮呀？”

“吴晴姐，反正都是被你逼的。你就说个痛快话。”

吴晴真怕他会跪下，只好点头答应：“真受不了你了，我替你劝劝婷芳就是了。”

王丰千恩万谢：“吴晴姐，你就是我亲姐。姐呀，你多费费心！”

吴晴连连打住：“行行行，你别先喊这么亲！她听劝不听劝，我也没有把握。”

王丰就像鸡啄米似的：“好好好，只要你肯帮忙就行了。”

“王丰，你不要着急。因为婷芳现在正在气头上，谁劝都听不进去。等她气消了，我再好好地劝！”

王丰点点头。

过了几天，黎婷辞职了，她要到男朋友那里工作。吴晴、刘婷芳等美女难舍难分，好一场送别，特别是吴晴都哭了。沉浸在好姐妹离开的悲伤里，吴晴一整天都打不起精神，早把王丰的事忘了。

王丰见吴晴没动静，天天催吴晴。吴晴就给他讲：“劝婷芳这事急不来，我们把握不住时机，我劝了反而会适得其反。”

王丰听了，唉声又叹气。

这一日，刘婷芳坐在床边呆坐良久，忽然对吴晴说：“吴晴，你说爱情美吗？我看别人谈恋爱是那么甜蜜，好羡慕呀！哪知道我爱了一回，才知道爱情是苦的，很苦很苦，就像胆汁一样苦。”她停了停，问吴晴，“吴晴姐，你说现在王丰心里还有没有我呀？他求我原谅他，我该不该原谅他？”

外表强势的女人总有一颗柔软的心。

吴晴一看时机来了，忙接口：“他要是求你原谅他，那就说明心里还有你，在乎你。他值得你原谅，自然就要原谅他了。”

刘婷芳说：“不是我不原谅他，这次我要是原谅他了，下一次他不知道又和哪个前女友卿卿我我，我想想就恶心。他对我这么用情不专，你说我还能原谅这个王八蛋吗？”

吴晴问刘婷芳：“你心里到底还有没有他呀？”

“唉，我也想把他努力忘记，但是我们毕竟有过一段难忘的时光，怎么说忘记就能忘记？爱一个人好难，忘一个人更难。”

“你心里不是还有他吗？就给他一次机会吧！”

“他这一次和女人亲嘴，我原谅了他，他下次就该和别的女人上床了！”

“你还是转不过这个弯来！你要真是对他不放心，我们就来个永绝后患。”

刘婷芳说：“他这么花心，怎么做才永绝后患呀？”

“婷芳，我有一个办法。王丰不是女朋友多吗？我们就让他把所有的前女友聚集在一块儿。让在他在那些前女友的面前，说他爱你。一、我们就看看王丰是否真心对你。二、那些前女友一听王丰亲口在她们面前说他爱你，那些所谓前女友就对王丰死心了。到那时，就不怕王丰花心了。你说王丰脸皮子再厚，也没有脸去找那些前女友了。就是他厚着脸皮去找那些前女友，那些前女友都知道王丰和你好，谁愿意再和他牵扯？”

刘婷芳一听，不由得替王丰担心，一撇嘴：“你这个主意也太刁钻了吧？如果王丰在他前女友面前说了爱我，王丰该怎么办？那些前女友若总不依不饶，那他不就惨了？”

吴晴一听，高兴了：“哟，你这心里还向着他呀！”

刘婷芳忙否认：“哪有，我现在恨他还来不及呢，哪还会向着他？”

“婷芳，你要是嫌这个主意麻烦，你就直接原谅他好了。”

“我才没有那么容易原谅他呢！”刘婷芳嘴上不依不饶，可是在分开的日子里，刘婷芳的怨恨很快就在思念中慢慢消释，过一会儿她说，“吴晴姐你给他打电话，让他过来。”

吴晴就拿起手机，给王丰打了一个电话。

王丰正等着这个电话，一听说刘婷芳原谅他了，就像飞一样来到刘婷芳的房间。进门前，他还紧张地把衣服整理一下。进去后他上前就拉住了刘婷芳的手，十分激动地说：“婷芳，你原谅我了，太好了。我是真的爱你。婷芳，你知道吗？我以为你一辈子都不会原谅我了，我都快疯掉了。这几天我是多么自责：我就是个浑蛋，我不该惹你生气。你知道吗？你这几天不理我，我就像是过了10年、20年，100年……”他就在这里说个没完没了，早把吴晴忘到脑后。

吴晴心里就不痛快：“这个王八蛋真是用人朝前，不用人朝后。他要是用你的时候，喊姐姐姐，小嘴可甜了。不用你的时候，一脚把你踢得远远的。”

谁知刘婷芳甩开王丰的手，把脸一扭，也不理王丰。

王丰一见刘婷芳不理，这才想起来旁边还有一个吴晴。这个王八蛋真没有脸，就甜甜地喊了一声：“吴晴姐。”

“哟，你这才想起来我呀？刚才是干吗的？”

王丰摇尾乞怜，一副可怜相：“吴晴姐，刚才我“眼拙”——没看见。姐呀，我的亲姐，你刚才不是打电话了吗？说婷芳原谅我了，我就像飞一样来到这里，她怎么又不理我了呢？”

“哼，别说婷芳不理你，就连我也不想理你。”吴晴把脸一扭，就把王丰冷到一边了。

王丰厚着脸皮问刘婷芳：“宝贝，你就别冷我了。只要是你能原谅我，就是叫我当小狗，我就趴地上‘汪汪’两声。”

刘婷芳实在是听不下去了，气呼呼地说：“我自己就整不明白了，当初怎么就喜欢上你了？王丰呀，我到今天才看清楚，你真贱！”说完就忍不住被逗笑了。

“贱有什么不好？男人犯贱，一般都是为了自己心爱的女人！”王丰说，“亲爱的，你让我怎么样都行。”

他又问，“吴晴姐，你说婷芳给我提的什么条件？”他还没忘这件事儿。

吴晴回答：“好，你可听好了，把你所有的女朋友全部找来，你就在她们面前说你爱婷芳就行了。”

“什么？”王丰吃惊地问，“你刚才说把我的全部女友找来？”

“怎么，这个条件过分吗？”

“不是过分，是太难了。我今天给你们说实话吧！我的女朋友就连我自己也不知道有多少。再说她们都分散在全国各地，我怎么联系她们？”他就用商量的口气，说：“吴晴姐，婷芳，你们看这样行不行，我把杭州这一片的人找来行不行？”

吴晴和刘婷芳本想王丰不是推三阻四，就是找别的借口不答应，没有想到是王丰自己提出来了。

吴晴点头说：“好吧，你就把杭州这一片的前女友聚在一块儿吧！”

这个王八蛋有点高兴过头了，就拿着手机当着她们二人的面打电话，让他的前女友们在竹林公园的竹轩堂见。他联系那些前女友，整整联系了一个小时。

然后他放下电话，说：“我联系完了。时间定在三天后礼拜日的下午。”

刘婷芳点点头，没有说什么。吴晴自然也不会反对。

他联系完了那些前女友，高高兴兴地出了刘婷芳房间。一阵凉风一吹，他脑袋瓜子就凉快下来了。他仔细一想：“我的娘耶，我刚才怎么啦？我是中邪了还是怎么回事？我干吗要联系我的那些前女友？那些醋坛子聚在一起，不是要我的命吗？我这不是给自己找麻烦吗？”

他就想主意，想了半天也没有想出来。

他愁容满面地来到宿舍，坐在床上低着头，一句话也不说。

李贵诚奇怪地问：“王丰，怎么啦？不说刘婷芳已经原谅你了吗？你怎么还是愁容满面？”

“原谅啥，害得我白欢喜一场。”

“这到底是怎么回事呀？”李贵诚更加奇怪地问。

王丰强打精神地说：“吴晴给我打电话，说是刘婷芳已经答应原谅我了。我一听就乐疯了。结果到了她的房间，不是那么回事。她们说了，让我把我的前女友全部找来，聚在一起，让我在她们面前，说我爱婷芳。她就原谅我了。”

“哈哈……王丰，你答应她们了？”

“我是真心爱婷芳的，不答应还能怎么办呀？没有办法，就在她们的面前联系我的那些前女友。”

“你有多少女朋友？”

王丰想了半天，说：“大概有 40 多个吧！”

李贵诚笑了笑：“你在那些女朋友面前说你爱刘婷芳，跟送死没有什么区别！”

“李哥，你说我该怎么办呀？你好歹也给我出出主意呀！”平时，他挺有主意的，轮到自己的事就没了主见了，却让李贵诚给他出主意。

李贵诚想了想说：“我还真有一个主意，不知道能用不能用。”

“李哥，你快说是什么主意？”王丰就像抓住救命稻草一样。

“王丰，你是不是真心爱刘婷芳？”

王丰十分诚挚地说：“我不是真心爱她，我会为了她把我以前的女友找来吗？我是非常非常爱婷芳的，我要爱她一辈子！”

李贵诚一听，就把自己的主意讲了一遍。

“啊？”王丰一听，就是一咧嘴，“这主意也太缺德了吧？”

李贵诚说：“行，你嫌我这主意缺德就别用。你就只告诉你的那些前女友，看看她们不把你撕碎了才怪。”他瞥了一眼王丰，笑着说，“这样也行，等到时候，我给你收尸。”

王丰还问：“她们听我说我喜欢婷芳，真会对我动手吗？”

“你自己就慢慢琢磨吧！”

王丰琢磨了老半天，点头说：“好吧！除了你这个主意，我也没别的主意了。等到后天就这么办。”

王丰那些女友一听，男朋友给自己打电话了，还以为王丰约她们到公园浪漫的，可高兴了。到了这一天的下午，就打扮得十分靓丽，来到竹林公园的竹轩堂里。

其实，这个竹轩堂就是用竹子做的也不大的房子，来衬托竹林公园的美景的。要是下雨了，没带伞的人，可以来到这里避雨。

这个美女没有来多久，又来一个美眉。她认识前面到的美眉，寒暄一阵，就问：“周艳，你来干吗呀？”

周艳不知道王丰约了她，就说：“我是来见我的男朋友——王丰的。王丰让我来这个竹轩堂和他见面。郑琳琅，你来这里干什么？”

郑琳琅吃惊地问：“什么，他约了你来竹轩堂？他不是约我和他见面吗？怎么会把你也约了来？”

她们还没整明白，又来了一个漂亮女生，一问也是王丰的女朋友。

紧接着，这美女越聚越多，整整来了42个美女，麻将都能凑10桌了。这么多的美女聚在一堂，不知道的，还以为这里是开美女Party的。

王丰没有来，这个竹轩堂就乱套了。她们互相争吵，互相诋毁，就差动手打起来了。

最后，贺玲说：“你们都不要吵了。王丰谁都不会喜欢的，他又交了一个新女朋友，长得可漂亮了。”

这些女人被王丰骗得也很可怜，以为王丰喜欢自己一个人，自己就是王丰心目中的宝贝，是独一无二的，哪知道自己也只是王丰众多女友之一，更没有想到的是，王丰会有这么多的女朋友。她们这才觉得自己被欺骗了，而且还是被欺骗得这么可怜！她们十分懊悔，懊悔不该听信了他的花言巧语；她们很愤怒，愤怒的是在这个世界上，怎么会有这么不负责任的男人，欺骗了这么多女孩子的感情。

谢玉梅十分恼怒地说："我要是见了王丰这个王八蛋，就问问他，为什么要欺骗我。还说他这一辈子只爱我一个人，没有想到瞒着我还有这么多的女朋友！"

又一个美女恨恨地说："王丰这个王八蛋敢骗我，我要是见了他，要跟他算账。"

紧跟着还有很多美女咬牙切齿："我们不能便宜了这个王八蛋，非把他的脸打烂不可……"有好多美女还大骂起来，都对王丰充满了愤怒。

她们刚才还互相争吵，现在倒成为一伙的了。她们的拳头都攥得紧紧的，憋足了怒火，要跟王丰算总账。

刘婷芳在吴晴的陪同下，跟着王丰来到竹林公园。

刘婷芳这两天心情不好，身体也不舒服，看上去很憔悴。真是爱情折磨人，一个活泼天真的女孩子被折磨得那样憔悴。

王丰带着刘婷芳二人，进了竹轩堂，不由得吃了一惊，没想到自己会有这么多的前女友。竹轩堂都站满了，就这样还有几个因为有事没有来呢！

第十九章　人类虚伪的心

美女们一见王丰可算来了，冲上前大骂："王丰，你这个王八蛋，把我骗得好苦呀！还说什么要和我结婚！之后，连你的鬼影子都见不到。你这段时间你死哪去了？"

"王丰你是个骗子！"

“王八蛋！”

“骗人感情，出门撞死！”

……

一时间，骂声纷纷。

王丰低着头，一句话也不说。

那些美女本来都是满腔怒火，一看到吴晴，误以为是王丰新的女朋友，都觉得吴晴是那么美丽，又是那么高贵，再看看自己，都不由得自惭形秽。有人心中想：在这个世界上怎么会有这么高贵、完美的女人？难怪王丰会对我们变心，就是我们见了也会被她的美丽所倾倒。

吴晴的出现，让大家的骂声渐渐平息下来。美女的气场便是如此。

王丰看这阵势，没敢往里进，站在门口对大家说：“各位美女，我把大家找来，有一件事情要跟大家说清楚。”

这些美女都瞪眼看，静静听着。

这阵势就像召开记者招待会一样。

周艳问：“你把我们找过来，到底有什么事呀？”

“嗯嗯……”王丰就清了清嗓子，说，“我说的这件事对你、对我、对她，对大家都有好处。以前吧，是我处理感情不当，耽误大家的感情，我现在只能对大家说一句‘很抱歉’。我今天把大家找来，就是告诉大家，我王丰只爱刘婷芳一个人，爱她一辈子也不会变心。”他转过脸，拉着刘婷芳的手，说，“婷芳，我只爱你，不会再爱别的女人。我爱你一辈子，我陪着你一起要走接下来的路。我们一起慢慢变老。”

大家一看，噢，闹了半天，原来王丰的女朋友不是吴晴，而是吴晴身边的那个美女。这个美女漂亮是够漂亮，只是脸色太苍白——她甚至连站的力气也没有。

其实，刘婷芳是气的，一看王丰这么多的女朋友，能不生气吗？她都气晕了，连站的力气也没有，都靠吴晴扶着。

陈美珊问王丰：“王丰，你现在对她是真心的，那么对我呢？你对我说：‘你是红花，我情愿为你做绿叶。你是地球，我就是月亮，我永远都是围着你转。’这些话还在耳边，你现在却说你爱这个刘婷芳？”

王丰对陈美珊说：“美珊，对不住，还有你们大家。其实，以前我说的都是花言巧语，那……那都是说说玩的。因为那时候，还不懂得什么叫爱，什么叫情，更不知道什么叫责任。对不起，我不该对你们说那些甜言蜜语。”

那些美女一听，可就不干了，一下子就炸开了锅。

王丰一看自己的这些前女友，恨不得把他撕碎了吞到肚子里才解恨，心里没了底儿：李贵诚的这个主意到底能不能用呀？这个主意的第一步，就是先让刘婷芳离开。他也没有好办法能把刘婷芳和吴晴整走。

刘婷芳一听王丰当着这些前女友的面说爱自己，看得出来王丰对自己是真心的，已经心满意足。她不想看到王丰挨揍的情景，就一拉吴晴，说："吴晴姐，我们走吧！我不想待在这儿。"

吴晴点点头，就搀扶着刘婷芳走了。

王丰一见刘婷芳两个人都走了，正是求之不得，就对那些美女说："你们静一静，听我给你们讲一个故事。如果我这个美丽的故事讲完，你们别说拿我出气，就是杀了我，我也没有怨言。"

周艳忍不住地问："谁有空听你讲故事呀，我们今天就要个说法。"她这一说话，有很多美女都随声附和，"对，今天，你要给我们一个说法。"

王丰点点头说："好好好，我把故事讲完，就给你们一个说法。"

冯梅秀比较清醒，站出来对大家说："我说各位美女，都静一静。我倒要听听这个王八蛋能讲出什么样的故事。"

"我就把这个故事讲给大家听。"王丰就给这些美女讲起故事来。

"曾经有一个花心的男人，欺骗了好多的无知女子。他每次用花言巧语欺骗一个女子时，就觉得很骄傲。他就自以为在这个世界上没有一个女人是他搞不定的，在这个世界上没有一个女人能逃掉他的甜言。他欺骗一个又一个的女人，多得就连他自己也不知道自己到底欺骗了多少个女人。直到他有一天来到一个电子厂，就看见一张天下最美丽，而又天真烂漫的笑脸。正因为这张灿烂的笑脸，成了这个花心男人的又一个目标。他想尽一切办法靠近这个女孩子。这个女孩子也就很快地接受了这个花心的男人。她是那么天真无邪，又那么单纯的女孩子。她怎么会想到在她身边的这个男人，是不知道欺骗了多少个少女的花心大萝卜。这个女孩子很快就把自己所有的一切，告诉了这个花心的男人。

"原来她是一个苦孩子，在她五岁的时候，爸爸妈妈就闹离婚。她被判给爸爸。她是多么想念自己的妈妈，纠缠着爸爸找妈妈。她的爸爸就给她娶了一个后妈。各位美女，你们想想有几个后妈能对孩子好的？果然，这个后妈对这个可怜的小女孩又打又骂。可怜的小女孩看见别的小孩子，靠在妈妈的怀里撒娇，是多么幸福！她想起了自己的后妈对自己是那么恶毒。她又想起亲妈妈就哭了，哭得好伤心呀！有一次，可怜的小女孩就问奶奶：'奶奶，奶奶，你说别人的妈妈都对自己的孩子那么好，为什么我的妈妈却不要我了？我的后妈对我那么不好。'她的爷爷早不在了，只有奶奶最疼她。老奶奶看一个7岁的孩子说出这么伤心的话，不由得把自己的孙女抱在怀中失声痛哭。小女

孩就在奶奶的怀中哭着说：‘我要我的亲妈妈，奶奶，您能不能告诉我的亲妈妈她在哪儿呀？我要去找我的妈妈！’奶奶抱着孙女，哭得一句话也说不出来。这一对可怜的祖孙的情状，被那个恶毒后妈看见了，她把小女孩子带回屋中，狠狠地打了一顿。从此，小女孩连哭也不敢在白天，怕后妈看见了，又要打她了。只能在黑夜里，一个人躲在被窝里哭。

“后来，后妈有了自己的孩子。当然了，自己的孩子就不一样了，顶在头上怕歪了，含在嘴里怕化了。可想而知那个可怜小女孩的日子就更难过了，吃不饱，也穿不暖。日子一天天过去，她快 18 岁了。在这么多年的岁月中，不知道挨了多少打，不知道挨了多少骂。不过，她再也不是那个黑黑瘦瘦的小女孩了，而是一个亭亭玉立的美女。她的弟弟妹妹——也就是她后妈的孩子，也都长大了。他们都欺负她，这个家里再也没有她的容身之地了，这她才出来打工。这个花心的男人被感动了，开始就连他自己也不相信被感动了！也不知道为什么，当这个女孩子高兴的时候，这个男人也跟着高兴，当这个女孩子伤心的时候，自己是那么难受。他真的爱上了这个可怜的女孩子。他决定今生只爱这个可怜的女孩子，再也不会招惹别的女人了。这个男人想尽一切办法，让这个女孩子开心，让她幸福地过着每一天。真的，那个可怜的女孩子感觉到前所未有的幸福。她脸上不再有以往的愁容或是不开心，而是被幸福甜蜜的笑容替代。我们都以为这个女孩子的幸福来了，接下来的日子都是开心美满的。哪知道可恶的命运就是不放过她！”

王丰真是一个做演员的料，没有进娱乐界，真是屈了人才。故事编得连他自己都感动得眼含热泪。

那些美女也都是一个个听得泪水不知不觉流到两腮，还有的感动得哭出声来。大多数女人都是心软的。

王丰一看李贵诚这个主意，对这些美女果然奏效，擦了擦眼泪，继续讲。

“有一天，在下班的时候，她就突然咳嗽得厉害，我发现她痰中有血，就知道事情不妙。就带她到医院检查了一遍。我们把检查的 CT 片子，拿给那医生看。那个医生看了，就把我悄悄地叫了出去。他问我：‘你是她什么人？’我就说：‘我是她的男朋友。’那个医生点了点说：‘好吧！我给你讲，你可要有心理准备。’我就感觉到天要塌了一样，压得我都喘不过气来，但还我还要问：‘她得了什么病？’医生就用低低的声音说：‘你的女朋友得的是肺癌，而且是晚期。多说能活三个月，少说也就是一个月也不到。’我听了……我听了，顿时，就觉得……”

他也不知道入戏太深还是怎么回事，早已泣不成声，就蹲在地上失声痛哭：“癌症，治不好的癌症。为什么命运这么对她呀？为什么老天爷会这么对她？

她正值青春年华，就要走到生命的尽头。她是那么善良。你们知道吗？就是她让我把你们聚在一堂，把事情说清楚，不要我再骗你们，让你们去寻找真正爱你们的，也是你们所爱的男人，过上属于你们的幸福生活！”他痛苦地抱着头，又哭了起来。

王霞心软，忙上前劝：“好了，王丰，我知道刘婷芳是个好女孩，她也很可怜。”

王丰擦了擦眼泪，问：“不是要说法吗？我问你们哪一个还要让我离开那个可怜的女孩子，哪一个让我抛弃一个时日不多的人呀？你们就真的这么狠心，和一个快要死的人去争？”

这些美女哑口无言。空气就像凝固了一样，时间也像停止了。

过了好久好久，刘雅婷才问：“刘婷芳自己知道不知道得了肺癌晚期呀？”

王丰摇了摇头说：“我哪敢告诉她呀！只告诉她是个小毛病。”

有一个叫薛雅兰的就说：“这不是在欺骗她吗？”

王丰叹了一口气：“我怕她承受不了。我要在她剩余不多的时间里，尽量给她幸福，让她了无牵挂地离开这个世界，让她不再遗憾地结束坎坷而又辛酸的一生。”他说着又哭了。

那些前女友看了看曾经深爱的男朋友，说：“王丰，你辜负了我们没有关系，你千万别再辜负那个可怜的女孩子。我们的事情已经过去了，要是你再辜负那个可怜的女孩，你就不是人！”

王丰点点头说：“我会的，我绝对不会辜负这个可怜的女孩子。我要是再辜负了她，我真是猪狗不如！”

美女们都纷纷离开了，有的美女不由得来到刘婷芳面前，十分同情地说：“你真可怜。”

其实，刘婷芳没有走远，她哪能真丢下王丰不管，只是在不远的地方看着。

有几次，她都担心王丰的安危，就想进去看看情况，都被吴晴劝住。

过了好长好长的一段时间，有许多美女出来了。还有好多美女哭得眼睛肿肿的，十分同情地说：“刘婷芳，你真可怜！”

“哎，”刘婷芳不知道怎么回事，就问吴晴，“吴晴姐，我可怜什么呀？”

吴晴摇摇头说：“谁知道他搞什么鬼呀！你是‘女诸葛’都不知道，我知道什么呀？我又不像你似的能掐会算。”

刘婷芳一推好姐妹，说：“我的好姐姐，你又消遣我。”

她们说笑间，又有一个王丰前女友，说：“刘婷芳，你真可怜。”

“我可怜什么呀？”刘婷芳也整不明白了。她哪知道王丰那么编排，都把她编成苦情戏的女主角了。

不一会儿,王丰就出来了,眼睛也是哭得红红的。刘婷芳奇怪地问:“王丰,搞什么鬼呀?”

“没有什么,我只不过一想到你终于原谅我了,我就高兴得哭了。所以我的眼睛哭得红红的。”

吴晴笑着指着王丰:“王丰呀,看你那点出息!”

突然,刘婷芳想起一个问题,就问:“王丰,我想问你一个问题,你老实地回答我,你的那些前女友怎么都跟我说:‘刘婷芳,你真可怜。’我可怜什么呀?”

王丰也没有想到刘婷芳给他突然袭击,一想自己编排她,要是让她知道了,指定跟他没完。一时又不知道怎么回答,支支吾吾了半天,也没说出个子丑寅卯来。

正在王丰难以回答的时候,吴晴酸酸地说:“哎呀,我看你们能和好如初了,那真是太高兴了。你们两个人你侬我侬的,我不在这里给你们当电灯泡了。”说完就一个人走了。

刘婷芳那个突然袭击也就不了了之了,看着王丰含羞地说:“王丰,你是不是真的爱我呀?”

王丰捏了一下刘婷芳的鼻子,笑着说:“你这小心眼儿,还怀疑什么呢?我们的爱情都把我的那些前女友感动哭了,还不相信啥呀?”

刘婷芳又吃醋了:“王丰,你这个王八蛋又跟我提你那些前女友。”

王丰连连点头:“好好好,我不提。我就怕你闹别扭。”他就看了刘婷芳一眼,说,“哎呀,我就怕你跟我闹。你一闹,我就又没招儿了。”

刘婷芳一听,还十分得意,抿嘴一笑:“知道就好。”

王丰一想到李贵诚主意真好,又想起了李贵诚追吴晴的事。于是,他就别有用心地说:“婷芳,你先答应我一件事呗。”

“什么事呀?”刘婷芳问。

“你先答应我。”

刘婷芳点点头说:“好,我答应就是了。”

“我们可说好了,你可答应我了。”王丰一见自己把刘婷芳稳住,这才提李贵诚的事,“婷芳,你说吴晴姐吧,是你的好朋友,李贵诚是我的朋友。我们两个的好朋友在一起,如果成为男女朋友,你看那多好呀!”

刘婷芳有些糊涂,问:“王丰,你到底想讲什么?”

王丰说:“婷芳,我们就把李贵诚和吴晴撮合成为一对儿,那该多好呀!他们能成为一对儿,还要你帮忙呀!”

刘婷芳直截了当地说:“那可不行!”

“我们不是说好了，你答应我了吗？”

“你怎么还惦记这件事呀？”

王丰跟刘婷芳商量：“你看我们好不容易和好，不要因为李贵诚和吴晴的事情，闹得我们心里不舒服。你就看着你男朋友的面子，帮帮李贵诚吧！”

刘婷芳挺敏感：“我们的事和吴晴、那个人的事，一码归一码。”

“好，婷芳，我不求你帮李贵诚，你就别管这件事好吗？”

刘婷芳冷冷一笑：“王丰，你合计啥呢？让我别管了，看着你们坑我的好姐妹，我也不管？”她问王丰，“你告诉我，你为什么要帮那个人呀，那个人有什么地方值得你这么帮他呀？”

王丰说：“我也不知道为什么要帮他，我就是打心眼里想帮他。他是个好人，婷芳，李贵诚这个人真的很实在。”

刘婷芳气呼呼地说：“王丰，你看他长那个样——跟鬼一样，能是什么好人！就算他是好人，但是也不配吴晴姐啊！”

王丰怕再惹刘婷芳生气，不敢再说李贵诚和吴晴的事了。

刘婷芳反而缓了缓口气说：“王丰，我们不要谈这些了好吗？”

王丰点点头。两人便牵手往前走。

那天的傍晚，斜阳照在刘婷芳的脸上，她的脸颊绯红，说不出的娇艳。他情不自禁地说：“真好看，就是我看一辈子也看不够。”

刘婷芳一听，脸红了，说：“你又说肉麻的话，真讨厌！”她嘴上是这样，心里却是那么甜蜜，幸福的笑容爬到脸上，更加妩媚动人。

王丰看得心里痒痒的，想把刘婷芳抱在怀中。哪知道刘婷芳一闪身——跑了。他抱了个空，站起来，说：“好你这个小滑头，你还跑了。我看你往哪里跑？”

刘婷芳向他招手一笑：“看你能不能逮住我。”

“好，别跑！看我逮住逮不住你。”

“来呀来呀！你来追我呀！”

两人追逐玩闹了一番，在外面吃了晚餐，这才回到自己的房间。

王丰一见李贵诚，上前就抱住李贵诚说：“李哥，你的主意真好，我真的不敢相信我能这么容易过了这一关。”

“别闹，别闹！今天，你去到了竹林公园，到底什么情况？快给我讲讲。”

王丰就说：“李哥呀，你的主意真是堪称完美。李哥，说实在的，我也对你这个主意没有底。我就好歹试一试。没有想到我的那些前女友不但相信了，还哭得一塌糊涂，就连我自己也被感动了。”他把大拇指一跷，“李哥，今天，你让我另眼看待，我是服了，你是真聪明。”

第二十章　礼物

李贵诚授计于王丰，王丰这才逃过一劫，就猛夸李贵诚。

李贵诚一笑：“王丰，你不要看我模样丑，就觉得我不聪明。其实，聪明跟相貌是两码事。你没有想想，我要是不聪明，能够考上大学吗？”

王丰非要表示感谢，请李贵诚到外面吃饭。他哪里有钱呀，自然还是借李贵诚的钱。

王丰在酒桌上还在说呢：“李哥，你说亏她也能想得出来，把我的所有女朋友找来，不还是被你那个方法给摆平了吗？”

李贵诚喝了一口啤酒，不以为然地摇摇头说：“我看这主意未必是刘婷芳出的。”

王丰奇怪地问：“李哥，怎么见得呢？”

“王丰，你听我给你分析分析。那刘婷芳为了你的事心乱如麻，哪还有心思能想出这么绝的主意？我想，出这个主意的人必是吴晴。除了她谁还会给刘婷芳出主意？”

“还是你分析得透彻呀！”王丰说，“你给说说那个主意，你是怎么想起来的呀？”

李贵诚笑了笑说：“其实，这个很简单。王丰，我问你，你在上初中的时候，可学到过安徒生的一篇童话《皇帝的新装》呀？”

王丰拍拍脑门，想了想，发现自己初中时期的记忆都被武侠小说、古惑仔电影填满了，随意的说：“我也记不住了。”

“《皇帝的新装》就是讲一个皇帝特别爱臭美，也不知道从哪里来了两个骗子，说他们能做出世界上最好的衣服。他们向皇帝要了好多金丝银线。可是过了好长一段时间，也没见那两个骗子把衣服做好。于是，皇帝就着急了，派了一个使者去看世界上最好的衣服做好没有。那个使者去了，看那织布机上什么也没有！那两个骗子说：‘我们做的衣服，只有聪明人才能看到。要是不聪明的，还有不称职的，都看不到织布机上的布。’那个使者听了，吃了一惊。心想：‘怎么，难道我不聪明吗？难道我不称职吗？这怎么可以！我的天呀！这到底是怎么回事？我不能被别人看到我不聪明。’他为了不让别人看到自己不聪明，就说：‘这是多么美的布呀！真是美极了。’那个使者就向皇帝虚夸了一番。皇帝又派了几个大臣，结果都是一样，最后就连皇帝也上了骗子的当。”

王丰听半天，说：“李哥，你讲了这么多，和你那个主意有什么关系？”

李贵诚一笑：“当然有关系，要没关系我也不讲的。这个故事不仅讲了统治者的荒唐，同时，也说了一件事，就是人类的虚伪。”他又问王丰，“假如说你没有爱心，你和几个朋友出去，遇见一个可怜的乞丐，你的那些朋友施舍乞丐钱。你会怎么办？”

“我怎么办，他们都给了老乞丐钱了，我不想给能有什么办法？我要不给，那显得多没有爱心呀！索性就给呗！”

“这就对了嘛！你想过没有，那么多女孩子，你说这么凄美丽的故事，怎么会没有感动的呢！我想肯定会有好多女孩子感动得都哭了。但是被你骗的都是善良的女孩子。就是几个没有同情心，也不好当众说什么。她要是说出来了，就显得自己没有爱心了。你说谁会当着这么多人的面出这个丑呀！所以说嘛，这个主意就是利用她们的同情心和虚伪。”

王丰一想，也是，很多人都会有从众心理，就算自己心中有疑惑，一旦别人都去做，自己也不好说什么了。这李贵诚不愧是大学生，看事情总比别人深刻。

刚说完没多久，王丰的手机响起来，原来是刘婷芳打来的。女人在爱情中往往会这样，好像时时刻刻都要缠着男人，即便是分开片刻也会受不了。《圣经》里说，上帝用亚当的肋骨创造了夏娃，之后他们便互相喜欢——所以男子成年后都会寻找女人组成一个完整的人。因为男女本来就只是身体的一部分，只有结合才能完整。

李贵诚望着王丰打电话，甜言蜜语非常恩爱。而自己形单影只，不免感觉凄凉：爱情到底是什么滋味呢？长这么大，他只有单相思的份，只能看着别人出双入对，如此说来，爱情真是奢侈！

李贵诚想到这里心情不好，忧郁地出去了。

王丰一个人在宿舍玩电脑，倒也是清净。

他本以为李贵诚很快就回来了，哪知道左等右等不见李贵诚回来。他也没有在意，继续玩电脑。

这都到10点多了，也没见李贵诚回来，他有些着急，给李贵诚打电话，手机关机。他也知道李贵诚心情不好，就怕他再想不开，有个好歹那该怎么办。

他越寻思越害怕，电脑也没有心思玩下去了，就急匆匆地出去寻找李贵诚。他来到厂里一个花圃，就看见一个人在那里坐着，仔细一看挺像李贵诚的，于是就喊了一声："李哥。"

那个人慢慢回过头，看了王丰一眼。果然是李贵诚。

王丰就问："李哥，你在这里干吗？"

李贵诚叹了一气说："我一个人静一静。"

"李哥呀，你吓死我了。我们还是快回去吧！"

"王丰，我就不明白了。为什么没有一个女孩子喜欢上我？为什么我喜欢的女孩子，对我都是冰凉刺骨。"他苦笑了两声，"我做错了什么，为什么得不到女人的喜欢？"

王丰张了张嘴，都不知道怎么回答李贵诚的问题。

"王丰，你不用回答，我也知道，因为我模样丑，因为我是个丑八怪！"李贵诚看了一眼王丰，说，"王丰，我真嫉妒你了。那么多女孩子喜欢你！"

王丰安慰他道："李哥，你不要难过了。你也有你的优点。我觉得你是一个好人。"

"好人有什么用？一副好心肠不如一副好相貌。就拿吴晴来说，我为了她，做了多少事，为了她，又犯了多少难？费了这么多心思，她给我一个好脸色没有？她真是让人寒心呀！我有这么令人讨厌吗？"

王丰就拉着李贵诚的手坐下，说："李哥，要说吴晴的事，我们还真不能急。让她接受你，也得一段时间。我相信吴晴肯定能看出你的真心。"

李贵诚伤心地摇了摇头："王丰，你不用安慰我了。我长得跟鬼似的，吴晴长得这么漂亮，能看上我吗？要是等个三五年吴晴能爱上我，我就等她个三五年。如果吴晴要我等十年八年，我就等她十年八年。但我这得等到什么时候算头呀？"

王丰想了想，说："听你这样一说，我倒想起一件事来。李哥呀，吴晴喜欢一样东西。"

"什么东西？"

"有一次，我和刘婷芳还有她，去一家玩具超市。看见一个小白兔玩具娃娃，她一下子就喜欢上了。有几次，她自己还悄悄地到那个玩具店，就是为了看眼那小白兔。还有几次，我们陪着她去那个玩具超市，她就让店老板把那个小白兔取下来。她抱在怀中都舍不得放手。她每次离开那个玩具店的时候，都对那个玩具看了又看，瞧了又瞧，依依不舍的。我从来没有见过她这么喜欢一个玩具。我还跟她开玩笑地说：'吴晴姐，你挺喜欢这个玩具的，就找个男朋友给你买呗。'

“她叹了一口气，说：‘如果一个我喜欢的人送给我这个小白兔，我就能幸福死了。’”

李贵诚的脑子很乱，无精打采地问：“王丰，你给我讲这些干吗？”

王丰笑了一下：“李哥，你以前不是说你自己挺聪明的吗？你怎么还没有听明白呢？我说的意思呀，就是吴晴喜欢那个小白兔，你就把那个小白兔买下来送给她呗！”

李贵诚一听，立刻来精神了，忙问：“王丰，你说的那个玩具超市在哪里？”

“我有一句话先讲到头里，那个玩具不便宜。要是便宜的话，她自己早就买了。”

“那个玩具有多贵？”

“标价 2240。”

“我以为有多贵呢！原来就 2000 块钱。”李贵诚满不在乎，只要克服了相貌问题，都不算事。

王丰大拇指一跷：“李哥，你真是一个大款。2000 块钱都不在乎。”

李贵诚立刻坐起来，拉着王丰说：“走，我们这就去把那个小白兔买来送给她。”

“大哥呀，你看看手机，这都几点了，11 点多了，那家玩具超市早就关门了。就是我们把那个玩具买回来了，人家吴晴早就睡了，我们怎么送呀？”他拉着李贵诚说，“李哥，我们回去吧！你再怎么着急，我们也要等到明天行不行？”

王丰抬头望向窗外，看到大街上小店打烊后一片黑暗，只好点点头跟王丰回去了。

李贵诚一夜也没有睡好，就连工作也没心思，好不容易熬到下班。

他匆匆洗完澡，吃过晚饭，就到银行取了 3000 块钱。

王丰就带着他来到那个玩具超市。还好这个玩具太贵了，没有人买走。

小白兔可不小，能有一米半左右。浑身毛茸茸，特别是那两只长长的耳朵，特别可爱。那手感特别好，软绵绵又十分顺滑，带着高品质的派头。

王丰让店老板把那个小白兔取下来，递给了李贵诚。

店老板给李贵诚介绍：“兄弟，你真有眼光。这个玩具你看多可爱呀！全身都是上等丝绒，手感特别好。这个玩具有薰衣草香。薰衣草能缓解疲劳，还有催眠作用。”

李贵诚用鼻子闻了闻，果然有淡淡的薰衣草的香味。他又看了看这个玩具，问：“老板，这个玩具多少钱？”

老板笑着说：“兄弟，我看你诚心想买这个玩具。我看这样吧，这个玩具标价是 2240 块，我就把零头去掉，就 2200 块吧！”

李贵诚连想也没有想，就给店老板数了2200块钱。王丰出了玩具超市，就开始埋怨："李哥，没有想到你买东西连个价格也不砍。如果你等我说几句话，也能砍掉六七百块钱。那个玩具要我买，1500块就给它买下来了。"

李贵诚无所谓地说："王丰，只要是吴晴喜欢的，无论再贵我也不嫌贵。如果能让吴晴开心，就是我花再多钱，也是值得的。"

王丰无奈地摇摇头说："李哥，你真是喜欢吴晴呀！吴晴如果知道能幸福死。"

他们没有直接去吴晴的房间，而是先回到自己的房间。

王丰就说："你看这样行不行。你先别去吴晴的房间，先让我把这个玩具送给吴晴。"

李贵诚奇怪地问："为什么呀？"

"李哥，你看我这也是为着你好。如果吴晴把这个礼物收下，那就是再好不过。要是拒绝了这个礼物，你要是在场的话，你说你难堪不难堪？所以嘛，这个礼物就由我送给吴晴比较好。"

李贵诚点点头，说："还是你想得周到呀！"

王丰就抱着这个礼物出去了。

李贵诚就在房间里等好消息。

吴晴吃过饭后，正和刘婷芳说笑。

这时候，就听外面有人敲门。

吴晴笑着说："不用看，肯定是王丰来了。"

刘婷芳笑了一下说："这么晚了，来找我有什么事呀？"

"你就别琢磨了，快点给他开门吧！"

"我就偏不给他开门，急急他。"刘婷芳不开门，在吊王丰胃口呢！

"哎呀，你不去开门，让他一直敲门算什么事呀？你不开，我去开。"吴晴走过去，开门一看，果然是王丰。

他为了给吴晴一个惊喜，就把那个礼物背在身后。

吴晴笑着说："王丰，你又给婷芳送礼物了？"

王丰走进屋中，说："送礼物不假，但是这个礼物吧，不是送给婷芳的，是送给你的。"

吴晴一点也不相信，笑着说："王丰，你敢当着婷芳的面儿送给我礼物？你就不怕她吃醋吗？她要是吃起来醋，也够你受的。"

刘婷芳只当是王丰在跟吴晴开玩笑，过来问："王丰，你在搞什么鬼呀？"

"我要给吴晴姐一个惊喜。"王丰十分神秘地说。

吴晴二人相互望了一眼，都问："惊喜？"

“这个礼物，吴晴姐肯定喜欢。吴晴姐，你看这是什么？”王丰就把礼物往面前一亮，“噔噔噔噔……”随后他就哈哈大笑。

“啊！我的最爱。”吴晴一看小白兔，乐得差点跳起来，冲过去把小白兔抱在怀里。这个礼物不是王丰给她的，而是她从王丰手里夺过去的，紧紧地抱着怀中。估计，谁抢也抢不下来。

王丰问：“吴晴姐，这礼物你喜欢吧？”

“喜欢，太喜欢了。简直就是我的最爱。”吴晴对刘婷芳说，“婷芳，这是王丰送给我的，你不要跟我抢哟？”

刘婷芳看到吴晴收到这么好的礼物，而自己从来没得到过什么贵重礼物，心中有些茫然若失。不过看吴晴只顾抱着小白兔说“以前我总是羡慕你们恩爱，终于有一次也让你们看我幸福了！”她短暂的嫉妒心立刻就消失了。是啊，吴晴长得并不差，就她那相貌整个厂里的男人都配不上，但是她还很善良单纯，又为她加了很多分——她不轻浮。不像其他的女孩子，总是自恃貌美，摆出一副趾高气扬的样子。

王丰高兴地说：“哎呀，总算一番心思没有白费。”

吴晴抱着小白兔玩了半天，才感谢地说：“王丰，谢谢你呀！把我最心爱的玩具送给我。”

王丰笑着说：“吴晴姐，你不要感谢我。送礼物的另有其人。”

刘婷芳这个“女诸葛”，也被他整蒙了，忙问：“王丰，这到底是怎么回事呀？”

吴晴看着自己心爱的小白兔，才想起来：“是谁送我这么贵重的礼物，我要好好谢谢他。”

王丰就笑着问：“吴晴姐，这个礼物要是是李贵诚送的呢？”

“什么？是那个人送给我的？”

王丰笑着说：“李贵诚真是喜欢你！人家听说你喜欢这个小白兔，立刻就让我带着他到玩具店。正因为你喜欢这个玩具，他买的时候，连价格也不讲了。”

本来吴晴挺喜欢这个玩具的，一听说是李贵诚送的，甩手就把玩具扔到地上，就像看到李贵诚一样讨厌。

王丰一看，不由得心寒，半天才说：“吴晴姐，你就那么讨厌李贵诚吗？他根本不是你想的那样。”

吴晴想到很多次和李贵诚擦肩而过，李贵诚痴痴呆呆地从后面望着她，有时候还会对她说奇怪的话。明明不熟悉，为什么要这样呢？这种行为和她见到的那些色狼没什么两样。而且李贵诚那望眼欲穿的眼神让她害怕。她的脸冰到零点，说：“王丰，你还是把这个东西拿回去吧！那个人的东西我不要。”

王丰尴尬地笑了笑："吴晴姐，我也是受人所托，如果我把这个礼物拿回去，就没法做人了。你要是不要这礼物，就亲自把这个礼物还给他吧！"

他说完话，转身就走了。

李贵诚还在屋中等着消息呢！一见王丰的脸色，就知道这礼物送得不太顺当。

王丰也没有隐瞒，把送礼物的经过讲了一遍。

李贵诚听了，那颗心就像放进了冰山里，冷得一点感觉都没了。

王丰很抱歉地说："李哥，对不起。"

"这不关你的事。"李贵诚就像没有了魂魄一样，晃晃悠悠地出去了。

他来到厂里花园旁边，花园里的花静静地开着，慢慢地开始枯萎、凋零。李贵诚一个人静静地坐着。

这时，他的手机声响了，他拿起电话，有气无力地问："喂，谁呀？"

"老三，是我。"

李贵诚一听，就知道是自己的四弟李贵田，忙问："什么事？"

就听电话里气呼呼地说："你弟媳妇，又跟我闹了。我这日子没法过了，我要跟她离婚。"

李贵诚一皱眉："怎么啦？"

"她跟别人没有本事，跟我挺能耐。她天天回家发牢骚，还跟我闹，怎么受得了？"

他本来心情就不好，偏偏就来了一个找倒霉的。就把满腔怒火撒向了弟弟："老弟呀，你看你说的什么话？她是你老婆，不跟你闹跟谁闹呀！她有什么牢骚不在家里发，那还不郁闷死，她跟别人不讲理，和你还有什么关系呀？"

"她是我的老婆不假，她也不能跟我蛮不讲理呀！我们这日子没法过了。反正我要跟她离婚！"

"你跟她离啥婚呀！像我想成个家也成不了，你成了家还不珍惜。人家这不好，那不对的，就你好！"

"我咋啦？"

"你咋了？你可好得很！你上班的时候，有一个钱能花俩，三天打鱼两天晒网的。你成了家，做生意还不好好干，你想干啥呀？"

"老三，你咋的了？本来还想让你出谋划策呢，你胳膊肘朝外拐？"

"老弟呀，你能不能让人省点心呀！你说谁做生意能像你似的，睡到七八点了还不起床，有你这样做生意的吗？天天就跟着那些狐朋狗友鬼混。弟媳妇不跟你闹跟谁闹去，跟你闹活该！"他说完，就气呼呼地把手机挂了。

他挂了电话，觉得把自己的火气撒向弟弟，做得太过分了，心中开始难过："唉，你说我也真是，老弟有了难处向我诉苦，我这顿雷烟火炮把他轰了。"他又想给老弟打一个电话问问，可就是没有心情。

他一个人孤零零地坐了好久好久，回想着和弟弟在一起的情景。小时候，是多么开心，无忧无虑。而现在，竟然各自都陷入自己的苦恼中，而自己竟然连个媳妇都找不到，不知不觉眼泪就流了下来。

他看了看手机，已经午夜了。

他想着还是回去睡觉吧，毕竟明天还要上班呢。来到宿舍楼前，发现前面不远处，有一大片白白的东西。

李贵诚很好奇，走上前捡起来一看："嗯？这不是我给吴晴送的礼物吗？怎么被扔到楼下了？"他一想就明白了，这个礼物是被吴晴扔下来的。

他看着礼物十分生气，有心拿着礼物去质问吴晴，但是时间太晚了——都睡了。

他只好拿着礼物，回到自己房间门前，一推门，这门还被王丰闩上了。一摸钥匙还没有在身上。他只好叫门。

王丰给李贵诚开开门，不由得一惊，说："啊？李哥，你怎么到吴晴房间把这个礼物要回来了？"

李贵诚气呼呼地把这礼物扔到床上，说："你觉得我是那种没有出息的人吗？"

"那礼物怎么又到你的手里了？"

"这是被吴晴扔下来的。"

"不会吧？被吴晴扔下来了！"王丰一点也不相信。

"我在宿舍楼下捡的，你说不是吴晴扔的，那这个礼物怎么跑到楼下了呢？"

"你看这事情怎么办？"

李贵诚说："我不打算怎么办了，吴晴就算随便找个，也能找比我好的。我还是有自知之明的。再说了，如果一个女孩子这样不分青红皂白，本来就失去了被我喜欢的理由。"

上过大学的人，通常都不会像常人那样以貌取人，尤其在爱情方面，更多的是偏重内涵方面。

第二天晚上，吴晴还为了这礼物的事情生气。吴晴从小到大，被人送礼物送花是非常稀松平常的事，在她内心深处，非常讨厌这种事情。因为很多男人都会用礼物的贵贱来衡量，比如送了礼物就会这么说"我都送你那么贵的礼物，你都不跟我好？""你不跟我好，收我的礼物干吗？""你和那些见钱眼开的拜金女没什么两样！"吴晴不想沦落到那种地步，而这种耍弄别人买东

西的沦陷是非常可怕而且令人恶心的事情。

这时，门外想起了敲门声。

吴晴十分不高兴地说：“可能又是王丰来了。你看要是让王丰来吧，他总是整那些乱七八糟的事！”

“行，我们让王丰进来，回头我说说他。吴晴姐，你就别生气了。”刘婷芳就去给王丰开门。

她开门一看，就愣住了，不光是王丰来了，李贵诚也来了。他还抱着那小白兔，王丰跟着他的后面。今天，很显然李贵诚是主角，王丰只是一个配角。

第二十一章　英雄救美

李贵诚抱着那个礼物，气呼呼地来到吴晴的房间，径直走进屋去。本来他这个人挺忸怩的，但是今天因为生气，也不管不顾了，找了一凳子，就坐在吴晴的对面，把那个礼物放在吴晴的床上。

吴晴也挺惊讶，不由得朝后退了退：“你怎么来了？”

李贵诚没有好气地说：“你都把我送给你的礼物扔到外面了，我怎么不可以来？”

“谁稀罕你的礼物，你是我什么人呀？”吴晴气呼呼地说。

李贵诚点点头：“行，吴晴，就是你不接受也好，那就该把这个礼物当面还我。可是你却把我的礼物扔掉。难道我对你的一片真心，就那么不值一提吗？你这不是扔的礼物，你这是伤我的心呀！”

吴晴冷冷地说：“我想你弄错了，我不认识你，不能接受你的礼物。”

“吴晴，你听好了，我们都是自由的人，我有喜欢你的权利！”

“那么，我也有拒绝的自由。”

李贵诚冷冷地说：“吴晴，你真的……”他的话还没有说完，吴晴就气呼呼地说：“吴晴，吴晴，吴晴是你喊的吗？”

李贵诚忽然有一种想哭的感觉，咬着嘴唇，点点头什么也没有说。

王丰实在是看不下去了，就忙笑着打圆场：“吴晴姐，你这是干吗呢？李哥是真心喜欢你，你不要拒人于千里之外。”

吴晴又说出来无情的话来：“哼，就是天下的男人死绝了，我也不会看上那个人的！”

李贵诚声音颤抖：“老乡。”吴晴不让他喊“吴晴”，他只好叫“老乡”，“老乡，你就对我那么无情吗？”

吴晴冷冷地说：“对，谁让我叫吴晴（无情）呢！”

王丰说：“吴晴，做朋友不一定做夫妻，就是朋友做不得，也不要说得这么难听呀！你这不是打击人吗？是，李哥长得是不讨人喜欢，但他也不是一无是处呀！”

吴晴也是气急了，用手指着王丰，放声大哭：“王丰，你跟刘婷芳闹别扭的时候，是谁在中间调解？你求着我的时候，嘴巴多会说啊！你不用我的时候，却是这样对我。”她气呼呼地趴在床上放声大哭。

李贵诚二人一见吴晴都气哭了，慌了手脚，劝说不成，他们就无趣地离开了。

吴晴哭了半天，就看见他们没带走的那个小白兔，气得又把小白兔从窗户扔了出去。

这个小白兔吴晴没要，李贵诚也没有捡。结果，就便宜了扫地的老太太了。

第二天，吴玉娟上班的时候，见妹妹的眼睛哭得肿肿的，关心地问：“小晴，你怎么啦？”

吴晴摇摇头说：“没有什么，只是心里难受。”

吴玉娟就问：“小晴，到底怎么回事呀？”

刘婷芳就把李贵诚送礼，把吴晴气哭了的事说了一遍。

李贵诚追求吴晴，吴玉娟也知道。开始她只觉得妹妹心高气傲，不会看上李贵诚。没有想到李贵诚越来越过分。她早就有找李贵诚谈谈的打算，也知道自己找李贵诚谈事情也不合适，就想让许洪亮跟李贵诚谈这些。没有办法，许洪亮到北京进修了，这事情就一直在拖。

到了下班的时候，她早早洗完澡，来到吴晴的房间，问刘婷芳要了李贵诚房间号码。

吴玉娟来到李贵诚的房间，见李贵诚和王丰刚洗完澡回来。

李贵诚一见吴玉娟来了，想起许总监帮助了自己，所以就看着吴玉娟特别亲切，忙说：“吴姐，你怎么来了？快请坐。”

吴玉娟没有客气，就坐下来了。

王丰也跟吴玉娟打了招呼。

吴玉娟也是个有素质的人，没有气势汹汹地来兴师问罪，而是笑着说：“小李呀，我听说昨天你给吴晴送礼物，被吴晴把礼物扔到外面了。我怕你生气，所以我是来替她给你赔不是来了！”

李贵诚有些局促地摇摇头：“吴姐，这件事说起来是我的错。本来是想去道歉的，没想到那么多，谁让我那么爱她呢！你看这多不好意思，还让吴姐为此跑一趟。”

吴玉娟笑着说：“小李呀，你为人这么好，人品不错；我妹妹从小到大，一直是家里的老小，被哥哥姐姐宠着，被父母惯着，脾气不怎么好，而且她又很有想法，你跟她不合适。你就不要再为了她费心思了。像你这样苦苦纠缠下去，对你、对她都没有好处！”

李贵诚苦笑了一下说：“吴姐，我知道自己的条件，很多次想放弃，但是做起来却不是那么容易。吴姐，难道我不知道吴晴对我一点好感也没有吗？难道我就没有想过放弃吗？但是我放不下。她在我的心中已经生根了。”他非常苦恼地摇了摇头，说，“吴姐，你知道吗，爱情有美丽的外表，谁都禁不住它的诱惑。爱了才知道，感觉是痛的，滋味是苦的。你说我痛苦了，就不爱了？已经来不及了。它就像染了毒瘾一样，让人难以自拔！”

吴玉娟心中暗恼：“这个人可真固执呀！”她并没有生气，只是微微一笑，“是呀，我也知道你很喜欢吴晴。可你想过没有？你要是把吴晴气急了，她去找我的哥哥。我哥哥吴龙你也是知道的，要是她哥哥听说你欺负吴晴，肯定不会像我一样跟你平心静气地谈这件事情。他要是发起火来可虎呀！可不管你什么情呀、爱呀。小李，你是个明白人，不用多讲。你还是好好想想，要真把事情闹到那一步的话，是什么后果，也不用我多讲了。”她多会讲话呀！这段话就像是一团棉花里藏一根针，软中扎人。

李贵诚能听不出来吗？不过，他没有让步，淡淡一笑说：“吴姐，我谢谢你的好意。如果你们觉得让吴哥揍我一顿能解决事情，就让他打我好了。谁让我爱吴晴这么深呢。”

吴玉娟叹了一口气说：“唉，小李呀，你这是何苦呢？你跟吴晴真的不合适，她一点也不喜欢你，你又何必苦苦纠缠呢？”

李贵诚冷冷地说：“吴晴喜欢不喜欢我，那是她的事，我追不追吴晴；这是我的事！是，我配不上吴晴，难道我就不配有爱吗？谁说相貌丑，就不配拥有爱情？我不是神仙，我是个有血有肉的人，我也有七情六欲！吴姐，但是咱有话先说在当面，你放心，我喜欢吴晴，我追求吴晴，绝对是正大光明地追，不会用卑鄙龌龊的手段追求吴晴。吴姐，我只能把话说到这个地方了，要是让我放弃追求吴晴，那是绝对不可能的事。”他又补一句，“除非我死。”

吴玉娟也拿李贵诚没有了办法，最后放下一句话：“小李，既然你如此固执，我没有办法。不过，我最后再说一句话，你和吴晴纠缠下去，对你一点好处也没有。最后，受伤的还是你！到时候，别怪我没有提醒你。”她说完站起身就走了。

王丰见吴玉娟走了，他也劝：“李哥，你还是放弃吧！人家吴晴真的不喜欢你。还是吴姐说得对！你追来追去受伤的始终是你。你看每一次被她拒绝，你哪次好受过了？李哥，我也劝你，你还是打消追求吴晴的念头吧！”

李贵诚有些懊恼：“你怎么啦？你从昨天就劝我放弃追求吴晴，今天，又提这件事！”

“李哥，我知道你现在谁的话也听不进去了。这个吴晴我是没有办法了，你爱怎么追就怎么追，反正我是不管了。不是我不帮你，我所有的办法都用尽了。”

李贵诚一听王丰说这个，他也知道自己再固执也没有用了。有王丰这个泡妞高手在身边帮助都不行，要是王丰撒手不管了，他就更没有希望了，不打消追吴晴的念头也得打消了。

他真是好伤心，好难过，心都碎了。最后，他的心一点感觉也没有了，不是麻木了，而是心死了。

哀莫大于心死，一个人最可怕的不是死亡，而是心死了，身体还在活着。李贵诚便开始自暴自弃，借酒消愁。

王丰看了，心里也难过：“李哥是个好人，怎么就没有女人喜欢他呢？谁说好人能得好报呀？”

又过了十多天，吴晴见李贵诚也不跟自己说一句话，就连吃饭也坐到别的桌上。她知道李贵诚对自己再也没有了想法，身上这个包袱总算放下了。

到了晚上，刘婷芳就跟着王丰出去浪漫去了，屋中只剩下吴晴一个人。

现在是6月下旬，正是三伏天，最是闷热难耐不过。尽管有风扇不停地开着，那也是热风。

她便到超市里去避暑。超市离电子厂大概有一公里路，有一个荣华大超市，里面有几个空调，是个避暑的好地方。

她买了一瓶饮料，拿起超市的一本书看了起来。

这舒服的日子过得真快，觉得没有多长时间，就到了21:30，到了超市关门的时候了。

她随着剩下的几个顾客，出了超市。

她走的这一段路，没有多少人住，只有道路两旁孤零零的树。要是白天，这路上还有几个人。但是现在快十点了，哪还有人呀！她不由得害怕了。

这时，有七八个人晃晃悠悠迎面而来。这群人有的敞胸露臂，有的光着膀子。在黑黝黝的手臂上、胸脯上刺着文身。头发染得五颜六色，就是没有黑色。这些典型的社会小青年，走路踉踉跄跄，像喝醉了酒一样，边走边大声说笑，中间夹杂着许多骂人的话。

他们这是刚从看守所里出来，为了自由要庆祝庆祝。吴晴今天出门没看皇历，运气不好，就遇上了这帮流氓阿飞。路灯很拉出吴晴长长的影子，很快就有人发现了吴晴。

果然，这帮流氓的大哥叫彪子，有三十六七岁，大秃脑袋锃亮，相貌凶恶，人称彪哥。

他瞥了一眼吴晴，不由得心里痒痒的，对他手下的小弟弟说："哥们儿，你们看那小妞长得多浪呀！"

有一个小瘪三色眯眯地说："彪哥，不如我们去逗逗那小妞。"

他们就嬉皮笑脸地迎着吴晴走去。

吴晴心里害怕，撒腿就跑。

但是这地方周遭没有人家，树外面就是光秃秃的平地，哪里有什么藏身之处？

吴晴很快被他们拦下。一股刺鼻的烟气飘来，他们嘴里叼着烟，迈着外八步，一个个对不怀好意地嬉皮笑脸，打量着她。

有一个蓝头发流氓笑嘻嘻地说："小妹妹，这么晚，你怎么一个人出来呀？"

吴晴心里害怕极了，但是故作镇静，问："你们想干什么？"

又一个流氓说："小妹妹，你别害怕，哥是好人。没有别的意思，哥就是想保护你。"说着就往吴晴胸部摸。

吴晴一边躲闪一边说："你们想干什么？你们……想……想要流氓吗？"她吓得连一句话也说不囫囵了。

彪哥就走上前，说："啧啧啧，小姑娘干吗把人想那么坏呢。哥们儿也没有别的什么意思，既然我们在这儿相遇就是有缘，我们哥几个就是想请你吃香蕉。"

吴晴又生气又害怕地说："鬼才跟你们有缘呢！你们这帮流氓！"

彪哥笑着对那几个瘪三说："哥们儿，她说我们是流氓。哈哈……"

有一个长发遮掩的瘦小伙子就问："哎，小妞，你见过流氓吗？"

彪哥色眯眯地说："哥们儿，她说我们要流氓，我们就要流氓给她看看。"

吴晴脑子还没有乱，转身就跑，那些流氓阿飞就在后面追。她哪能跑过流氓呀！没多久又被围上了。

彪子一把把吴晴抱在怀中，吴晴哪能甘心任这些人糟蹋，拼命挣扎，又喊叫。但是最终还是被拎小鸡那样抓起来。

她毕竟是女人，怎么能折腾过大男人？果然，她挣扎没多久就没有了气力。其余的几个流氓，也帮助彪哥，抓住吴晴胳膊，抱住吴晴的腿，就想把吴晴拖到树林里。

吴晴拼命呼救：“救命呀！救命呀！”

就在这个时候，听到后面有人说：“喂，我说你们要脸不要脸？几个大男人欺负一个女孩子！”

这些人做贼心虚，听背后有人说话，都吓得一哆嗦，放下了吴晴。

这些流氓回过头一看，身后站着一个高高瘦瘦的男人，长得再普通不过了。他戴着近视眼镜，显得文质彬彬，只是眼镜后面有两道伤疤，这对那些整天无所事事的社会青年来说无疑是最大的炫耀！通常非常厉害的混混才会有帅气的伤疤，这伤疤便是资历的证明，一下子把他们的刺青和五彩头发秒杀了。他就是李贵诚。

吴晴慌忙从地上爬起来，就迅速躲到李贵诚身后。

彪哥有些泄气，但是还要顾及面子，不由把眼一瞪：“你他妈的算个什么东西？识相的给老子滚！”

有一个流氓，为了在彪哥面前出风头，就来到李贵诚的面前，用手戳着李贵诚胸口，说：“你他妈的没有看看自己的模样，也配英雄救美？我呸！”

李贵诚回过头对吴晴说：“老乡，你怎么还不走呀？快走！”

吴晴都吓傻了，哪里还能想到逃跑。一听李贵诚这样说，这才急匆匆跑了。

彪哥一见小妞被李贵诚放走了，可就不干了：“你他妈的坏了老子的好事，老子今天要不剥你一层皮，我就不是彪哥！”

李贵诚一点也不害怕，淡淡一笑：“你再骂一声我听听。”

“你他妈的！”彪哥就骂了一声。

李贵诚就有点生气了，说：“你再骂三声我听。”

“你他妈的，你他妈的，你他妈的！”彪哥又骂了三声。

李贵诚又说：“你再骂十声我听听。”

“你他妈的，你他妈的……”这彪子还真听话，让他骂十声，他还真骂十声。

李贵诚笑了：“你再给我骂一百声我听听。”

彪子这才明白李贵诚在玩他，气得大骂：“你个狗日的，耍老子是怎么回事？”他气急，回头对那几个小弟说，“我们教训教训这个王八蛋，让他也长长记性。”

这帮流氓就把李贵诚围上了，眼看着李贵诚就要皮肉受苦。

就在这个时候，由远而近响起了警笛声。

这些流氓一见警察来了，哪还有闲工夫揍李贵诚呀，都没有命地逃奔。

李贵诚怎么来得这么及时？其实，李贵诚也是热得待不住了，也到了荣华大超市避暑。这不是巧合，因为这个电子厂的人大部分都到这个超市避暑。

他在超市买了几样东西，排队付钱，所以来得晚一些，无意之中路过这里，就听见有女人呼救。他奔着声音来了，看见了这些王八蛋要流氓。

他很有正义感，见了这种情景，哪能不见义勇为。他一见有七八个流氓，也不傻，没有冒冒失失冲上前，拿出电话就报了110。

其实，他并不知道被欺负的女孩就是吴晴，直到吴晴向他跑来了，他才知道是吴晴。

不一会儿，警察就抓住了五个流氓，彪哥也被逮住了。还有三个侥幸逃跑了。

为首的警官姓王，向李贵诚问明情况，又表扬李贵诚见义勇为的行为。最后，李警官说："李贵诚同志，明天等我把逃跑的三个嫌疑人缉拿后，我们就到电子厂接你到公安局做笔录，还希望你配合。"他伸出手要和李贵诚握手。

李贵诚也和他握手，说："警官，我非常乐意与你们配合。"

吴晴一口气跑回到自己的房间，一推门就进去了。看见了刘婷芳和王丰，可看见亲人了，不由得放声大哭。

她心里所有的恐惧、委屈全都释放出来了。

王丰和刘婷芳不由得一愣，都相互看了一眼，不知发生了什么事。

刘婷芳走上前问："吴晴姐，你怎么了？"

吴晴一个劲地哭，也不讲话。

刘婷芳又问："吴晴，是不是谁欺负你了。李贵诚吗？"

吴晴摇头，意思不是李贵诚的事。

王丰也奇怪了："吴晴姐到底遇上什么事了？"

刘婷芳也是叹了一口气："唉，你说怎么办？我们问她遇见什么事，她就是不说。"

王丰就琢磨："吴晴，到底是遇见什么事了呢？"

吴晴哭着说："王丰，你过来。"

王丰还以为吴晴有什么话要跟自己说，就来到吴晴的面前，说："吴晴姐，你到底怎么了？你倒是说话呀！"

吴晴扑上去，一下子就抱着王丰的脖子，趴在王丰肩头，接着放声大哭。

王丰一点心理准备也没有。这家伙不是东西是真的，但是他对吴晴十分尊重。还有女朋友——刘婷芳还在旁边看呢。他就有点害怕了，忙说："吴晴姐，你不要这样。你先放开我，我们有话好好说。”

他不说这话还好一些，一说这些话，吴晴抱王丰抱得更紧了。可见她是多么害怕！要不是害怕到极点，也不会如此失态。

王丰被她抱得都喘不过气来，忙咳嗽说：“咳咳，你……你能不能松一点，你都勒死我了。”

刘婷芳在旁边看着就有点不自然，但是吴晴都哭成这样，又不好意思发作。

第二十二章　戏剧般的转变

吴晴惊吓过度，抱着王丰说什么也不放手。王丰着急地说：“婷芳，你想想办法呀！她老抱着我也不是事儿呀！”

刘婷芳想了想，说：“我看这样，我们不如给她姐姐打电话。交给她姐姐吧！”

王丰着急地说：“你就快打电话呀！”

过了很久，吴晴还是哭。刘婷芳便拿起手机，给吴玉娟打电话，说：“吴晴一直哭，问她怎么样了，她就是不说。我们也不知道到底怎么办。吴姐呀，你还是过来一趟吧！”她也哭了。

不一会儿，就听门外杂乱的脚步声。王丰就跟吴晴商量：“吴晴姐，你先给我松开行不行，让你姐姐看到我们这样，不好。还让她以为我们有什么事呢！”

吴晴这才放开了王丰，王丰终于轻松了。

刘婷芳一开门，不仅吴玉娟一个人来，吴晴的大嫂黎曼也来了。

吴玉娟知道不是什么好事，立刻打电话告诉了大哥大嫂。

吴龙两口子一听，赶快赶到吴玉娟家。

吴龙是个火暴脾气，一听急得不得了，说：“小晴，到底怎么啦？是不是被谁欺负了？他妈的，哪个狗日的敢欺负我的妹妹。是不是不想活了？”

黎曼一看吴龙还没有搞明白怎么回事，先吵吵上了，就气呼呼地说：“你是怎么回事，还没弄清楚呢！你吵吵啥呀？”

吴龙心情烦躁说："我也不知道小晴怎么了，着急呀！"

黎曼说："行了，我去看看小晴到底怎么回事。"

"要不我也去看看。"

"行了，你还是别去了。你的脾气这么暴，反而很容易坏事，你在家等着吧！"

老婆大人吩咐下来，吴龙哪敢不听呀！别看吴龙挺能耐，一见老婆就熊了。

黎曼和吴玉娟急匆匆往厂里赶，都不知道妹妹出了什么事，把她们吓得不轻。

刘婷芳说："吴姐，你们总算是来了。"

黎曼还没进屋，就着急地问："小晴，到底怎么回事呀？"

刘婷芳介绍情况说："我也不知道，她回来就哭。我和我的男朋友问她怎么啦，她就是一直哭，什么也不说。"

吴玉娟说："是不是李贵诚欺负她？"

"好像不是他，"刘婷芳说，"要不，你还是问吴晴姐。"

吴晴还在抽抽搭搭地哭，吴玉娟、黎曼都坐到她的床边，拉着妹妹的手。吴晴就扑到姐姐怀中说："姐姐，我害怕，我真的好怕。"

黎曼一见妹妹哭得这么伤心，她也哭了，说："妹妹呀，你就别哭。你到底有什么事呀？你就别吓唬我了。"

吴玉娟劝嫂子："大嫂，你别这样。这小晴到底是怎么回事？她到底怎么了吗？"她是劝大嫂不哭的，自己倒哭上了。

王丰见这屋中都是女人，还都哭了。他一个大男人在屋中也不是事儿，他就对刘婷芳说："婷芳，我先回去了。"

"嗯，你回去吧。"刘婷芳哭着点点头。

吴玉娟就问："小晴呀，你跟我说，你到底怎么了？"

黎曼也说："是呀，你到底怎么了吗？"

"嗯。"吴晴就抽抽搭搭把自己遇见流氓，李贵诚见义勇为的过程，都讲给姐姐听。

吴玉娟和黎曼悬着的那颗心，总算落了下来。黎曼大为庆幸："谢天谢地，吓死我了，要不是那个人……"她又想起来，问，"那个人，那个人的，到底是哪个人？你到底认识不认识那个人？"

吴玉娟回答："他是我们厂里的仓库管理员。"

吴晴战战兢兢地说："姐，嫂子，我害怕。那些人不会再回来吧？"

黎曼看了一眼妹妹，安慰说："不会不会。他们不敢再来了，我们就留下来陪你吧！"

吴玉娟也看妹妹真是害怕极了，也点头同意了。

黎曼就说："我要给吴龙打电话，让他不要着急。"她就去打电话了。

第二天，逃跑的三个流氓也都落网了。

上午 10 点钟，王警官就开着警车把吴晴、李贵诚带到警察局做笔录，当然吴玉娟、吴龙、黎曼也都跟着去了。

他们在警察局做了一个多小时的笔录。

吴玉娟跟大哥大嫂商量请李贵诚吃饭，感谢他救了妹妹。吴龙两个自然点头同意。

吴龙就自告奋勇地说："好，我去请李贵诚。"

黎曼点点头说："你去吧，要跟人家好好说。"

吴龙就来到李贵诚的房间。其实，他跟李贵诚早认识，只不过彼此不知道姓名罢了。

李贵诚一听吴龙等人要邀请自己喝酒，因为和吴晴闹得不愉快，就不想去。他就笑着拒绝："吴哥，你们请我吃饭，我就谢谢了。我救你的妹妹，那是应该的。就是换个别人，也会出手相救的。我今天晚上还有事。"

吴龙说："小李呀，我们也没有别的意思。你看，我和你姐夫张魁的关系特别好。你都喊我吴哥了，难道真不给吴哥一个面子？"

李贵诚一看吴龙出自真心，只好点头答应了。

到了傍晚 6 点多的时候，吴玉娟就去请吴晴吃饭，可是吴晴说什么也不去。

吴玉娟知道刘婷芳的主意多，就对刘婷芳说："'女诸葛'，你就帮我劝劝小晴吧！"

刘婷芳也没有拒绝，点点头："好吧，你们先走，我马上就让吴晴姐去吃饭。"

吴玉娟几个人就走了。

吴晴看着刘婷芳，说："婷芳，你该不会也劝我去吃饭吧？"

刘婷芳摇了摇头说："不是，我就在想，那个人救你的事有蹊跷。吴晴姐，你想想怎么这么巧，你遇到流氓他就赶上？这个世界上哪有这么巧的事？还有我听你说欺负你的流氓，总有七八个，为什么那个人却毫发无伤？你不觉得这里面有问题吗？"

吴晴也觉得这个不简单，忙问："这里面有什么事呀？"

"你就听我给你分析分析。你知道这些天为什么他不纠缠着你了吗？其实他在酝酿异常阴谋。你昨天遇见流氓的事，有可能那几个，是他事先找好的。给你上演一个英雄救美。他算来算去，却是百密一疏，就是他毫发无伤地回来。"

吴晴听了，连连点头："嗯嗯，你说得没错。我也想不到这事情为什么这

么蹊跷。没想到他能想出来这么龌龊的主意，他真是不要脸。他以为救了我，我就会感激他吗？要我对他有好的看法，那是做梦。”

“所以嘛，你就应该和你姐姐哥哥他们去吃饭。”

“我不想见到那个人。”

刘婷芳劝：“这不是你想去不想去的问题。我说你还是去了好。就在你姐姐哥哥，还有嫂子面前，把那个人的假面具撕下来，让你姐姐他们看清楚那个人的真面目。”

“好，我听你的，去吃饭。”

“这就对了嘛。”

吴龙带着李贵诚他们来到一家饭馆。这家饭馆虽然不算豪华，但是环境也挺不错，原木的桌子，每张桌子之间都有雅致的木门相隔，桌子上方悬挂一个明亮的玻璃灯罩，感觉还不错。

他们人多，就到了包间。

吴龙把菜单递给李贵诚，让李贵诚先点。李贵诚连连推辞。吴龙就点了这个饭馆的特色菜，说：“小李，我们真应该谢谢你呀！要不是你及时赶到，后果真是不堪设想。”

李贵诚笑了笑说：“吴哥，你太客气了。这个事情不算什么。你不知道许总监帮助了我多少。我能留在这个厂当仓库管理员，都是他的功劳。再说吴哥你吧，跟我的姐夫关系不错。”

黎曼坐在吴晴的旁边，见吴晴一直不说话，一推妹妹说：“小晴，要不是人家救你，你哪能那么容易脱险呀？还不感谢人家？”

吴晴正恨李贵诚咬牙切齿的，连多看李贵诚一眼也不想，何况说感谢的话。她把身子一扭，说：“我不想说。”

吴龙一看妹妹太不像话了，十分生气地说：“小晴，你也不小了，怎么这么不通人情世故？人家救了你，难道你就不应说两句感谢的话吗？”

李贵诚被弄得十分尴尬，忙笑着说：“你看你们多客气，把我弄得有点不好意思了。”

这一下，吴晴说话了：“你有什么不好意思？”

黎曼呵斥道：“吴晴，你说什么呢？太不像话了！”

吴晴怒然站起身，说：“哥，嫂子，姐姐，你们都被这个人骗了。”

吴龙说：“小晴，人家明明救了你，还怎么骗你了？”

吴晴点点头说：“好，哥，那我就告诉你们这个人的真面目！你看这个人表面上多忠厚呀！其实，他就是伪君子，他就是《笑傲江湖》中的岳不群！就让我撕下他的假面具，揭开他的真面目。”

李贵诚一听大吃一惊：“我怎么是伪君子了？怎么又是岳不群了？”

吴晴冷笑着说：“我问你，为什么我一遇见流氓，你就出来了呢？这也太巧了吧？好，就算这是巧合。那七八个流氓怎么放过你的，你能毫发无伤？这些我不明白，你能给我讲讲吗？”

李贵诚不是伶牙俐齿的人，一听吴晴这样说，气得他直哆嗦，只说了一句话：“做好事我不求你回报，但也请你不要侮辱我！为什么好人总被误会成坏人？”他抬起头看着吴晴说，“老乡，你就这么讨厌我吗？难道你这么希望我死在那些流氓的手上吗？”

吴晴冰冷地说：“你别以为我不知道怎么回事。我拒绝你那么多次，你恨我对你无情，你没有办法，就找了一伙流氓欺负我，然后，你再出来救我，目的就是让我对你感恩戴德！”

吴龙夫妻两个人听得糊里糊涂，忙说：“这是什么乱七八糟的呀？”

吴晴并没有理哥和嫂子，继续说：“这样龌龊的主意你都想得出来，世界上怎么会有你这样的人呀？你以为你救我，我就感激你了？你错了，这样只能让我更加讨厌你！”说完她转身离去。

吴晴的每句话都像刀子一样扎在李贵诚的心上。他再也坐不下去了，站起来说：“吴哥，吴姐，还有嫂子，不好意思，看来这其中有误会，我也要走了。”

吴玉娟也觉得妹妹做得太过分了，忙向李贵诚赔不是：“小李，你别生气，她就那样！你吃了饭再走！”

别生气？李贵诚涵质再好，哪能不生气？李贵诚苦笑了一下说：“吃饭就不用了，不过，我在临走的时候，就把话说清楚。老乡说欺负她的那帮流氓，是我故意找来演这场戏的。我也不想多说什么，更不想解释什么。我只说一句话，如果那些流氓要是我故意找来的，我等老乡走了，大可不必报警。我干吗把他们送到警察局？难道在警察面前我可以蒙混过关？”

这时候，要的酒菜接连上来了。

黎曼忙说：“小李，你就别生气了。你看这饭菜都上来了，快坐下来吃饭吧！”

李贵诚说：“不好意思，我的心情实在不好。以后再给你们赔罪。吴哥、吴姐，大嫂，那我就先走了。”

李贵诚一走，吴玉娟几个人的脸上更不好看。这饭还吃啥呀！

他们结了账，又怕那些饭菜浪费了，于是就打包带走了。

然后他们也没回家，都来到吴晴的房间，刘婷芳不在，只有吴晴一个人。

吴龙脾气火暴，一进屋就埋怨妹妹：“小晴，你呀你，都让我不知道说你什么好！你还一个大学生呢，你还受过高等教育呢，你就这样的智商，就这样为人处世呀？你知不知道你这样做，让我们脸上特别难看？”

黎曼觉得吴龙有些过分，一推吴龙说：“吴龙，你干啥呢？”

吴龙甩开老婆的手说：“你别管，我生气！”

吴晴满心的委屈，她的家人就是不理解她，她趴在床上哭了起来。

吴玉娟就埋怨大哥：“大哥，你干什么呀你，你看都把小晴说哭了。”

“她有什么委屈呀？人家李贵诚委屈不委屈呀？”其实，吴龙跟张魁关系不错，妹妹这样对李贵诚，他觉得对不起张魁，所以才发这么大的火，“人家好端端冒着危险救了她，她不仅不懂感恩，而且还羞辱人家，她以为自己长得好看，别人就该护着她，就该对所有人颐指气使吗？我看她这大学也白上了。”

吴晴听了，忽然从床上坐起来，泪流满两腮道：“哥，你知道什么呀？他喜欢我，总是纠缠我。我不喜欢他，他就想那些阴谋诡计，总是偷偷跟踪我，而且还在我一个人的时候跟我说奇怪的话。后来，他还联合了室友来纠缠我。我看那些流氓就是他故意找来的，你还让我感谢他，我感谢他什么呀？”说完她又趴在床上哭了起来。

吴龙一听，气就消一半，说：“原来是这么回事呀！这个李贵诚是怎么想的，长得这么难看，还想追我的妹妹？难道没有自知之明吗？你就算闭着眼找，也能找到比他好的。”他又恼起了李贵诚，要不是李贵诚是张魁的小舅子，要不然，兴许他就把李贵诚揍一顿的。自己的妹妹长得漂亮，有男人追是很正常的，他作为哥哥是有心理准备的。可是明明别人不喜欢，还苦苦纠缠，这就让人讨厌了。

想到这里，吴龙觉得有些对不起妹妹，妹妹刚遭受了惊吓，自己不分青红皂白训斥她，实在太过分。不过李贵诚说得也对，李贵诚本事再大，能找几个流氓假装劫持妹妹，也没有能耐骗过警察啊。唉，这种事情，真是难以分清对错，现在要做的就是让妹妹消消气，然后再慢慢说吧。于是，他开始哄妹妹，一个劲儿道歉，好一会儿才把妹妹哄下楼吃饭。

吴晴跟哥哥姐姐出去不久，王丰和刘婷芳就回来了。

刘婷芳进来就躺在床上，很累的样子。她问：“王丰，你怎么来了？”

王丰甜言蜜语：“我就是想你了呗！”

刘婷芳看了王丰一眼，说：“就会花言巧语。”

王丰靠了一下子桌子，笑嘻嘻地说：“婷芳，你看我……”他还没说完话，就听“啪嗒”一声，吓了他一跳，“什么东西呀？”他回头看一眼，原来是一个日记本掉在了地上。

刘婷芳忙说：“那是吴晴姐的日记本。”

王丰想把日记放到桌子上，无意之中看见日记本上有自己的名字，惊奇地说："啊，婷芳，你看日记本上有我的名字呀！"

刘婷芳说："王丰，别人的日记不能看。"

"我知道。"王丰仔细一看，惊得都叫了起来，"呀，婷芳，你快来看。"

刘婷芳把眼一瞪，说："你把吴晴姐的日记放下，万一她要是有什么隐私，多不好啊。"

王丰拿着吴晴的日记本，说："婷芳，你快看看吧！就看一点点。"

刘婷芳被缠不过，就看了两眼，谁知才看了一小段，就吃了一惊，看一眼王丰说："天呀，这事情怎么会这样？我不相信！"

这个日记本上到底有什么惊天秘密，使两个人这么吃惊？

只见这篇日记：

5月24日星期三多云

我不知道为什么总是对王丰十分思念，我到底怎么了？天呀，难道我喜欢上了王丰？

是呀，王丰长得好帅，人又这么幽默。他说话又是那么动听，哪个女孩子不喜欢他？哪个女人能禁得住他的诱惑？

刘婷芳就夺过了日记本，又往下翻几页：

6月12日星期一阴

那个人又一次烦我，我都快受不了了。他追女孩子的手段也是那么不浪漫。要是王丰对我这样，那该多好呀！

今天上班时，我幻想和王丰手拉手，步入神圣而庄重的婚姻殿堂，当他把婚姻钻戒戴到我的手上，我们接受大家的祝福，那该多幸福呀！

王丰，我好爱你，你知道吗？难道你不知道我爱你吗？

我真的好想做你的新娘，天知道做你的新娘是多么甜蜜！

唉，可是你喜欢婷芳，婷芳是我的姐妹。我永远不可能和你在一起了，婷芳真是太幸运了，能得到你的爱。

爱你，爱你，爱你就没有理由。

刘婷芳接着又看了几篇日记，越看越害怕，渐渐地，她像疯了一样翻阅吴晴的日记本。这些日记都在表明吴晴爱王丰那么深。天啊，这种事情怎么会发生在自己身上，这狗血的爱情剧，竟然成了真！

王丰也没想到事情是这样的，觉得有些不可思议，不过被喜欢的感觉总是迷人的，无论男女都会以被喜欢为荣。他小心翼翼压抑着自己的喜悦，小声地问："婷芳，你看怎么办？"

刘婷芳的脸色很难看，就把吴晴的日记本合上放到原处，说："被大美女喜欢，你这下开心了吧，什么时候甩了我啊？"

"刘婷芳你在说什么？你以为男人只是视觉动物吗？你把我看成什么人了？"

"那、你陪我到外面走走？"

刘婷芳有些颤抖，眼泪止不住流出来。要是让她和吴晴竞争，她真的没有把握能赢。生活环境让她一直很不自信。

"好好好，宝贝，我们去外面走！"王丰见刘婷芳有些不对劲，赶快向前一把抱住她，搀扶着她出去了。

茫茫的夜色中，刘婷芳一直漫无目的地往前走，走出了电子厂，走过了狭窄的街道，走过了街道两旁稀疏的树木，走过了路灯下昏黄的灯光。一直走到漆黑的竹林公园，她才停下来，花园里低矮的石灯在灯龛中发出微弱的光，几只飞虫围着石灯飞来飞去。望向远处，明亮的灯光好像离这里很远很远了，她躲在黑暗里，手足无措。

接下来，她惊恐起来，害怕吴晴会把王丰抢走。如果自己是王丰，在自己和吴晴之间选择，自己也会选择吴晴的。因为刘婷芳本性十分善良，吴晴在她的眼里几乎是完美的。不是吗？吴晴长得漂亮，但是不张扬；她有想法，可是从来不看别人的缺点；她善良又很天真。对于一个美丽的女人来说，还有比这更让人服气的吗？

"我该怎么办，我该怎么办？"

第二十三章　情书

"怎么办？你一定会选择她的！"刘婷芳又哭起来。

"你够了！"王丰忽然愤怒起来。都这么久了，她竟然还不相信他，这让他很生气！不过话一出口，他就心疼起来，多可怜的女孩子啊。一个强势的女人一旦流露出脆弱的一面，是非常让人伤心的。他安慰道：“刘婷芳，我喜欢你，喜欢你的性格，这才是我喜欢你的理由！”

王丰的声音在黑夜里，异常清晰。刘婷芳觉得幸福得快要疯了，没有什么表白能像这次这样令她难忘，令她激动！一个男人肯为女人花钱，在追女人的时候肯定不会吝惜钱的，但是一个男人在更优秀的人中做出了选择，就显得弥足珍贵。她在黑夜里望着王丰，忽然放声大哭起来。

虽然不知王丰是假意还是真心，刘婷芳真的被感动了。

王丰见刘婷芳又哭又笑，有些不知所措。谁知刘婷芳又说：“王丰，这是我认识你之后，你说的最让人感动的话！”

王丰忽然也很感动，一把抱住刘婷芳，抱得紧紧的。

女人在友情和爱情方面往往会选择爱情。有了王丰的这些话，吴晴在刘婷芳心中的形象立刻崩塌了。很快她又开始胡思乱想。

刘婷芳看了吴晴的日记本，心中很矛盾。王丰拉着她的手，刘婷芳就和王丰并肩坐下，头靠在王丰肩头上。她也不知道这个肩膀还能依靠多久。想着和王丰甜蜜的回忆，心想：“我天天防，夜夜防，就是没有防身边的人，吴晴呀吴晴，枉我掏心掏肺交你这个好姐妹，我怕你受了别人的欺骗，为了你跟李贵诚作对，我还给你出谋划策，你却在觊觎我的男朋友。”她又恼起吴晴来，不知不觉地说：“我真有点帮助李贵诚追吴晴的冲动。”

王丰一听，忙问：“你说什么？”

刘婷芳恨恨地说：“哼，我这样这样掏心掏肺对她好，为了她把李贵诚给得罪了。她倒好呀，竟然打起了你的主意。我干吗还要帮她呀？我真想帮助李贵诚。”

其实，她是没有安全感。

王丰扑灭已久的希望，突然又点燃了，忙握着刘婷芳的手，激动地说：“婷芳，你要是帮助李贵诚就太好了。”

李贵诚的实在善良，让王丰非常感动。就在这时，他还没忘记自己的使命。大家一直以为讨女孩子欢心的男人，要么是长得帅，要么是会甜言蜜语，其实仔细观察一下，就会得出不同的结论：喜欢帅气的男人只是女孩在青春期才会做的事，喜欢成熟有魅力有绅士风度的男人才是一个成年人会做的事，因为很多有女人缘的男人，排除长相的因素，其实还因为心细、有绅士风度。王丰偶尔也会这样，当然也有打赌的一万元钱的原因。

刘婷芳看着王丰，问：“王丰，你老实告诉我，如果吴晴向你表白，你会不会动心，你会不会喜欢她呀？”

王丰怕刘婷芳反悔了，怕这一万元钱泡汤了，加了一把火说：“我要说不会，别说你肯定不相信，就连我自己也不相信。要说我不会动心，那肯定是骗你。你想呀，吴晴这么漂亮，谁能经得起她的诱惑？”

“你！你这个色狼！”

“哎，别打别打，宝贝，亲爱的，老婆，别打！我要是喜欢吴晴，干吗还死乞白赖地缠着你？”

刘婷芳若有所思地说：“看起来我非帮助李贵诚不可了。”

王丰看刘婷芳的样子，就知道她意念不坚，就激将说：“你别开玩笑了，你会帮助李贵诚，除非太阳打西边出来。”

“有什么不可能的，你不信是吧？”刘婷芳点点头说：“好，王丰，我在一个月之内，要吴晴自己投入李贵诚的怀抱中。”

王丰心里暗暗欢喜。

这边李贵诚回到房间，就躺在床上。他本想早早地睡觉，但是翻来覆去怎么也睡不着，气得他坐起来看书。

王丰的心情和李贵诚恰恰相反，他一见李贵诚垂头丧气，忙问：“李哥，你怎么了？不是吴玉娟请你吃饭吗，怎么是这副表情呀？”

李贵诚满腹委屈没有地方诉，一听王丰问自己了，就把自己吃饭的经过全跟王丰讲了。

王丰听了，也挺生气的：“这吴晴怎么这样，这不是明明冤枉人？我本来是不管这件事的，但是我实在是看不下去了。”他拍了一下李贵诚的肩头，说，“李哥，我要帮助你追吴晴，我非让这个女人做你的媳妇不可。”

李贵诚对自己追吴晴的事情一点信心也没有，摇摇头说：“算啦，既然她这么恨我，怎么又会对我有好感？我每一次采取行动，就受一次创伤。”

“李哥，你就对自己有些信心好不好？”王丰说，“好，我就实话给你说了。刘婷芳看在我是她男朋友的分儿上，就不插手你和吴晴的事了！”

李贵诚一点也不相信：“你就别逗我开心了，我们还是洗洗睡吧！”

“你不相信是不是？我这样给你说，保证不超过一个月，我让吴晴给你投怀送抱。”其实，王丰哪有那么大的本事呀！

李贵诚看着王丰不像是开玩笑，就相信了。他许了承诺：“王丰，我以前说过，只要我能和吴晴结婚，我就给你一万块钱。不，我再加一万块。你看怎么样？”

王丰一听，都乐惊傻了——这李贵诚追女人还真下血本。

李贵诚还以为他嫌少，又加了筹码：“我再给你五千，一共是两万五。”

王丰怕李贵诚反悔，使劲点头。自己面前的李贵诚哪是朋友呀，那就是一堆钱，那就是财神爷啊！

刘婷芳回到房间，吴晴早睡了，她也躺在床上，开始纠结：自己答应王丰帮助李贵诚，是不是一时的冲动，为了爱情坑害自己的好姐妹，到底是对是错？她又想：吴晴喜欢王丰，难道是她的错吗？

她就想起了李贵诚的一句话：爱一个人就是有罪了？爱一个人就该死吗？

突然，她觉得自己好自私，好恶毒，她帮助李贵诚的决心动摇了。

第二天，她在上班的时候，偷偷地观察吴晴。

王丰也知道刘婷芳对吴晴注意了，就有意思对吴晴毛手毛脚的。吴晴不但没说什么，反而笑得很甜蜜。

刘婷芳看到这个情景，一次又一次问自己该不该帮助李贵诚。她觉得自己实在是离不开王丰，就看着王丰，心想："这个男人是我的，谁都不能跟我抢，也包括我最好的姐妹吴晴。爱情本来是自私的！哪个女人愿意把自己的男朋友让给别人？"想到这里她又下定决心帮助李贵诚。

下班的时候，她对王丰说："王丰，你别告诉李贵诚，说我在帮助他。我不想让太多的人知道，你懂吗？"

王丰点点头说："我还没有傻到那个地步，这个事情越少人知道越好。"

刘婷芳看着王丰："王丰，我坑害吴晴姐，帮助那个丑……李贵诚，都是为着你呀！"

"我知道。"王丰一把把女朋友抱在怀中。

到了晚上，刘婷芳看着吴晴，心里很愧疚：吴晴姐，对不起，我帮助了李贵诚也是没有办法的。要让我从姐妹之情和爱情之间选择一样，我就自私地选择自己。吴晴，希望你不要怪我。谁让你喜欢我的男朋友。

吴晴哪里知道自己的好姐妹在想这些，还向她倾吐自己的烦恼："婷芳，那个人真是让人讨厌。你说我的哥哥，姐姐，还有嫂子，怎么就看不出呢？"

刘婷芳说："吴晴姐呀，我看你们这样也不是个办法。你说你们这样纠缠下去，到什么时候才是个头呀？"

吴晴十分苦恼地说："是呀，我一看他心里就不舒服，他怎么就喜欢上我了呢？我对他那么冰冷，他还死缠着我。我都烦死了。"她烦恼地揉了揉头发。

刘婷芳想了半天，说："吴晴姐，我看你要除去烦恼，就来个斩草除根，永绝后患。"

"斩草除根，永绝后患？"吴晴吃惊地说，"婷芳，你该不会让我杀了那个人吧？"

刘婷芳笑着说："吴晴姐，你说什么呢。你是不是恐怖电影看多了。杀人

那是犯法的，我能让你做犯法的事吗？”

吴晴这才把心放到肚子里，笑着说：“吓死我了。你说的‘斩草除根，永绝后患’到底是怎么意思？”

“吴晴姐，我的意思就是想办法让李贵诚离开这个电子厂，他不就不纠缠你了嘛。”

吴晴拍着手说：“好呀好呀，再好不过了。你要是能把那个人整走，我能感谢你一辈子。”

刘婷芳皱了皱眉，说：“吴晴姐，你高兴得太早了。我这个办法用出，绝对让那李贵诚在这个电子厂待不下去。只是有一个前提，就是我们想弄明白李贵诚到底是不是处男。他不是处男的话，我就有办法让他颜面扫地，自己就离开电子厂。”她停了停，缓缓地说，“李贵诚到底是不是处男，那就靠你了。”

“靠我？”吴晴就奇怪地问。

刘婷芳点点头说：“对，要是非处男抱着女人，心跳会十分正常，也不紧张。这处男嘛，就不一样了，因为他没有抱过女人，所以他抱女人的时候就特别兴奋，心跳加速。你呢，不如假意亲近李贵诚，趁机扑到他的怀中，脸贴在李贵诚的胸膛上，仔细听他的心跳。要是他的心跳是正常的，那就是非处男。要是心跳加速，那就是处男。”

吴晴一听，很惊讶：“啊？你这出的什么馊主意呀？这不是让那个人占我的便宜吗？”

刘婷芳劝道：“吴晴姐，你知道什么叫出奇制胜？要是你一听就知道怎么回事，那就不叫出奇制胜了。你知道我打的什么主意，李贵诚不也知道了吗？”

吴晴摇摇头说：“婷芳，说什么我也不去投怀送抱！”

“这怎么叫投怀送抱呢？你这样让他抱，不是有目的的吗？你就小小地牺牲一下，把这个大麻烦解决也是值得的呀！”

吴晴一直摇头：“不行，说什么也不行。”

刘婷芳一见吴晴这么固执，说：“吴晴姐，我最后再说句话。你在酒桌上把李贵诚弄得那么难堪，他会忍下这口气吗？我听王丰说了，你对李贵诚做得太过分了。他非帮李贵诚把你追到手不可。现在王丰和李贵诚不一定酝酿什么阴谋呢！”

吴晴气呼呼地说：“我说他们都是神经病！李贵诚，我跟他都把话说得这么清楚了，他还是纠缠着我不放。哼，有什么阴谋诡计就来吧！我就看这两个王八蛋能玩出什么花样。”

刘婷芳什么话也不说了，只面带冷笑地看着发火的吴晴，心想：“哼，就不怕你固执，我有的是时间。”

第二天，刘婷芳悄悄地对王丰说：“王丰，你让那个丑鬼……”她说到这里，忙改口，“你让李贵诚每天不间断地写情书。情书写得越肉麻越好！我说的是肉麻的话，可不是无耻下流的话。”

王丰点点头说：“我知道，我回去就告诉李哥，让他给吴晴写情书。”

果然，李贵诚开始每天都给吴晴写情书。

吴晴连看也不看，撕掉就扔到垃圾桶里。

又过了几天，吴玉娟突然接到了一个电话，是老公许洪亮打给她的，她的婆婆病了。许洪亮已经回家了，要她也回家一趟。

婆婆病得很重，她一口气就请了两个多月假。她不放心妹妹，到了晚上就来到妹妹的房间。

吴晴也知道姐姐要回家了，挺难过地说：“姐，你要回去了？”

吴玉娟着急地说：“你大娘病倒了，我要回家看看。”

吴晴就安慰姐姐：“姐，不要着急，在回去的路上一定多注意自己。”她说着说着话还哭了。

吴玉娟拍了拍妹妹的肩头，说：“傻丫头，你哭什么呀？我只不过回家看看，又不是不回来了。”她看着妹妹说，“小晴呀，我回家的时候，最放心不下的就是你呀！我有几句话嘱咐你。”

吴晴姐擦了擦眼泪，问：“什么话呀？”

吴玉娟对妹妹说：“第一件事，不管那个李贵诚怎么追你，不管用什么手段，你千万别上他的当，更不要接受他。”

吴晴点点头：“这个不用你讲，我都知道。姐，你就放心吧！我怎么也不会看上他的。”

吴玉娟听了，点点头说：“你知道就好，我还有一件事要嘱咐你，不管遇见什么事，一定要和婷芳商量商量。最好，听婷芳的话。”

刘婷芳一听受宠若惊地说：“吴姐，你怎么对我这么信任呀？就不怕你回去的时候，我把吴晴给哄卖了？”

吴晴搂着刘婷芳说：“婷芳，你说什么呢，你要是把我哄卖了，我一定带上你。”

刘婷芳就笑着说：“怎么，我们还买一送一吗？”

“你把我卖给谁呀？”吴晴就打哈哈地问。

刘婷芳就开玩笑地说：“我要是把你卖给李贵诚，李贵诚准高兴。”她一不小心，把心里话说出来了。

吴晴立即就不高兴了，说：“婷芳，你怎么总是拿我和那个人开玩笑呀？”

吴玉娟说：“好了，你们真没有正经的。那我就走了。”她在临走的时候，

还回过头嘱咐，“吴晴，你一定要听婷芳的话！”

吴玉娟走后，刘婷芳坐在那里，一直也不说话，也不知道在想什么。

吴晴问：“婷芳，你在想什么呢？”

其实，刘婷芳一见吴玉娟对自己这么信任，自己却在想着办法伤害她的妹妹，她帮助李贵诚的心又一次动摇了。她真想打消帮助李贵诚的念头，但是她一想到吴晴要跟自己争男朋友，就决定要帮助李贵诚帮助到底。

吴晴问了一声，没见刘婷芳反应，就又问了一声：“我说婷芳大美女，你在想什么呢？”

刘婷芳这才回过神儿，叹了一口气：“唉，你姐姐把你交给我，我的压力挺大的。我就在想，我们该怎么对付李贵诚呢？”

吴晴一听要对付那个人，就立马来精神，忙问：“婷芳，你说我们怎么对付那个人呀？你有什么主意？”

刘婷芳漫不经心地说：“我能有什么主意，你不听我的，我有什么办法呀？”

吴晴皱了皱眉说：“不是我不听你的，你出的那是什么主意？！让我给那个人投怀送抱，别说让他抱我，他多看我一眼，我就能不舒服一天。婷芳，我真不知道你是在帮我，还是在害我。”

刘婷芳用十分伤心的口气说：“李贵诚，王丰，我们挡不住了。吴晴，你不听我的迟早会掉进李贵诚的陷阱里。你都开始怀疑我了。你看李贵诚，王丰让他干什么，他就干什么。然而我们呢！不团结，互相怀疑。你说我们能战胜那两个王八蛋吗？”

吴晴满不在乎地说：“我就是不喜欢那个人，他们能把我怎么样？”

刘婷芳点点头说：“好好好，有你撑不住的时候。”

第二日，刘婷芳悄悄告诉王丰：“王丰，不要让李贵诚一封一封地写情书了，让他一次多写几封情书。”

王丰奇怪地问：“写这么多情书干吗？”

“你不要多问了，反正情书写得越多越好。”刘婷芳又补充一句，“每一封让不同的人送到吴晴的手里。”

从这一日起，李贵诚的情书铺天盖地送来。一开始，吴晴还不在乎，但是时间久了，她不在乎也不行了。一天收十几封情书。别说是吴晴，就是谁也受不了。

她没有办法，就到哥哥家里诉苦：“哥，我被一个人欺负了。”

吴龙一听，炸了：“什么？你怎么又被人欺负了，谁有那么大胆子？”

吴晴哭丧着脸说：“还能有谁呀？还不是那个李贵诚！”

“怎么，是李贵诚呀！”吴龙就像放了气的气球一样，说，“怎么会是他呀？”

吴晴问：“他怎么啦？”

吴龙就对妹妹说：“小晴呀，这件事就让我为难了。李贵诚是张魁的小舅子，张魁与我关系不错。他曾经帮了我许多。我如果为了你把他的小舅子揍了一顿，那我在张魁面前也说不过去呀！”

吴晴十分生气地说：“哥，你是跟我亲，还是和那个张魁亲呀？别忘了我才是你的妹妹。”

吴龙说：“小晴呀，我就跟你说实话吧！别说李贵诚是张魁的小舅子，他就算不是张魁的小舅子，我也不能去。”他问吴晴，“你知道李贵诚以前学过什么吗？”

“他学过什么？”吴晴奇怪地问。

吴龙就对妹妹说：“小晴，李贵诚以前学过跆拳道。有一次，我和张魁一起玩的时候，就看见过李贵诚把这么厚的木板，用膝盖一拱，就两半了。我要是跟他干起来，趴个十天半个月，那还是好的。弄不好就是胳膊断腿折的，就是下半生残废。”

黎曼在旁边说：“哟，你就这点本事呀！天天还咋咋呼呼挺能似的。”黎曼给妹妹出主意，“小晴，要不然这样，他要是再骚扰你，你就跟厂领导说说。”

吴晴点点头说：“我看只能这样办了。”

第二天，吴晴收到李贵诚写给她的几封情书，挑了一封就说：“好吧，我就把这份情书拿给厂领导看看，看看他们管不管那个人！”

刘婷芳点点头说：“嗯，这还真是一个办法。”

到了下午，吴晴还真拿着那封情书去找总经理。总经理正在忙着打电话，但看到大美女过来，赶快搪塞了下挂断电话，问：“噢，吴晴，你有什么事呀？”

吴晴气愤地把李贵诚骚扰她，每天送情书耽误她工作的事跟总经理说了。

“情书在哪里呀？”

“情书，我都带来了。”吴晴就拿出情书，递给了总经理。

总经理接过这封情书，展开一看，不由得一皱眉：“吴晴，你确定这封就是情书？”

“是呀。”吴晴十分肯定地说。

总经理笑了笑说：“吴晴，你是不是拿我开玩笑？”

吴晴满脸苦恼地说：“我烦都烦死了，哪还有心思开玩笑呀？”

“这也是情书？”总经理就念这封情书：

“一去二三里，烟村四五家。
亭台六七座，八九十枝花。
什么？还有‘逗你玩’。”

第二十四章　报复

总经理读了吴晴拿的情书，旁边的几个工作人员听了，都忍不住笑了。

总经理说：“吴晴，这是什么呀？啊？这好像小学一年级课本上的古诗吧！跟情书一点不搭边呀！”

吴晴还不相信地说：“怎么可能？”

“你就自己看看吧！”总经理就把“情书”递给吴晴。

吴晴接过“情书”一看，这封“情书”是李贵诚的字体不假，但是上面的内容变了。还真是：

一去二三里，烟村四五家。
亭台六七座，八九十枝花。
逗你玩！

她气得都不知道说什么好了，也不好再向总经理说什么了，十分难堪地离开了总经理办公室。

她怀疑是王丰在搞鬼，一进财务部办公室，就找王丰。王丰大呼冤枉，最后王丰都发了毒誓，她才不得不罢休。

她怎么也想不通一封情书怎么就变成了一首古诗。她哪里会想到这一切都是她的好姐妹——刘婷芳在幕后操作。

刘婷芳一听说吴晴要把那封情书交给总经理，她就让王丰通知李贵诚，再写一封别的书信。

李贵诚一听，都蒙了，一时也不知道写什么才好。王丰也不是个好人，就在旁边让李贵诚写《一去二三里》，又在这首古诗的下面写上“逗你玩”。

吴晴气疯了，连晚饭也没吃就睡了。她躺在床上怎么也睡不着，开始想主意，一时也没有什么好主意，急得都上火了。

要说吴晴着急，李贵诚比她还着急呢！写情书吧，那是多么有情趣的事呀。一封两封还可以，要是多了谁受得了？谁肚中能有那么多精美语句？没多久，就把肚子里那点东西用完了。王丰这个泡妞高手也帮他想了一些肉麻的句子。时间一长也不行了。他们没有办法就开始套用网络上的情诗。网络上爱意绵绵的句子是挺多的，但是能套用的也并不多。没过多久，网络上可用的句子也用完了。

每天晚上，李贵诚就逼着自己写情书，就像小学生做作业，一想到头都疼。但刘婷芳王丰还一直催逼他写情书，他又不得不写。只要在李贵诚面前一提到情书，他就嘴咧得像吃了黄连一样。

这一日的晚上，李贵诚买了一袋洗衣粉，正往回走，忽听有人喊："李贵诚，你站住！"

他抬头一看，那个喊自己的人他并不认识。小的时候就听爸爸讲，要是有陌生人喊自己，不是找自己的麻烦，那就是骗子，千万别答应，要是答应了，肯定没有什么好事。

他连看也没有看，与那个陌生人擦肩而过。前面又出现一个陌生人，拦住李贵诚的去路，说："李贵诚，我的哥们儿喊你，你没有听见吗？"

李贵诚反应也极快，淡淡地说："对不起，你认错人了。"

那个人冷冷一笑："李贵诚，要说能认错，就是你我们绝不会错认。脸上有伤疤，说明你就是李贵诚。"

李贵诚还不承认："两个大哥，你们的确认错人了。我真的不是李贵诚。难道这个世界上只有什么李贵诚脸上有伤疤，就不许别人脸上有伤疤吗？"

就听有人哈哈大笑："哈哈……李兄弟，你有本事英雄救美，怎么没有胆子承认是自己呀？"

李贵诚听着这个声音，好耳熟，他回头一看，就见一个锃亮的大脑瓜子。他就是20天前欺负吴晴的那个流氓头子彪哥。彪子和那几个流氓，在看守所拘留了一个星期，出来就要报复李贵诚，不断打听寻找，找到厂里来了。

俗话说："不怕贼偷，就怕贼惦记。"一次两次碰不上，时间久了，能不碰见吗？李贵诚运气不好，这不就碰上了吗？至于，他们怎么知道李贵诚的名字，那是李贵诚在警察局做笔录的时候，被彪子听见的。

李贵诚一见彪哥，镇定地笑着说："我当是谁呢！原来是彪哥呀！"

彪子拍了拍手，又出来十几个人，都是清一色的流氓，把李贵诚团团围上了。

彪哥叼着烟，问："兄弟，怎么，那个美女没有跟你来呀？"

李贵诚一听，心里一酸："什么美女？"

彪哥说："兄弟，少给我装糊涂。我们哥们儿为了那个小妞，在看守所蹲了整整七天。我们在看守所的时候，可真是想你啊。"

李贵诚就笑着说："劳彪哥挂念。"

有一个小子骂："你妈的，我们挂念你，还要感谢你哪！"

李贵诚哈哈大笑："彪哥，说真的，你们还真得要好好地感谢我。不是我，你就会把那个女孩强奸了。强奸是犯法的，你们懂不懂法呀？"

有个流氓一拍胸脯说："哼，在这个世界上除了警察和律师，就数我们最懂法了。我们经常受教育，能不知道什么叫法律吗？"

李贵诚笑着说："你们既然知道法律。我们就这样说吧，强奸罪是要判刑的。若不是当时我阻止你们，你们能这么快出来吗？你们兴许要坐好几年的监狱。"

彪哥摸了摸大光头说："你少给我整些没用的。我们的账也要算一算了吧？"

李贵诚就装糊涂："算什么账，我不欠你的，你也不欠我的。"

彪哥上前就抓住了李贵诚的衣领子。哪知道李贵诚用手一格，跆拳道一种拿法，就把彪子推出老远。

彪子一愣神，说："嘿，你这王八蛋还有两下子呀！"他扑身上前，冲到李贵诚的面前抡拳便打。李贵诚躲过他这一拳，猛一斜身，用胳膊肘直顶他的胸膛。彪子哪还能站得稳呀，往后倒退了几步，一屁股坐在地上。

彪子不禁恼羞成怒，他一把就从一哥们儿手中夺过链子鞭。那个链子鞭是摩托车的铁链子改制而成的，打到身上可疼了。他扑上前裹头缠脑就是一鞭。

李贵诚也不敢大意，忙闪躲一旁，旋踢一脚，彪子第二次栽倒在地。

彪子一看其他人都在旁边看着，气呼呼地大骂："我说你们这些王八蛋，让你们来是干吗的？老子都吃亏了，你们还不知道上来帮忙。"

这帮流氓就像一窝马蜂一样，扑向李贵诚。一个个挥舞着拳头下了狠手。

李贵诚可不是金庸武侠小说中的大侠，不会什么降龙十八掌，也不会什么六脉神剑，只不过是一个普普通通的人而已。他的跆拳道是很厉害，但是也架不住人多呀！

没过多久，李贵诚被这些流氓抱胳膊的抱胳膊，抱腿的抱腿。即使他拼命挣扎，也被这些流氓掀翻在地。

李贵诚这下倒了霉，被流氓压在身子底下，有天大的本事也使不出来。这些流氓没有一个手下留情的，冲上来一阵拳打脚踢。

李贵诚被打惨了，缩着身子，尽量护住脑袋、胸部，还有裆部几处要害之处。

这个时候，王丰和刘婷芳路过这里。刘婷芳手里提着方便兜，看一伙人在殴打一个人。还是刘婷芳眼尖，就看到挨揍的好像是李贵诚，就对王丰说：“唉，王丰，我怎么看见那个挨打的人是你的李哥呀！”

王丰仔细一看，那个挨打的果然是李贵诚。但他不是东西，一把拉住刘婷芳，说：“哪是李哥呀，不是，我们就别自找麻烦了。”

刘婷芳虽说是一个女子，但是胸中颇有豪气，看了一眼王丰，鄙夷说：“王丰，你怎么这样呀！不管是谁，我们都要管一管！”

王丰一听就害怕了，他还不如李贵诚呢！李贵诚至少会两下子，但是王丰一下子也不会。他就拉住刘婷芳说：“我的姑奶奶，你就别找麻烦了好不好。我不是没有道德，我是怕你受到伤害！要是我一个人遇见这些事，肯定得上去管闲事。这不是你在我身边嘛，我们还是别管这件事了，我们赶快走好不？”

“王丰，看你那熊样，还是个男人吗？这个闲事我管定了。”刘婷芳就扯着嗓子喊，“警察来了，警察来了。”

就这两嗓子还真管用，那些流氓一听，胆子都吓破了，立刻放开李贵诚，看都没看就跑了。李贵诚就趁着这个时候，挣扎着从地上爬起来。好在那些流氓跟他也没有天大的仇恨，只不过教训教训他而已。再说那些流氓也知道人命关天，都没有使用器械。别看李贵诚遍体鳞伤，只不过是皮外伤而已。他抬起头一看，原来是王丰和刘婷芳，忙问：“你们怎么来到这儿的？”

王丰忙上前扶住李贵诚，问：“李哥，你怎么样？”

李贵诚摇了摇头说：“没有什么事，只不过都是皮外伤而已。”

王丰奇怪地问：“李哥，你怎么和这些人动手了呢？”

李贵诚说：“王丰，这些人就是欺负吴晴的流氓，他们是来报复我的。”

那些流氓一听警察来了，都没有命地逃奔，就怕跑慢一步，又要到看守所过日子了。但是他们跑了一会儿，就觉得不对头。警察来了，怎么没警笛声呀？

他们为了看个究竟，又拐回来了，哪有警察的影子呀！只有李贵诚三个人。他们隐约中觉得自己好像是受骗了。

他们都觉得自己很没面子，流氓还会受骗？他们就拦住李贵诚几个人。

刘婷芳一见这些流氓一个个抱着肩膀，冲过去冷冷地说：“你们这些人干什么不好，都做了流氓。就这样还觉得自己很了不起呢！都不嫌给爹妈丢人！像你们活着就是糟蹋粮食，死了糟蹋土地。”

他们一见面前一个小妞，长得虽说不如以前那个小妞，但是也够味。

至于刘婷芳说的是什么，一句也没有听进去。

彪子腆着肚子，走上前说：“哎呀，正好这边还有个小美女，我这几天欲

火难耐，正好泻泻火。”

刘婷芳哼了一声：“那好，我就给你败败火。”

这些无赖一听，色眯眯地问：“小妞，你知道怎么给我们败火吗？”

有的还不老实就对刘婷芳动手动脚的。

王丰一见自己的女朋友要受欺负了，挺身上前，说：“你们想干什么？”

彪哥用手一拨拉，就把王丰推到一边，说：“没有你的事，一边去。”

李贵诚晃动拳头，想和这些流氓拼命，就听刘婷芳说：“王丰，你们就站到一边。等我给这些人败了火气再说。”

有的流氓就迫不及待了，向前用胸口摩挲着刘婷芳的肩膀说：“我的姑奶奶你快点给我们败败火吧！我们等不了啦……”他们就像叫春一样，真是好贱呀！

“好，我这就给你们败败火。”刘婷芳点了点头，“我就让你们看看好东西！”

这些流氓还以为刘婷芳要当众脱衣服呢！都把眼睛睁得大大的。

“我给你们看样好东西。”刘婷芳就缓缓地把方便袋的食盐掏了出来，快速把食盐袋撕开。她迅速地抓了一把食盐，朝着那些流氓撒去。

谁会料到刘婷芳会来这一招，一点心理准备也没有。等食盐进入眼睛中已经晚了。那眼睛就像被刀子割一样，疼痛钻心，都不由得连连惨叫。还有没有被食盐撒到的，还不知道怎么回事呢，还在伸着脖子等着看好东西。

“我给你们败败火。”刘婷芳哪能给那些流氓反应的机会，就把整袋子盐都撒出去了。随后惨叫声四起。

那些流氓无一幸免，都捂着眼睛四散奔逃，有撞树上的，有掉沟里的，连滚带爬，情景十分滑稽。

刘婷芳赶走了这帮流氓，出尽了风头，把王丰整得一点面子也没有。他愧疚地对李贵诚胡说八道：“李哥，你知道吗，刘婷芳就是怕事。我说看着像你，她就说不是你，她就拉我走。我就说：‘别介，我们不管谁管，我们也管上一管。’于是我就大喊两声‘警察来了’。就连她用咸盐撒流氓眼睛，都是我教的。”这家伙纯属颠倒黑白。

李贵诚本来对刘婷芳看法不太好，听王丰这样一说，更对刘婷芳有成见。李贵诚气呼呼地说：“我就整不明白了，为什么我这么不讨人喜欢呢！为什么我喜欢的女人看到我都恨之入骨？吴晴恨我就认了，谁让我喜欢她呢！可是刘婷芳恨我不应该呀！为什么，难道天下所有的女人都这么恨我，我就这么招女人恨吗？”

李贵诚请了一天假，到了第三天才上班。

这电子厂的员工见李贵诚鼻青脸肿的，都不知道原因，议论纷纷。

到了中午吃饭的时候，大家都来到餐厅。

李贵诚怕别人看见取笑自己，就坐到最不显眼的角落里。他想躲，但怎么躲也躲不掉，老戚几个人偏偏就来到这张桌子上。

老戚一见面，二话不说，就说："哟，小李呀，怎么啦？是不是看别人老婆被人揍了？"

李贵诚一点头："对，我看美女掉坑里了。"

老戚一听，李贵诚在揭他老底儿，气得直翻白眼。

小杨笑嘻嘻地取笑李贵诚："小李，那个小妞漂不漂亮呀？哎呀，我们真没有看出来呀！你还挺花心的。"

随后，老谢、老严、小于一个接一个地取笑李贵诚。李贵诚一张嘴怎么说得过老戚等人五张嘴，很快就落了下风了。

刘婷芳笑着说："王丰，你看你那个李哥被人欺负了。"

王丰扭头果然老戚几个人正在你一言我一语地嘲笑李贵诚。他也来到李贵诚这张桌子上，说："你们干吗呢？是不是欺负人呀？"

老戚笑着说："我们欺负什么人呀？只不过开玩笑而已。"

"噢。"王丰点点头说，"原来开玩笑呀！那好我们闲着也是闲着。不如，我就跟你们出个脑筋急转弯。"

老严一听，就点头说："好哇，什么脑筋急转弯呀？"

王丰就笑嘻嘻地说："一个猎人伏击一头野猪，由于紧张过度了，'砰'一枪就打偏了。那野猪回头就向猎人扑了过来。那猎人转身就跑，野猪就在后面追。他们一前一后，就见一道峭壁挡在面前。猎人一下子就上去了。野猪就在想，那猎人怎么上去的？"他笑了笑问，"哎，你们想想那个猎人怎么上去的。"

老戚一听就知道是怎么回事，并不揭穿，对其他人说："老严，你们好好想想，到底那个猎人是怎么上去的。"

这老严几个人就想，那个猎人怎么上去的。他们想了半天，也没有想明白。他们实在不知道到底怎么回事，就问王丰："小王，那个猎人怎么上去的呀？"

王丰忍不住哈哈大笑道："哈哈……那是野猪想的问题，不是我想的。"

"啊？"老严几个人才知道王丰使坏，骂自己是野猪。一个个都气呼呼地骂："他妈的，你怎么骂人呀？"

王丰笑着说："你们不是说开玩笑吗？我这就是给你们开玩笑呀！"

他们气得直咬牙，又不好发作，只好忍了。

而吴晴几乎都崩溃了，一个自己不喜欢的人老是给自己写情书，谁不上火？

这一天晚上，吴晴就向刘婷芳说："婷芳呀，你说那个人烦不烦，他也不知道哪有那么多的闲工夫写情书。难道他那些信纸就不用掏钱买吗？"

刘婷芳就笑着说："吴晴姐，你就不用替李贵诚操心了，五块钱买的信纸，就够烦你两个月的。"

吴晴都快哭了："婷芳，我都快疯掉了。每天都有情书送来。一送吧，还不是一封两封，而是十几封情书。每天少说也有六七封。要是十几封情书一起送，我也不恼，最让人受不了的是一封一封地送。"

刘婷芳问："吴晴姐，你今天又收到多少情书呀？"

吴晴想了想，说："今天还好啦，一封情书也没有收到。"她的话音还没有落，就听外面响起来敲门声。

刘婷芳开门一看，原来是食堂的李嫂。李嫂笑着说："这是李贵诚写给吴晴的情书，让我捎过来。"

第二十五章　身边人最难防

李嫂受李贵诚所托，把书信送到吴晴的房间。刘婷芳接过书信，说了一声："谢谢！"关上门就对吴晴说，"吴晴姐，看，这又是一封情书。"

吴晴连也不看，就推到一边了。

刘婷芳发现这封情书挺特别的，于是她打开一看。她惊奇地发现这封情书连一个字也没有，就递给了吴晴说："吴晴姐，你快看，这封情书怎么连一个字也没有呀？"

吴晴也真够有意思的，满纸感人的肺腑之言，她连看也不看。她听说这封情书一个字也没有，她倒拿过来，正反都看了一遍，怒不可遏地把这封无字情书拍到桌子上，说："那个人烦不烦，这样耍我玩，如果他再这样，我骂死他！"

刘婷芳笑了笑说："吴晴，我长这么大，还没有见过淑女骂人，我倒想看看你骂人的样子凶不凶。"

“听你这一说，我还不能骂他了？”

刘婷芳说：“吴晴姐，骂人不仅羞辱别人，而且还损害了自己的形象。说不定李贵诚就希望你骂他。你要生气骂他，说不定就上了他的当了。”

吴晴姐拉着刘婷芳的手，说：“婷芳呀，你的主意不是挺多的吗？你就给我出一个主意呗，我真的受不了了！”

刘婷芳叹了一口气说：“我的主意多有什么用？你又不听我的。”

吴晴说：“你说吧，是什么主意，我都照办。”

“我们还是旧话重提，你就投怀送抱，看看他是不是处男。”

吴晴一听，十分不情愿地说：“你就出了这个主意，没有其他的法子吗？”

“你说除了这个办法，还有什么法子？要是有一线希望，我也不会让你投怀送抱呀！吴晴姐，只要你能确定他不是，我就有法子让他离开这个电子厂。”

吴晴也是被逼得没有办法了，只好点头：“好吧，让我再考虑考虑。”

刘婷芳一见吴晴已经动摇，就趁热打铁地说：“你考虑啥呀？早一日把李贵诚整出电子厂，你就早一日过上安稳的日子。吴晴姐，你就别再犹豫了，我们就快刀斩乱麻。再过一段时间，你姐姐就回来了。一看李贵诚天天给你送情书，算怎么回事？特别她看到像这样的无字情书，还以为你们心有灵犀一点通呢！”

刘婷芳最后这些话正说到吴晴的心上。她怕姐姐知道了误会自己和李贵诚谈恋爱，就往家里打电话。吴玉娟往家里一打电话，那可就塌了天了。她知道妈妈要是知道自己在外面谈恋爱，就该气死气活的，要是气活了，那也没什么，就怕把老太太气死了。她深爱王丰，始终不敢流露出来，就是因为这个。

刘婷芳又说：“我看还是算了，还是让你姐姐来的时候，再想办法吧！”

吴晴咬了咬嘴唇，暗暗决定无论如何也不能要姐姐知道。她闭上眼睛，做了痛苦的决定：“婷芳，好，这投怀送抱我们就定在明天。就看看他到底是不是处男。”

刘婷芳暗暗高兴：“哼，你终于受不了了吧？”

到了第二天，吴晴始终下不了决心，总是迟迟不行动。刘婷芳这个着急呀！她说的是一个月之内，能让吴晴投入李贵诚怀中。都过去了一个月零两天了，吴晴还没有投入李贵诚的怀中。所以她就一直催！

吴晴实在不想去，就找借口：“婷芳，我跟人家怎么说呀？总不能一到就往人家怀里钻，说不定再给他吓出个好歹来。”

刘婷芳给吴晴出主意：“你给他吓不出病来的，你到那里别的不说。就感谢他对你的救命之恩。就说他被人打了，过来看看他。”

吴晴这才直奔仓库，她真是有一万个不愿意，又不得不去。她为了尽快解决这件事，就像一个病人吃药一样。那药汤极苦极苦，为了去病，就是胆汁也要喝。她也是一样，尽管那么讨厌李贵诚，还是不得不让他抱。

她又非常害怕仓库里有别人，战战兢兢、鬼鬼祟祟，就像做贼一样，浑身不自在。她进了仓库一看，才发现自己的担心是多余的。整个仓库只有李贵诚一个人，正在正查点仓库的物件。

其实，李贵诚早就知道这个阴谋，早就把仓库的人支走了。

吴晴就敲敲门，李贵诚抬头一看，见是吴晴来了，高兴地说："老乡快进来。"

吴晴真是不亲假亲，不近假近呢，没话找话说："老乡，真不好意思呀！以前我那样误会你，都是我不好。直到那天你被人打了，我才知道那帮流氓不是你找的。那天你是真心救我的。我心里总觉得过意不去，所以来看看你。"

李贵诚笑着说："没有什么，只要你能明白我是什么人就好。我不想你对我有误会。"

她点点头，假装不经意靠着李贵诚坐下。

他们这两个人也挺搞笑的，一个是投怀送抱，另一个是等着抱美女，彼此还装着不知道。这自然是一拍即合的事情。

吴晴都到这个时候了，还觉得难为情。她一想到自己已经来到仓库了，还有什么难为情不难为情的，她就把眼一闭，好像是地面不平被绊一下似的，一下子就倒在李贵诚的怀中了。

李贵诚一见，心仪已久的女孩子倒在自己的怀中了，那要是不抱，就是傻子。他就恰到好处地紧紧地抱住了吴晴。

他抱着吴晴感到一阵兴奋，就像触电一样，浑身上下血液倒流。他闻到一股淡淡的茉莉香味，不由得一阵眩晕，又一阵欢喜，更多的是不相信。他连拉吴晴的手都不敢，此时自己竟抱着吴晴，一动不动。要说是做梦，这软软的身子紧靠在自己的胸膛。这种感觉是那么真实，又是那么奇妙，奇妙得无法言喻。

他长这么大还是第一次抱女人，而且还是自己心爱的女人，能不紧张吗？他的心跳作一团，血压都升高了。

吴晴一听心跳跟敲鼓似的，心顿时凉了半截，心里想：坏了……

这吴晴也真够单纯，就信了刘婷芳的鬼话，说是抱着女人心跳加速是处男。要是抱着女人心跳不加速，不是没有发育好，那就是性功能障碍的废物。

这也太假了，怎么大学生还会上当受骗。其实，这并不稀奇，大学生上当有的是。那学校才多大天地，怎么和社会比？那就是一个地球和一个宇宙比。

一个大学生刚踏入社会，就是泥牛入海。吴晴也没有敢在李贵诚怀里多听心跳，就怕别人看见。

其实，从吴晴到仓库到扑进李贵诚怀中的整个过程，都被两个人看得清清楚楚。他们就是刘婷芳和王丰。

他们不放心吴晴和李贵诚，就来看看这件事发展得顺利不顺利，发现这事情比想象的还要顺利。

刘婷芳怕被吴晴他们发现，一拉王丰，说："我们走吧！"

王丰奇怪地问："哎，婷芳，看不出来呀！你还真有办法。你说吴晴这么讨厌李贵诚，没有想到她还真投入李贵诚的怀中。你到底是用的什么方法？"

刘婷芳故意吊王丰的胃口，说："你就别问了。"

王丰纠缠刘婷芳："好姐姐，你就告诉我嘛。"

刘婷芳十分自豪地说："我就不告诉你。"

无论王丰缠磨刘婷芳，刘婷芳就是不告诉他。

后来刘婷芳认真地说："好了，我们就谈正事吧！晚上，你让李贵诚约吴晴出来吃饭。"

王丰一听觉得不太靠谱，说："李贵诚约吴晴吃饭，吴晴能出来吃饭吗？"

刘婷芳看了王丰一眼，说："这不是有我吗，你还怕什么？"

王丰好奇地问："你能有什么办法，让吴晴出来呀？"

"你就不用问了，反正我有办法让她应约去吃饭就是。"

王丰不高兴地说："你做什么事都是神秘兮兮的。"

婷芳挎着王丰的胳膊，说："我为了你，把我的好姐妹都卖了。"

王丰嘴上就像抹了蜜似的："婷芳，你对我的真心，我一辈子也忘不了，我也一辈子都对你好。"

他们两个又黏在一块儿了。这年轻人到什么时候也忘不了谈恋爱，在上班时间还卿卿我我。

到了下班，吴晴气呼呼地从外面进来，噘着嘴，坐在床上一句话也不说。

刘婷芳就知道李贵诚已经行动了，假装不知道，问："吴晴，你怎么啦？"

吴晴气呼呼地说："不知道那个人怎么想的，要请我出去吃饭。"

"那是好事呀！"刘婷芳笑着说。

"什么好事呀！我根本不喜欢他，哪还有心思吃饭？"

"你是愿意去，还是不愿意去呀？"

"我肯定是不愿意去了。这还用你说！"

刘婷芳问："什么理由呀，为什么请你吃饭呀？"

"他说今天是七夕情人节。"

“你怎么回应的？”

“我还怎么回应，当然是拒绝那个人了。那个人也真烦人，就是缠着我。我说不去不去，他还是说请我吃饭。”

刘婷芳哈哈大笑：“哈哈……我说我的公主呀！你这就是拒绝人用的办法不对。要么这样，你就让他知难而退。”

“什么知难而退？”

“要么，我给你出个主意。你就让他作诗。据我所知，这作诗吧，可难作了。我都不会作诗。”

“好吧！我就给他出难题！”吴晴转动眼珠子，想了半天，说，“好，我让他用一首诗描写女人的嘴唇。而且，不能用‘嘴’和‘红’这两个字。必须是古体诗。”

刘婷芳替李贵诚犯愁：吴晴真不喜欢李贵诚，出的题这么难，李贵诚能作得出来吗？她就竖大拇指，笑着说：“吴晴姐，你行，给他出这么难的题！”

“哼！”吴晴哼了一声说，“我要不是出这么难的题，能让他知难而退吗？”接着就对刘婷芳说：“婷芳，你就帮帮忙。你去让王丰转告那个人，让那个人在8点之前，把这首诗作好，我就跟他去吃饭。要是在8点之前，这首诗作不好，吃饭的事就免谈，就让他洗洗睡吧！”

刘婷芳故意要吴晴一把，说：“那个人我也不想见。”

吴晴求着刘婷芳说：“好妹妹，你就帮我一次嘛。要不行，我喊你姐姐行吧！”

刘婷芳连连摆手说：“行行行，你喊我姐姐，我受不了，还是去吧！”

刘婷芳来到李贵诚房间，冷冷地说：“要想请吴晴姐吃饭，吴晴说也行。不过她要给你出一个难题。”

“什么难题呀？”李贵诚十分紧张地说。

刘婷芳说：“吴晴姐让你作首诗。”

李贵诚一听，就把心放下了，说：“我当是什么难题呢，原来是古诗呀，没问题。”

刘婷芳阵阵冷笑：“哼哼，我的话还没有说完呢。她让你用首古诗形容女人的嘴巴！”

李贵诚一听就咧嘴了：“这事情就难办了。”

王丰就问：“你不是作诗挺在行的吗？”

李贵诚摇摇头：“难难难，简直太难了。”

王丰说：“李哥，你说这事情到底怎么办，难道放弃？”

刘婷芳在旁边冷冷一笑：“哎呀，我之前听你说，你是多么多么爱吴晴姐，现在就连为她作首诗，你都办不到，还谈什么爱呀？”

李贵诚极其厌烦刘婷芳，但看在王丰的面子上，没好意思说什么，就对王丰说：“王丰，你不知道作古诗不好作呀！它不是现代诗，长一句短一句都行。它的体裁十分严格，五言绝句，必须每句话五个字，多一个也不行，少一个也不行。七律诗，每句话必须七个字，还要押韵对仗。”

“难道你就放弃这次好机会吗？”

李贵诚摇摇头说：“不，我无论如何也不能放弃这次机会。那就让我试试吧！”

“好吧！”刘婷芳笑着说，“我就看你能作出什么好诗句。”

李贵诚苦思冥想，想了好久好久，说：“王丰，你快给我拿笔纸来。”

王丰就给李贵诚拿了笔纸来。

李贵诚提笔在手，就在纸上写了一首诗：

梨花一丹红，啼笑百媚生。

细吐莺声语，闻者余心动！

王丰一看，高兴地说：“李哥，真是好诗呀！”

刘婷芳也不由得点头，心想：李贵诚果然有才华。这么难作的诗，都让他作出来了。

李贵诚把这首诗递给了刘婷芳，说：“我的诗作出来了，还是让吴晴准时赴约吧！”

刘婷芳接过这首诗看了看，她就发现“梨花一丹红”有个“红”字，忙说：“不行，这首诗有个‘红’字。”

李贵诚问：“这首诗有‘红’怎么啦？”

刘婷芳说：“吴晴姐说了，要你作的这首诗里不允许有‘嘴’和‘红’两个字。否则，这首诗作了也算白作了。”

王丰一听，不高兴地说：“婷芳，你是玩我们呢？还是怎么回事？刚才怎么不说呀？”

刘婷芳十分歉然地说：“不好意思，我真的忘了。”

王丰很不好意思地说：“李哥，不好意思呀！要么你再作一首？”

李贵诚愁眉苦脸地说：“唉，这作诗吧，是由心而发，不是你想作诗就能作得出来的。有灵感的时候，才能想出好的诗句。作诗不只是靠灵感，也要按意境。这意境说起来也不是一时半会儿能说明白的。就是吴晴出题目，我来作诗，这个就违背了作诗的原意了。她不让我的诗句中出现某个字，这就更难了。”

王丰就给李贵诚出主意：“李哥，你把‘梨花一丹红’改成‘梨花一丹琼’

不就行了吗？”

李贵诚头摇得跟拨浪鼓似的：“不行。”

“怎么不行呀？”王丰奇怪地问。

“王丰，你不知道古诗的字，不能随便改。就因为一字之差，就坏了整首诗的意境。要改一个字的话，还不如整首诗都改。”

王丰也就没有办法了，说：“那就再作一首好了。”

李贵诚叹了一气说：“唉，不再另作一首，还能怎么办？”

王丰和刘婷芳两个人，就用电脑看卓别林的无声电影。

李贵诚绞尽脑汁，想这首诗。想了半天也没有想出来。他就着急了，他越着急脑子就越乱，越乱越想不出来这首诗。心中暗恨刘婷芳：刘婷芳呀刘婷芳，你不是不管我的事吗？怎么又给吴晴出主意呀？你这是让我知难而退呀！我该怎办呀？我难道就这样放弃吗？他恶狠狠地看着刘婷芳，可是刘婷芳连看他一眼也不看，她看着无声电影挺滑稽，不由得发出阵阵笑声。

李贵诚恨刘婷芳入骨，但他不能不承认刘婷芳长得真美丽，不由得看呆了。刘婷芳的美聪慧中带着狡黠，让人看到她时，总会一不小心就沉浸在她的笑容里。

就在他看着刘婷芳发呆时，脑子一闪就来了灵感。往往灵感来得也快，去得也快。他立刻提笔在手，写道：

桃花美人面，一点更妖娆。
破时花绽放，洁白碎玉抛。

他把这首诗写完，激动得哈哈大笑道：“哈哈……这首诗我终于作出来了。”

王丰二人一听，也十分高兴。

王丰拿起那首诗一看，笑着说：“哎呀，李哥，你都快赶上李太白了。”

李贵诚笑着说：“你就别夸我了。赶快把这首诗拿给吴晴。”

王丰点点头，把这首诗给了刘婷芳，说：“婷芳，你把这首诗拿给吴晴，让她出来赴约。”

刘婷芳就把那首诗拿给了吴晴。

吴晴看了那首诗，还是不相信地问：“婷芳，这首真是他作的吗？”

刘婷芳点点头说：“不错，我是亲眼看着他写出来的这首诗。”

吴晴叹了一口气说：“唉，如果李贵诚长得跟他作的诗一样就好了。”

“吴晴姐，你是去还是不去呀？”

“我不去！”吴晴把脸一扭。

刘婷芳十分为难地说：“吴晴姐，你说李贵诚把那首诗作出来，你就和他一起出去吃饭。他不是把诗作出来了吗？你怎么说话不算话呀！到那时见了李贵诚，我跟他怎么说？”

“那又怎么样，反正我就是不去。他总不能过来拿刀架在我的脖子上来逼我吧？”

刘婷芳说：“吴晴姐，你和李贵诚出去吃饭，也不是一点好处没有。”

“和李贵诚出去吃饭，除了恶心，还有什么好处呀？”

刘婷芳说：“吴晴姐，你听我说。这次吃饭并不是只是你和李贵诚两个人去吃饭。到时候我们也要去。你说有我在，你还怕什么？我就想办法把李贵诚灌醉。他一醉了就好办了。我们就让他酒后吐真言。有什么致命的秘密，或是有什么弱点就都知道了。说不定呀，我们这次吃饭会有什么意外收获呢！”

刘婷芳这样一讲，吴晴还真的动心了，点头说：“好吧！我就去好了。”

刘婷芳笑着说：“你既然要去，就给李贵诚打电话吧！”

吴晴就拿起手机给李贵诚打了电话。

不一会儿，他们就在宿舍楼下见面。

李贵诚上身穿一个白色短袖褂子，下身穿黑色的裤子，黑白相衬，整得跟公务员似的，乍一看还挺体面的。

第二十六章　意乱情狂

刘婷芳与王丰合谋把吴晴约出来，这次机会对李贵诚来之不易，十分重要，他穿得十分庄重。

王丰穿得挺随便的，短裤T恤衫。但是这个小伙子长得帅，不管穿什么都是那么有风度。

吴晴穿的是一身碎花露肩连衣裙，外罩绿色透明纱布小褂子，显得那样高贵优雅，简直就是女神！

刘婷芳黑色小褂，配着短裙。她大秀美腿，是那么火辣撩人，热情奔放。

他们来到了一家特色饭馆，找了一张桌子坐下，点了酒菜。

“王丰，你过来一趟。”李贵诚拉了拉王丰，到一边没人的地方。

王丰问：“李哥，你怎么啦？是不是钱没有带够呀！不要怕，我兜里还有钱呢！”

李贵诚说：“不是，我和吴晴出来吃饭，哪能不带够钱呢。”他又忸怩起来，“王丰，我说出来，你不要笑话我呀！”

“李哥，我笑话你什么呀！我就是笑话谁也不会笑话你！”

“我长这么大，也没有请过别人吃饭，别人也没有请过我吃饭，我也不会付钱，要不然你给我去付钱吧！”

王丰一听，差点儿笑出声来，心里想：这没有搞错吧？一个大学生连个钱都付不好。他点点头：好吧，你把钱拿给我吧！

李贵诚就给王丰拿了 1000 块钱。

王丰笑着说：“李哥，用不了这么多。”

李贵诚笑着说：“王丰，我还怕你吗？这些钱你先拿着，万一不够呢？我相信你。”

王丰接过钱，说：“李哥，这付钱的事，你就不用管了。你照顾好吴晴就好。”

他们就来到酒桌上，王丰说：“吴晴姐，这是李哥请客。大家聚在一起也不容易，特别是吴晴姐，你不要拘束了。”

就这样说吧，一个人灌醉一个人不容易，要是三个人灌一个人就不是难事。吴晴上大学的时候，也没少参加朋友聚会，所以酒量也不小，但就是酒量再大，也禁不住三个人你一杯我一杯地灌。

没过多久，吴晴酒喝得就连她亲妈是谁都不知道了。再看一旁，刘婷芳喝得也东倒西歪起来。

王丰一看大功告成，对李贵诚说：“李哥，这接下来就看你的了。我去付钱。”

李贵诚没敢多喝，所以还保持清醒，摆了摆手：“去吧！”

这王丰真不是东西，想李贵诚这么相信他，本来这顿饭钱花了 325 块，他却告诉李贵诚：这顿饭钱花了 615 块。

李贵诚还觉得挺便宜，笑着说：“我还以为这 1000 块钱还不够呢，没有想到才花 600 多块钱。”

王丰又说：“李哥，我给你说个事呗。”

“什么事呀？”李贵诚笑着问。

王丰说：“李哥，你这还剩下的 385 块钱，我先借了，等发工资了就还你。”

李贵诚说：“王丰，我们之间还说什么借不借的，你拿去花就是了。”

道别后，王丰就拉起刘婷芳，飞奔到一家宾馆，开了一个房间。

他们不像三个月前了，还要调调情，玩玩浪漫。现在，他们已经彼此熟悉了，再也不用遮掩自己的欲望。一进屋，两人就黏在一块儿，迫不及待深情拥吻起来，这个长长的吻让他们都快缺氧了。

紧接着，王丰就把刘婷芳抱上了床，嘴唇不断在她身体上游走。刘婷芳也酒后乱性，胸口起起伏伏，沉浸无尽的情欲中。随后，她的衣服被一件接着一件扯下来，那内裤、胸罩被扔到地上，很快又覆盖上男性的衣服。

他们有三个月没有亲热过了，虽说刘婷芳已经原谅他了，但是刘婷芳始终都没有再让王丰碰自己的身体。要不是刘婷芳喝醉了，王丰还是没有机会碰刘婷芳。

这是好不容易才到一块儿，两个人翻江倒海地折腾，真是小别胜新婚。

王丰两个人走了，把醉醺醺的吴晴丢给了李贵诚。

李贵诚也不知道怎么整了，只好把吴晴扶起来，把吴晴的一个胳膊搭在肩头上，他的另外一只手环抱吴晴的腰。两个人趔趔趄趄往回走。

这啤的、白的、红的，就差绿的、黑的没喝，其余的吴晴都没少喝。她哪还有支撑自己身体的力气呀，完全是压在李贵诚的身上。

这鬼天气也热，两个人贴得这么紧，就更热了。他们没走多远就浑身是汗。

吴晴还醉醺醺地说：“王丰，再给我来一瓶红酒，两瓶啤的，再加两瓶。”

他们好不容易才回到宿舍楼，要上楼梯了。吴晴说什么也不抬脚了。

李贵诚没有办法，就把吴晴横抱起来。吴晴体重有四十六七公斤，也不算太重。但是他抱着吴晴爬楼梯，累得上气不接下气。

到了三楼，实在是爬不上去了，就把吴晴抱到自己的屋中。他把吴晴放在自己的床上，坐在椅子上呼哧呼哧直喘粗气，说：“哎哟我的妈呀，可算到地方了，都累死我了！”

他看了看手机，都快九点半了。

吴晴躺在床上还比画着喝酒呢：“喝，我们再喝三杯。”

李贵诚看着吴晴折腾，心里就发愁：“哎呀，我把吴晴扶到我的屋中。等到第二天，怎么向人家说呀！”

突然，他就发现吴晴想吐，怕吐到床上，慌忙把吴晴扶起来，顺手拿过一个盆，就让吴晴吐到盆里。

吴晴吐了一会儿就不吐了，但是过了没有一会儿又吐了。一次又一次地吐，差不多把吃的那点东西全吐出来了。

李贵诚见吴晴吐得差不多了，这才把吴晴放躺下。

吴晴喝了这么多酒，难受极了，说："水，我要喝水。"

李贵诚就给她倒水喝，可是喝了没多一会儿，就把喝的水又吐出来了。他就蹲在吴晴身旁，给吴晴擦吐出来的水。

吴晴忽然一下坐了起来，抱住了李贵诚，说："王丰，你不要离开我。王丰，我喜欢你。我真的好喜欢你……"

本来，李贵诚被心爱的女人紧紧地抱住，是多么美好的事呀，但是自己心爱的女人抱的是自己，喊的却是别人的名字，他的心情可想而知的。他兴致全无，不断地挣扎，11 点多才睡。

到了第二天，吴晴醒来，觉得自己的脑袋就像针扎一样难受，双手揉着太阳穴，缓解头痛。

她扭脸一看，发现李贵诚趴在桌子上，还在呼呼大睡，忽然大叫道："李贵诚，李贵诚，你怎么在我的房间呀？"

李贵诚迷迷糊糊地醒来，也奇怪地说："我怎么会在你的房间呀？"他就打量这里的环境，说，"老乡，不对呀，这是我的房间。"

吴晴仔细一看，奇怪地问："哎，是呀！还真是你的房间。我为什么会到你的房间的？"

"你昨天喝醉了，我就把你扶到我的房间了。"

吴晴一听，不由得就抱着自己的身子，战战兢兢地说："你……你……有没有对我……对我……那个……"她都不好意思说下去了。

李贵诚十分伤心地说："老乡，我在你的心目中就是那样无耻卑鄙、行为龌龊的人吗？你这样说话不仅污蔑了我，同时也玷污了你。"

"没有就好。"吴晴说，"要是趁机占我便宜，我就死给你看。"

李贵诚冷冷地说："吴晴，你喜欢王丰是不是？"

吴晴吃惊地问："你怎么知道我喜欢王丰？"

李贵诚说："你昨天喝醉了，嘴里不停念叨你喜欢王丰。"

"那都是醉话。"

"醉话？"李贵诚笑着说，"有道是'酒后吐真言'。"

吴晴害怕了，忙问："李贵诚，你该不会用这件事威胁我吧？"

李贵诚笑了笑说："你放心，我没有你想象的那么卑鄙下流。你喜欢王丰的事，我向谁都不说。"

"那就好。"吴晴就急匆匆离开了李贵诚的房间。

没过多久，王丰就回来了。他们和李贵诚两个人不一样。这好不容易逮着一次，那还不没命地折腾？

王丰拿起自己的脸盆去洗脸。

不一会儿，他回来了，问：“李哥，我的脸盆里怎么有一股酒气呀？”

李贵诚十分不好意思地说：“很抱歉，昨天，我把吴晴扶到我们的屋中。她就想吐，我怕吐到我的床上，所以就拿脸盆接着。我在匆忙中拿错了你的盆。”

“什么！你用我的盆……”王丰一句话没有说完，就跑到窗户那呕吐了起来。

到了晚上，吴晴就埋怨刘婷芳：“婷芳，你说这出的什么主意呀？我的便宜白被人占了，还什么事也没有办成。”其实，吴晴心里更害怕李贵诚把她喜欢王丰的事说出去，毕竟好姐妹刘婷芳已经成为王丰的女朋友，自己再喜欢王丰，让她时时刻刻都充满负罪感。

“我哪知道他还是处男呀！我只说他要不是处男，我有办法把他整走了。我又没有说他是不是处男，我都有办法呀！”刘婷芳这一句把责任推得干干净净的。

吴晴说：“我一想到那个人抱住我的时候，就恶心。”

刘婷芳笑着问：“哎，吴晴姐，他抱你抱得紧不紧呀？”

吴晴没有好气地说：“他能不抱吗？他抱我抱得可紧了。”

刘婷芳笑着点点头：“嗯，至少我明白一样。”

“明白什么？”

“至少我们明白李贵诚不是傻子。”

吴晴差点儿被刘婷芳气哭了：“这都是你出的好主意，还来笑话我。还有，昨天晚上出去吃饭，我说不去了吧！你说我们把李贵诚灌醉，让他酒后吐真言。结果呢，他没有酒后吐真言，我倒酒后吐真言了。”

刘婷芳笑着问：“哎，吴晴姐，你给李贵诚说了什么知心话呀？”

“我们说了什么，还给你说？”

刘婷芳正色说：“好了，吴晴姐，我们就不开玩笑了。我就给你说正经的吧！”

“婷芳，我们还说什么？”

“吴晴姐，我承认，这两次的确是我的判断失误。你难道就不想想为什么吗？”

“为什么呀？”

“兵法有云：‘知己知彼，百战不殆。’我之所以两次吃亏，就是对李贵诚不了解。然而我们呢！不管有什么事，都被王丰摸得清清楚楚。王丰知道的事情，就等于李贵诚知道了。我们现在很被动，只有挨打的份儿了。”

“那我们该怎么办呀？”吴晴着急地问。

刘婷芳神秘一笑，说：“反间计。”

“什么反间计呀？”

“我的意思是，我们为弄清楚李贵诚的致命弱点，就得想办法接近李贵诚。这件事对别人来说不是一件容易的事，对你来讲不是什么难事。最好，你能和李贵诚约会。”

“什么？让我跟李贵诚约会？”吴晴吃惊地说，“你这又是什么鬼主意呀？”

刘婷芳哼了一声：“哼，李贵诚就想给我们用美男计，我们干吗不给他用美人计呀？”

“他用美男计，谁呀？”

刘婷芳说：“李贵诚让王丰靠近我们，就是美男计。我们这里也有现成的美女，干吗不用呀！你要跟李贵诚约会，我就不相信摸不清李贵诚的弱点所在。”

“我们洗洗睡吧！你这都是什么主意呀？”吴晴十分不愿意地说，“让我和那个人约会，你干脆让我跟那个人结婚得了！”

刘婷芳不高兴地说：“吴晴姐，你看你这说的什么话呀？听你这意思，我在坑你呗。”

“你坑不坑我我不知道，反正我是不会去和李贵诚约会的。”

刘婷芳坐到吴晴的身旁，苦口婆心地说：“吴晴姐，你和李贵诚约会怎么啦？你们不是抱也抱过了，同房也同房了，还有什么事情不可以的？”

“那还不是你出的主意吗？害得我被人家灌醉，和那个人同房。幸亏那个人不是无耻下流的人，要不然，我就被人……”她说到这里就不说了。

刘婷芳叫起苦来了：“你说我这整的都是什么事呀？反正都是我不好。吴晴姐，你说我为了谁呀？还不是因为我们是好姐妹吗？还有吴姐临走的时候，把你交给了我。你说这事情又是这样，你让我怎么向吴姐交代呀？”

吴晴一见刘婷芳生气了，忙说：“好了，我不是埋怨你，只是我的心情不好，我也知道你为了我好。”

刘婷芳点点头：“吴晴，你知道我的苦心就好。如果我们就这样认输了，我真是不甘心。你也想想被李贵诚抱了，又弄得和李贵诚同房，为了什么呀？如果你不和李贵诚约会，我们就弄不清楚李贵诚的弱点，我们之前的努力不都前功尽弃了吗？万一李贵诚为了追你，实在没有办法，就把这些事告诉你的姐姐，那就不妙了。”

刘婷芳的话又碰到吴晴的心尖上，她怕姐姐知道这件事往家里打电话。她的心又动摇了，说：“我约李贵诚，人家能出来吗？”

刘婷芳笑着说：“吴晴姐，你这大可放心。他约你，你不一定出来，你约他，他肯定出来。”

吴晴还是不愿意地说："我约他出来不好吧？要么，让他约我吧！"

刘婷芳一点头："行，这没问题。"

刘婷芳虽是让李贵诚约吴晴，可是一连几天没有进展。别人不着急，吴晴还着急了，几次问刘婷芳，可是刘婷芳一推再推。渐渐地，吴晴心里觉得，可能李贵诚的人不像他的长相那么坏。

又过了几天，也正是星期六的下午，刘婷芳对吴晴说："吴晴姐，今天，李贵诚约你出去呢！"

"好吧！"吴晴迅速换了衣服，不过她没有戴平光镜。

刘婷芳还不放心地嘱咐："吴晴姐，你可要问仔细了，他小时候的事，以及交过几个女朋友等。还有，你和李贵诚约会的地方，一定要离我们的电子厂远一些，别让我们厂的员工看见，免得他们说闲话。"

吴晴一听，心里热乎乎的，对刘婷芳还挺感激——到底是好姐妹，想得这么周全。她哪里知道刘婷芳为她布下陷阱，让她一步一步往里陷。

这边，王丰也对李贵诚说："李哥，吴晴极有同情心，尽量把自己说得苦一点。我们这一次只要是能感动她就行。"他怎么知道吴晴有同情心的？当然都是刘婷芳告诉他的。

李贵诚穿戴整齐，就走了出去。他刚出厂门口，就看见吴晴早早在那里等着了。李贵诚觉得迟到了很不好意思。

他们两个人顺着厂门口的这条大道走下去。

李贵诚不断偷眼看看吴晴，吴晴真的是那么完美，几乎没有一点瑕疵。他多么希望和吴晴这样一直走下去。

他们走呀走呀，走出大概两公里路，其间他不断问吴晴累不累，要不要歇歇。眼看来到一家饭店，他们点了几个特色小菜，当然这顿饭钱由李贵诚来付了。吴晴不是爱占小便宜的人，抢着付钱，李贵诚再三推辞，自己付了，还说："哪能让女孩子付钱！"

他们吃过饭后，来到一个公园，反正这公园的人很少。

不过，公园景色幽雅，到处都是香樟、玉兰等风景树木，假山逼真，一条小溪蜿蜒而去，道路曲折。这里还有一个心形的小湖。

他们走到一个座椅前，擦了擦了上面的灰尘，并肩坐下。

吴晴扭脸问："老乡，我们都已经出来了，现在我们聊什么？"

李贵诚和吴晴单独相处，浑身上下都不自在，有些拘束。吴晴问他聊些什么，他倒问起吴晴来："老乡，你说我们聊些什么？"

吴晴想了想，说："要么，你就给我聊一聊小时候吧！"

李贵诚点点头："好吧，我就聊一聊小时候！我是一个特别不幸的人。自

从我的脸上有这个伤疤，没有一个人能看得起我。有的人就讨厌我，又对我翻白眼。我没有朋友，老是被一帮小孩子欺负，经常被他们打得遍体鳞伤，就连我的爸爸妈妈都不喜欢我，还有的我舅舅、姑姑，也嫌我模样丑。比如说我们家里来个客人，就让我躲起来，就连吃饭也不许出来。”

吴晴问：“为什么？”

李贵诚十分伤心地说：“因为我模样丑，爸爸怕我出来丢人。还有一次过年的时候，把我的二嫂接过来过年。那时候，我的二哥还没有和我的二嫂结婚。过年嘛，一家人在一个桌子上团团围坐，才有过年的味道。可是今年因为我二嫂来了，爸爸妈妈就让我一个人躲起来，害怕我的出现会让未来二嫂反感，影响哥哥的婚事。我就只好躲在里屋不出来。当时我听着他们在酒桌上有说有笑地很开心，然而我一个人孤独地躲在房间，你知道当时我的心里是多么难受吗？我很伤心，感觉世界都把自己抛弃了，躲在被窝里哭。我哭了好久好久，我们一家人谁都不知道。要说过年的时候，你肯定会想到走亲戚串门。而我只能看着别人走亲戚。有一年，我到我的舅舅家拜年。那时候，他家里也来了客人。我的舅舅就没有让我上桌子上吃饭，而是让我在厨房中吃饭，这种待遇好像古代的仆人一样。我实在憋不住，吃过饭，就到院子中玩耍。我就听到我舅妈和我舅舅谈话，让我这一辈子也忘不了。那时我舅妈就和我舅舅吵嘴：‘你姐姐也真是，不让谁来，偏偏让李贵诚来，这不是来到咱家丢人吗？’我听了舅妈这些话，立刻头也不回地离开舅舅家。”

吴晴不相信地说：“不会吧？你可是他亲外甥呀！你的童年好可怜，你一定受了很多苦。我的舅舅就对我挺好的。我记得我小的时候，特别任性。有一次，我在舅舅家里，到了吃饭的时候，我就吵着要吃小鸡炖蘑菇。我舅舅说：‘明天再给你买。’我就给他哭给他闹，我舅舅没有办法只好冒着风雪去给我买小鸡和蘑菇。”

李贵诚真是好羡慕吴晴：“你多好呀，你长得美，拥有公主般的高贵的气质，更有女神的美丽，你在你们一家人面前就是小公主。”

随后，他们相互谈了好多事情。李贵诚为了感动吴晴不假，但他讲的一切也都是真的。吴晴就觉得自己和这个人比起来幸运多了，她不知不觉地同情起了李贵诚。越是经历少的人，从小得到很多关爱的人，就越是细心，越是单纯，他们才是真正单纯的人。

今天天气本来就不好，天气越阴越重，两道闪电闪过，竟然还下起雨来了。

吴晴聊得正开心，抬头一看：“呀，这天还下雨了。”

李贵诚也说：“老乡，我们就找个地方躲雨吧！”

第二十七章　避雨

李贵诚和吴晴约会在公园，相谈甚欢，只可惜天公不作美，下起了大雨。

夏天的雨总是来得很快，刚才还是晴朗的天空，一转眼就乌云密布，二人见雨来了慌忙往回赶，可是没走几步，硕大的雨点就落下来。吴晴往周围一看，也没个躲雨的地方，就问李贵诚：“老乡，你看我们到什么地方避雨？”

李贵诚四处望望，看见前方不远的拐角处一个山洞，这个山洞也就是这个公园的一景。这个山洞名字叫瑶夕洞，具体是有什么典故和传说，谁也不知道。反正这个石洞有一定年代了。

他们就进了这个山洞。这个山洞有 10 多平方米空间。

吴晴开始发愁：“你看我们出来的还真不是时候，没有想到今天还下雨了。”

李贵诚安慰道：“老乡，你就别着急，说不定这雨不一会儿就停了。”

吴晴看了看外面，发现雨越下越大，刚才还是万颗珍珠倾盆而下，后来就像白毛女甩动三尺白发，外面雾茫茫的一片，什么也看不见。她就着急地问：“你看这雨会停吗？”

李贵诚也看着外面的大雨，皱了皱眉头：“我怎么看这场雨不像一般的大雨呀，今天会不会是台风？”

吴晴一看，也点头说：“嗯，我看这雨也像是台风。”

李贵诚发愁了：“老乡，外面在刮台风，我们怎么回去呀？”

吴晴说：“要么我给我哥打个电话，让他开车接我。”她伸手去摸手机，但是手插兜里掏半天也掏不到手机。她想了想，大概手机落家里了，说：“老乡，你的手机借给我用一下。”

“可以呀！”李贵诚摸了半天，也没有摸着手机，就很抱歉地说，“不好意思，我的手机也忘家里了。”

吴晴不高兴地说：“老乡，你是什么意思呀？总不能都这么巧吧！我的手

机忘家里了，你的手机也落家里了？”

李贵诚也不知道怎么回事，说：“不对呀，我出来的时候，明明带手机了，怎么就不见了呢？”

吴晴生气地说：“老乡，你是不是不想把手机借给我呀？”

李贵诚着急地说：“老乡，我真不是不借你手机。我的手机……哎呀，我也不知道怎么回事。”李贵诚看了看山洞，发愁道，“你说我们该不会在这个山洞待上一夜吧？”

其实，他们的手机确实都忘在了家里，不过是王丰、刘婷芳偷偷地把他们的手机拿了出来。他们也知道今天有台风，故意不让吴晴、李贵诚回来，所以就让他们把约会的地方定得离电子厂越远越好。

吴晴十分苦恼地说：“我们怎么回去呀？”

李贵诚很无奈地说：“我也没有办法。”

“不行，我要回去。我不要待在这个地方。”

李贵诚拉住吴晴说：“老乡，你看外面在刮台风呢！一个人回去多危险呀！公交车早就停了。”

吴晴还是坚持要回家，李贵诚怎么拦也拦不住。最后，李贵诚实在是没有办法，就说：“吴晴，你是不是还怕我呀？你要是还害怕。行，那我出去，你一个人留在山洞里。”他看了一眼吴晴就往外走。

吴晴拉住他：“这外面刮台风呢？你出去干吗？不怕淋病了呀！”

李贵诚说：“我淋病了不更好吗？省得你害怕！”

“你不许走，雨太大了。”

“你说外面刮台风，怎么回家呀？我就是宁愿自己受伤，也不想让你受一点伤害。”李贵诚求吴晴，“老乡，你就听我的吧！”

吴晴死活不同意说：“快回来，待一夜就待一夜，那也比生病了强。”

李贵诚不好意思地笑笑说：“我还是第一次和一个女孩子待在一个山洞里。”

吴晴为了打发时间问道：“老乡，你交过几个女朋友呀？”

李贵诚苦笑着说：“几个？一个也没有。”

“真的吗？”吴晴一点也不相信地问。

李贵诚想了想，说：“我好像有过一次，也不知道算不算。”

吴晴奇怪地问：“有就有，没有就没有，什么叫算不算？”

“老乡，你听我说。有一次，姐夫带我去相亲。我一听挺高兴，就跟他去相亲。哪知道一见那个女的吧！当时就给我惊呆了，真是个齐女子。”

“那个女的能称齐女子，是不是长得很漂亮？”

“漂亮啥呀，你没有看到那个女人，能把你给吓死。她的个不高，但是很胖，跟个皮球似的。她看年纪有 40 多。但她的父亲说她 32 岁。她结过两次婚。你不知道，她还得过偏瘫，吃饭还用人喂，精神也有问题。”

“啊？还真是齐女子。你姐夫怎么给你找一个这么多毛病的女人呀？”

“还不是因为我长得丑。”

“那你长得就是再丑，也不能给找一个那样的人呀！”

李贵诚笑着说：“再给你说一个你不相信的事，那女人这么多缺点，她的父亲要的彩礼并不少。要什么金项链金戒指金耳环，另外还要 3 万块钱。”

“你答应了吗？”吴晴忍不住问。

“我对他的父亲说：‘你还真敢要，你的女儿除了地球上所有的优点，还有什么优点没占上呀？’我说完话就走了。”

这天色越来越黑，山洞中更是伸手不见五指。吴晴很怕黑，长这么大也没有在这么黑的环境中待过，所以和李贵诚靠得很近很近。

不过，她又很担心李贵诚趁机占自己的便宜。不过李贵诚还挺君子的，并没有碰她一下。

吴晴说：“你能给我讲故事吗？”

“好，我就给你讲《安徒生童话》吧！”

“啊？你这么大的人怎么还喜欢《安徒生童话》呀？那不是小孩子喜欢看的吗？”

“老乡，你不知道。小时候，我家特别穷。我在上小学的时候，就看见我的同学买《安徒生童话》，不过，那不是最全的而是缩简版的。我想看那上面的《海的女儿》《卖火柴的小女孩》《柳树下的梦》，可是他们谁都不借给我看。我也想买一本《安徒生童话》，可是我没有钱去买任何书本。那时我就发誓，一旦我能挣到钱，我就买世上最完整的《安徒生童话》。所以，我第一年打工就买了一本叶君健翻译的《安徒生童话全集》。”

“听说你是本科学历，你是学什么的？”

“我是中文系的，但是最喜欢企业管理学。”

吴晴一听，十分高兴地说：“哎，我也是喜欢企业管理学。要不你给我讲讲你所知道的企业管理。”

李贵诚就滔滔不绝给吴晴讲自己知道的企业管理知识。

他们聊到 10 点多，才相互依偎着睡去。

李贵诚睡到半夜，觉得一个脑袋靠在自己的肩头。他知道是吴晴，觉得十分满足。外面风声呼啸，可是他们在这个安静的山洞里觉得很安全，只是这个山洞很冷，他把自己的衣服脱掉，披在吴晴的身上，然后把她的头靠在

石头上，而自己离吴晴远远的。

第二天，台风终于停了，雨过天晴。早晨的阳光照亮大地，树上的鸟儿叽叽喳喳唱着动听的音乐。

吴晴从睡梦中醒来，发现自己身上多了一件衣服。她扭脸望去，李贵诚离她远远的，还在睡着。

她见李贵诚在这么漆黑的山洞里，也没有对自己有非分之想，忽然对李贵诚产生了一种莫名的好感。她走到李贵诚的身边，轻声喊："李贵诚，李贵诚，你醒醒呀！"

李贵诚在睡梦中，隐隐约约听到有人喊自己，就迷迷糊糊睁开蒙胧的眼睛，见面前出现一张天使般的面庞，忙笑着说："老乡，你醒了。"

吴晴生气地说："你怎么喊我老乡呀？"

李贵诚见吴晴生气了，都傻了："那、该叫你什么呀？"

吴晴顽皮地笑着说："傻子，你就叫我吴晴吧！"

李贵诚傻傻的："以前不是不让我叫吗？我不想惹你生气，还是叫你老乡吧！"

吴晴也拿李贵诚没有办法，说："那不是以前吗？现在是现在。以后，你再喊我吴晴，我就不会生气了。你叫一声我听听。"

李贵诚嗫嚅道："吴……吴晴。"

吴晴笑了，说："你真是呆子，我们走吧！难不成你还想再待上一天不成？"

李贵诚小声说："只要你在我的身边，这个山洞我待上一辈子，也是幸福的。"

吴晴问："李贵诚，你在说什么呀？如果你说疯话，小心我不理你了。"她说这话的时候，并没有生气，转身出了洞门。

他们二人出了山洞，才知道是一个阳光明媚的早晨。由于他们在山洞里待了一夜，觉得阳光有点刺眼。

吴晴回到宿舍，刘婷芳问："吴晴姐，你和李贵诚待了一夜，你问到什么了？"

吴晴摇摇头说："我什么都没有问到，我只觉得他挺可怜的。"

"啊？你该不会被他感动了吧？"

"我被他感动什么呀！只不过觉得不是那么讨厌了，仅此而已。"

刘婷芳不相信地问："真的？你们在一起聊了一夜，只有这么简单？"

吴晴不高兴了："婷芳，你想让我们之间发生什么事情呀，我和李贵诚根本就不可能。"

刘婷芳问吴晴："吴晴姐，今天是礼拜天，你想到哪里玩呀？"

吴晴没有精神地说："我哪儿也不想去，就想待在床上。"

李贵诚回到宿舍，也遇见和吴晴同样的烦恼。

他刚进屋，王丰就八卦地问："哎，李贵诚，你们一夜没有回来，有没有什么新情况呀？"他就坏坏地笑。

李贵诚说："没有什么啦。昨天，不是刮台风吗。我就和吴晴躲雨，进了一个山洞。"

"哦，你们进了一个山洞呀？以前吧，我就不知洞房是什么意思，可是听你这一说，我就懂了。你们还真浪漫呀！"

"你不要把事情想歪了好不好？"

王丰笑着说："我没有把事情想歪呀！孤男寡女在山洞中住了一夜，没有别的事情，就有点意外，那也是很正常的事情嘛。"

李贵诚着急了："我和吴晴真的没有什么！"

王丰哈哈大笑："哈哈……李哥，你骗谁呢？你们没有事情谁信呀？你说你们没有事情，你脸红什么？好事成了就成了呗，干吗还骗我呀！难不成害怕我跟你抢不成？"

"王丰，我们不开玩笑行吗？我们真的没有什么。"李贵诚气得都要哭了。

王丰说："李哥，那个山洞一定很黑吧？吴晴也靠你靠得很近吧？"

李贵诚实诚呀！就点头说："那个山洞是很黑的。"说着他奇怪地问："你怎么知道的？"

"李哥，你说，有没有趁机摸一把？"

"你说什么呢？王丰，你怎么净往歪处想呀！我一下都没碰她。"

王丰埋怨地说："哎哟，李哥，可不是我说你。你看你那完蛋的样子，在那么黑的山洞，怎么不趁机摸她一把，抱她一下呢？"

"我哪敢呀？再说我不是那种人呀！"

王丰指着李贵诚说："你呀你！你让我说你什么好呢！我真服你了。难怪你追不到女朋友！今天，我就免费教你怎么追女朋友。我告诉你，追美女不光是胆大心细脸皮厚，你还得会巧言巧语。"

李贵诚把脸一扭，说："那些肉麻的话我可说不好。"

王丰问："那怎么是肉麻的话呢！什么叫花言巧语？什么是甜言蜜语？那就是能说会道。这是追女朋友首先必备的条件。什么叫泡妞顶尖高手？就是不管再肉麻的话，哪怕是假话，也得说得跟真的一样。"

李贵诚就不明白地问："那些甜言蜜语什么用呀？"

"当然有用了。就是你再喜欢一个人，你对她的心再真，你要是不说出来，

谁知道呀？这就是万般真心不胜一句花言巧语。

李贵诚不感兴趣地说：“这便宜要是占不好，还挨揍呢！”

王丰一听，气得直摇头，说：“要不说你没有接触过女人呢，你就是不懂呀！哎，我来问你，你见过男人给女人开玩笑的时候，拥抱一下、搭个肩，哪个女人会恼呀？你又见哪个男人给女人开玩笑会挨揍呀？”

李贵诚笑着说：“你挺会花言巧语，还和吴晴走得挺近的。”

“怎么说着说着就吃醋了？”他转身就走。

“王丰，我这不是给你开玩笑吗？怎么生气了？”

王丰笑着说：“谁生气啦？我去找婷芳到外面浪漫浪漫。”

当天傍晚，吴晴、李贵诚在王丰、刘婷芳两个人的撮合下，与他们一起出来逛公园。他们一行四人来到了竹林公园。落日的余晖照在竹子上，显得特别美。鹅卵石铺成的小路，在茂盛的竹子的掩映下，显得十分幽静。四个人说说笑笑，倒也欢乐。

他们来到小河边一堆石头上坐下。

刘婷芳无意识地问：“李贵诚，你这脸上的伤疤是不是和人打架留下来的呀？”

李贵诚摸了摸脸上的伤疤，叹了一口，伤心地低下头，什么也没说。

王丰知道刘婷芳碰到李贵诚伤心处，赶紧拽了拽刘婷芳的衣角，可是刘婷芳心直口快，早就说出口了。其实，他也对李贵诚脸上的伤疤好奇，就怕伤害他所以没问，没想到刘婷芳问出来了。

刘婷芳知道自己失言了，忙对李贵诚道歉：“不好意思，碰到了你的伤心事。”

李贵诚摇了摇头说：“没关系，你们肯定很好奇，我就给你们讲讲我脸上的伤疤是怎么来的。”接着他就讲起那段痛苦的回忆。

那是一个炎炎夏日的上午，李贵诚对妈妈说：“妈妈，我想姥姥了，我去姥姥家吧！”

妈妈没有反对，点点头说：“好吧你去吧！下午回来，不要过夜。”

“哎，我知道了。”李贵诚答应一声，就骑着自行车去了姥姥家。

没想到一切的不幸就从李贵诚去姥姥家开始。

去姥姥家有一条路，路边有一条河。在河中有许多树杈子。这条河有人养鱼。为了防止有人偷鱼，所以才往河里扔树杈子。

这条河很长很长，他就顺着这条河走。没有走多久，就看见七八个小孩子在这条河边玩，年纪都跟李贵诚相仿——都在十一二岁左右。

有一个小孩子不小心就滚到了河里。这落水的小孩子不会水，在水中伸出胳膊，不断乱扑腾。

在河边上的小孩子都喊：“哎，明明掉河里了！”

有一个会游泳的，下河里救人，用手抓落水孩子的手。那个落水的孩子快被水淹没了，抓住救他的那个孩子的手，就像抓住救命稻草，死不松手。人在水中游泳的时候，全靠双手摆动。要是人在水中，失去双手，就是有天大的本事，也施展不出来。

渐渐地，后来救人的孩子也开始支持不住，在水中扑腾着。两个孩子一齐溺水，又有一个会游泳的孩子就下去救人。一个小孩子哪能救起来两个人呀，结果，这两个孩子没有救上来，又搭进去一个。

这岸边会游泳的孩子，一个接一个下去，但是一个接一个地溺水。最后，就连不会游泳的孩子都往河里下，结果这些孩子都溺水了。

李贵诚看到了连衣服也来不及脱，一猛子就扎到河里了。

别看李贵诚那时才 12 岁，但水性极好，就连比他大两岁的孩子也不如他。一猛子扎下去，能憋三四分钟。

这一个猛子扎下去，就救上两个小孩子。他救到第五个孩子的时候，不小心那脸被水下的树杈子划了两道。但救人要紧，他根本顾不上脸上的伤，忍着痛又下去救人。

在短短的五分钟里，李贵诚把这八个小孩子全部救上来了。

当他骑着车子到了姥姥家，浑身的衣服水淋淋，姥姥还以为他掉河里了，埋怨道：“华强，你怎么这么不小心，来姥姥家就能掉河里？”华强是李贵诚的乳名。

姥姥一边说，一边给外孙找衣服。

他就把自己把那八个孩子救上来的事情说了。

姥姥听了还挺高兴，夸了外孙几句，见李贵诚小脸蛋上有两道伤疤，就说：“你看你救人，都把脸蛋划破了，赶快给你擦擦酒。”老人家就拉着小外孙擦酒。

李贵诚回到家，爸爸妈妈也没有把这件事放在心上。哪知道脸上的伤口感染了，慢慢地开始溃烂，后来留下了永远无法消失的伤疤，成了他一生的痛。

自从李贵诚脸上有伤疤后，他的好朋友不理他了。有好多小伙伴笑话他、嘲笑他、鄙视他，没有一个人记得他曾经一个人救了八个孩子。

吴晴听了李贵诚的经历深受感动，久久地看着李贵诚，他的形象是那样高大，忍不住地说：“贵诚哥，我喊你贵诚哥行吗？”

第二十八章　星光灿烂

李贵诚脸上伤疤的来历，深深地震撼了吴晴的心灵。吴晴完全被李贵诚感动了，特意喊李贵诚为“贵诚哥”。

王丰笑着说：“李哥，我以后就不喊你李哥了，也喊你贵诚哥。”

刘婷芳一拉王丰：“王丰，你就别笑了，你没看我们是多余的吗？”

“走什么呀？我再……”他的一句话没有说完，就被刘婷芳拉走了。

这里只剩下吴晴、李贵诚两个人。

吴晴说：“贵诚哥，你真是一个好人。”

李贵诚叹了一气说：“唉，好人有什么用呀！常言道：‘救人一命胜造七级浮屠’。想我一次救了八个人，落了什么好呀？”他就用手指着脸上的伤疤，说，“我救了八个人就落下这个。自从脸上有了这个伤疤，大家看我的眼光就都变了，到哪里都被人围观，就连找工作，都被人怀疑以前是混黑社会的。”

吴晴安慰李贵诚：“贵诚哥，你不要这样泄气嘛，只要对自己有信心，我相信明天会更好。”

李贵诚苦笑了两下，说：“我的未来好什么呀，我的前方就像现在的远方一样。”说着抬头看着远方。

此时，天已经黑了。

吴晴说：“贵诚哥，你要对这个世界充满信心。”

李贵诚笑了笑：“吴晴，我跟你不一样。你是在天堂，我是在地狱。我看到人类的最黑暗处，看到世界上最黑暗的地方。我遇见的都是你想象不到的事情。就说老师吧，一定在你的心目中是人类灵魂的工程师，代表着公正。然而我的老师对我却不是那样的。有一年，我在期中考试每门都 95 分以上。我应该得个奖状，但是我没有。像有的同学考 80 多分就有奖状，我这考 95 分的没有。你说公平吗？这是我人生第一次受到不公平的对待。还有一次，过年了，我们去办年货。那个商店号称童叟无欺，谁知道我在那个店里买了一挂鞭炮，到我母亲坟前，怎么也点不燃，原来是去年的陈货。还有，我第一年出去打工，就给我一个村里的包工头干活。我在建筑工地辛苦了一年，也挣了七八千块。我村里的包工头，谁的钱都给了，只有我的钱，扣了 800 块。我找他要钱，他不但不给，反而还打人。”

吴晴惊奇地问：“你还在工地上打过工？”

“你一定觉得很奇怪。其实，我也觉得很奇怪。别的大学生都有工作，可是我一个本科学历的人，却找不到工作。我找不到工作，只好到建筑队干活。”

吴晴看着李贵诚，说：“贵诚哥，你受苦了。我和你比真是太幸福了。我身边的人对我都挺好的。特别是我的老师，就像我的妈妈一样疼爱我。”

“吴晴，我刚说过，你和我不一样。因为你的身上有耀眼的光环，即使在最黑暗的环境中，你身上的光环也能照亮一切。”

吴晴笑着说：“我身上有什么光环呀，我就是普通人一个。你是打工的，我不也是打工的吗？大家都一样，谁也不能比谁高一头。”

“吴晴，像你人这么漂亮，又善良，哪个男人见了你不动心？你又是大学生，你就是公主，前程一片光明。然而我呢，我生命中尽是狂风暴雨，有人说，狂风暴雨过去，天空就会有彩虹。那狂风暴雨什么时候会停息呢？我的前途尽是一片黑暗。有人说，黑暗过后就会有黎明，我能否熬过黑暗等待黎明的到来？”

李贵诚仿佛很悲观，毫不掩饰地吴晴说了很多话。天边的星星很亮，习习的晚风吹来，让人感觉十分凉爽，说完之后，李贵诚发现压抑在心中很久的委屈忽然释怀了。并且，身旁有喜欢的女孩子，这种感觉多么幸福啊！

就这样他们聊了很久很久这才回去。

从此以后，吴晴不讨厌李贵诚了，而且他们成了朋友，相互谈心事。不过，大多时间他们都在谈论企业管理方面的问题。

每次，他们一起出入的时候，电子厂无不看着这奇怪的一对议论纷纷。不光是厂里的员工，就是外面的人，也都用奇怪的眼神看着他们。因为世人接受不了容貌差异这么大的他们。甚至有些人看到之后还会说“唉，可惜了那美女！”吴晴也不在乎。

表面上他们是情侣，其实他们离男女朋友还差得很远。就连最普通的男女朋友也不是。李贵诚一直都很尊重吴晴，就像对天神一样尊重，从来没有轻浮的动作。

吴晴这边没有什么事，但是李贵诚整天被王丰催逼着：“李哥呀，你赶快向她表白吧！你就趁着她对你有好感向她表白吧！过了这个村就没有这个店了。”

李贵诚始终没有勇气向吴晴表白，甚至连之前的勇气都没有，或许潜意识里吴晴已经是朋友了，就不该逾越朋友的界限。他深知自己如果不向吴晴表白，还能做朋友，还能守着她。一旦向她表白了，就连朋友也没得做了。

王丰这么足智多谋的人，对李贵诚也没有办法了。

这一日的晚上，刘婷芳和王丰又出去浪漫了。

屋中只剩下吴晴一个人，她很孤单。造物主赋予我们作为动物的特性，让我们到了一定年龄就该做与年龄相符的事，就好像人到了一定年纪都会自觉的想去找男女朋友一样。往往这个时候，同性之间的寂寞就只有异性才能解得开。她真的很向往未来，期待自己的爱情早一天到来，可是在这偌大的电子厂里，她总是找不到中意的人。

她觉得自己在屋中很无聊，有心找李贵诚讨论企业管理的问题。但厂里关于自己的八卦谣言漫天飞舞，她实在不想再招惹更多的八卦新闻。

她是感觉到自己孤单，孤单得很害怕。她想起了自己看过的最恐怖电影《猛鬼学堂》中的扫把星在浴池遇见僵尸一样。她觉得那个红衣女僵尸就躲在自己看不到的角落里，好像随时随地都会扑过来。

她真是害怕极了，偏偏就在这个时候，响起了敲门声。她神经质反应，忙战战兢兢说："谁……谁……谁呀？"

门外没人回应，还是响起了敲门声。

吴晴脑中浮现出恐怖电影中常见的情节：在一个漆黑的夜晚，就听门外响起敲门声。屋中的主人公就问："谁呀？"门外也是没有人回应。他（她）开门一看，门外是一个面目狰狞、血肉模糊的一张鬼脸。

她越想越害怕，但是门外的敲门声一直响着。她就是再害怕，也不能不开门呀！她壮着胆子去开门，还自己安慰自己："说不定是刘婷芳回来了，这个鬼丫头给我开玩笑呢！"

开门一看，差点儿把她吓晕了。门外站的不是面目狰狞鬼魂，但是也没有人！她又往左右走道看了看，除了一个半人高的垃圾桶，哪有什么人影。

一阵冷风吹来，吴晴浑身上下冒凉气。

"妈呀，鬼呀！"吴晴吓得连门也没有关，就跑回床上，用被子蒙着头，躲在被窝里还瑟瑟发抖。她听见有人好像走进屋中，紧接着被子就被掀开了。她心里害怕极了，就拼命地喊："鬼呀，你不要过来！"

就听有人哈哈大笑："哈哈……吴晴，谁是鬼呀？是我。"

吴晴坐起来一看，面前站着的是李贵诚，带着哭腔说："贵诚哥，你吓死我了。我还以为你是鬼！"

她被吓得如同一只小鸟，令人怜爱，李贵诚想把她抱在怀中安慰一番，但是没敢，站在那里笑着说："看把你吓的，这人呀，都是自己吓唬自己。这世上哪有鬼呀！那些所谓的鬼怪就是指世上行为不端的人。我看鬼在什么地方呢？鬼就在人的心中。"

吴晴还是很害怕地问："我刚才给你开门，怎么没见到你呀？"

李贵诚回答："我还能在哪里，我就躲在垃圾桶后面。我没想到一个大学生还相信世上有鬼，你的胆子这么小！"

吴晴埋怨："贵诚哥呀，你知道不知道鬼是吓不死人的，只有人才吓死人。再说我是个女孩子嘛，所以胆子小。"她又问李贵诚，"贵诚哥，你找我有什么事呀？"

"我要带你去一个地方。"

"什么地方呀？"

"你就别问了，去了你就知道了。"

吴晴有些犹豫，说："这么晚了，我就不去了。你看我们在一起的时候，厂里的人都说我们的闲话了。"

李贵诚说："吴晴，我们走吧！我吃不了你。"

吴晴一想李贵诚为人正直，极有涵养素质，也不会对自己怎么样。于是点头："好吧！我就跟你看看那是什么地方。"

他们就出了电子厂，来到一个比较僻静的地方。没有市区灯光灿烂，车辆的喧闹，这里十分清静。前面是一个池塘，在池塘周围都是树木。这里没有灯光照耀，所以这里的星光格外璀璨。池塘里也有倒映的星星。一阵轻风迎面吹来，消散了夏日的烦躁。

吴晴喜欢在星光灿烂的夜空下散步，有几次晚上，让刘婷芳陪着自己到没有路灯的地方，刘婷芳别看泼辣，胆子却是特别小，没敢陪吴晴到没有灯光的夜空下散步。她把吴晴的这个爱好告诉了王丰，王丰又告诉了李贵诚。

李贵诚花了好几天的时间，才找到这个地方。

吴晴问李贵诚："贵诚哥，你怎么知道我喜欢在星光灿烂的夜空下散步呀？"

李贵诚笑着问："吴晴，那你为什么喜欢在星空璀璨的夜空下散步呀？"

吴晴十分陶醉地说："那是回忆，是最美的回忆。你知道，我们在小的时候，家里没有电视机，我们闲着没事就到外面。每到吃过晚饭，我们小女孩、小男孩一起出来，在这么美的星空下，讲故事、唱童谣。那时候，我们无忧无虑，真开心。"她完全陶醉在开心童年的记忆中了。过了一会儿，她又说，"还有，那小男孩可淘气了，就编一些鬼故事吓我们。"

李贵诚真的好羡慕吴晴的童年，不知不觉地说："你的童年好美呀！"

吴晴问："贵诚哥，你怎么也喜欢在这么美的星空下散步呀？"

"我喜欢星空，是因为我的生命就像夜晚一样黑暗。每到我伤心的时候，我就走到外面的满天星斗下。我就会抬头看看天空的星星。它们在黑暗中闪烁着微弱的星光，我就会得到鼓励。星星在黑夜中能发光，我为什么不能在黑暗中散发我的光芒呢？"

吴晴太喜欢这个美丽的星空，又蹦又跳，开心得就像一个孩子。李贵诚在黑夜中看不见她那灿烂的笑容，但是他也是第一次看到她这么开心，觉得非常幸福。

吴晴让李贵诚看星座："贵诚哥，你看那不是仙后座、天鹅座、人马座吗？你看你看还有仙女座、天鹰座、宝瓶座、飞马座……"

果然，群星点缀的天上，排列凌乱的星辰，在吴晴的手中排列成无数的透明弧线。而李贵诚也对星座颇有研究，两人谈得不亦乐乎。

仰头看着天空，两人都累了。李贵诚说："吴晴，我们坐下来，我给你讲个故事吧！"

"什么故事呀？"吴晴和李贵诚并肩坐下，说，"贵诚哥，你千万别讲鬼故事吓唬我呀！"

"不是鬼故事，而是一个科幻故事。"李贵诚看着天上的星星说，"这个故事的名字叫《失落迷航》。在离地球1800多万光年有一个大平行星系。在那个遥远的星系中有一颗叫卡拉斯曼的恒星。这恒星有65颗卫星，其中一颗叫贝尔卡特的卫星，有了高智慧的生命。我们称他们为卡特星球人，也简称为'卡特人'。他们的智慧不知道能比我们地球人高出多少倍。他们也像我们一样，探索着、寻找着宇宙中另一个文明。于是十几个卡特人就乘坐一个叫理斯瓦莱的飞碟，开始在茫茫宇宙中旅行，寻找着另外一个存在生命的星球。以超光速几千倍的速度，来到我们的星系——银河系，但是在途中遭到不明生物的偷袭。整个飞碟上的人，除了一个叫乔恩斯特的年轻人侥幸地存活下来，其余的无一幸免。乔恩斯特落到了地球上。他来到这个陌生世界十分害怕，因为这世界不属于他。他躲了起来，没过多久觉得自己又渴又饿，但是他找不到吃的，饿得奄奄一息。就在这个卡特人快要饿死的时候，一个叫菲丽玛·罗德里格斯的女孩子看见了他。他们的相貌不同，彼此都害怕对方。不过他们很快就成了朋友。菲丽玛每天给乔恩斯特带吃的。时间一长了，他们就通了语言。乔恩斯特渐渐地喜欢上了菲丽玛。"李贵诚问，"吴晴，你说菲丽玛会接受乔恩斯特吗？"

吴晴皱了皱眉头说："应该不会吧！"

"为什么？"李贵诚急切地问。

吴晴说："贵诚哥，你想呀，他们来自不同的天地。我想菲丽玛不会接受不同类的卡特人乔恩斯特的。那个乔恩斯特始终就不属于这个世界，他该回到他的卡特星球去呀！"

李贵诚问："要是那个乔恩斯特不回卡特星球了，为了菲丽玛留在地球呢？假如他们相爱了呢！你说会不会有结果？"

吴晴不以为然地说："我说他们肯定不会有好结果的。他们那儿的世俗不允许，因为他是个外星人。他要是被世人发现，就会被带到实验室研究，严重的还要解剖。我想即使乔恩斯特不愿离开，菲丽玛也会想尽一切办法，让那个卡特人乔恩斯特回到属于他的世界的。这就是爱情，爱一个人不是占有，而是放手让对方过上幸福的生活，至少也要让对方能活在世界上，看到许多未知的美好。"

凄美的爱情，始终是许多女孩子向往的，或许她们认为有遗憾的爱情才是最美的。然而，男子却不这么想。

李贵诚伤心地说："吴晴，这个故事的结局会是这样凄凉的吗？"其实他在以外星人暗喻自己。

吴晴躲避问题说："哎呀，贵诚哥，我们就别聊这些了，那只是一个故事。我们聊些别的吧！"

李贵诚一见吴晴躲避这个问题，就不谈这些了。

李贵诚和吴晴聊到晚上9点多了才回去。

回去后，王丰正在用李贵诚的电脑打游戏。看到李贵诚回来，就问："李哥，你向吴晴表白得怎么样？"

李贵诚叹了一气："唉，还能怎么样呀！"

王丰有些不明白了："你到底怎么向她表白的？"

李贵诚就把自己怎么向吴晴表白的，给王丰讲了一遍。

王丰听了，安慰李贵诚，说："李哥，你不要气馁。一次表白不成功，我们就来两次。我相信你的真心会感动她的，只是没到时候。"

李贵诚唉声叹气地说："唉，王丰，你说我该怎么办呀？"

王丰说："李哥，你错过了两次机会，还问我怎么办？"

李贵诚奇怪地问："王丰，我什么时候错过两次机会了？"

"第一次吧，吴晴喝醉了，和你一个床，你就没有碰人家。"

李贵诚纠正："哎哎哎，不要瞎讲，什么一个床呀，和我一个房好不好？"

"还有一次，你们在山洞里待了一夜，什么事也没有。要是和我在一个山洞，我怎么也不会再让她是处女。"

李贵诚听不惯这些，连连摆手："行行行，你越说越没有正经的。爱情在你心中就只是上床吗？你太肤浅了。”

王丰站起来说：“李哥，我就给你这样说吧，越是正经的男人越找不到女朋友。如果，那天你和吴晴一个床，你们……”

李贵诚还没有等他把话说完，忙改正：“什么一个床呀，我再说一遍，我们一个房好不好？”

王丰真是气得没有办法，说：“我意思是说，你们要是一个床，好事就成了。还有那次在山洞里。你们……”

李贵诚没有等他把话说完，就忙解释：“我们真的没有什么，我离她很远很远的。”

王丰气呼呼地说：“你还解释什么呀？就是你离她远远的，你的事能成吗？你要想和她结婚，其实，很简单。我以前给你说过，你要胆大。下次再有机会，千万不要错过了。李哥，你要记住下次再和她一个房间的时候，一定不要错过机会。刘欢有一句歌唱得好：‘该出手时就出手’嘛！”

李贵诚点点头：“噢噢，我是听明白了。你这是让我犯法呀！我要信了你的话，进局子里去了。”

王丰不耐烦了：“行行行，我不给你讲了。给你怎么说也说不明白！”

王丰谈恋爱可不像李贵诚那么委婉，第二天晚上，就对刘婷芳说：“婷芳，我们结婚吧！”

“你是说真的，还是开玩笑呀？”刘婷芳明显有些激动。

王丰反问：“婷芳，你看我这是像开玩笑的样子吗？”

“怎么突然想结婚呀？”

王丰一把将刘婷芳抱在怀里，说：“我就想和你结婚。”

刘婷芳满脸都是幸福的笑容，说：“结了婚，我们就一起过日子。然后……”她的话还没说完，王丰就接着说，“然后，我们再生一大堆孩子。”

“什么呀！你就不怕计生站找你呀？我是说，然后我们要一起幸福地过日子。”

王丰笑着说：“我们过日子，也得要孩子呀！”

“你又没有正经啦！”

王丰抱她抱得更紧了，说：“我这说的还不是正经的吗？”

王丰回来的时候，李贵诚还没有睡，问：“李哥，你跟吴晴的事情怎么样了？”

李贵诚说：“还能怎么样呀！一点进展也没有。”

王丰说：“李哥，好，我就给你出一个正经八百的主意。吴晴这个人喜欢浪漫，你就想尽办法，让她陶醉在你的浪漫情怀里。你尽量找一个风景优美的地方，让她浪漫，让她陶醉。”

李贵诚说：“我懂了。”

又过了几天下班，李贵诚就问吴晴：“吴晴，你还记得那一天我们一起看星星的那个地方吗？我再带你去一次。”

吴晴笑了笑说：“正好，我也有事跟你谈。”

李贵诚说：“好呀，我们走吧！”

他们又来到那天看星星的地方，上次是在黑夜所以没能看见附近的美景。这地方太美了，中间是一个很大的池塘，都是树木，郁郁葱葱。这里不光有树，还有花有草。花是那样的红，树木是那样的绿，池塘的水是那样清。最美的是那天空被夕阳染成了金色。

他们两个人面对夕阳，就看见夕阳把整个池塘的水都染红了，大地都仿佛披上了一层薄纱，吴晴垂下的长发上，笼罩着一层光影，真是美极了。在这充满诗意的夕阳下，年轻的男女坐在这儿，无意中平添了一份浪漫。

第二十九章　变心

李贵诚为了打动吴晴的芳心，就和她一起到池塘边看落日。

吴晴完全陶醉在夕阳的美景中，不由得吟出一句古诗：“夕阳无限好，只是近黄昏。”她吟到这句诗的时候，显得十分伤心。

李贵诚问：“怎么啦？”

吴晴伤心地说：“这个落日景色太美了，可是这样的黄昏美景又能保持多久呢？很快夜幕就到了。我就想人的美丽青春又能保持多久呢？青春过去，就是容颜衰老。所以我想到这些，就不由得伤心起来。”

李贵诚笑着说：“吴晴，你也太多愁善感了吧？如果你找到一个爱你的人，也是你所爱的人，那感觉就不一样了。陪着自己所爱的人那是一种幸福。就是到了七老八十、白发苍苍、满脸皱纹的时候，在爱你的人心目中，你也永远是最美的。”

“可是我想找一个爱我多一点的人。”

“别急，会遇到的。”

吴晴忽然奇怪地问：“我看你怎么喜欢这荒无人烟的地方呀？”

李贵诚摇了摇头说：“我认为这里不是荒无人烟，这是景色幽美，在这里安静地坐着是一种生活的享受。再说没有人烟也不是坏事，至少它安静，没有人类的尔虞我诈、争名夺利。我模样丑，人们都笑话我。我来到这里就不同了，像这些树木，花花草草都不会嘲笑我。我觉得它们很亲近！”

吴晴笑着说：“我听着你怎么有退隐江湖的感觉呀？是不是金庸、古龙的武侠剧看得多了？”

“你不会明白我的感受的。我认为亲近大自然也没有不好的。你要是亲近大自然，真的会感觉到大自然造化万物的神奇。这些不止一次让我赞叹。”

“是啊，再美的东西都不如自然的美丽，因为自然不会伪装。”

“嗯。天然去雕饰的东西最美。”

吴晴忽然沉默了，低下头，把头放在膝盖上，许久，她才小心地说：“贵诚哥，我跟你说一件事。”

“什么事呀？”

“我和你交朋友的事，还有上次我喝醉酒曾经和你住在一个房间的事，你千万不要和我的姐姐说呀！”

李贵诚笑着说：“这事我知道，我又不是傻子，什么话该说，什么话不该说，我自有分寸。放心，这些事我绝对不说就是了。”

其实上次吴晴喝醉，李贵诚非常憎恨王丰出的馊主意。无论什么时候将一个女孩子灌醉，害人家呕吐都不是君子所为。呕吐时候的那种胃里翻江倒海的感觉，相信每一个呕吐过的人都会知道。虽然有了一次和吴晴单独相处的机会，但是李贵诚一点也不感激王丰。

吴晴开心的说：“那就好。贵诚哥，谢谢你。”说完她就安心地抱着双腿，看着夕阳美景。

李贵诚远远地看着落日的晚霞映在吴晴脸上，那真是娇媚得不可方物。吴晴把自己长长的头发盘了起来，一阵微风吹来，拂动她那短短的刘海儿，简直比仙子还要美。他这才知道为什么绿叶甘愿衬托着红花。即使得不到心爱的人，守在心爱的人身边也是一种幸福。

这一日的晚上，王丰不知道在忙什么回了一次宿舍就匆匆出去了。这电脑可算是李贵诚的了，就忙把电脑打开，玩起了游戏。

没过多久，就推门进来了一个美女，长得极其漂亮，岁数也不大，也就十八九岁。

李贵诚吃惊地问："你……你……是不是走错门了？"

王丰从外面跟了进来，说："是我带她来的。"

"她是谁？"

王丰笑着说："她是我的表妹，我舅舅的女儿。"

那美女忙纠正："哎，王丰，什么我是你表妹呀！"她转头对李贵诚笑着说，"你别听他的，我是他的女朋友，我叫岳盈盈。"

李贵诚听了，吃惊地问王丰："什么？她是你女朋友？"

王丰心里有愧，支支吾吾道："这个……这个她是我的女朋友不假，但不像你想象的那样。"

岳盈盈还以为他害羞呢，就替他讲："王丰是在网上和我认识的，我觉得王丰这个人挺好的。"她说着话，也亲密地把头靠在王丰的肩头上。

网恋在电子厂里并不少见，整个沿海地带布满厂房，年轻的男女除了工作，其余的时间就开始谈情说爱，就算不在一起，爱情也占据了他们相当的精力。

李贵诚叹一口气，问："小姑娘，你对王丰了解多少呀？"

岳盈盈是一个十分单纯的小女孩，要不然也不会被王丰骗来，就给李贵诚讲了实话："有一天的晚上，我觉得十分无聊，就打开了我的QQ寻找朋友，发现了一个叫用情专一的网友。我就和他聊了起来。"

"哼哼……"李贵诚咬着牙说，"用情专一，好一个用情专一呀！"抬起头讽刺王丰："王丰，你可真用情专一呀！"

王丰本想李贵诚知道自己又有新女朋友，会羡慕自己，会为自己高兴。他哪里知道会李贵诚的态度会冰到极点。其实王丰这种人，还多少有点虚荣。

王丰怕李贵诚说漏嘴，对岳盈盈说："盈盈，你在这个屋中等我，我和李哥有话说。"

岳盈盈点点头说："好吧，我等你！"她的声音特别好听，就好像山林中的百灵鸟，清脆又不乏柔和。

王丰和李贵诚来到外面，问："李哥，你到底怎么回事？我以为我把我的新女朋友介绍给你，你一定替我高兴。怎么看你高兴不起来呢？"

李贵诚反问："王丰，我说你怎么啦？又有新女友了？我不高兴？如果让刘婷芳知道了，她会高兴吗？"

王丰一听，十分反感地说："提她干吗？"

"你说我提她干吗？你又有了新女友，刘婷芳怎么办？"

"难道你还不明白吗？我既然交了新女友，那就是说我已经不喜欢刘婷芳了。我管她怎么办！"

"什么？"李贵诚问王丰，"你已经不喜欢刘婷芳了？王丰，你以为这是过

家家呢！说不喜欢就不喜欢了？你都和人家已经……”

王丰不耐烦地摆摆手说：“行行行，我们就别谈这些了。我们兄弟是有感情的，何苦为了女人，闹得彼此不开心？女人嘛，女人如衣服，兄弟如手足。我和那个女人断不断关系，那都不是事，但是我们兄弟手足情义不能断。”

李贵诚有点不耐烦了，说：“行了，王丰，你别给我整那些没有用的。要么你就听我一句劝。你趁着刘婷芳不知道，就把那个女孩子送走，我们只当什么也没有发生过，好吗？”

王丰摇了摇头说：“那是不可能的。我有个习惯，就是我爱过的女人，不会再爱了。你看，岳盈盈对我多好呀！我哪能忍心抛弃她？”

李贵诚十分生气地问：“你就忍心抛弃刘婷芳吗？”

“哎，李哥，我就不明白了，你在追吴晴的时候，是谁帮助你的？是我王丰，还是刘婷芳？如果我没有记错的话，你在追吴晴的时候，她从中没少搞破坏吧？你怎么还那么维护她呀？”

“是，我在追吴晴时候，她没少搞破坏。但是和你爱不爱刘婷芳有关系吗？你知道一个被抛弃的女人，有多么可怜吗？”

王丰冷冷一笑：“那是我的问题，请你不要过问行吗？”

李贵诚叹了一气说：“唉，王丰呀，你既然不爱刘婷芳，又为什么要招惹她？你既然爱她，为什么又抛弃她？”

王丰看着李贵诚，反问：“我为什么爱上了刘婷芳，别人不知道，难道你还不知道吗？我不是为了你吗？”

“为了我？”李贵诚十分惊奇地问。

王丰冷笑地问：“你以为呢，不是为了你能追到吴晴，我才想办法让刘婷芳爱上我。”

李贵诚一听，王丰都把责任推给了他，他可不当冤大头：“王丰，你的话说得真漂亮，把自己择得真干净呀！那我问你，你召集你所有的女朋友的时候，我问你是不是真心喜欢刘婷芳，你是怎么回答的？”

王丰冷冷一笑：“李哥，我真没有想到，我们兄弟之间的情义，还不如曾经对你多次阻挠的刘婷芳！”说完他就气呼呼地离去了。

不一会儿，王丰就气呼呼地领着自己的女朋友出去了。

李贵诚看着王丰愤然离去，心中十分难过。

岳盈盈回过头还看了一眼李贵诚，就问王丰：“王丰，你不是说他是你最好的朋友吗？怎么这么快就翻脸了？”

王丰拉着她快步走开，然后才伤心地说：“盈盈，你不知道，其实李哥是个好人。只是因为他都到了二十八九岁还没有女朋友，所以心情不好。”他就捧起来岳盈盈的美丽脸庞，说，“盈盈，你就原谅李哥吧！你说一个男人要是到了二十八九岁，还是没有女朋友，还能正常吗？所以，我们要同情他，不要恨他好吗？”

岳盈盈被感动了：“王丰，你真好。那个人都那样对你了，你还替他说话。看起来，我和你交朋友是对的。”

王丰把岳盈盈紧紧地抱在怀中，说：“只要你能知道我是个好人，我就满足了。我就算失去了全世界，只要有你在我身旁，别的都是无所谓的！”

王丰走了之后，李贵诚一个人想了很久很久。他开始对爱情产生质疑，到底什么是爱情？像王丰这样朝三暮四算是爱情吗？是王丰不懂爱情还是自己不懂？唉，年轻人啊，总是太轻易把爱情说出口，太轻易说出口的爱情，总是缺少了一些。他又想到刘婷芳那么讨厌自己，在自己追求吴晴时，没少阻挠自己。他有心不告诉刘婷芳，又觉得自己的良心过不去。最终，他决定把这件事情告诉刘婷芳。

第二天下班的时候，李贵诚来到吴晴的房间。

吴晴以为李贵诚来找她，就问：“贵诚哥，你找我有事吗？”

李贵诚不好意思地说：“对不起，我今天来，不是找你的，是来找刘婷芳的。”

刘婷芳奇怪地问：“贵诚哥,你是来找我的？”吴晴喊李贵诚为“贵诚哥”，她也跟着喊“贵诚哥”。

李贵诚点点头：“对，我就是来找你的。”

吴晴也奇怪地问：“贵诚哥，你找婷芳有什么事情吗？”

李贵诚说：“吴晴，这件事与你无关，你就别问了。”他扭脸问刘婷芳说，“刘婷芳，我们能出去聊吗？”

其实，刘婷芳以前挺烦李贵诚的。自从吴晴和李贵诚交了朋友，对李贵诚有了了解，就不是那么讨厌他了。

她一见李贵诚找自己真有事，点头说：“好吧，我出去跟你聊。”

“走吧！”李贵诚就站起身出去了。

刘婷芳对吴晴说：“吴晴姐,我就和李贵诚出去一趟,看看他有什么事情。”她说完，也出去了。

受冷落的滋味不好受。就算是一个丑八怪，整天缠着自己，自己还嫌烦，可是当有一天丑八怪不缠自己去找别人的时候，这种茫然若失的感觉让人心里空荡荡。吴晴有些不开心，看着这两个人，说：“什么事呀？整得神神秘秘的。”

刘婷芳跟李贵诚来到宿舍楼下面，问：“贵诚哥，你到底有什么事情呀？”

李贵诚看着刘婷芳，说：“刘婷芳，我给你说的这件事，你一定要有心理准备。”

刘婷芳着急地问：“你到底有什么事呀？”

李贵诚问刘婷芳：“哎，王丰又有了女朋友，你知不知道？”

刘婷芳一点也不相信地说：“贵诚哥，你不会是跟我开玩笑吧？”

“我没有跟你开玩笑，我说的都是真的。”李贵诚一脸认真的样子说。

这几天，刘婷芳身体不太好，大概是胃受凉，老是想吐，饭吃得少，但是没有多久又饿了。她越来越懒，什么活也不想做，总想坐一会儿或躺一会儿。

这身体不好，心情也就不太好。她又一听李贵诚说她男朋友的不是，对李贵诚这点好感，全没了，气呼呼地问：“王丰有女朋友，你看见啦？”她一生气，胃气上返，又吐了起来。

李贵诚没有听出来刘婷芳话中有话呢，还点头：“嗯，我就是看见了，才来告诉你呀！”

王丰在刘婷芳心中，就是天，就是神。谁要说王丰一句坏，她就让谁好看，就算李贵诚也不例外。她吐完，擦擦嘴，冷冷地说：“贵诚哥，这嘴是用来吃饭的，不是用来乱说话的。这饭多吃没有事，话不可多说，要多说了，那就会被打脸上的。”说完她就气呼呼地走了。

李贵诚看着刘婷芳的背影，说：“我这办的什么事儿呀？好心被当成驴肝肺。好人难做呀！如果我要再管别人的事，我就是傻子。”

刘婷芳不是对李贵诚的话不相信，而是不敢相信。自从她和王丰上次和好以来，她就死心塌地跟着王丰，王丰以前是花心不假，可是要给人改过自新的机会啊？想到这里，她自己骗自己，说：“王丰对我这么好，才不会对我变心呢！再说我是那样爱他，就算世界上所有的人都背叛我，王丰也不会背叛我！”

可悲，在这个世界上再也没有比自己骗自己更可悲的了吧？

刘婷芳并不笨，尽管在自己骗自己，但她也觉得这里面有问题：李贵诚和王丰这么好的关系，为什么平白无故说王丰的坏话？再说李贵诚为人忠厚，不是那种爱挑拨离间的人。难道王丰对我真有二心，他真的又有女朋友了？

第二天，刘婷芳呕吐更严重了，好不容易等到上班，就捂着肚子，就去财务部门口质问王丰：“王丰，我怎么听人说你好像又有女朋友了？”

王丰哪能承认这件事，直接否认：“婷芳，你是听谁说的呀？哪有那事呀！我的女朋友不就是你吗？我这一辈子只爱你一个。”

刘婷芳冷冷一笑：“王丰，你少骗我！如果你没有新的女朋友的话，李贵诚就不会告诉我。你给我说实话，你到底有没有新的女朋友？”

“婷芳，难道在你心中就这么不信任我吗？婷芳，别忘了，我不是跟你说，我们要结婚吗？”他说着话，就把手机掏出来，递给刘婷芳。

刘婷芳奇怪地问：“你这是干吗？”

王丰很无辜很委屈地说：“婷芳，你不是怀疑我吗？那好，我就把手机给你，看看到底有没有女人给我打电话。”

其实，这个王八蛋早有准备，他让岳盈盈在4点40分以后再给自己打电话。要不然他也不会这么放心大胆地把手机交给刘婷芳。

刘婷芳拿着王丰的手机，心里又犯疑了：难道，王丰是冤枉的？贵诚哥应该不会说王丰坏话呀？这个聪明的“女诸葛”，也弄不明白谁是谁非了。在爱情面前，再聪明的女人都是傻子。

她就拿了王丰的手机，等了一天，别说是女人打电话了，就连男人的来电都没有。

就这样，这一天就过去了。

王丰一想到自己的新女朋友那娇俏的脸庞，心里痒痒的。下午一下班就着急地冲出厂区，风风火火地回到宾馆。岳盈盈是外地的，所以他们就住在宾馆。

他走到门口，手一摸兜，坏了，手机还在刘婷芳手里。他又急急忙忙跑回刘婷芳宿舍。

可是他跑得再快，也已经晚了。王丰让岳盈盈4点40分以后再打电话。可岳盈盈哪能等得及呀，还没有到4点半就打电话。

刘婷芳拿起手机，按下接听键：“喂，谁呀？”

手机的另一头，一听是个女人的声音，有些慌乱，小心地问：“你是谁呀？”

“我是王丰的姐姐，王婷芳。”刘婷芳一听是个女人的声音，十分气愤，可是她还有足够的清醒，使自己镇定下来。

那边的女孩一听是王丰的姐姐，就说了实话：“大姐，我是王丰的女朋友，是黄埔区的人，我叫岳盈盈。王丰去哪儿了呀，为什么没带手机？”

刘婷芳点点头说：“好的，回头我转告他。”她挂了手机，眼泪就掉下来了。

这时，王丰扶着门框，上气不接下气地直喘：“我的妈呀，累死我了。”

刘婷芳忍住泪水问：“王丰，你能不能告诉我那个岳盈盈是谁呀？”

“岳盈盈是谁？”王丰脑子飞快地旋转，怎么应付刘婷芳，他也知道刘婷芳极难应付。

刘婷芳怒吼：“你倒是说呀！啊？岳盈盈是谁呀？她是不是你的女朋友！”

王丰显得很没有办法，说：“婷芳，我就给你说实话吧！”

刘婷芳捂着耳朵，说：“我不听我不听，你都是用那些花言巧语骗我。”

就在这个时候，吴晴买完菜回来了。一看刘婷芳满脸泪水，王丰一副无奈的样子，就问：“怎么，你们又生气了？”

王丰说：“婷芳，你就听我好好地说嘛。那个女孩子，是，是我的女朋友。她是我在网上认识的网友。我本来是跟她开玩笑的，没想到她当真了，就从老家来找我。你说我该怎么办？我这不是给她安排住处嘛。过几天，我就给她打发走，没想到这么快被你发现了。”

刘婷芳一点也不相信：“王丰，你到现在还骗我。她不是你的女朋友，贵诚哥会给我说吗？你说你早晨为什么不承认？装得还挺像的。王丰，你知道我有多爱你，我爱你爱得胜过我自己，没想到你能对我变心。”

王丰哀求道：“我的姑奶奶，你能不能小点声？”

刘婷芳恼怒到了极点，什么话也听不进去，说：“我不听，我就是不听。你的每一句话，我都不听！”

王丰没有办法，都喊了亲奶奶：“我亲奶奶，你是不是怕别人听不见？你看看吴晴姐还在旁边看着呢！你不怕人家笑话呀？”

刘婷芳哭着说：“王丰，怎么，你怕丢人了？你怕人家知道你又找新女朋友了吗？”

“我是有脸的人，你这样吵吵你不怕丢脸，我还怕丢脸了呢。”

刘婷芳质问：“王丰，你有脸吗？你那时对我说得多好听呀！结果没有三个月，你又找新女朋友，你的脸在哪儿呀？我的天呀，这个世界上怎么会有你这种不要脸的人呀？！”

“我什么又有女朋友了？你净会无理取闹！”

“岳盈盈怎么回事？你们之间要是没有事情，贵诚哥会告诉我这些吗？”

王丰拉着刘婷芳说：“婷芳，我们能不能到外面说呀？你就别闹了好不好？我们到外面把话说清楚。”

刘婷芳就坐在床上，说什么也不走：“我为什么要跟你出去呀？王丰，我要是跟你出去，你是不是还用那些花样巧语骗我？我悔恨当初就不该听你的甜言蜜语，掉进你的温柔陷阱。”

吴晴在旁边听了老半天，总算是听明白了，他们争吵就是因为王丰又有新女友的事。她埋怨王丰：“王丰，你到底怎么回事？怎么老是惹婷芳不开心呀？”

王丰叫苦：“吴晴姐，怎么讲也给她讲不明白！我就是浑身是嘴也说不清楚了。”

第三十章　爱情面前卑微的女人

吴晴见刘婷芳和王丰闹别扭，没好意思留下来，就把买来的蔬菜放到桌子上，说：“那你就慢慢给婷芳解释吧！我有一点事就去我哥哥家里了。”

王丰一脸苦恼地望着吴晴，说：“吴晴，你就留下来帮我劝劝婷芳吧！”

“那是你们的事儿，我怎么说呀？”吴晴转身出了门，她又转过身说，“王丰，你好好给婷芳解释解释。今天，我就住在我哥哥家了。”

王丰坐在刘婷芳身旁，刘婷芳十分恼怒地说：“你别坐我身边，离我远一点。我不想看见你。你给我滚！”

王丰嬉皮笑脸地说：“你让滚，我往哪里滚呀！”

刘婷芳一见王丰嬉皮笑脸的，就更生气了：“你还要脸不要脸，你滚到岳盈盈那里去！”

王丰还是笑着说：“婷芳，我爱你，我真的喜欢你。你不要这样对我好不好？”

“王丰，你的脸皮怎么这么厚呢？你口口声声地说爱我，喜欢我，那为什么还把什么岳盈盈招惹来？”

“婷芳，你别说这么难听呀！什么叫我招惹的呀！我刚才不是说了吗，她是自己来的！婷芳呀，你就听我说一句话，如果我要是喜欢那个岳盈盈，我就不会在你身边了，我早就跑到那个岳盈盈身边了。我为什么还在你身边，苦苦地跟你解释，我这都是为了什么，我这还不是爱你吗？”

“王丰，我刘婷芳就是再傻，也知道你骗我。你就收起那些花言巧语吧，我不再相信你那些花言巧语了。”

王丰着急了：“我究竟怎么说你才相信？你说我要是不爱你，我会把我那么多的女朋友全都找来吗？如果我要是不爱你，我能说和你结婚？如果要说我对你不是真心的，我就把心掏出来给你看。”他说到这里声泪俱下。

刘婷芳一见王丰这样，不由就心软了，问：“王丰，你真的还爱我吗？”

王丰擦了擦眼泪，一把把刘婷芳抱在怀中，说：“我爱你，爱你，就是爱你！”

刘婷芳动摇了，抬起头问：“王丰，我这样错怪你，你不生我的气呀？”

王丰刚想说什么，却欲言又止，抱起刘婷芳的头，强行堵住了她的嘴。他吻了一会儿刘婷芳，说：“这也不怪你，这说明你心里有我，你才这么生气。婷芳，我过两天就把岳盈盈送走。我们就结婚，我陪你慢慢变老。”

刘婷芳也知道王丰这些话都是骗自己的，但是她幻想着这些话都是真的，所以她自己又一次骗自己，想：“王丰是爱我的，要不然也不会对我那么好。”她紧紧抱着这个已经不属于她的男人，舍不得不放手，生怕她这一放手，王丰从身边飞走。这就是爱情能让人变傻。

她就在王丰怀中，不知不觉地睡着了。

王丰见她睡着了，把她轻轻地放到床上。

他刚要走，刘婷芳就醒了，轻声地说：“王丰，你不要离开，留下来陪我。”

王丰握住刘婷芳的手，说：“婷芳，你放心，我不走，我留下来陪你。你就安心睡吧！”

刘婷芳就闭上眼睛，不一会儿又睡着了。

就在刘婷芳刚睡着的时候，王丰的手机来电铃声突然响了。

原来，岳盈盈在宾馆里等着王丰，这么晚不见王丰回来，就着急了，所以就给王丰打电话。

王丰抽回刘婷芳紧握的手，拿起手机来到外面，接了手机：“喂，盈盈吧？”

“王丰，你在哪儿呢？”

“盈盈，你等急了吧？我这里有应酬，过一会儿就回去了。你别着急，乖乖的哟？”他又在手机上亲了一口，就把手机挂了。

他刚挂上手机，就听刘婷芳梦呓般说：“王丰，你不要离开我，王丰，你在哪里呀？”

王丰忙应了一声：“哎哎，我在这里呢！”他就进了屋，坐在刘婷芳的床上，说：“婷芳，放心，我不会离开你的。”

刘婷芳又睡着了，王丰就陪在她的身边。

第二天，当刘婷芳醒来的时候，王丰已不知去向。唉，事情已经明了，她伤心地哭了起来，一个被抛弃的女人是那样凄凉。

她怎么也不会相信，自己深爱的男人王丰会抛弃自己。

她这天也没有上班，站在厂门口一棵大树下，翘首企盼，痴痴盼望着王丰能够回到她的身边。她都苦苦地等了一天，别说王丰能回到她的身边了，就连他的影子也没有见。

这个痴情的女子，被抛弃的女人，能够得到多少人的同情呢？又有谁能够帮助她呢？只有少数的人可怜她、同情她，大多人都是嘲笑她。

特别是老戚几个人更是撇着嘴说：“这就是‘女诸葛’，我们男人的克星刘婷芳！还说什么有她在，就不让身边的女人被男人骗。结果，别人没有被男人骗，她自己被男人骗了。真是活该，被男人睡了，再被男人甩。”

还有人说：“王丰也不是什么好东西，明知道王丰不是好东西，还跟他好，被骗了也活该！”

吴晴实在看不下去了，走过去拉她走。她不走，吴晴劝道：“我们回去吧，王丰不会回来的！”

刘婷芳摇摇头说：“王丰会回来的，他不会骗我。他会回来的，他不会抛弃我。”

吴晴苦苦相劝，刘婷芳还是执迷不悟。

厂门口挤满了看热闹的人，刘婷芳也不怕，依然固执地等待着。

李贵诚也在远远地看着刘婷芳，心想：哎哟，这女人到底是怎么回事呀？就像王丰这个花心大萝卜，怎么有这么多的女人喜欢他呀？你看刘婷芳，王丰都把她抛弃了，她还在盼着王丰回来。

李贵诚虽说在追求吴晴的时候，刘婷芳百般阻挠。但他看见刘婷芳被王丰抛弃了，也十分同情她，可是他又不便出现。回到宿舍，实在感到难过，就为她作诗一首：

“相思树下痴情女，痴心妄盼薄情郎。
谁说有情即有果，多情总被无情伤！”

到了下午，吴晴好劝歹劝，好不容易把刘婷芳劝回去了。

刘婷芳坐在床上，痴痴呆呆，一句话不说，后来她终于肯说话了，没想到一出口竟然是：“吴晴姐，你说我该怎么办？你说王丰还会爱我吗？”

吴晴想劝刘婷芳，但是不知道怎么开口，就看着婷芳说：“婷芳，你不要这样好不好？”

刘婷芳絮絮叨叨：“王丰，你不会骗我的。王丰，你为什么不回来呀？你知道我是多么想你吗？王丰，难道你把我给忘了吗？”

吴晴十分苦恼地说：“我的婷芳妹妹呀，你又来了。”

刘婷芳说：“吴晴姐，你知道吗？我是那么爱王丰，王丰他会不会抛弃我呀？”

吴晴给她出主意：“婷芳，要么你这样吧，你要是想念王丰，就去找他，

让他把话说清楚。”

刘婷芳低下头，说：“我也不知道王丰他在什么地方，我就是想找他，到什么地方找他呀？”

吴晴也替刘婷芳发愁：“婷芳，你该怎么办呀？”

刘婷芳说：“吴晴，我以前看着那些俊男靓女手牵手，满脸幸福的笑容，我就特别羡慕呀！我多么想有一个人爱我呀！最后，我喜欢的人来了，爱情来了。我和王丰在一起的时候，是真的好开心呀！没有想到我的爱情是这么短暂。爱情离去的时候，我的心好痛。我爱过了，才知道，爱是苦痛的，情是苦的。”她说着又哭了。

吴晴叹了一口说：“唉，听别人讲，失恋的女人都是水做的。先前我还不相信，这次，我相信了。你怎么说着说着又哭了？”

刘婷芳擦了擦眼泪，说：“是呀，以前不懂，只要是你经历了，你就懂了。我以前看金庸武侠剧《神雕侠侣》的时候，那里面有一段情节，那就是古天乐演的杨过，到无情谷的时候，遇见一种花叫情花。这种花长得极其鲜艳，让人看见就忍不住去采。但是你千万别碰那情花，因为情花有刺。万一被情花刺刺破手，就会中情花毒。中情花毒的人，不能动情，更不能思念自己所爱的人，否则就像万把钢刀扎在心上一样的痛，让人求生不成，欲死不能。那时看了，觉得那只是一个小说情节而已。今天我懂了，我真的懂了。因为我中了情花毒，我的心真的好痛，但是还无法控制自己想念王丰。王丰，他在哪儿呀？我真的好想见到王丰。”

是啊，爱情之中难免会受伤。吴晴不知道该怎么办，通过好姐妹刘婷芳的遭遇，她开始对男人充满恐惧，虽然男人不是都像王丰那样花心，可是自己的遭遇也没有好到哪去。因为吴晴在潜意识里是非常清醒的，她知道自己长得不丑，很多男人都会喜欢自己。可是这种喜欢是纯粹建立在容貌上的，那么当她有一天变老了呢？她变得人老珠黄，变得风华不再，那些男人还会喜欢她吗？她想起读大学时，读过的一首诗：

当你老了，头白了，睡意昏沉，
炉火旁打盹，请取下这部诗歌，
慢慢读，回想你过去眼神的柔和，
回想它们昔日浓重的阴影；
多少人爱你青春欢畅的时辰，
爱慕你的美丽，假意或真心，
只有一个人爱你那朝圣者的灵魂，

爱你衰老了的脸上痛苦的皱纹；
垂下头来，在红光闪耀的炉子旁，
凄然地轻轻诉说那爱情的消逝，
在头顶的山上它缓缓踱着步子，
在一群星星中间隐藏着脸庞。

时间慢慢地过去了，刘婷芳不吃不喝地躺在床上，老是这么下去也不是办法。吴晴想了想，说：“婷芳，我想王丰跟贵诚哥的关系不错。贵诚哥应该知道王丰住在哪里。要不然这样吧！你去求求贵诚哥，他或许能告诉你王丰住在什么地方。”

刘婷芳十分为难地说：“说来不巧，我前两天刚把他得罪了。”

“因为什么你把他给得罪了？”

刘婷芳就把那天的情况简单地说了一遍。

吴晴听了，埋怨道：“婷芳，你怎么又把贵诚哥给得罪了。其实，他这个人挺好的。”

刘婷芳苦着脸问：“吴晴姐，你说我该怎么办？”

吴晴看了一眼好姐妹，说：“你说该怎么办，我去办呗！”

刘婷芳握着她的手说：“吴晴姐，谢谢你！”

吴晴说：“我们姐妹之间还说什么谢不谢的。”

王丰好几天不在宿舍，李贵诚倒是悠闲自在，玩着电脑。

他玩得正起劲，听有人敲门。开门一看，吴晴在外面站着。

李贵诚把吴晴让到屋中，问：“吴晴，你有什么事吗？”

吴晴说：“贵诚哥，我这不是有事求你嘛。”

李贵诚笑问：“没有想到，你能有求我的事情。到底有什么事呀？”

吴晴没有直接回答李贵诚的问题，说：“贵诚哥，如果我有事求你帮忙，你帮不帮？”

李贵诚笑着说：“吴晴，看你说的什么话，你要是有事求我，我就是死了也帮！”

“好，这是你说的。”吴晴点点头说，“贵诚哥，能不能告诉我王丰住在哪里？”

本来，李贵诚挺高兴的，一听吴晴这话，脸色一下子就沉下来了，冷冷地说：“吴晴，我听出来了，你这是让我帮刘婷芳呀！”

吴晴问：“贵诚哥，怎么了？”

李贵诚说：“吴晴，不是我不给你面子。你也别生气。要是你的事，我上

刀山，下火海，就是让我到外太空我也去。但是刘婷芳嘛，她的事情我再也不管了。”

吴晴万万没有想到，李贵诚会拒绝自己，很是尴尬，忙说：“贵诚哥，你真的就那么讨厌婷芳吗？”

李贵诚冷冷地说：“不是我讨厌刘婷芳，而是刘婷芳讨厌我。她的事和我一点关系也没有，我也不想多管闲事了。”

吴晴恳求道：“我的好贵诚哥，你就帮帮婷芳嘛。”

李贵诚一听，积压在心底的气愤，一下子就释放出来了，十分激动地说：“吴晴，什么事我都可以帮你，但是这一件不行。我以前想跟你做朋友，她百般阻挠。平时她那样讨厌我，还四处散播谣言陷害我。我也不知道怎么得罪了她。为什么她这么讨厌我，为什么这么恨我？我知道都是因为我模样丑。吴晴呀，你说我模样丑又得罪谁了，她为什么这么讨厌我？我也没有赊他的，也没有欠她的。她凭什么看不起我？”

吴晴被李贵诚的咆哮吓傻了，在她眼里认识的李贵诚，一向都是温文尔雅的。像李贵诚这么大发脾气，还是第一次见到过，可是好姐妹的事还是要办，虽然她心里有些害怕，嗫嚅地说：“贵诚哥，我知道你是好人，我才求你呀！”

“好人？”李贵诚哼哼冷笑，“哼哼，好人有什么用呀？我前两天，我就做了一次好人。结果怎么样，我差点儿被人打了，还被人家骂得狗血喷头。好人，好人难做呀！”

“贵诚哥，你是个男人，应该有大胸怀，不要和她斤斤计较。刘婷芳毕竟是女人，你干吗和我们女人一样呀！”

李贵诚对吴晴说：“吴晴，你说刘婷芳那样对我，王丰交了女朋友，我就第一个告诉她。你说我的胸怀还不大吗？要是别人，她那样对人家，人家不躲在一旁看她出丑，那就是够意思了，还去告诉她？可是我不计前嫌就把王丰又有女朋友的事情告诉了她。她不感谢我也就罢了，还说得那么难听！”

“贵诚哥，你就看在我的面子上，你也要帮帮她。她真的很可怜。”

李贵诚的怒气未消，沉默一会儿，说：“好吧，我就看在你的面子上。行，让她明天晚上到竹林公园求我。”

吴晴很为难地说：“不好吧？”

李贵诚说：“有什么不好的！她用得着我的时候，就派你过来，给我说说我就去给她帮忙。她是谁呀？不行，一定让她求我。”

吴晴一见李贵诚态度很坚决，就不再讲什么。

回去后，吴晴把约定告诉刘婷芳，也闷闷地睡去了。

第二天晚上，刘婷芳早早来竹林公园，等待李贵诚的到来。她等呀等呀，李贵诚一直没有出现。但是她为王丰，为了爱，来求自己一直看不起的李贵诚。

她怎么等李贵诚，李贵诚也没来，她没有办法就给吴晴打电话。

不一会儿，李贵诚才慢慢悠悠走了过来。

刘婷芳站起身说："贵诚哥，你来了。我……我有事求你。"

李贵诚看了看这个公园，冷冷地说："'女诸葛'，我真没有想到你这'女诸葛'，也有求我的一天。如果，我没有记错的话，大概三个月前，也是在这个公园，好像也是在这个地方，我也求过你，你怎么说的？我记得很清楚，你说：'如果，我要是有求你的时候，你就用无情的方式拒绝我好了。'这些话都是你的原话吧？"

刘婷芳哪还有那时的傲慢样子，敛首低眉说："我……我……我……"她羞愧地低下了头。

李贵诚冷冷一笑："哼哼，这个世界真奇妙，你'女诸葛'也有求着我的一天。我求你的那一天，你是那么绝情地拒绝了我。你拒绝的时候，有没有想过你会有求到我的一天？'女诸葛'，你说我是答应你呢，还是拒绝你呢？"

"贵诚哥，我不该那样无情地拒绝你，我错了。还希望你一定帮帮我呀！我真的不能失去王丰呀！都是我以前太傲慢。我为我自己犯下的过错道歉，我就给你跪下了。"刘婷芳还真为那个薄情的男人，竟不顾尊严给自己一直瞧不起，甚至讨厌的男人跪下了。

李贵诚也很是惊讶。刘婷芳一直都很讨厌自己，看不起自己，甚至连正眼也不看自己，竟然会给自己下跪。他看着跪在眼前的这个女人，对自己有过多少次伤害。

李贵诚心里很不是滋味，有些看不惯为了爱情低三下四的刘婷芳："'女诸葛'，你的高贵、你的傲慢都到哪里去了？你的泼辣、自信呢？没有想到那么傲慢高贵的'女诸葛'刘婷芳，在爱情面前也是那么卑微，也只不过是一个柔弱的小女人而已！"

刘婷芳哭泣着说："贵诚哥，你不知道，爱情是温柔的陷阱，你一旦掉进去，再也上不来了。贵诚哥，就帮帮我吧！我真的不能没有王丰呀！我要是没有他，我的真没有勇气活下去了。"

"你起来，我真的不想帮你，因为我帮了你，心里就会很委屈。"李贵诚看着阳光下，刘婷芳投在地上的一团黑影，觉得人一旦在爱情里用心，真是一件可怕的事情。

他拉刘婷芳，刘婷芳不起来，李贵诚还有事，急着走了。

这里只剩下一个可怜的女人，坐在地上绝望而哭，没有一个人来安慰她。自己爱的那个男人也不知道在什么地方，她感到很孤独很无助。

刘婷芳到了晚上十点多，才回到房间。

吴晴问："婷芳，贵诚哥告诉你王丰住在什么地方没有呀？"

刘婷芳十分疲倦地摇了摇头，坐在自己的床上。

"怎么，婷芳，难道贵诚哥没有帮你吗？"

刘婷芳就扑到吴晴的怀中，放声大哭。

"婷芳，你就说到底怎么回事呀？你别哭，哭能解决事情吗？"

刘婷芳哭着把事情的来龙去脉跟吴晴讲了。

"什么？"吴晴一听都炸了，"贵诚哥怎么这样？"

刘婷芳擦了擦眼泪，说："吴晴姐，这也不怪他，谁让我以前那样对他呢，他对我也是伤透了心。"

吴晴说："不行，我去找他去！做人怎么能这样呀？"她说着话，就去找李贵诚。

刘婷芳一把拉住吴晴的手，说："吴晴姐，没有用的，我那样求他，他都不告诉我王丰在什么地方。"

吴晴笑着说："没事，你求他没有用，我找他肯定有用的。"她就出去了。

李贵诚本来打算要睡觉，就听门外有一阵急促的敲门声。他开门一看，敲门的是吴晴。

吴晴也没有等他往屋里让，就自己进了屋，坐在椅子上，气呼呼地连一句话也不说。

李贵诚笑着问："吴晴，这是怎么了，什么人惹你生气了？"

吴晴十分生气地看着李贵诚，说："谁惹我生气了？你说谁惹我生气啦？还不是你惹我生气了。"

李贵诚奇怪地说："我惹你生气了？我怎么惹你生气了？"

"你还问你怎么惹的，我的好姐妹刘婷芳多可怜呀，王丰把她抛弃了，你还那样羞辱她。我就不明白了，那是你做的事吗？人家那样求，你还气呼呼地走了，你的胸怀、你的气量都到哪里去了？"

李贵诚冷笑着说："哼，她不是'女诸葛'吗？她还有什么事情用到我帮忙呀？"

吴晴摇了摇头说："不，她不是什么'女诸葛'，她只是一个普通的小女孩。你要理解她！之所以她之前那样泼辣，她是怕受伤，她怕人欺负她。其实，她挺善良的。如果要真是不善良，就不会被王丰那个王八蛋骗了。她真的好可怜，我们要是不帮助她，真的没有人能帮助她了。就让她找王丰把话说清楚，也让婷芳死了这条心，也能从失恋的阴影走出来。"

第三十一章　兄弟反目

吴晴因为李贵诚那么冷酷地对待刘婷芳，在李贵诚面前大发雷霆。李贵诚也不生气，看着吴晴说：“吴晴，我还是劝你一句吧，别人的闲事，我们还是少管为妙。”

吴晴十分难过地说：“婷芳是我的好姐妹，我怎么忍心就看着她伤心难过呢？！我看到我的好姐妹伤心不去帮忙，我做不到。贵诚哥，只要你能帮刘婷芳找到王丰……”她咬了咬嘴唇说，“我就和你处男女朋友，你看这么样？”

李贵诚本来还笑呵呵，一听吴晴说这话，立刻就把脸阴下来了：“吴晴，你把我李贵诚当成什么人啦？我是想和你处男女朋友，但我不想用这方式。我要这样和你处男女朋友，算怎么回事呀？好像我是乘人之危似的。吴晴，不是我说你，怎么拿感情当筹码呢？难道你和我到能利用的时候，才有感情吗？你拿我当什么了？”

吴晴歉然地说：“贵诚哥，对不起，我没有想到你的感受！你就看着我们是朋友的分儿上，你就帮帮婷芳吧！”

李贵诚看了一眼吴晴说：“嗯，要是早知道这样，我也不该给王丰打电话。”

吴晴惊喜地问：“贵诚哥，你已经王丰打电话了？”

李贵诚笑着说：“刘婷芳是你的好姐妹，看在你的面子上，我能不帮吗？再说她这么可怜，我怎么能不帮忙呢？”

吴晴忙问：“你给他打电话，怎么说的？”

李贵诚说：“我先把王丰约出来，到这个房间喝酒，你就和刘婷芳在门口等着。我们先别让王丰和刘婷芳见面。我就先问王丰为什么要对刘婷芳变心。然后，我再好好劝劝王丰，让王丰回心转意。如果我要把王丰劝活了心，那再好不过。王丰要是不听我的劝，你们就进来，就让刘婷芳进来，和他面对面地把话说清楚。”

吴晴一听，高兴地说：“贵诚哥，你还真有主意呀！”

李贵诚说："吴晴，有一句我先说清楚，我帮助刘婷芳，不是因为你的感情筹码。我要和你交朋友，只会堂堂正正和你交朋友，不带任何筹码。"

王丰一听李贵诚请自己喝酒，高高兴兴来到李贵诚的房间。

李贵诚早早就把买来的酒菜摆到桌上，等着王丰到来。

王丰一见李贵诚，笑着说："李哥，你怎么想起来请我吃饭呀？"

李贵诚笑着反问："王丰，看你说的什么话呀？你帮了我这么多忙，我就不能请你吃饭？"

王丰进了屋，看了看桌子上的酒菜，说："哎呀，李哥，你怎么弄了这么多的酒菜呀？"

"王丰，你坐。"李贵诚就让王丰坐下，说，"王丰，我今天请你喝酒，是向你道歉，不是前几天闹得不愉快吗？"

王丰笑着说："李哥，没有什么，几天前的事我早就忘了。"

李贵诚笑着说："王丰，我就向你打听一件事呗！"

"什么事呀，李哥？"

李贵诚喝了一口酒，问："我这个人好奇，你能不能给我说说，你跟刘婷芳到底是怎么回事呀？像刘婷芳这么好的女孩子，怎么对她说变心就变心了呢？这到底是因为什么？"

李贵诚一口气问了这么多的问题，王丰回答得很简单："李哥，我对刘婷芳没有感觉了。"

"这是为什么呀，你以前不是挺爱她的吗？"

王丰笑了笑说："李哥，我前几天不是给你说了吗？我和刘婷芳的爱已经过去了。"

"王丰，你究竟是为什么要和刘婷芳分手呀？你们之间到底有什么误会呀？"

王丰冷冷地说："李哥，我们之间什么误会也没有，我还是那句话，我对刘婷芳已经没有感觉了！"

李贵诚还在问："王丰，你是不是心中有什么苦衷呀？还是有什么难言之隐呀？你对刘婷芳变心，总得有个理由吧？"

王丰靠在椅子背上，说："要理由是吧？我能有一百个理由，但那都是假的，说出来都是借口，说那些有什么用呀？我也不想说。反正我对她变心了，没有任何理由！"

李贵诚就给王丰倒了一杯酒，说："王丰，你知道刘婷芳是多么爱你，多么在乎你吗？"

王丰冷静地听着，冷静得就好像这事情跟他无关，笑了笑说："李哥，那是她的事，与我有什么关系？那是她一厢情愿，又不是我逼着她爱的。”

李贵诚一听王丰说这样的话，“啪”一拍桌子，说：“王丰，你到底是不是个男人呀？你要是个男人，你就要对自己的行为负责！”

王丰转移话题：“李哥，我们别聊这些行吗？我不想再提刘婷芳了。”

李贵诚劝道：“王丰，你就听我说一句劝吧，你还是回到刘婷芳身边吧！她离不开你，真的需要你。”

“我不想见刘婷芳。”

“王丰，我求求你，你去看看刘婷芳吧，她现在可怜呀！”

王丰说：“李哥，你是个好人，也很有才华。要是在唐朝、宋朝，或许你会有一番作为，但是这个时代不适合你。”王丰就问李贵诚，“李哥，你说我是一个花心大萝卜，你知道为什么还有那么多女人喜欢我吗？要说人品，你是绝对的君子，要说你的学历，你是大学本科学历，可为什么没有一个女人喜欢你？你就不想想这是为什么吗？”

李贵诚也没有避讳什么，直接回答：“我知道自己模样丑，很多女人都会以貌取人，但是我也知道不是所有的女人都以貌取人。”

王丰说：“李哥，你还是不知道！你模样丑不是理由，有比你长得更丑的，人家都有老婆，为什么你都到28岁了还没有一个女孩子喜欢你？那是因为你太君子。”

李贵诚问：“为什么我是个君子，就没有女孩子喜欢我呀！”

王丰笑了笑说：“这个问题，要是我不告诉你，你一辈子都不知道。”

李贵诚十分生气地说：“王丰呀，是有很多女人喜欢你，可你想过没有，她们被你抛弃了，有多可怜。你知道吗？刘婷芳是多么高傲的人，为了你却给我，一个她一直看不起的人下跪！”

王丰站起来大声问：“李哥，我就不明白了，你为什么这样帮刘婷芳？你有没有搞错，是谁帮你追吴晴，是我帮助你追吴晴，而不是刘婷芳！”

李贵诚斜眼看看他，冷笑：“王丰，你喊什么呀？有话不能好好说呀？”

王丰看了看李贵诚，说：“李哥，我看出来了，你这就不是诚心请我吃饭，你这别有用心呀！我要走了。盈盈还等着我呢！”他说完话就走了，但是他走了几步，又转回身，说，“李哥，这是我们最后一次在一起喝酒了。”

李贵诚忙问：“为什么？”

“李哥，因为我要走了。我要陪盈盈回上海，因为她家住在上海黄埔区，盈盈还要回去上学呢！”

李贵诚奇怪地问：“什么上学呀？难道她还是学生吗？”

王丰点点头说：“你说对了，盈盈还在上大二呢！”

李贵诚一听，就气呼呼地说："王丰，你还是不是人呀？你连学生都骗！"

王丰也有点生气了，说："李哥，你不要把话说得那么难听好不好？什么我骗学生啦！我是真心爱盈盈的，而且她善良天真，最重要的是她也爱我。"

爱，就这样在一个朝三暮四的人嘴里像家常便饭一样说出来。李贵诚觉得王丰口中的爱太廉价，只能算是新鲜感，是刺激。

李贵诚冷笑地说："是呀！要不是善良天真，也不会让你给骗来。"

王丰却回过头真情流露地说："李哥，你知道吗？我是真的喜欢盈盈，我要爱她一辈子也不变心。遇到了盈盈，我才知道什么叫真爱，盈盈才是我的真爱。我们……"

李贵诚还没等他把话说完，就打断说："你这话说得脸不红气不喘，不知道说过多少遍。你追刘婷芳的时候，也是这样说的。我算是知道了，你的真爱可真多呀！"

王丰一副认真的样子说："李哥，盈盈能和其他的女孩子比吗？我们是真心相爱的呀！李哥，难道你忍心让我抛弃盈盈吗？我不想让盈盈伤心。"

李贵诚问："王丰，你不忍心看到盈盈伤心？你就能看到刘婷芳伤心吗？"他的口气缓和许多说，"王丰，刘婷芳真的很可怜，她本来身世就那么可怜，好不容易找到你，你却骗她，她需要你，她离不开你。你还是回到刘婷芳身边吧！"

王丰看了一眼李贵诚说："李哥，你干吗要这样帮刘婷芳呀？她是你姐呀，还是你妹呀？她和你有什么关系？刘婷芳她可怜，跟我有什么关系呀？她爱我是她的事。"

李贵诚实在压不住火了，问："王丰，你到底回不回到刘婷芳的身边？！"

王丰也火了："不回就是不回，刘婷芳，我从来都没有喜欢过她！"

"我打死你个流氓！"李贵诚气急了，抓起桌子上的酒瓶子，往地上一摔，"啪"的一声，酒瓶子就碎成许多片迸向四方。

王丰有点害怕李贵诚，毕竟李贵诚是有些功夫的。要不然李贵诚向他这样怒吼，他早就发火了。他一见李贵诚把酒瓶子摔到地上，反而口气弱下来，忙走过去，讨好说："李哥，你这是干什么呀？"

李贵诚气呼呼说："王丰，你以后不要再喊我李哥，我没有你这样薄情寡义的兄弟。我们的兄弟情义就像这个酒瓶子一样——破碎了！"

王丰冷冷一笑："好，李哥，你在追吴晴的时候，你说得多好听呀！我清楚地记着，你说：'王丰，只要我能和吴晴步入婚姻殿堂，我就不会亏待你。'你刚跟吴晴交朋友，还没有结婚呢，你就这样对我呀？就是这样不亏待我的？"王丰拿起笤帚，扫着地上的碎瓶子，说，"李哥，你以后和吴晴怎么发展，就靠你自己啦。我真心希望你真能有一天，和吴晴手拉手走到婚姻殿堂。我是看不到你和吴晴结婚幸福的样子了。不过，我再告诉你吴晴的一个秘密。她天生喜欢跳舞，曾经还进修舞蹈培训班。她学了一年，还参加过全市舞蹈比赛，得过一等奖。因为她父母的原因，就放下这个舞蹈行业。她虽放弃了这个舞蹈，但毕竟舞蹈是她的最爱。只要你在吴晴面前，夸她舞蹈跳得好，她就会为你翩翩起舞。”

李贵诚心中十分难过，闭上眼睛回想自己和他相处的日子，王丰帮助自己的情景都纷至沓来。他有些不敢相信地闭上眼睛，做梦也没有想到自己会和王丰闹到断绝关系的地步。

当他睁开眼睛的时候，王丰不知道什么时候走了。

李贵诚来到吴晴的房间，一看吴晴正在劝刘婷芳，那刘婷芳正趴床上哭呢！

最后，吴晴也不知道怎么劝好了。她正没有办法，一抬头看见李贵诚来了。

李贵诚向吴晴招了招手，说：“吴晴，你出来一下。”

吴晴用手拍了拍正在哭泣的刘婷芳，说：“婷芳，你不要再哭了，我出去一下。”

李贵诚出门，来到走道，就问吴晴：“吴晴，那刘婷芳和王丰见了吗？”

吴晴摇摇头说：“见啥面呀！你们谈话，我们在外面都听见了。婷芳听到王丰说对她没有感觉的时候，她就走了，我也就没有听你们谈话，也就跟她回去了。”

李贵诚有些歉意地说：“我说你们这算怎么回事？我闹得跟王丰断绝关系了，你们的事情还没有办成。”

“贵诚哥，你也尽全力了，我就不跟你说了，刘婷芳还在伤心地哭呢！”

“吴晴，王丰好像要走，离开这里去上海。他说要陪着岳盈盈回家。你赶快告诉刘婷芳，让他们再见最后一面吧！”李贵诚忙喊住吴晴说。

“我知道了。”吴晴说，“贵诚哥，你为了这事情没少操心。你就回去吧！”

李贵诚本想再跟吴晴多聊一会儿，一听这话也就没有心情了。他一赌气就回去了。

吴晴进屋，刘婷芳还在伤心地哭呢！

这边刘婷芳心都碎了，眼睛都哭肿了。那边王丰正和岳盈盈浪漫呢！王丰嘴上就像抹了蜜一样，满嘴的甜言蜜语，把岳盈盈逗得眉开眼笑。王丰看着岳盈盈长得可真美呀！皮肤十分娇嫩，明显不过的透出青春期的青涩，就好像一枚初夏的水蜜桃，桃尖露出迈向成熟的粉红色，那薄薄的两片嘴唇，即使任何唇膏都不涂，也呈现出玫瑰红色。王丰看着她，忍不住把她抱在怀中，不断转圈。把岳盈盈惊得“啊”一声，随后，温柔地依偎在王丰的怀中。

王丰抱着岳盈盈，不断地说甜言蜜语，把岳盈盈哄得十分开心，都把初夜给了王丰。

王丰对她百般宠爱，万种柔情。他没想刘婷芳还在为他哭得肝肠断呢！也许这就是“只听新人笑，哪闻旧人哭”吧。

第二天，王丰就和岳盈盈起了一个大早，担心李贵诚找他要钱，因为他还欠着李贵诚 2000 元钱没有还。不过，李贵诚还不是他最怕的。他最怕的还是刘婷芳，所以才起来这么早。

他带着岳盈盈来到公交车站点，心里还担惊受怕呢。这就是为人不做亏心事，不怕半夜鬼敲门。要是做了亏心事，就是梦中也惊人。

他们来到公交车站点一看，李贵诚和刘婷芳一个也没有来，他这才放心。但是一瞥眼看见了吴晴，忙笑着说：“吴晴姐，我在这个厂里做了大半年，只有你一个来送我呀？”他的话说得悲伤，但说话的表情是欣喜的。

吴晴嫣然一笑：“王丰，怎么是我一个人来送你，这不还有一个人来为你送行吗？”她冲着站牌的广告牌后面说，“你就别藏着啦，也别躲着了。”

王丰一听说广告牌后面有人，心中就害怕了。他不知道是刘婷芳，还是李贵诚。他看了半天，也没见什么人出来。

他笑着说：“吴晴姐，你就别逗我玩了，哪有人来呀？”

吴晴就笑着问：“王丰，你怕谁来送呀？”

王丰一听，心里就紧张了，忙说：“该不会是刘婷芳来了吧？”

吴晴冷冷一笑：“恭喜你答对了。”她就从广告牌后面把刘婷芳拉了出来，说：“婷芳，你不是千等万盼地来见王丰？怎么见了他还不出来？让他看看把你折磨成什么样子了！”

王丰仔细看刘婷芳，看上去十分憔悴，眼睛哭得肿肿的，就连站的力气也没有了。

他见了刘婷芳不知道说些什么，羞愧地把头低下了，再也不敢看刘婷芳第二眼。

最后还是刘婷芳说话了，她有气无力地问：“王丰，你要走了吗？真的要把我抛弃吗？”她说着话，眼泪不知不觉地流到两腮。

王丰低着头，说：“婷芳，对不起，我们的相见就是一个错误。”

刘婷芳眼睛了无神采，问：“你爱我吗？”

“刘婷芳，我跟你说过多少次了，你我根本就不合适。我们连彼此真正认识对方都没有，何来的爱呀？刘婷芳，你还是找一个真正爱你的人，不要再纠缠我了！”

刘婷芳说："王丰，你抬头，看着我说话！你看着我的眼睛，说话呀！"她伤心地又哭了起来。

王丰抬起头，看着刘婷芳说："刘婷芳，我看着你的眼睛又怎么了？我不爱你还是不爱你，我从来都没有爱过你。我爱的是盈盈。"

刘婷芳幽幽地念着诗句：

"在你临睡的时候，
让我轻轻给你一个吻。
让你知道，有我在你身边，
我会让你开心、幸福！
来吧！
让我牵着你的手，
让我们进入爱的世界。
我会用温柔保护你，
就像轻轻的风拂过杨柳，
拂过水面，
荡起一圈圈涟漪！
我们的爱，就像细细春雨，
很轻、很柔湿润着你我。
我们的爱情很甜蜜，
甜蜜得我们都在梦中笑醒。
你知道吗？
最美的就是你那灿烂的笑容。
你的笑容不光是美丽，
还是那么天真无邪。
你的笑容总会让我陶醉。
我会陪你度过风风雨雨，
不管以后的路有多么坎坷，
我都会陪着你，
你我一起走下去。
我觉得世上最幸福的，
就是能陪着心爱的人，
一起慢慢变老。
你是白发苍苍的老婆婆，

我是皱纹堆垒的老公公。
我们老了，
你是弯腰驼背，
我是腿脚不便，
你扶着我，
我扶着你，
一起到公园看秋天的枫叶；
一起到湖边看落日的彩霞，
最美的还是夕阳红！”

这是多美的诗句呀！但是出自一个被抛弃的女人的口，竟然有说不尽的凄凉。

王丰说：“刘婷芳，你不要这样好不好，就好像我们曾经有过什么事似的。”

“吴晴，我们走吧！”刘婷芳失魂落魄地走了，就好像什么都没发生一样。

吴晴就跟着刘婷芳也走了。

王丰看着离去的刘婷芳，不觉说：“这个麻烦终于走了。”就听身后有人说，“是你招惹了这个麻烦吧？”

他这才想起来，身边还有一个爱他的女人，他追着解释：“盈盈，我和她之间什么也没有！你要相信我，我们真的不像你想象的那样。”

岳盈盈哪里还听这个王八蛋的解释，气呼呼转身就跑，王丰便在后面追。

他们大约跑了有一里地，差点把王丰累死，因为他还背着包。他把包扔在地上，自己也坐在地上呼哧呼哧喘了半天气。

岳盈盈背对他，噘着嘴不跟他说话。

这件事难不住王丰，他厚着脸皮凑上前去说：“盈盈，你是不是还生我的气？我给你说，我们真没有什么。只是她喜欢我，我不喜欢她而已。”

岳盈盈一点也不相信：“王丰，你骗谁呢？你以为我瞎子吗？我看得出来那个刘婷芳是多么伤心，是多么悲伤！我真没有想到你是一个花心的男人。”

王丰拉着她的胳膊说：“盈盈，我怎么给你说，你才会相信呀？”

岳盈盈说的也是气话：“你去死！”说完话就走了。

王丰身后就是斜坡，回身滚了下去。岳盈盈一回头，就看见他还真做傻事，就想跑过去拉住王丰，没有想到脚下没有站稳，也滚下去了。

他们双双滚下斜坡底，王丰不顾自己身上的疼痛，忙抱住身边的岳盈盈，问：“盈盈，你身上痛不痛呀？”

岳盈盈没有回答王丰的问题，忙问：“王丰，你怎么这么傻呀？我让你跳你还真跳呀？”

王丰真情流露地说：“盈盈，我跳这个斜坡，并不是向你证明什么，而是我怕失去你呀！对我来说，死并不可怕，失去你才是我最怕的。我没有你，活着还有什么意思？”

“王丰，你对我是真心的吗？”

“盈盈，我都用死来证明我爱你了，你还不相信吗？我要是不爱你，会陪你去黄埔区吗？”

第三十二章　一颗痴情女人的心

岳盈盈也真是天真得可爱，听了王丰这些“真心实意”的言语，陶醉在王丰的怀中。王丰就轻轻吻着岳盈盈的嘴唇，两人就吻得昏天黑地的。

王丰这个王八蛋真不愧是泡妞高手，三言两语就把岳盈盈搞定了。

刘婷芳一直走，吴晴说：“婷芳，我们回去吧！”

刘婷芳两眼发直，说：“吴晴姐，你先回去吧！我想一个人走走！”

吴晴一见刘婷芳这样，能放心地走吗？就偷偷跟在刘婷芳后面。

刘婷芳一直这样走呀走，来到一个高架天桥上，她的脚刚慢慢跨过桥栏。

吴晴一看，可吓坏了，忙喊：“婷芳，你要干什么呀？”

刘婷芳哭着说：“吴晴姐，你是我最好的姐妹。但愿我们来生再做好姐妹。”

吴晴都惊慌失措了，说：“婷芳，不要做傻事了。你下来，我们有话好好说。婷芳，你下来好不好呀？”

刘婷芳绝望地摇摇头，说：“吴晴，谢谢，但是我真的不想活了。王丰，他抛弃了我。我真的不能没有他。我要失去了他，我的生命还有什么意义呀！我真的没有勇气活下去了。”她说着话，对那远方喊，“王丰，你为什么不爱我？我为你死了——”

这时候，招来许多人来看热闹，引起了交通堵塞。

有好心人就给吴晴出主意：“你打电话报警呀！”

吴晴都被吓傻了，说："报什么警呀？"

那个人就说："119 消防队呀！"

吴晴就拿出来手机，按号码手指都哆嗦。

也有好心人报了 110，还有最离谱的好心人，电话时一激动，也是一哆嗦，就按成了 120。

好嘛，可忙坏了 110、119、120，就差 121 没来。

110 的来的是王警官，也就是处理那帮流氓的王警官。

王警官认识吴晴，就问："吴小姐，有什么人想不开寻死呀？"

吴晴一指天桥上的刘婷芳，简单地说明了刘婷芳的情况。

上前劝刘婷芳的是个口才好的女警察，通常会被派来解决这类问题。因为女人心细，尤其是她们学过心理学，深谙这些想寻死的人的心理，所以说话特别有感染力。她走上前说："这位小姐，你有什么想不开的呀？生命是珍贵的……"都是一些劝人的老一套。

刘婷芳一句也听不进去，对这个世界再也不抱什么希望了。嘴里不停念叨："王丰，你为什么对我变心呀？我有什么不好，你要抛弃我？我生命里没有你，我在这个世界上还有什么意思呀？王丰，你说我哪点比不上岳盈盈呀？"

女警察劝："小姐，你要这样死了，想没想过你的父母，想没想过你的亲人？你要死了，你的父母会不会难过呀？你不为你自己活，也为你的父母活呀！"

刘婷芳一听警察说这话，想起了自己可怜的妈妈，就犹豫了："对呀，如果我要是死了，我的妈妈能不能接受这个噩耗？"

这时候，消防人员就把梯子架上了，几个消防人员上来了，慢慢地靠近刘婷芳。

刘婷芳就像受惊的小鸟一样，尖锐地叫："你们不要过来。你们都不要过来，要不然我就跳下去了！"她可不是说着玩，作势真要往下跳。

那些消防人员怕刺激刘婷芳，没敢靠近。现在的情况有点像在一根筷子上顶着一个鸡蛋，随时随地都有危险。这个高架天桥虽说不是太高，但是也有三米多高。刘婷芳要是跳下去，会有生命危险。

他们都僵在那里了。

看热闹的人也很着急，就是帮不上忙。

王警官一看，也很着急，问吴晴："吴小姐，请问除了你，她还有认识的人吗？"

王警官的一句话，真是惊醒梦中人。吴晴忙说："对了，有一个人或许能劝动刘婷芳。"

吴晴就回到电子厂，因为今天是礼拜天，所以电子厂的员工都没有上班。

李贵诚一个人正在屋中玩电脑。

突然，吴晴慌里慌张就进来了，二话不说拉起李贵诚的手，说："贵诚哥，你跟我走！"

李贵诚还不知道怎么回事，就问："哎哎，我们到哪里去呀？你干吗这么着急呀？"

吴晴边走边说："贵诚哥，你就别问了。婷芳为了王丰要跳桥。"

李贵诚听了就是一惊："啊？刘婷芳要跳桥？在什么地方？"

吴晴就和李贵诚边走边说："贵诚哥，我今天不是陪着婷芳去见王丰吗，她和王丰见过面，就想不开了。就在离我们厂不远的高架天桥上要寻死。"她就把刘婷芳要跳桥的情况说了一下。

李贵诚想了想说："吴晴，我们这样可不行，要想个办法呀！"

吴晴六神无主地说："李贵诚，你说到了这时候，还有什么办法呀？"

李贵诚说："我们越是在这个时候越不能慌，我们一定要冷静。"他就给吴晴说了自己的主意。

他们的谈话就被小杨听见了，被他听见的事，估计全世界没有几个人不知道了。

老戚几个人这一段时间，没有谁的笑话可看，那可就活不了。他们说说笑笑，像看戏一样跟着来到高架天桥。就见了李贵诚和那个女警察握手，心里都在想：哎哟，李贵诚，他妈的，你真艳福不浅呀！能和这么美的女警察握手。

他们也忒不是东西了，这都性命攸关的时候了，还想着那些俗事。

李贵诚跟王警官握手说："王警官，没有想到我们这么快又见了。"他的声音嘶哑。

吴晴说："贵诚哥这两天正上火呢，所以嗓子就哑了。"

李贵诚分开人群，来到天桥，又和劝人的女警察握了手，嘶哑地说："让我劝劝她吧？"

女警察还是不放心地说："李先生，你可要小心，那位小姐的情绪极其不稳定。"

李贵诚点点头，慢慢地靠近刘婷芳。

刘婷芳非常警觉，歇斯底里地尖叫："你们不要过来，你们要再往前走一步，我就跳下去。"

吴晴连连点头："好好好，婷芳，你不要激动好不好。你不是想念王丰，你不是想见到王丰，你可以去找他呀！你也用不着去死呀！"

刘婷芳哭着说："我去找他，他还爱我吗？我就是想找他，可是人海茫茫。我到哪里去找他呀？"

吴晴按照计划说："你不知道他在哪里没有关系，贵诚哥知道，他可以告诉你呀！"

刘婷芳就扭脸问："贵诚哥，你真能告诉我王丰去了哪里了吗？"

李贵诚点点头："我就是来告诉你王丰去了哪里的。"

刘婷芳奇怪地问："你的嗓子怎么了？"

吴晴就说："贵诚哥还不是为了你们的事情，着急上火了吗？一上火，嗓子就哑了。"

李贵诚说："刘婷芳，我就告诉你王丰去了哪里。"

刘婷芳仔细地听，就听李贵诚说："他们去了……"李贵诚嗓子哑得厉害，她没有听清李贵诚说的什么，就问，"贵诚哥，你说的他们去了哪里了？"

李贵诚就慢慢地靠近她，说："他们去了……"

刘婷芳还是没有听见，着急地说："贵诚哥再说清楚一点，他们去了哪里了？"

李贵诚趁着说话的时候，就一步一步地接近了刘婷芳，说："他们去了……"

刘婷芳十分着急，她越着急越听不清楚李贵诚说的什么，越听不清李贵诚讲什么越是着急。她身子不由得探过去，听李贵诚到底讲什么。

李贵诚就在刘婷芳探身的一刹那，以最快的速度，扑上前抱住了刘婷芳。就在这惊险一刻，所有的人都屏住了呼吸。

刘婷芳尖叫一声，知道上了当，就拼命挣扎："放开我，你放开我！"

李贵诚紧紧抱着刘婷芳，哪敢放松半分！

那消防人员一见李贵诚已经把刘婷芳抱住，他们赶忙上前帮忙，就把刘婷芳从桥栏杆拖了过来。总算刘婷芳被大家从死亡边缘拉了回来。

刘婷芳还在挣扎："你们都放开我，让我去死。我不想活了。我要死……"

那些医护人员冲到刘婷芳面前，给刘婷芳打了一针镇静剂，刘婷芳就不折腾了。医护人员把刘婷芳抬上救护车。

李贵诚表情十分痛苦，但是咬牙忍着。

吴晴就问："贵诚哥，你怎么了？"

"没有什么。"李贵诚强忍着疼痛说，再也站不稳了，就坐在地上。紧跟着那血就从裤腿里流了出来。

吴晴着急地说："李贵诚你的腿流血了。"

原来，李贵诚为抱住刘婷芳，腿磕在桥栏杆上。医护人员也把他架上了救护车。

交警在那里疏通交通，看热闹的也离去了。

小杨自言自语地说："没想到这李贵诚还真是个爷们！"

老戚几个人特别不舒服："他妈的，李贵诚长得跟鬼似的，在这次救人的时候又出尽风头。"别人出事时候，他们在旁边看笑话。别人救人成了英雄，他们又妒忌。

李贵诚的腿上只是皮外伤，并没有伤到筋骨。医生给他包扎了伤口，并无大碍。

不一会儿，刘婷芳就醒了。一个女医生给刘婷芳检查了一番，就对刘婷芳说："你以后要多注意自己的身体。你已经有了身孕，像你这样不爱惜自己的身体，对腹中的宝宝不好。"

刘婷芳吃惊地问："什么？我……我怀孕了？"

女医生点点头："：是呀，，已经有四个月了，你还不知道吗？"说完她就出去了。

吴晴就在医院陪着刘婷芳，心中为刘婷芳难过。

以前，刘婷芳是多么活泼开朗的女孩子，现在被爱情折磨得就像忧伤的精灵。在她眼里一点希望也看不到，痴痴呆呆坐在那里，一句话也不说。

其实，爱情能让一个人上天堂，同时也能让一个人下地狱。

吴晴在为好姐妹难过之余，又觉得自己幸运："我幸亏没有去爱王丰，要不然我也像婷芳这样了。看起来，还是妈妈说得对，世上的花心男人太多了。"她高兴一会儿，又伤悲了起来："我的爱情在哪儿呀？我的爱情什么时候来？"她同时又期待爱情能早一点到来。

其实，爱情就在她的身边。有许多人为过上向往的生活，不知道失去了多少珍贵的东西。

不一会儿，李贵诚一瘸一拐地也来看刘婷芳，见刘婷芳坐在那里一句话不说，他就问吴晴："吴晴，刘婷芳怎么样？"

"嘘！"吴晴就把手指放到嘴上，让李贵诚噤声。

李贵诚就低声问："刘婷芳没事吧？"

"她的情绪稳定多了，只是一句话也不说。"吴晴又关心地问，"你的腿怎么样？"

"没事。"李贵诚看刘婷芳这样，就犯愁地说，"吴晴，你看事情都到了这个地步，刘婷芳老这样也不是办法。"

吴晴也摇摇头："我也没有办法。"

突然，刘婷芳就说："贵诚哥，你不是知道王丰去哪儿了吗？你告诉我，我去找他。”

李贵诚说：“刘婷芳，你还想着王丰呀？他已经不喜欢你了你找他还有什么用呀？”

刘婷芳恳求：“贵诚哥，你就告诉我王丰在哪里！我找他，他会回心转意的。我知道他是爱我的，我一定会让他爱我的。”

“刘婷芳，你怎么还执迷不悟呢？你醒醒！”

吴晴也说：“贵诚哥，你就告诉婷芳王丰去了哪里了。”

李贵诚看了一眼吴晴，说：“吴晴，你怎么啦？她糊涂，你怎么也糊涂起来了？我这都是为了她好。”

吴晴就冷冷一笑：“贵诚哥，是不是王丰帮了你，你还在内心里感激他？”

李贵诚叹了一气说：“王丰是帮了我很多很多，但没有想到他竟是这样的负心汉！”

吴晴说：“贵诚哥，光王丰帮助你吗？难道婷芳没有帮过你吗？”

李贵诚奇怪地问：“刘婷芳帮过我什么呀？在我的记忆中好像没有一次。”

吴晴哼了一声说：“哼，王丰帮你，他有这么大的能耐吗？都是刘婷芳在暗中帮你。如果不是婷芳，你能这么顺利地和我做朋友吗？”

李贵诚一下子，被吴晴说蒙了，问：“吴晴，你说这到底是怎么回事呀？你都给我说糊涂了。”

吴晴笑着说：“贵诚哥，你第一次抱我、那天晚上我们出去吃饭，还有我们约会的时候刮台风，那都是婷芳在帮你。你难道不知道吗？”

刘婷芳面带愧容地说：“吴晴姐，对不起了，我错了。”

吴晴并没有生气，反而很温柔地说：“婷芳，没有什么对不起的。说实话，我要是在三个月前，知道你在帮助贵诚哥和我做朋友，我会恨死你。但是现在我不会恨你，相反我要谢谢你，让我知道李贵诚是个好人！”

刘婷芳问：“吴晴姐，你是怎么知道的，是什么时候知道我在帮助贵诚哥的呀？”

吴晴说：“我们在山洞的时候，手机本来都带在身上了，怎么又没了呢？好，我的手机忘在宿舍。他的手机怎么也忘在宿舍了？这世上不会有这么巧的事吧？不过，那时候，只是怀疑，我还不敢肯定！直到贵诚哥给我们讲了他脸上伤疤的来历以后，你把王丰生拉强拽拖走了，我就确定了你在帮助贵诚。因为你要不是帮助贵诚哥，也不会把王丰拉走，给我们留下二人空间。”

刘婷芳点点头。然后看了看自己的肚子说：“宝宝呀宝宝，你真可怜，你还没有出生呢，就被你爸爸抛弃了。我可怜的孩子，我不能让你一出生就没有爸爸！我们去找你爸爸好吗？”她说着话，泪水又流到脸上。

吴晴和李贵诚一听，吃惊地问："婷芳，你说什么？你……你……"

刘婷芳说："吴晴姐，贵诚哥，你们还不知道吧，我已经有了王丰的孩子，这就是我和王丰爱情的结晶。"

吴晴有些难以置信，问："婷芳，什么时候的事呀？"

刘婷芳满脸幸福的笑容，说："这孩子有三四个月了。"

吴晴说："婷芳，你打算怎么办呀？"

刘婷芳说："我要怀着这个孩子，去找孩子的爸爸——王丰，他就是真不爱我了，看在我和宝宝的分儿上，也会回心转意的。"

吴晴求李贵诚："贵诚哥，你就告诉婷芳，王丰到底去了什么地方了。"

刘婷芳泪流满面地说："贵诚哥，你不看别的，就看在一个孩子的妈妈分儿上，告诉我，王丰去了哪里？"

李贵诚的眼睛也湿润了，这面前哪还是那那个性情泼辣、让男人谈"芳"色变的"女诸葛"呀，这就是一个柔弱的女人，是一个可怜无助的妈妈。他点点头："好吧，我就告诉你。王丰去了上海黄埔区。"

刘婷芳哭着感谢："贵诚哥，谢谢，你真是个好人。我到现在才知道王丰为什么那样帮你。我终于懂了。"

吴晴笑着说："婷芳，你帮助贵诚哥，不也因为他的善良吗？"

刘婷芳点点头说："是呀，我就是因为他善良，才帮助他的。"

刘婷芳在医院住了三天，就要去上海黄埔区，找自己所爱的人。

在刘婷芳走的这天，吴晴和李贵诚早早起来，把刘婷芳送到杭州站。

吴晴和刘婷芳难舍难离，就好像有说不完的话儿。她们说话的时候，李贵诚也不便听，就在远远的地方走着，看着她们说话。

刘婷芳就拉着吴晴的手，来到李贵诚的面前，说："贵诚哥，我有一个请求。"

李贵诚笑着问："婷芳，你有什么请求呀？"

刘婷芳红着脸说："你能抱抱我吗？"

"抱抱你呀？"李贵诚有些犹豫，不由自主地看着吴晴。

刘婷芳只好向吴晴商量："吴晴姐，你能不能让贵诚哥诚抱抱我呀？"

吴晴冷冷地说："你让李贵诚抱你，和我商量什么？"

"贵诚哥，吴晴姐不反对，你就来抱抱我吧！"刘婷芳扬了扬胳膊，让李贵诚来抱。

李贵诚很绅士地说："刘婷芳，好呀，给你一个鼓励的拥抱。"他就把刘婷芳拥在怀中，说，"多注意身体。到上海多小心。还有你见到王丰以后，要和他好好说。我相信他会看在孩子的分儿上，重新爱上你。"

刘婷芳难掩心中凄凉，在李贵诚的耳边说："贵诚哥，你真是好人呀！你知道吗，在天桥那天，你抱住了我，我真想咬你，但我忍住了。你知道为什么吗？"

李贵诚问："为什么？"

刘婷芳说："因为你是个好人，我怎能咬好人呢？"

李贵诚就轻轻推开刘婷芳，说："我好人不好人并不在乎，只要你们不讨厌我，和我做朋友，我就心满意足了。"

刘婷芳笑着说："这个世界真奇妙，我万万没有想到我们会成为朋友。"

刘婷芳又劝吴晴："吴晴姐，你还是接受贵诚哥吧！看一个人就像读一本书一样，只要你能看到最后，才知道一本书的好与坏。只有你看完这本书，才有资格评论这本书。"

这时，刘婷芳坐的这一班火车开始检票了。

吴晴站起身来，说："你找到王丰后，别忘了给我打电话。"

"嗯，我知道了。"刘婷芳到了检票口，回过身向吴晴和李贵诚挥了挥手，就进了检票口。

终于要开始检票了，吴晴看着刘婷芳去长长的队伍中排队，忽然觉得十分空虚。刘婷芳转身告别，吴晴和李贵诚也向吴晴挥了挥手。刘婷芳的背影渐渐远去，愈发模糊，被涌上来的人流遮住，再也看不到了，空空的检票台旁最后的乘客走上站台。火车的鸣笛声去了远方，也带来些许感伤。

吴晴久久地望着空空的通道，想到在阜阳站送张丽上火车的一幕，不觉说了一句："为什么受伤的总是我们女人？"

第三十三章　糟糕的中秋节

吴晴因为好姐妹刘婷芳离去，不由得好一阵伤感。旁边的李贵诚说："吴晴，受伤的不只是女人，男人也会受伤。"

吴晴看了李贵诚一眼，什么也没说转身出了火车站。

他们上了公交车，回到电子厂，看见了老戚和小于几个人。

李贵诚问吴晴说："吴晴，你能帮我一个忙吗？"

吴晴点头答应："好呀！我就帮你这个忙。"

"这可是你说的哟。"李贵诚一把牵住吴晴的手。

"啊。"吴晴连个心理准备也没有，就被李贵诚拉住了手。

李贵诚牵着吴晴的手，故意在老戚几个人面前放慢脚步。他用眼睛恨恨地看了一眼小于，就走了过去。

老戚看着李贵诚拉着吴晴的手，心里就特别不舒服：你说这吴晴是不是有病呀？我们怎么也比李贵诚长得强吧？她连正眼也不看我们一眼！怎么就看上了长得跟鬼似的李贵诚呢？

小杨狠狠地说："哼，你看李贵诚得意的样子，那鼻孔都快扬到天上去了，我们绝不能容忍他和吴晴好！我们必须要搞破坏！"

老戚同意："鲜花还真有插在牛粪上的时候，不过，不要着急，慢慢想办法。"

遇鬼不可怕，但千万别被小人盯上。李贵诚不知道怎么就把这些小人给得罪了，被小人盯上比遇见鬼还可怕。

走过之后，李贵诚松开了吴晴的手，说："吴晴，谢谢你呀！能帮我这个忙。"

吴晴奇怪地问："你刚才是干吗呀？"

李贵诚说："那个小于特别嚣张，跟我打赌，如果在一年之内，我要和你交不上朋友，我就当着所有人的面儿，学狗叫，还在地上爬一圈。我如果和你做朋友，他就学狗叫，在地上爬一圈。"

吴晴觉得这个结果有点不可思议，笑着问："贵诚哥，你还真让他当着这么多人的面学狗叫，还爬一圈呀？"

李贵诚笑着说："我哪能做出那么过分的事呀，只不过说说而已。可他四处说我坏话，暗地里叫我癞蛤蟆，我就是看不惯他嚣张的样子，所以小小地教训他们一下。"

吴晴这才恍然大悟。

李贵诚说说而已，但是小于不知道呀，害怕李贵诚要他当着厂里所有人的面，让他学狗叫，又让他在地上爬一圈。

如果，李贵诚要真是让他学狗叫，他还不害怕，但是李贵诚一连几天也没有让他学狗叫。他便以小人之心度君子之腹，白天担心，夜里害怕，连睡觉的时候，都会从梦中惊醒。这就是为人不做亏心事，半夜不怕鬼敲门。

他实在受不了这种害怕的折磨，于是就辞职离开了电子厂。

他的离去真是大快人心呀！哪知道走了一个于凯志，没想到又来了一个

朱从良，行为比小于有过之而无不及。

比小于还不是东西呢！净做一些损人不利己的事情。比如说，别人自行车放在那里了，那碍着他什么事了，他就把自行车的气给放了。害得别人下班着急往家里赶，骑上去就走，可是还没有骑远，就觉得不对劲。

这车子怎么越骑越重呀？他下来一看，可不是重吗？车子没气了能不重吗？

还有朱从良看见别人的摩托，也要搞破坏，给人家摩托车油管扎个小洞。摩托车的主人，怎么打也打不开，急得没有办法了，只好推着走。

他就躲在一旁，看着别人着急，自己偷着笑。别人倒霉就是他最开心的事情。

也许是物以类聚的缘故，他很快就和老戚几个人成了好朋友，他不是东西，老戚几个人也不是东西，物以类聚，人以群分嘛。

他来到这厂里，第一眼就看上了吴晴，每次吴晴经过的时候，他就会对着吴晴的背影，跟人说“那是我老婆”。

老戚在旁边说：“小朱呀，你就别看啦，那个美女已经名花有主了。”

朱从良问：“她是谁的女朋友呀？”

小杨抢先说：“这都不知道？她叫吴晴，是我们仓库管理员李贵诚的女朋友。”

朱从良十分羡慕地说：“能有这么漂亮的女朋友，这李贵诚想必不是一般人，他长得一定很帅又有钱吧？”

小杨笑着说：“嗯，李贵诚长得很帅，整个厂里都没有比他更帅的，一定能吓你一跳。”

朱从良从此记住了李贵诚的名字，可是当朱从良看到李贵诚的模样时，心中就不痛快：李贵诚这个王八蛋真有福气，长成这个样，找个女朋友还挺漂亮，比我老婆还漂亮。想我长得这么帅，也没有李贵诚这个王八蛋的好福气。不是有句话嘛，“骏马常驮痴汉走，巧女常伴愚夫眠”，这世界上的事，真令人摸不着头脑。

时间过得还真快，眨眼间八月十五中秋节到了。电子厂为了欢度佳节，就给厂里的员工发了月饼、水果，又放了一天的假。

李贵诚把厂里发的月饼、水果带到姐姐家，当是去姐姐家的礼物。

他来到公交车站，看见了吴晴。他要给吴晴一个惊喜，就悄悄地来到吴晴的身后，就在吴晴的肩头上轻轻地拍了一下。

吴晴吓了一跳，还以为是哪个男人骚扰她呢！刚想说：“你这个人神经病呀！”她回头一看，竟是李贵诚在笑嘻嘻地看着她，她就高兴地问：“哎，贵诚哥，你怎么也在这里等车呀？”

李贵诚笑着回答：“去姐姐家过中秋节，我姐姐住在菜市场附近。”

吴晴惊奇地说：“哎，怎么这么巧，我哥哥也住在菜市场。”

李贵诚高兴地说：“听你这样说，我们好像坐一路车耶。”

说话间，去菜市场的公交车就来了。他们就都提着月饼、水果，上了公交车，坐到一排的座位，有说有笑的。

公交车的乘客本来都没有什么，自从吴晴、李贵诚上了公交车，车上很多人都用世俗的眼光看着他们。她长得那么美丽温柔，气质高贵，肯定是有钱人家的女儿；再看看那个男的，长得又黑又瘦，而且脸上两道狰狞的伤疤。这个漂亮的女孩还和丑陋的带伤疤的男人有说有笑，这样的组合实在太引人注目。

他们都习惯了，丝毫不顾那些世俗人的眼光。

公交车来到菜市场，吴晴、李贵诚下了车。李贵诚笑着说：“吴晴，你和我在一起，无论到哪里，都是众人注目的焦点。”

吴晴说：“贵诚哥，你胡说什么呢！你要是再胡说，我就不理你了。”

说完，她提着礼物，去了哥哥家。

李贵诚提着礼物来到姐姐家，姐姐一见他来了挺高兴，问：“贵诚来了，累不累呀？”

李贵诚笑着说：“二姐，我是坐车过来，又不是走着过来的，那累什么呀！”

张魁也挺高兴，对爱人说：“你看我们兄弟来了，我去买些菜去！”

张梦杰、张慧也要跟着爸爸一起去买菜。

李瑰丽就坐下来，跟李贵诚聊天：“贵诚，你在那个厂里工作怎么样呀？”

李贵诚笑着说：“二姐，我在那个厂里做仓库管理员挺好的，一个月能有2000多块钱。”

“那你一个月能落多少钱呀？”李瑰丽十分关心地问。

李贵诚叹了一气说：“剩不下什么钱呀？我都花光了。”

李瑰丽一听，脸色就不那么好看了，问：“你干什么了？把钱都花光了？”

李贵诚没有注意姐姐脸色，说：“二姐，我这不是在追一个女孩子嘛，为追她我都花了八千多块了。”

李瑰丽越听越生气，忍不住了，训斥说：“哎哟，我的傻兄弟耶！”

“姐，你别这样。”

李瑰丽气得浑身发抖，说：“你说你傻不傻呀？把那七八千块钱都花到一个女人身上。你被骗了知道不知道呀？”

李贵诚摇摇头说：“不，她没有骗我，我为她花钱是心甘情愿的。”

“贵诚呀，你可气死我了。你怎么这么不听话呢？你把辛辛苦苦挣来的钱，都花在那个女人身上。你还说她没有骗你！你为了她花了这么多钱，为什么那女人没有跟你一起来？你说你不是被骗是什么呀？”

李贵诚倔强的脾气上来了，说：“吴晴她没有骗我，我是真喜欢她的。”

“真喜欢？真喜欢顶什么用？你也不小了，做事太不理智了！”说完李瑰丽就拿起电话，给二弟打电话，“喂，贵山吗？”

“喂，二姐，你有什么事呀？”

李瑰丽气呼呼地说：“你还喂什么呢，贵诚的钱被人骗了。”

“啊？贵诚的钱被人骗了，什么时候的事呀？”

李瑰丽就着急地说：“我也不知道呀，他不是才给我说嘛。”

“他的钱被人骗了，给我打电话还有什么用呀？”

李瑰丽说：“你就过来一趟嘛！”

李瑰丽在李贵山面前，说话就是圣旨，他哪敢不听呀！再说弟弟被骗了，也不知道骗了多少钱。不管怎么说，也得顾顾脸面不是？弟弟被骗了，也不过来看看，那算什么人呀？

他就和自己的爱人——刘云来到姐姐家，一见姐姐气得不轻，李贵诚坐在那里低着头，一句话也不说。

刘云问二姐：“二姐，我怎么听说贵诚被骗了？怎么被骗的，被骗了多少呀？”

李瑰丽哭着说：“谁知道呀，我还是听他说的。有一个叫吴晴的女人，他为了这女人花了七八千块钱。你说他能给我带来一个人，我也不恼呀，可问题是人家不来啊。”

李贵山一见弟弟就有气，气呼呼地说：“贵诚，你怎么这么笨呢？你一个大学生，还会被人骗呀？七八千块钱你也往里砸？”

李贵诚的眼泪流下来了，说：“姐姐，哥哥，你们说我寻找我的幸福有错吗？我也是有血有肉的人，我也有七情六欲呀，我找我所爱的人有错吗？”

李瑰丽对着三弟说：“贵诚呀，不是我们不操你的心，我们不是说好了吗，你多挣钱，我在家里给说一个过房（寡妇或指结过婚的女人），好歹成了一家不就行了吗？你怎么就是不听话呢？”她气得咬牙切齿。

李贵诚心中难过：过房过房又是过房，你说我一个堂堂大学生，不娶一个如花似玉的女孩也就罢了，还要娶一个过房。

李贵山劝：“二姐，你就别生气了。”

李瑰丽埋怨上二弟了：“贵山，你说只有我操他的心。除了我，谁管过他呀？你问过他的事吗？你管过他吗？？

李贵山一听，挺委屈：“二姐呀，不是我们不管他的事，我们说话他听吗？就拿他上大学来说，我们劝了他多少次。爸爸病了，我们家正需要钱，我们就劝他大学别上了，上大学也没有用处，可是他呢！一直坚持。好了，大学毕业了，也没见他找到好工作。”

李贵诚听了，心中又是一阵难过：唉，什么事到了我身上怎么都变了？就是别人身上的好事，到我的身上都是那么糟糕。别人上大学的时候，那是多么光荣的事，家人该多高兴呀！大学毕业后，能凭着文凭找到好工作。可是轮到我的身上呢，却又变这么糟。我这大学上得真是没用呀！女朋友可望而不可即！唉，我连个普通人也不如呀！

这时候，张魁买菜回来了，进屋一看这架势，就问：“瑰丽，你怎么了？谁又惹你生气啦？”

李贵山叹了一口气说：“唉，姐夫，你就别问了，贵诚的钱被人骗了。”

“啊？被人骗了，被谁骗了？”张魁奇怪地问。

李贵山说：“我们也不知道情况呀！你还是问问贵诚吧！”

张魁扭脸问李贵诚：“贵诚，这到底是怎么回事？”

李贵诚说：“我喜欢一个姑娘叫吴晴，很喜欢，就想尽一切办法追她。姐夫，你说追一个女孩子能不花钱吗？”

张魁点点头说：“追女孩子花钱也是应该的。但是你花了多少钱呀？”

李贵诚支支吾吾地说：“我花了八千块钱。”

张魁吃惊地问：“什么，你都花了八千块钱呀？”

追女孩子一掷千金的人比比皆是，但是建立在他们很有钱的基础之上，这些从农村来的人，也刚刚脱离温饱，还没在城市站稳脚跟，八千，的确不是个小数目。

最后，李瑰丽无奈第说：“贵诚，明天，你见到那个女孩子，把骗你的钱要回来！”

李贵诚大声说：“二姐，我再说一遍，那个吴晴没有骗我。我是心甘情愿地付出一切！我甚至能为她去死。再说了，那钱已经花出去了，再要回来我怎么做人呀？”

李瑰丽一听，可气坏啦！她有高血压，不能生气。可是执迷不悟的弟弟让她觉得头昏眼花，摇摇晃晃地都站不稳了。可把张魁这几个人吓坏了，都围上前问：“你怎么了？”

“没有事，我死不了。”李瑰丽缓了半天，放声痛哭，“贵诚呀，你怎么这么不听话呀！是咱爸在临死的时候，把你托付给我，让我好好照顾你的。你都不听我的话，我还怎么为你操心呀！”

李贵山忙说：“二姐，你这是做什么呀？大过节的，本来是开开心心的事，你这一哭一闹，让人家还过不过节了？”

李瑰丽一想起弟弟被骗了八千多块钱，不禁替弟弟心痛，哪还能听进去

别人的话呀！就把茶杯摔在地上，说："不过了，还过什么节呀？爸呀，你怎么给我留下这么个弟弟呀？你说贵诚的心，我怎么操呀？我的任务好重呀！"

李贵山埋怨弟弟："你看把二姐气的，怎么这么不听话呢？"再加上刘云这几天跟他生气，所以窝着一肚子火，举起手就要打李贵诚。

刘云拦住丈夫说："贵山，你干什么呀？贵诚都这么大人了！"

张魁倒还好，没有说李贵诚什么，劝李瑰丽："瑰丽呀，不是我说你，你就是爱生气。你想想贵诚都多大了，又不是小孩子。像你这样管他，什么时候才算完呀？我们不能管他一辈子吧！他爱做什么就让他做什么去，始终都要成长是不是？再说七八千块钱，是很心痛，但是都花出去了，那还有什么办法呀？花了就花了呗！"

李瑰丽又挑丈夫理了："这花的不是你的钱，你不心痛吧？贵诚的心谁操呀，不都是我来操吗？你操过他的心吗？你管过他的事吗？"

张魁可就叫屈了："瑰丽，你说话可要凭良心呀！我怎么不操他的心呀？他上大学的时候，你说他几个哥哥，谁给他拿钱？还不是我一分分钱，供他上大学？大学毕了业，找不到好工作。我让他跟我干，给菜市场打扫卫生、卸货。我给他开工资一个月比别人多100块！你说我问他的事不问他的事？他嫌打扫卫生丢人，非要自己找好工作。他的工作换了一个又一个，一找不到工作，我就管吃管住。你说我还怎么管他的事呀？别说他是我一个小舅子，就是我的亲弟弟也没有这么帮助过他啊。"

李贵诚怎么想怎么觉得窝囊：哎，我这个大学生也真够窝囊。人家是大学生，我也是大学生。人家大学生坐办公室，做白领，我这个大学生呢？只能扫地、卸货吗？我不甘心呀，我真是不甘心呀！我一个大学生说什么也不扫地。

张魁真不愧是做老板的人，别看李瑰丽又吵吵、又生气，根本就不解决问题。他就问李贵诚："贵诚，你跟我说那个姑娘是哪个地方的人呀？"

李贵诚回答："吴晴也是安徽的，要说她的哥哥，或许你还认识。"

李瑰丽问："她的哥哥是谁？"

李贵诚说："她的哥哥叫吴龙。"

李贵山看了一眼二姐和姐夫，说："那个姑娘是吴龙的妹妹？"他错把吴玉娟错当成了吴龙的妹妹。

张魁点点头说："嗯，是吴龙的妹妹！"

李贵山想了想，说："吴龙的妹妹，那不是吴玉娟吗？不是已经有孩子了吗？"

李贵诚摇摇头说："不是，吴龙还有一个妹妹叫吴晴。"

张魁笑着说："要是那个吴龙，我太熟悉了。"他就跟爱人商量，"瑰丽，要不然这样，如果那姑娘和贵诚合适。我们就不如跟吴龙提提这件事，看看吴龙怎么说。”

李瑰丽一听，高血压立刻下降，高兴地说：“好哇，要真是这件事办成了，那真是太好了。只要是贵诚能成家，也算是了却一桩心事。”

张魁说：“好好好，先让贵诚在家里等着，我们大家一起去看看。”

张魁带着大家去菜市场，张梦杰要跟去，李瑰丽死活不让他去，因为这孩子特别调皮捣蛋，就怕他到时坏事，所以才不让他去。

张梦杰非要跟去不可，张魁不耐烦地说：“他爱去就去吧！”

他们来到吴龙的摊位上，吴龙还跟他们开玩笑呢：“张老板，怎么来了这么多人呀，是不是想把整个市场带回家呀？”

李贵山也笑着开玩笑：“吴哥，这不是张老板挣钱了嘛，说要多买几样菜，我们都是来帮忙的。”

黎曼就说：“我听明白了，原来是张哥请客呀！要不要我去做陪客呀？”

张魁说：“可以呀！”

男人们寒暄的时候，李瑰丽看见一个美女，坐在旁边看书。她身材苗条，身高 1.70 米左右，皮肤白皙，五官深邃，光从侧面看，就感觉这个女孩端庄优雅，哪里是能生活在菜市场里的人啊。

于是她笑着说：“吴兄弟，这个女孩子是谁呀？”

黎曼笑着说：“她是我的二妹妹吴晴。”

他们本来是来替自己兄弟说事的，一见吴晴气质高贵，完美得一点瑕疵也没有。再想想自己兄弟的尊容，愣是没好意思开这个口。

接着，他们又跟吴龙胡扯了一些没用的，买了几样菜才离开。吴龙还真够意思，没要张魁的钱。

第三十四章　月下一支优美的舞蹈

张魁本来是来给吴龙提李贵诚和吴晴的事情，但是一见吴晴既高贵又美丽，简直就是天使。他们谁也没好意思说出口，买了一些菜就走了。

李瑰丽在回家的路上，问二弟："贵山，你觉得那个女孩子和我们的兄弟合适不？"

李贵山说："二姐，你不也看到了吗？你看吴晴长得多漂亮，怎么会看上贵诚？我看都是贵诚一厢情愿。"

李贵诚安心在家听消息，他真害怕姐姐哥哥们到了那里，说了不该说的，明天吴晴劈死他。但是他又盼着姐姐哥哥们能把这件事办好。他的心情十分矛盾，急得在屋中走来走去。

不一会儿，张魁几个人就从外面进来了。

李贵诚看他们的神色，知道这事情没有办成。他心里好失望！

李瑰丽把李贵诚叫到面前，说："贵诚呀，我跟你说，你过去花的七八千块钱就算了，我们也不再说什么了。你追吴晴的事情到此为止吧！"

李贵诚这个人是没有性格，但是一牵扯到感情方面的事情决不让半步，态度十分坚定地说："二姐，你不要管我好吗？这是我们的私事，就让我自己来处理吧！"

张魁说："你不让我们管你，你就能饿死。你说我们不管你，谁还管你呀？"

李瑰丽说："贵诚呀，不是我们不支持你，你说吴晴长得这么漂亮，她会瞧得起你吗？"

李贵诚激昂地说："我用真心爱她，我用真情感动她。我相信爱情，我为爱坚持。我相信总有一天，她能看出我的真心。我也有信心，总有一天她会接受我的。"

李贵山在旁边说："爱情爱情，你们年轻人就知道爱情。你说爱情是管饱还是管饿呀？爱情能当钱花吗？爱情是什么，你知道吗？爱情就是迷惑人的东西，谁相信爱情那就是个傻子，只有傻子才会去做所谓爱情的傻事！我有吃有喝就行了，要什么爱情呀。就是你心中再有爱情，吴晴会跟你结婚吗？"

李贵诚十分苦恼地说："你们都不要管我好不好？我有我的生活呀！你们光想着管我，有没有想过我的感受？"

李贵山说："谁为你操心，都不是好人了？我们说你也是为你好，你怎么就听不进去呢？什么叫爱情，这个世上哪有爱情呀？三弟，你也该清醒清醒了，这个世界很现实的，你要是长得帅，有车有房，那些女人才跟你有爱情。你觉得你长得帅吗？你有车有房吗？你也醒醒吧，不要执迷不悟，一意追求什么爱什么情！那都是傻瓜。"他停了停又说，"你二哥想当年，不比你心高气傲？可是呢，还不是娶了你二嫂这样的吗？"

旁边这一位不乐意了，谁呀？就是李贵山的老婆刘云。她不高兴地说："哟，我怎么啦？我要是不好，那你去找好的呀！"

李瑰丽说："贵诚，不管怎么说，你打消追吴晴的念头，跟吴晴断了吧！不要越陷越深了。我们都是为了你好。"

李贵诚满肚子的苦水，满腹的委屈，忍着憋着，他实在忍不住了，爆发道："你们都是为我好为我好，考虑过我28岁还没有成家的感受吗？你们都成家了，可是我还是一个人过日子。考虑过我的孤独、我的寂寞吗？我也想成个家呀！你们知道不知道这是在逼我，你们为什么都在逼我呀？"

他转身就气呼呼地走了。

李瑰丽发愁说："二弟，你说贵诚怎么办？我们总不能眼睁睁看着他这样下去呀！"

李贵山说："你还说我们不管他的事，他的事情我们怎么管呀？他现在是被爱情冲昏了头脑，我们说什么也听不进去。"

张魁点点头说："贵诚陷得太深，不过我看他跟吴龙的妹妹一点希望也没有。"

李瑰丽说："贵诚不是回厂了吧？"

刘云说："他回什么厂呀，他的手机不还在这里吗？"

李瑰丽担心地说："贵诚到哪里去了？"

张魁说："瑰丽，我们不要逼他这么紧，要给他一点时间想想呀！"

到了中午，李贵诚也没回来吃饭。李瑰丽担心弟弟，也没有吃中午饭。到了晚上李贵诚还是没有回来。

李瑰丽就着急了："张魁呀，你说贵诚能去哪里啊，都到这时候了也不回来。"

张魁也着急地说："瑰丽，你还等什么呀，快给他打电话呀！"

李瑰丽拿起李贵诚的手机，说："他的手机在这儿呢！怎么给他打电话呀？"

张魁一拍脑门子："对了，我怎么急糊涂了呢？"

"唉，贵诚哪是我兄弟呀，那就是爷呀！你说他都这么晚了还不回来，他能到哪里去呀？"李瑰丽着急地哭了起来。

张梦杰说："妈妈，我知道舅舅去了哪里。"

李贵山忙着急地问："你这孩子快说，你舅舅去了哪里？"

张梦杰回答："我知道舅舅每到不开心的时候，就去小河边。我想他一定就在小河边。妈妈，要不然，我去把他找回来吧！"

果然，张梦杰说的没错，李贵诚就在离姐姐租的房子不远的小河边。他一个人静静地坐在那里，想了很久。他想自己追吴晴十分辛苦。他想到自己和吴晴的恋情，能有多少人理解，又能得到多少人的祝福。别人支持不支持，他都无所谓。但想到自己得不到家人的理解与支持，心里就不是滋味，真想

放声大哭一场。可是自己是个男人，男儿有泪不轻弹。

爱人让我好累，好疲累呀！他躺在河边，看着天空张无忧无虑的浮云，迷迷糊糊地睡去。他做了一个美梦。那个梦真是好美好美，美得就像《安徒生童话》中的《柳树下的梦》一样。他在美梦中都不想醒来，因为美梦醒来就是残酷无情的现实。

美梦始终是美梦，总有醒来的时候。他睁眼一看，已是下午 4 点多了。他想回家，但是一想到二姐他们逼自己放弃吴晴，他又不想回去了。他想：姐姐有错吗？她也是为我好。在这个世界上姐姐就是我唯一可相信、可依靠的人。他又想起姐姐对自己的好心，为了自己都气得高血压犯了，他又后悔自己不该惹姐姐生气。

他在这个安静的小河边，思来想去，不知道怎么面对姐姐。

这时，太阳下山，月亮出来了。

今天是中秋节，月亮特别圆，像一个玉盘挂在天空。月亮把自己的光芒无私地洒在大地上，让天下所有的人共享。月亮是公平的，无论是贫穷、富贵，还是美满、孤独，她的光辉洒落在每一个人身上，就连长得这模样的李贵诚，身上也洒满了月光。

李贵诚抬头看着中秋的月亮，心想：别人都说中秋节是一个团圆的日子，一家人坐在院子中吃着月饼，欣赏月色美景，讲美丽的传说《嫦娥奔月》。那中秋佳节是多么美好的节日呀！然而自己却是一个人孤独地坐在月下，寂寞地想着事情。别人 28 岁了，有事业、有爱情、有孩子、有温暖的家庭。然而我有什么？除了寂寞、孤独、自卑，什么都没有。我什么时候能摆脱单身的烦恼？什么时候才能过上有家的日子？有妻子孩子，那是什么滋味？我会有那一天吗？也许我一辈子也过不上那样的日子了。他心里伤心极了，泪水不知道什么时候流了满脸。

正在他难过的时候，听一个清脆的声音：“舅舅，你还真在这里呀？”

李贵诚回头一看，是自己的外甥张梦杰来了，忙擦干眼泪，问：“梦杰你怎么来了？”

张梦杰说：“妈妈让你回家吃饭呢。”

李贵诚真的不想回去，回去真不知道自己该怎么跟姐姐讲，摇摇头说：“你回去吧！我一个人在这里静一静。”

张梦杰也坐在舅舅的旁边，说：“舅舅，我不明白了，你说爸爸妈妈还有我的二舅，是不是都有点傻呀？”

李贵诚奇怪地问：“他们怎么傻呀？”

“舅舅，你看我那舅妈吴晴长得多美呀！他们为什么非逼着你，让你不要娶她呢？这么美的舅妈，他们都不要。你说他们是不是挺傻的呀？”

李贵诚抱了抱他说：“梦杰，不是他们傻，是我傻。我一直就在做他们认为犯傻的事。”

张梦杰就像一个小大人似的，拍了拍李贵诚的肩膀，说：“舅舅，我支持你。你一定把那个好看的舅妈娶回来。你知道见了这么好看的舅妈，真想喊她一声‘三舅妈’，但是我怕妈妈揍我，所以我没敢。”

李贵诚听了张梦杰的话，真是百感交集，在这个世界上恐怕只有这个孩子，真心祝福自己和吴晴在一起。

李贵诚觉得躲避也不是解决问题的办法，该面对的始终还是要面对，就跟着外甥回去，来到姐姐的房间，一屁股坐在床上，低着头一句话也不说。

李瑰丽什么也没有说，直接问弟弟：“贵诚，你到底是怎么想的？”

李贵诚抬头：“二姐，思了千回，想了万遍。我不会放弃追求吴晴，我要继续用我的爱心感化她。你们都说我是鬼迷心窍，我觉得自己清楚得很！”

李瑰丽点了点头问道：“好，你告诉我，你有几成把握让吴晴喜欢你呀？”

李贵诚一听，眼前一片迷茫。他回想着和吴晴的交往，吴晴虽说和自己经常在一起聊天，可是那也只是普通的同事关系，并不是男女朋友的关系。他有几次向吴晴提起，想和吴晴进一步发展——交男女朋友。但是每次提起来，不是被吴晴婉言拒绝，就是被转移掉了话题。他能追到吴晴连三成把握也没有。要是给姐姐说了实话，眼前这一关就过不去。于是他就说：“二姐，你就放心吧！我追吴晴能有九成把握。”

李瑰丽下了最后的通牒：“好，既然你一再坚持，我也就不逼你了。到了过年的时候，要么你把吴晴带回来，要么你拿回来一万块钱。要是你人财两空，你爱死就死，爱活就活，我们也不管你了。你就死到外面也别回来了。”

李贵诚脑子一热，向二姐保证：“好，一万块钱我是拿不回来的。但我一定把吴晴带回来喊你一声‘姐姐’。”

李瑰丽的口气忽然变得十分温和：“贵诚呀，你没有吃饭，饿了吧？我在锅里留着饭菜。”

李贵诚来到外屋，掀开锅盖子一看，都是自己爱吃的饭菜。他心里热乎乎的：姐姐对我真好呀！什么时候姐姐也没有忘记我。即使生气的时候，还是牵挂着我。以后我再也不会惹她生气了。

李瑰丽还给李贵诚留着水果和月饼呢。他和张梦杰、张慧一起边赏月边享用。

第二天，他早早回到厂里，正常上班。

到了下班的时候，李贵诚去刷碗池洗衣服，刚好吴晴也出来洗衣服，还

紧靠着李贵诚。

李贵诚就偷眼看着吴晴的那双小手，真是晶莹剔透，浑然如白玉雕成。在夕阳照映下，那双小手显得格外娇嫩。他不知不觉地说："吴晴，洗衣服要小心一点。你那手娇嫩得紧，小心你的手被衣服弄破了。"

吴晴看了他一眼，说："贵诚哥，你真以为我是公主呀？洗衣服能把手洗破？我没有你想象的那么娇气。"她又抬起头说，"王丰的好处你没学到，却把他的油嘴滑舌学会了。"

李贵诚着急地说："哪有呀，我说的这话是发自肺腑的？"

吴晴提起来王丰，想起刘婷芳，伤感地说："也不知道婷芳找到王丰没有。唉，都去了五六天了，也没有打个电话来。"

李贵诚想了想，说："我想刘婷芳没有找到王丰，要不然，刘婷芳就给你打电话了。"

吴晴的眉头皱起来，洗完衣服，她端着衣服走了。

李贵诚看着吴晴离去的背影，暗想：吴晴，你知道我多爱你吗？你为什么对我不冷不热的呀？你可知道我为了爱你，已经走上绝路。我已经不能回头，我什么时候才能用真心感动你呀？

到了晚上，李贵诚一个人在屋中玩电脑，听有敲门声。他走过去开门一看，吴晴笑盈盈地站在外面。

他把吴晴让到屋中，问："吴晴，你来找我干吗呀？"

吴晴笑着说："贵诚哥，你看今天的月色多好呀！你能陪我走走吗？"

李贵诚十分高兴地说："非常乐意。你说我们到哪里赏月呀？"

吴晴说："我们就到那个池塘边赏月好不好？"

"那有什么不好的？那个小池塘边的确是个赏月的好地方。"

他们就来到那个小池塘边赏月。

月亮不光是在八月十五中秋节圆，在八月十六更圆。今天的月色是那样的皎洁，仿佛能看得到《安徒生童话》中月色下的精灵。天空中有几颗比较明亮的星星，要与明月争辉。最美的夜空中有几片薄薄的云，被月光一照，是那样洁白。银光洒在池塘里，一阵轻风吹来，荡起层层涟漪，满池塘都是银光月色。月色洒在吴晴、李贵诚的身上，一切都是那么柔和。

李贵诚笑着说："我听刘婷芳说你的舞蹈跳得很美。今天月色那么好，你不如就跳一支舞，也给你记忆中留下美好的回忆。"

吴晴没有拒绝，嫣然一笑，跑到前方的草地上，拎着裙子转个圈，翩翩起舞。她婀娜多姿的身材，轻盈优美，美妙绝伦。衣袂飘飘，裙角飞扬，有时如花，有时如蝶。整个人散发着天使般高贵的气质，而又透着温柔婉转，飘逸着青春气息，更如莲花圣洁。

李贵诚完全被这美丽的舞蹈迷住了，手指到处令人痴迷，旋转在寂寞孤独边缘。他觉得吴晴特别美，就是月里的嫦娥也不过如此吧！他就像做梦一样，觉得吴晴近在咫尺，又觉得她遥不可及，真是如梦似幻。

他忍不住自言自语说："看起来王丰还真没有骗我呀！"

吴晴跳完这支舞蹈，来到李贵诚身旁坐下，笑着问："贵诚哥，我给你跳了一支舞，你给我什么？"

李贵诚笑着说："我也没有什么东西给你，我们就做一些赏月该做的事。"

吴晴奇怪地说："赏月能做什么呀？"

李贵诚笑着说："我在这么美的月色下，给你讲《嫦娥奔月》的故事，那不是很惬意的事吗？"

吴晴点点头说："好吧，贵诚哥，讲吧。"

李贵诚就绘声绘色地讲起来："《山海经》上记载，在东海处有一棵扶桑树。这棵扶桑树扎根东海底，树顶比白云还高。扶桑树上住着十个太阳。十个太阳都是三足怪鸟，乃是帝俊帝喾和羲和所生。羲和每天带一个太阳从扶桑到天空上周游一圈，太阳落山的地方。羲和一天带一个儿子，要是他没有时间带儿子游玩天界的时候，那就是天阴了。这一日，羲和没有来到扶桑。这十个太阳都等不及了，一起飞出这棵扶桑树。这一下可了不得了，天空上就出现了十个太阳。太阳烘烤着大地，大地上的水很快就干涸了，所有的庄稼都枯死了。黎民百姓忍受着十个太阳的炙热烘烤，真是苦不堪言……"

关于《后羿射日》《嫦娥奔月》，吴晴听过许多版本，但是没有一个像李贵诚讲得这么详细。当她听后羿被忘恩负义的逄蒙害死，可怜的嫦娥吞了仙药，飞到月亮上变成了玉蟾，不由得流下了眼泪，说："为什么古代的爱情都是那么凄美呀？牛郎织女隔河相望，梁山伯和祝英台，直到死后化蝶才能在一起。难道爱情都是那么凄凉吗？就没有爱情故事能有一个完满结局吗？"

李贵诚说："人们觉得凄凉才是美的，正因为故事凄美才被流传下来。"

吴晴轻轻靠在李贵诚的肩头上，她仿佛忘记了李贵诚脸上的伤疤，仿佛忘记了李贵诚的丑陋。

李贵诚真想一把把吴晴拥入怀中，但是他忍住了。如果自己把吴晴抱在怀中，就怕吴晴一生气，连朋友都没得做了。

吴晴想了想，又问："贵诚哥，不对吧？好像在《西游记》中有嫦娥，还有《春光灿烂猪八戒》中也有嫦娥。她要是变成你所说的玉蟾的话，哪里有吴刚伐树，还有天蓬元帅调戏嫦娥呀？"

第三十五章 癞蛤蟆想吃天鹅肉

李贵诚给吴晴讲了《嫦娥奔月》的故事，吴晴完全被这个美丽又凄美的故事感动了。随后她又问了李贵诚好多问题。

李贵诚想了想，说：“好像是玉皇大帝巡守月亮的时候，看见一只玉蟾。他见这只玉蟾神情凄楚，就问值日功曹。值日功曹就给玉帝讲了嫦娥的来历。玉帝听了不由得叹息：‘如此女子，不该化作玉蟾。’所以玉蟾应天命而破，嫦娥又恢复了美丽的样子。”

吴晴总算长舒了一口气，说：“这样就好了。”

他们又聊了好久好久，这才回去。

吴晴回到宿舍，躺在床上想着李贵诚讲的故事，翻来覆去怎么也睡不着。

好不容易她睡着了，又开始做噩梦，她梦见自己在一个豪华的别墅里。好像是清晨，她起床了，就对着一人多高的梳妆镜梳头。

她在梳头的时候，惊奇地发现好恐怖的一张脸，满脸都是烫伤的痕迹，结成错综皱乱的疤痕，哪还有天使般清纯美丽的脸庞呀！这分明就是一张地狱魔鬼的脸。

她真是害怕极了，不相信地问：“这是我的脸吗？这是我的脸吗？”她哆哆嗦嗦摩挲着自己的脸，一点不像以前光滑，而是皱皱巴巴就像是枯树皮。她恐怖地问：“不，我怎么会变这样，我怎么变这么丑？我不要这么丑的脸。”她伤心地哭了起来。

“哼哼……”一阵冰冷毫无生气犹如从地狱中传来的笑声，说是笑声不是笑声，有点金属摩擦声，那么刺耳。

吴晴听到这个冰冷的笑声，像掉进冰窖一样，吓得止住哭声，往四周看，惊恐地问：“是谁，谁在笑？”但是就往四周看，这屋中只有她一个人。

那个冰冷的声音说：“是我在笑，我同时也是你。”

吴晴就抬头，看了看镜子中的自己，也没有异常变化。她就用手摸着镜子，镜子中的她也伸出手挨着她的手。

突然，吴晴看见镜子中的自己看着自己在冷笑，样子狰狞恐怖。吓得她一哆嗦，想往后退。可是为时已晚，就被镜子中的自己紧紧抓住自己的手。她觉得那只手冰凉僵硬，那种冰凉的感觉，就像凉进了骨子里一样，自己的血液也被冻住了。

“你放开我，你放开我呀！”她拼命挣扎，但是镜子中的自己就把她往镜子里拖。她知道一旦自己被拖到镜子里，那就没命了。她就使足全身的力量，把镜子中的自己往外拽。镜中的自己被她一点一点拉了出来。

镜子中的自己被拉了出来，就完全变了模样——这个人就像老太太，紧紧抓住吴晴的手，声音嘶哑地说：“我要拉你下地狱，我拉你下地狱。哈哈……”老太太的模样变得可怕极了。

“不要，你放开我！”吴晴一激动，就从噩梦中醒了过来。她坐起来，身子还在颤抖，浑身都被冷汗浸湿了。

她一摸自己的脸光滑温润，还是不放心，就拿起镜子看看自己的样子。她怕自己梦中恐怖可憎的模样。

不过，她一照镜子还好，看见镜子中自己还是和以前一样俏丽。

她想起了梦中，镜子里的自己把自己往镜子里拖，就吓得不敢多照镜子。

她耳边响起梦中冰冷的笑声，还有嘶哑的声音：“我要拉你下地狱，我要拉你下地狱。哈哈……”

她害怕得真的好想哭，但是又怕自己的哭声引来可怕的笑声，所以她没敢哭。

她也是害怕到了极点了，想找李贵诚，这才来到李贵诚的门前敲门。

其实，现在已经将近凌晨，李贵诚早就睡了。

不过，他倒好，头一挨枕头就进入了甜美的梦乡。

他在睡梦中听到有人敲门，开门一看是吴晴。

吴晴立刻抓住李贵诚的手，颤抖地说：“贵诚哥，我害怕。”

李贵诚觉得吴晴的手冰凉，知道吴晴十分害怕，问：“吴晴，你怎么啦？怎么害怕成这样呀？”

吴晴见了李贵诚，就哭出来：“贵诚哥，我做了一个好可怕的噩梦。我真的好害怕。”

李贵诚笑着安慰：“吴晴，一个梦而已。梦是心头想，想什么就有什么，你不要放在心上。”

吴晴说：“贵诚哥，你能不能陪陪我呀？”

李贵诚十分为难地说：“吴晴，你看这三更半夜的，让人家看到了多不好

呀！”

吴晴就苦苦哀求地说：“贵诚哥，我真的好害怕。要不然这样吧！你到我的屋中陪我，等我睡着了，你再离开。贵诚哥，我害怕极了，我怕听到那个恐怖的笑声，又害怕那个梦中的老太婆出现。”

李贵诚就点点头说：“好吧，我就到你的屋中陪你。”

吴晴十分感谢地说：“贵诚哥，谢谢你！”

李贵诚跟着吴晴来到她的宿舍，就坐在吴晴的床前，说：“吴晴，你安心地睡吧！”

吴晴点点头，就闭上了眼睛。

李贵诚就坐在床前，看着吴晴睡觉的样子。他和吴晴认识这么久，还没有这么近距离看过吴晴。他凝视着吴晴美丽的脸庞，好白皙的一张脸。白皙中透着淡淡的粉红，娇媚中透着健康青春的美丽的。

他觉得面前的吴晴就是童话中的睡美人，当睡美人沉睡百年的时候，就是王子用轻轻的一个吻，唤醒沉睡的睡美人。

他想做吻醒睡美人的王子，他刚嘴巴靠近吴晴的脸，心里就想：李贵诚，你在干什么呀？不要亵渎吴晴的美丽。因为你的这个吻，会让吴晴伤心的！他还是忍住了。

他看着吴晴沉睡的样子，真是美丽极了。他禁不住美丽的诱惑，欲望又一次涌上心头，情不自禁把嘴巴吻向吴晴的脸庞，他心中一直在叫喊：李贵诚你在干什么呀？不要呀！也许这个吻会给吴晴心灵上造成很大的伤害。她会多么生气呀！从此不会和你再做朋友。他明明知道这样是不对的，可就是控制不了自己。

不过，他还是抑制住了自己，但是他实在不甘心放弃一次这么好的机会，就想：像吴晴这么美丽的女孩子，哪个人能禁得起诱惑？我吻她又有什么错？我是真心爱她的。李贵诚，你不是爱吴晴吗？如今，她就在你的面前，这是多好的机会呀！要是连吻吴晴的勇气都没有，还谈什么牵着吴晴的手，步入婚姻殿堂呀？我要不吻吴晴一下，我自己就看不起自己。他就把嘴巴慢慢贴近吴晴红如石榴花的嘴巴。

当他的嘴巴快贴上吴晴的嘴巴时，又停住了。他心里在激烈地斗争，最终还是理性战胜了欲望。

他坐在刘婷芳的床上，远远地看着吴晴，真有点不甘心。但是也没有勇气靠近吴晴，因为他怕自己犯错误。

猛然间，他在欲望冲动中清醒了，自己抽了自己两个嘴巴，心中暗恨自己：“李贵诚，你真该死呀！吴晴做了一个噩梦，心中就够害怕了，你再乘人之危，算什么东西呀？吴晴在害怕的时候，谁也没有找就找到我了，就说明在她心目中还是有我的。她又让我在她的房间陪她，那就是那么相信我。我怎么能对她做出非分之想呢？”

他就趴在桌子上，昏昏沉沉地睡着了。

第二天，吴晴醒来了，看李贵诚还趴在桌子上睡呢，忙喊：“贵诚哥，贵诚哥，你醒醒呀！”

李贵诚迷迷糊糊醒来，问：“吴晴，我怎么在你的房间呀？”

吴晴想了想，说：“我昨天做了噩梦，让你陪着我，你怎么没有离开呀？”

李贵诚面带愧容地说：“对不起呀，吴晴。”

吴晴奇怪地问：“贵诚哥，怎么啦？”

李贵诚不好意思地说：“我本来想等你睡着了以后就离开。可是我也太困，没有等到你睡着，就先睡了。”

其实，他面带愧容的事就是昨天那几个臆想中的非分之举。

吴晴笑着说：“贵诚哥，没有什么，我还要感谢你陪我。”

他们就下了宿舍楼去买早餐。

这男女出双入对，本来是再平常不过的一件事，因为别人都是情侣啊。但是李贵诚他们一起出入太奇怪了。别人看到了，难免会说几句闲话。

朱从良看到吴晴和李贵诚，极不顺眼，问老戚：“老戚，你说李贵诚丑得跟鬼似的，吴晴怎么就看上他了呢？你说这是为什么呀？”

老戚就对朱从良讲：“这也不奇怪。吴晴这个人吧，她最爱和人说话。要是你跟她说一句，她就跟你熟了。再说吧，这个小女孩最爱吃，你要是给她买吃的，他就是你的女朋友。”

朱从良有点不相信地说：“不会吧？我看吴晴也不像你说的那样呀！”

老戚笑着说：“哈哈……小朱呀，你不相信我，还问我干吗？好，你给我说说，吴晴长得这么漂亮，为什么喜欢李贵诚那个丑八怪呀？还不是李贵诚天天给她买吃的吗？”

“真的吗？”朱从良显得很激动，好像有些上当了。

老戚眨眨眼睛，偷偷对老严：“老严，我们有笑话看了。”

老严疑惑地问：“我们看什么笑话呀？”

老戚哈哈大笑：“哈哈……今天晚上，我们就等着呗！小朱有好戏看了，他要不被吴晴骂，那就见鬼了。”

朱从良是挺不是东西，但是要跟老戚比，毕竟还是小毛孩子，姜还是老的辣。

他相信老戚的话，对吴晴开始注意。

到晚上，他看见吴晴出去了，就下了宿舍楼，等着吴晴回来。心里一直在想：哎呀，吴晴长得可真美呀！她要是能和我成为朋友的话，我就和我老婆离婚，孩子我也不要了。只要有吴晴这么美的老婆，我什么都不要了。我和吴晴结婚的那一天，该是多么幸福呀！他真是老母猪吃饺子——真能想（香）。其实，吴晴能看上他吗？

不一会儿，吴晴买了一袋洗衣粉回来，没有注意路旁的朱从良，就从朱从良面前走了过去。

朱从良一见吴晴从自己面前走过。那狼眼睛冒什么光，他眼睛就冒什么光——眼睛都冒绿光。可是吴晴连正眼也没有看着他一眼。

那他也不放过，跟在吴晴的身后，伸出咸猪手在吴晴的肩头上拍了一下。

这一下，就把吴晴吓得一哆嗦，转过身一看。原来是朱从良，她知道朱从良不是东西。冷冷地问："你干什么呀？"

朱从良眉开眼笑，垂涎三尺，真是好一副贱相："吴晴，我想和你做朋友。"

吴晴要是以前的脾气，看见这么讨厌的人，早就骂他一顿了。但是她和李贵诚接触一段时间，改变不少。她双手提洗衣粉，笑着说："小朱呀，你要和我做朋友也行。不过，你要回答我一个问题。"

朱从良一听，更高兴啦，心里想：老戚他们还真没有骗我。他挺感谢老戚，其实老戚几个人正躲在黑暗的地方等着看他笑话。

他们为什么躲在黑暗处看笑话？因为像他们这种人见不得光，尽在背后搞小动作。

朱从良迫不及待地问："你有什么问题呀？"

吴晴笑着问："请问你要是发现了别人的隐私，也就是让别人难堪的事，你会怎么办？"

这个王八蛋高兴得蒙了，不知道吴晴在套他的话，脱口而出："什么隐私不隐私的，我要是知道别人隐私，我就会告诉一百个人。让别人难堪的事情，是我快心的事。"

吴晴冷冷地哼了一声："就像你这种人，不配和我做朋友！"

朱从良跟上前，问："吴晴，我怎么了，快乐跟大家齐分享嘛！"

吴晴更生气了："把自己的快乐建立在别人的痛苦上。像你这种人别说我跟你做朋友了，就是让我看你一眼都觉得恶心。火箭有多快的速度，你就用多快的速度滚。最好以光的速度给我滚出外太空去。"

朱从良笑着说："这好像不是你的地方吧？"

吴晴点点头说："行，你不滚是吧？那我走！"吴晴转身就走。

朱从良冲过去拦住吴晴的去路，说："吴晴，我们还没有聊够呢，你怎么就走了呢？”

“你没有跟我聊够，我跟你聊够了。”吴晴又要走。

朱从良又拦住吴晴的去路说：“吴晴，你干吗这么讨厌我呀？我并没有什么恶意，只想和你做朋友，你也不用拒人于千里之外呀！”

吴晴用女孩子惯用的法子，说：“对不起，我已经有男朋友了。”

朱从良误会了，问：“李贵诚有什么好的？李贵诚有的，我也有，而且还要比他长。”他越说越不像话了。

“住口！”吴晴气得浑身发抖，“你不要这样说贵诚哥，贵诚哥比你强一千倍，一万倍。你识相就滚吧！要不然我的男朋友——贵诚哥，不会饶你的！”

她的这句话，正好被李贵诚听见。他见吴晴被朱从良拦着，忙走上前问：“吴晴，你怎么了？”

吴晴一见自己的话被李贵诚听见了，先是不好意思，但她为了打发那个讨厌鬼，挎住李贵诚的胳膊，对那个讨厌鬼说：“小朱，你看到了吧？我的男朋友就在我的身边。你还要拦我吗？”

朱从良不敢再拦截吴晴二人，因为他知道李贵诚的跆拳道非常厉害，就算李贵诚不使用跆拳道，他高高的个头也能把自己踹死。他只好作罢，眼睁睁看着二人离去。

望着李贵诚的背影，朱从良对天发誓：“李贵诚，你不要太得意。我非把你们拆散不可。”

吴晴挎着李贵诚的胳膊，来到自己的房间，丢开李贵诚的胳膊，十分生气地说：“贵诚哥，你出去吧！”

李贵诚不知道吴晴为什么要发火，问：“吴晴，怎么啦？”

“不为什么，反正我就是很生气。”吴晴就把李贵诚往门外推。

李贵诚着急地问：“吴晴，你怎么了？是不是朱从良欺负你了？”

吴晴一听，更生气了：“你是希望我被朱从良欺负，还是怎么回事呀？你给我出去，出去！”

李贵诚一时摸不着头脑，问：“吴晴，你干吗生这么大的气？要是朱从良欺负了你，我就去找那个王八蛋算账。”

吴晴哭着说：“贵诚哥，我想你应该等的就是这一刻吧！别人欺负了我，你好来个英雄救美是不是？”

李贵诚都蒙了，问：“吴晴，你到底说些什么呀？你这不是不讲理吗？”

吴晴说：“对，我就是不讲理，我一直都不讲理，你才知道吗？出去！”她不由分说，就把李贵诚推到外面，把门关上，后背靠着门坐下来。

李贵诚在外面敲门，说：“开门，你到底受了什么委屈，你跟我说呀！”

吴晴在屋中说："贵诚哥，你还是回去吧！"

李贵诚还在门外，说："吴晴，你到底有什么事情呀？"

"你回去吧！我的脑子很乱，让我好好想想。"

李贵诚就在外面叫门："吴晴，你开门呀！"

吴晴任李贵诚怎么叫门，就是不开门。

不一会儿，门外就没有了叫门声，她以为李贵诚走了，就躺在床上想了好多事情。

第二天，吴晴起床开门一看，就见李贵诚躺卧在自己的门前，呼呼大睡呢！她又生气又感动，忙喊："贵诚哥，贵诚哥，你醒醒呀！"

李贵诚睁开眼睛，第一句话就问："吴晴，你到底怎么了，告诉我好吗？"

吴晴却说："贵诚哥，我问你，朱从良欺负我的时候，你为什么不出来保护我？你是不是在等我说那句话呀？"

李贵诚着急地摇摇头说："不是的，张志鹏告诉我，说你被朱从良拦住了。我就匆匆赶来，你刚好说出那句话来了。"

吴晴看着李贵诚说："贵诚哥，我姐姐姐夫已经回来了。因为我的外甥、外甥女嘉明、佳婷转学，所以这两天才没有上班。过两天，他们上班的时候，我们要保持距离。要有什么话，我们周末说。千万不能让我姐姐看到我与你交朋友。要是让他们知道我们的关系，恐怕他们会误会，要是打电话回家，不知道会有多少麻烦。"

李贵诚点点头说："好！为了不让你麻烦，我们还是保持一定距离吧！不过这两天他们不上班，这个距离不用保持了吧？"他又看了看吴晴说，"吴晴，你饿了吧，我去给你买些吃的。"

吴晴看着李贵诚的背影，喃喃自语：贵诚哥，我到底是和你是什么关系？是男朋友？可是我并没有爱他。要说不是我的男朋友，为什么跟我走得这么近？究竟是什么关系，她自己也搞不清楚了。

过了两天，吴玉娟上班了。吴玉娟来到财务部办公室上班，不见王丰和刘婷芳，就问妹妹："小晴，婷芳和王丰去哪儿了？"

吴晴就把王丰和刘婷芳的事情，给姐姐讲了一遍。

吴玉娟听了，为刘婷芳难过。

李贵诚为了不让吴晴为难，跟吴晴的距离保持很远，就连吃饭的时候，也不跟吴晴一张桌子。刘婷芳走后，吴晴进进出出一个人，冷清了不少。

只有到了晚上，他们才在一起聊天，但大多数时候聊的都是一些企业管理方面的问题。

到了双休日，李贵诚就和吴晴去打羽毛球，总是李贵诚捡球。吴晴嘲笑他打羽毛球技术很烂。她哪里知道李贵诚打羽毛球技术是全校第一。他只是在逗吴晴开心，装着技术很烂。

他们羽毛球打累了，就开始下象棋。李贵诚杀几盘输几盘。最后，吴晴都生气了，说是李贵诚故意让她的。李贵诚还真不是让她，他是有名的臭棋篓子，跟谁下象棋都没有赢过。他急得满头是汗地说："怎么就赢不了你了？"

吴晴一看李贵诚真的着急了，就让了李贵诚一马一炮，另外还有一车，李贵诚也没有赢，急得额头直冒汗。吴晴看着他着急的样子，又觉得十分好笑。

常言道："跟臭棋篓子下棋，越下越臭。"吴晴跟李贵诚下象棋，一点挑战也没有，觉得没有意思，所以就不下了。

第三十六章　损人不利己

吴晴跟李贵诚下象棋，杀几盘就胜几盘。最后，李贵诚输迷糊了，大象都过河了。还有一次，用吴晴的大炮把自己的大车干死了。吴晴见跟李贵诚下棋没有意思，就把象棋推到一边——不下了。

到了下午，李贵诚对吴晴说："吴晴，我带你去一个好地方。"

吴晴笑着说："贵诚哥，你说的是不是那个小池塘边呀？"

李贵诚摇摇头说："不是，我又找到一个好地方。"

吴晴奇怪地问："你说的什么地方？"

李贵诚神秘地说："你不要问了，跟我来就是了，绝对不会让你失望的。"

他们一起出了厂就来到一个好地方，这是个天然草坪，刚好这里的青草半尺深。远处是青山环抱，近处是一条小河弯弯曲曲。河水那样清澈，倒映着蓝天白云，显得是那么美丽。

吴晴放眼一看，这个地方真是太美了。要是春天来到这里，那一定是百花齐放，姹紫嫣红，再有三三两两的蝴蝶飞舞，还真一个游春踏青的好地方。

不过，现在已是中秋过了，这个地方依然有花有草。别有一番天地，宁静，远离城市的喧闹，没有人们的打扰。

吴晴在这个美丽的地方，忍不住翩翩起舞，真是开心极了。

李贵诚看着她开心的样子，心里也是说不出的甜蜜。

突然，吴晴用手指着不远处的山坡说："贵诚哥，你看那片花开得多美丽呀！"

李贵诚顺着吴晴纤柔的手指的方向看，见不远处山坡上一簇不知名的红花，开得是那么美丽。

吴晴说："贵诚哥，你能把那一簇鲜花采下来给我吗？"

"可以呀！我就把那簇鲜花采下来送给你。"李贵诚就上了山坡去为吴晴采那簇鲜花。

吴晴就跟在后面，还担心地说，"你小心一点。"

李贵诚就把那簇鲜花采了下来，手捧鲜花来到吴晴的面前，朗诵着诗句：

我要送你星星，
我怕它们太渺小，
代表不了我对你的爱。
我要送你一个太阳，
天上只有一颗。
我要把太阳送给你，
人们就会失去光明。
我想送给你一个月亮，
我怕黑夜的人，
找不到回家的路。
只有送你一束鲜花，
它们有多红，
你在我心中就有多美！
你要想问我：
是不是真心爱你？
不要问我，
抬头看看天，
天有多高，我就爱你多深。
天有多蓝，我就爱你有多真。

一阵微风吹来，吹乱了他们两个人的头发，却吹不动彼此深情的眼神。

吴晴心想：唉，要不是他脸上有两道伤疤，我就跟他谈恋爱了。吴晴的心里虽然对李贵诚有了好感，但是容貌太说不过去，她也接受不了。

李贵诚也在想：我什么时候才能和她真正交朋友呀？我什么时候才能和她结婚呀？

吴晴看着李贵诚傻傻地看着自己，就笑了：“看你那个傻样。”她就对李贵诚的脑门子上来了个爆栗就跑走了。

李贵诚还像一块木头一样，傻傻地站在那里。

吴晴跑了几步，回过头说：“傻瓜，你还站在那里干什么呀？快来追我呀！”

李贵诚这才反应过来，就去追吴晴。

他们快乐得跟两个孩子一样，你追我跑。吴晴清脆的笑声荡漾在这一片浪漫的地方。

他们嬉闹累了，就坐下来讲故事。李贵诚讲了《安徒生童话》的《野天鹅》《冰姑娘》《白雪皇后》，吴晴听得是那么入神。

吴晴、李贵诚没有注意到有一双妒忌的眼睛在看着他们。

这个人是谁？他就是朱从良。他不是第一次偷听吴晴二人的谈话了，而是有很多次了，后来还发展成偷偷跟踪。

要说损人利己，情有可原，要是损人不利己，就让人无法理解了。好不容易过一个星期天，看看书、上上网，再闲着没有事，就睡一觉好不好？干什么不好，偏偏做别人的跟屁虫呢？

这李贵诚和吴晴交往，又碍着他什么事了？但他看李贵诚和吴晴在一起，就是不顺眼。发誓非要拆散李贵诚他们两。他有老婆有孩子，但即使把李贵诚二人拆散，也没见有他什么好处。就是对他没有一点好处，他也要做。

他非常聪明，知道要拆散李贵诚二人，就要先弄明白他们到底怎么回事。往往小人都很聪明，要是一个小人脑瓜子不聪明，那就不是小人了，而是愚蠢的人。

他听了一个多月吴晴和李贵诚的谈话，就弄明白了李贵诚二人是怎么回事啦！他高兴地说：“哈哈，他们原来是这么回事呀！”

这一日，朱从良来到了李贵诚的房间，李贵诚把他让到屋中。

吴晴还在李贵诚的屋中跟李贵诚讨论企业管理的事情。

她一见朱从良来了，站起来对李贵诚说：“贵诚哥，我先走了。”她说话的时候，一拉李贵诚的衣服，又看了李贵诚一看就出去了。

李贵诚知道吴晴有事，不好意思地对朱从良说：“你先坐一会儿，我先把她送走，很快就回来。”

朱从良淡淡一笑：“去吧！我就是闲着没有事，等一等无妨。”

李贵诚跟着吴晴出去了，问："吴晴，你刚才拉我干什么呀？"

吴晴低低的声音说："贵诚哥，你要注意这个朱从良。"

李贵诚奇怪地说："吴晴，怎么啦？我为什么要防着他？"

吴晴说："贵诚哥，你听我的就是了，他来找你没有安什么好心。"

李贵诚摇摇头说："吴晴，我看你是多心了。我跟他一没有恩，二没有冤的。我连话都没跟他说过几句，他会对我安什么坏心呀？"

吴晴不高兴地说："哼，那你不相信我的话就算了，我觉得他来没有好事。你要是不听我话，有你后悔的时候。"她气呼呼地走了。

李贵诚回到屋中，问："小朱，你有什么事吗？"

朱从良笑着说："我就是一个人闲着无聊，所以来找你聊聊天。"

其实，李贵诚因为吴晴也挺烦这个朱从良。他的态度十分冷淡，就爱搭不理地问："你怎么想起找我聊天了呢？"

朱从良倒是很自然，笑着说："李哥，你的女朋友可真漂亮呀！都羡慕死我了。"

李贵诚听了朱从良这番话，隐约中感到自豪，笑着说："没有什么啦！我们只是普通朋友而已。"

朱从良笑着说："李哥，你就别瞒我了。你说在这个厂谁会看不出来呀！你们就是天生的一对。我们厂里所有的男人都羡慕死你了，我们都想吃你们的喜糖呢！"

李贵诚笑着说："你说我模样这么丑，哪有那么好的福气，能与吴晴手牵手走到婚姻的殿堂。"

朱从良说："李哥，你这不叫丑，你这叫自卑懂吗？像你这么善良，一定能和吴晴有好结果的。"

他这几句话正说到李贵诚心坎上。本来李贵诚很讨厌他的，但是听了这些话，就对他不像方才那么冷淡了。

看起来，这人都喜欢听好话，就是知道这话是假的，听了也顺心。就像李贵诚听了朱从良这几句好话，就把朱从良当成好人了。

李贵诚笑着说："我不瞒你说，我们已交往了两个多月了，始终都是这样不冷不热的。"

朱从良一听，假装吃惊的样子说："啊？你们接触两个月了，还是这样不冷不热的。那就是你的问题了。"

李贵诚奇怪地问："因为我？"

朱从良点点头说："对，就是因为你。你知道追女人嘛，就是胆子大，心要细，还有拼命精神。像你这么优柔寡断，我们都替你着急。"

李贵诚说：“我以前一个好朋友王丰也是这样说的，可是我对吴晴不敢有非分之想，更不敢对她有半点侵犯，就连她的手也不敢拉。”

“为什么呀？”

“因为我害怕，我很害怕。我要是拉她一下手或抱她一下子，她就会生气。我怕我和她连朋友都不得做了。”李贵诚总是这样，一旦确定对方是好人，就会毫无保留地跟人家推心置腹。

朱从良笑着说：“我听明白了，你怕受伤，你怕吴晴离开你，你什么都怕。追女朋友这样不行哟。你要相信我的话，我就给你出个主意。”

“什么主意呀？”李贵诚显得十分激动地问。

朱从良一见李贵诚如此激动，就知道李贵诚相信了自己，心中暗恨：李贵诚呀，我让你们的好事成个屁！但他脸上却是笑容坦然地说：“你要真是相信我，就把你们的事情全部告诉我。”

李贵诚没有一点隐瞒，就把自己怎么追的吴晴，他们之间发生的所有事情都给朱从良讲了。

朱从良听了，点点头说：“你明天就向她求婚吧！”

“求婚？”李贵诚摇摇头说：“那可不行！吴晴就怕她姐姐知道这件事。我这一向她求婚，不是让她姐姐知道了吗？不行，不行，你再想想别的办法吧！”

“李哥，让她姐姐知道了又怎么样呀？你既然要和吴晴处朋友，让她姐姐知道那是迟早的事情。你这一次求婚，不仅让她姐姐知道，还让厂里所有的人都知道。你最好在餐厅里跟她求婚。”

李贵诚问：“为什么要让厂里所有人都知道呀？”

朱从良笑着说：“你要在食堂向她求婚，你说吴晴当着这么多人会拒绝你吗？你求婚的时候，有这么多人在场，是多么浪漫的事情呀！”

李贵诚还是觉这件事有点不妥，犹豫不决地说：“我向她求婚，可以吗？如果她要拒绝了怎么办呀？”

朱从良不高兴地说：“你还是不相信我呀！要不然这样吧，她要是不答应，我就替你说。不过，我丑话先说在头里，明天我不管说什么，你都点头说‘是’。你不可摇头说‘不是’。”

李贵诚还挺感谢朱从良：“小朱，我谢谢你。明天的事情就全拜托你了。”

朱从良站起身要走，又想起事来，说：“哦，对了，你明天早晨要给大家吃喜糖。”

李贵诚点点头说：“好！我让大家吃个喜糖也是应该的。”

朱从良还再三嘱咐：“李哥，你给大家发喜糖很重要，不要忘记了。”

李贵诚点点头说：“我知道，明天，你可要帮我。”

“没问题。”朱从良笑了笑就走了。

李贵诚躺在床上，辗转反侧！他一想到要向吴晴求婚既兴奋又紧张，一想到吴晴答应了自己的求婚，又是无比高兴。

他正在高兴呢，手机铃声响了。他拿起手机一看是妹妹李婉婳打来的，按接听键问：“喂，是婉婳吧？”

“三哥，是我呀！我想问你回不回来过年呀！我挺想你的。”

李贵诚只管问：“婉婳呀，你和你的男朋友处得怎么样？”

“还好，他对我挺好的。”

李贵诚真是替妹妹高兴，忙笑着说：“他对你好，你也要对他好呀！你要知道你是个成年人了，不要再耍小孩子脾气。”

“三哥，你今年回不回家过年呀？”

李贵诚含糊其词地回答：“我回去不回去没有定，也许回去也许不回去。”

李婉婳十分失望地说：“好吧！那我挂了。”

李贵诚也挂电话，心中在想：如果吴晴答应我的求婚，我就带着吴晴回家过年，也让别人看看我李贵诚找到一个这么漂亮的女朋友，让他们羡慕死我。其实，多年来，李贵诚受人嘲笑，心中压抑了很多不平，渐渐的这种心理演变成了虚荣。

第二天，李贵诚还真相信朱从良在好心帮他，就早早起来买了好多包喜糖。当大家都在上班的时候，他就给大家发喜糖。

吴晴上班晚，这喜糖是王秀娟给她的。她没多想就接过来吃了，不知道这些喜糖是自己的喜糖，还祝福这对新人幸福。

到了中午吃饭的时候，吴晴和几个美女到餐厅吃饭。

李贵诚和朱从良一起进了餐厅，而且还有说有笑的。

吴晴看他们的样子关系似乎很好，不由得心中十分不快。

李贵诚二人打了饭菜，径直来到了吴晴的这张桌子上。

吴晴狠狠地瞪了李贵诚一眼，把脸十分生气地扭到一边。

朱从良笑着说：“吴晴，对不起，以前我不知道你是李贵诚的女朋友，我要知道你是李贵诚的女朋友，说什么那件不愉快的事情也不会发生。”

吴晴一听，有些害怕了，因为吴玉娟就在旁边听着呢！她霍然站起来，说：“你这个人真讨厌！你怎么胡说八道起来了，谁是贵诚哥的女朋友？”

“你们听听，贵诚哥，喊得多亲呀！你们要不是男女朋友，会喊得这么亲吗？你怎么不喊我从良哥呢！要说你不是李贵诚的女朋友谁相信呀！”

吴晴很生气地问李贵诚：“李贵诚，你到底跟他说了什么？”

李贵诚也不知道怎么说，只会说：“我……我……”

朱从良说："吴晴，你不要对他这样，他是真心喜欢你的。你们之间发生那么多的事情，你不做李贵诚女朋友，你还做什么呀？"

吴晴问李贵诚："李贵诚，你说我们之间有什么事呀？"

李贵诚说："谁说我们有事情了，只不过是普通的朋友。"

朱从良冷冷一笑："什么普通的朋友，李贵诚给我讲，你们在一个房间住了两次了。你说普通的朋友能男女住在一个房间吗？"他又问李贵诚，"李哥，你说是不是呀？"

李贵诚已经受了朱从良的安排，自然点头说："是。"

吴玉娟脸色立刻就变了，问："吴晴，他说的都是真的？"

"什么？"吴晴一听，可气坏了，"李贵诚，没想到你是这种人，你的心怎么这么坏呢？你还有什么事没有对朱从良说？"

朱从良说："我还知道你们在小池塘边，卿卿我我，搂搂抱抱。"他又问李贵诚，"李哥，你说对不对呀？"

李贵诚一听，这是哪有的事呀！他都不知道怎么回答了，只说了一个"啊"！

吴晴都快气哭了，说："贵诚哥，你说我们什么时候在小池塘边，给你搂搂抱抱啦？你这不是在胡说八道吗？"

朱从良说："吴晴，你别以为我们厂里的人不知道，谁不知道？哪个人不知道呀？你们去了小池塘边已经有三次了，事情发生就发生了，你不要再推辞了，你看人家贵诚都来真的了，你就别藏着掖着了，免得贵诚伤心。"

吴晴本来就气得不轻，听朱从良嘚啵嘚嘚啵嘚，跟显不到的似的，完全不让李贵诚说话，甭提有多烦他了，没有好气地说："我说你这个人有神经病呀？我爱跟谁交朋友，和你有什么关系呀？"

这个时候，有个花店的服务生怀中抱着一束玫瑰花，一共一百零八朵，走到李贵诚的面前，说："先生，这是您订的花。"

李贵诚接过这束鲜花，问朱从良说："小朱，你说这婚我还求吗？"

朱从良把李贵诚拉到一边，说："李哥呀，这玫瑰都送来了，你不求婚干什么呀？你当然要求婚了。要是这时候你打了退堂鼓，以后就没有机会了。"

李贵诚说："小朱，你看吴晴都生气了。我还向她求婚好吗？"

朱从良反问："李哥，我说你怕什么呀！她生气了没有关系，你就用最美的句子逗她开心。你要知道现在是最关键的时候，胜败在此一举。"

"我知道了。"李贵诚捧着一百零八朵玫瑰花，来到吴晴的面前，朗诵了一首诗：

月亮把星星带走。
风儿把白云吹走，
河水把浪花带走。
我的思念被你带走。
我不知道什么叫美丽，
以为最美丽的是花；
我不知道什么好听，
以为是小河流水。
我不知道什么是幸福，
以为能开心是幸福。
自从我遇见了你，
我才知道：
什么是美丽，
美丽不只是花，
美丽就是你的样子。
什么声音好听，
好听的声音不只是小河流水，
还有你的声音最好听。
什么是幸福，
执子之手，与子偕老。
他单膝跪地，把手中的鲜花高高举起，向吴晴求婚：
亲爱的，你嫁给我吧！
我愿意盘你长发，
你可愿意为我穿上嫁衣？
我愿意用一生爱你，
你可愿意与我白头偕老？
此刻我的心情难以用语言形容，
我有千言万语，万语千言
汇成一句话：
I love you！

这么浪漫的求婚方式，这么美的诗句，让哪个女孩子听到，都会感动得稀里哗啦的。吴晴却是哭得稀里哗啦的。

她眼中流着泪，顺手把那玫瑰花打落在地上，跑了出去。

李贵诚看着那一百零八朵玫瑰，就像破碎的心散落。他没有想到吴晴会拒绝他的求婚，好尴尬，好窘呀！

这些都没有什么，最使他难受的是心好痛呀！

餐厅所有的人都看着发傻的李贵诚，世界仿佛静止了一般。有的人觉得他向吴晴求婚，那是癞蛤蟆想吃天鹅肉，这个结果也是咎由自取；有的人在旁边幸灾乐祸地看笑话。只有极少的人同情李贵诚，觉得他好可怜呀！

第三十七章　鬼迷心窍

李贵诚听信朱从良的花言巧语，就在餐厅向吴晴求婚。结果如何？他相信小人的鬼话，结果能好得了吗？吴晴大怒，打落那一百零八朵玫瑰，哭着跑了出去。

李贵诚就像一个傻子木在那里了，陈明、张志鹏走了出来，推了一把发傻的李贵诚，说：“李哥，你还愣在这里干吗？还不去追吴晴，把你们之间的误会都说清楚。”

李贵诚这才反应过来，却被吴玉娟拦住质问：“李贵诚，你到底是怎么回事呀？你想干什么呀？你这是在让她难堪呀！还口口声声说什么爱她爱她，有你这样爱的吗？你知道她想要什么吗？”她越说越生气，要不是她的修养好，立马就给他两巴掌了。

李贵诚哪有时间听吴玉娟说这些，匆匆地说：“吴姐，我没有时间听你说这些。我追吴晴要紧。等这件事过了，我给你磕头赔罪都行。”说完他急匆匆地跑开了。

吴晴哭着来到厂里一个比较偏僻的花圃旁边，。一个人伤心难过，更多的是发愁。她真不知道该怎么跟姐姐解释。她最害怕的是姐姐一个电话打回家，家里不塌天了才怪呢！如果爸爸妈妈知道了这件事情，不是气个半死，就是会大病一场。她又一次想到自己和李贵诚的关系，究竟是什么关系，她自己也不明白了。

不一会儿，李贵诚就找来了。他看见吴晴就在这里，高兴地说："吴晴，原来你在这里呀！"

吴晴冷冷地说："李贵诚，你还来找我干什么？找你的小朱去吧！"

李贵诚坐在吴晴的旁边，说："吴晴，我们别闹了好吗？再说那小朱也不是那么讨厌，你干嘛 因为以前的小事，耿耿于怀呢？其实，你没有接触他，他这个人挺好的。"

吴晴哭着看李贵诚，说："贵诚哥呀，你到现在还替他说好话！你难道相信他，就不相信我吗？好，他是好人，我是坏人，你不要理我了。"

李贵诚劝："吴晴，你就别闹了好吗？你知道吗，我是真心爱你的。你难道一点就没有感觉我爱你吗？"

吴晴缓了缓口气说："贵诚哥，我们不是说好了吗？我姐姐回来了，我们要保持一定的距离。要有什么话，我们晚上谈，或在周末。你为什么突然向我求婚呀？"

李贵诚跟她讲了实话了："昨天，小朱来找我聊天，我们就聊起来。我也不知道为什么，就觉得他是好人，我就把我们的事给他讲了。他要帮我，我自然是高兴。他说让我向你求婚，我脑袋一热，所以就……"

吴晴哭着说："你看谁都是好人，你知道不知道他今天让你向我求婚，是不怀好意的？我昨天就告诉你，让你少跟这个人来往，他对你不会安好心，你怎么就是不相信呢？"

李贵诚低着头，像一个犯了错的小学生，说："吴晴，我错了。你就原谅我吧！"

吴晴摇摇头说："你现在知道错了，晚了。你向我求婚的时候，你有没有想过你错了？你知道不知道你这一次向我求婚，会给我带来多大的麻烦？你让我怎么跟我姐姐解释？如果她一个电话打回家，我该怎么办？我的爸爸妈妈知道我在外面交男朋友，不把他们气死才怪呢！"

李贵诚低着头说："对不起，我没有想过这些，给你带来了这么大的麻烦。"

吴晴低着头哭泣，说："对不起还有什么用呀！"她抬起头看着李贵诚说，"贵诚哥，我们还是把我们的关系断了吧！我们不要再这样，你走你的阳关道，我过我的独木桥。你和我从此再也不是朋友！"

李贵诚听了吴晴的话，吓得连连摇头说："不，吴晴，我错了，我知道错了。你就原谅我一次好吗？"

吴晴站起身来，转身就走了。

李贵诚追着吴晴说："吴晴，我知道你说的是气话。你不要这样好不好？好，我再也不跟朱从良来往。你不要不理我呀！"

吴晴绝情地说："李贵诚，你不要跟着我。我再也不想看到你了。"通过今天的事情，她感觉李贵诚的脑袋里缺一根筋，太傻了。

李贵诚不敢再惹吴晴生气，没再跟着她。

吴玉娟回到厂里上班的时候，已经听到过吴晴和李贵诚的风言风语。说实话，这些事她一点都不相信，这个电子厂的大多数人，都能把长的说成圆的，能把没有的事情说成真的。就像妹妹这么好的条件，怎么会看上李贵诚？所以就对那些所谓的风言风语没有相信。

今天，她看到李贵诚向妹妹求婚，她才相信那些风言风语都是真的。她怎么也想不明白，吴晴怎么会跟李贵诚成为朋友。他们的关系发展到什么程度，可一点儿也不清楚，她越想越害怕。

到了晚上，她和许洪亮来到妹妹的房间。

吴玉娟问："小晴，你到底和李贵诚怎么回事啊？"

吴晴说："姐姐……我……我……"她都不知道该跟姐姐怎么说。

吴玉娟着急地问："小晴，你就不要再瞒我了好不好？你和李贵诚到底有过什么事情呀？"

吴晴说："姐姐，我和贵诚哥什么事情也没有。"

吴玉娟不相信地说："你们没有什么事，那你们为什么还两次住到一个房间里？你到底和李贵诚的关系发展到哪个地步了？我这才离开短短的两个月，为什么事情会发展成这样？"

吴晴向姐姐解释："大姐呀，我和李贵诚真的没有什么呀！你要相信我好吗？"

许洪亮说："小晴呀，你和李贵诚交朋友，爸爸妈妈要知道了，那还得了？特别是妈妈要知道你在这里交男朋友，不把她气死才怪呢！小晴，你怎么这么不听话呢？你让我怎么跟爸爸妈妈说呀！"

吴晴哭着说："姐、姐夫，你们怎么就是不相信我呢！如果我要真喜欢贵诚哥，在他求婚的时候，干吗要拒绝他呀？"

吴玉娟还是不相信："你听听还贵诚哥贵诚哥地叫呢！要说你不喜欢李贵诚谁信呀？你两次与李贵诚是怎么回事？还有三次到小池塘边又是怎么回事呀？难道你真给李贵诚……李贵诚……"她都没有好意思说出来，就埋怨，"哎呀，小晴呀，你怎么这么傻呢？！"

"姐呀，到底我怎么说你才相信我？我和李贵诚什么也没有。难道你们逼死我才甘心吗？"

吴玉娟点点头说："好，你和李贵诚没有什么最好。"

吴晴向姐夫说："姐夫，你和李贵诚说，让他不要再缠着我了。"

许洪亮问："你自己怎么不和李贵诚说呀？"

吴晴说："贵诚哥，那个人特别固执，我给他说过很多了，他就是听不进去。还是你给他讲吧！"

吴玉娟也说："洪亮，你就去给那个李贵诚说说，让他不要再纠缠小晴了。"

许洪亮点点头说："好吧！我就去劝劝李贵诚。"

李贵诚正为白天做的蠢事后悔：我怎么被鬼迷了心窍呢？我怎么没想到会给吴晴带来这么多的伤害呢？由此可见，不成熟的男人有多么可怕！李贵诚虽然已经28岁，快到而立之年，但是他在爱情中还是一个傻瓜。

门外响起敲门声，他开门一看，是许总监来了，忙热情地把许总监让到屋中。

许洪亮进了屋坐下，也没有说别的，直接就说："小李呀，我今天来，不是为别的，我是来劝你的，我妹妹真的不适合你。你和她也是没有结果的，就不要在她身上浪费时间了。你该找真正你爱的人，同时也爱你的人，也比对我妹妹纠缠不清的好。"

李贵诚缓缓地说："许总监，你能不能回答我几个问题？我什么时候会遇见爱我的人和我爱的人？她又什么时候会出现？"

许洪亮一时也不知道怎么回答李贵诚的问题，就说："你找不到爱你的人，那也不能纠缠着吴晴不放呀？你觉得这样有意思吗？"

李贵诚说："许总监，你可知道什么叫'一箭钟情'吗？当你爱一个人的时候，丘比特就把爱情之箭悄悄地射在你的心上。你心上的爱情之箭不能拔下来的，要是强行拔下来爱情之箭，你的心都碎了，也就是你到了生命尽头。"

许洪亮也看得出来，李贵诚是真心爱吴晴的，他都不知道该怎么劝李贵诚是好，就走了。不过他在临走的时候，回过头又说了一句："李贵诚，别怪我没有提醒你，你追吴晴的事情我不反对，但是你要有个心理准备，到最后受伤的还是你。"

李贵诚见许总监走了，咬了咬牙："我去找朱从良那个王八蛋算总账。"

朱从良略施小计就让吴晴和李贵诚失和。

老戚几个人现在崇拜朱从良，就像崇拜大英雄一样。

朱从良做了这样的缺德事，就觉得八辈祖宗也光荣似的，正在屋里咧着嘴高谈阔论。

这个门也没有上闩，李贵诚一推门就进来了，正看见朱从良满嘴白话溜沫子。他又打量这个房间，不由得一皱眉。这屋中的墙上美女画真不少，个个穿着超高开衩的泳装，半露酥胸，还有两幅画的美女全裸。这么多美女的画就是没一个美女穿得正经的。

老戚一见李贵诚觉得好笑，李贵诚就比笑星还招人乐。这一见面就取笑李贵诚：“哎呀，这不是我们的新郎官来了吗？你不在家陪着你的新娘子，到我们这里干吗？”

什么都不能跟专业的比，有养鸡专业，有酿酒专业，老戚就是专业取笑人。专业这个玩意真是了不起，张嘴就有取笑人的词儿。

李贵诚满心的烦心事，哪还有闲心思在这里扯淡，冷冷地说：“你们能不能出去？”

朱从良笑着说：“老戚，你们先出去一下。李哥找我有事。”

老戚几个人挺不高兴地离开了朱从良的房间。

朱从良一见老戚几个人走了，问：“李哥，你过来有……”

他的话还没有问完，就被李贵诚揪住衣领子。

朱从良还不服气地说：“李贵诚，你想干什么呀？”

“我想干什么，你说我想干什么？”李贵诚就把朱从良按到桌子上，咬着牙说：“朱从良，我要找你算账！”

朱从良使尽了浑身的力量，还是丝毫动不了。他一见李贵诚果然厉害，顿时就软了，忙说：“李哥，我们有话慢慢说，用得着这样吗？”

李贵诚咬着牙说：“朱从良，我什么地方得罪了你，你为什么处心积虑要害我？说，我们到底有什么仇恨？”他说完话，手上一使劲。

朱从良可就受不了，鬼叫道：“李哥，你轻点轻点，我的腰都折了。你轻点好不好？李哥，你先放开我，我们有话好好说行吗？”

李贵诚也知道这样也不是解决事情的办法。于是他松开了朱从良，问：“朱从良，你为什么对吴晴说，我和她搂搂抱抱？我什么时候给你讲我们搂搂抱抱了？”

朱从良说：“我让你向她求婚，不得不说这是我个人的失误。不过，由此我看出来吴晴真是喜欢你呀！”

李贵诚就问：“你从什么地方看出来吴晴喜欢我？”

朱从良笑着说：“李贵诚，你没有看到你向她求婚的时候，她都哭了吗？如果她要不是爱你的话，干吗在你的面前哭呢？她怎么不在我的前面哭？李哥，你怎么不知道呢！”

李贵诚哪还能信他的鬼话，也不讲什么素质文明了：“你放屁，什么吴晴喜欢我。她要是心中有我，干吗和我绝交？是你害得我和吴晴连朋友也做不成了。”

朱从良笑着说：“李哥呀，你太不了解女人了。你说哪个帅哥和美女恋爱是一帆风顺的？你说哪一对情侣不闹别扭呀？李哥呀，吴晴说和你绝交你就

和她绝交呀？那你也太实诚了。我这样给你说吧，一般女孩子的性格很难理解。许多的女孩子都不让男孩子猜透她心里在想什么。我再给你说明白一些，一般女孩子说的都是反话，比如说她对你说‘我不爱你！’其实她的心里挺在乎你的。如果她不喜欢你，就不会给你说这些。”

李贵诚问：“你别扯太远，你就回答，如果她喜欢我，干吗和我绝交？”

朱从良笑着说：“李哥，那吴晴说给你绝交，那不是真和你绝交，而是在考验你呢！”

李贵诚一听朱从良说得挺有道理，又问：“那我该怎么办？”

朱从良一见自己把李贵诚稳住了，又开始使阴谋诡计了：“这时候，你不要去烦她。你先给她写书信，看看她是什么态度。李哥，要不然这样吧，我也为我犯的错误赎罪，你把书信写好，我给你送过去！”

李贵诚忙问：“你这里有没有笔和纸呀？”

“有有有。”朱从良忙给李贵诚拿来笔和纸。不过，这纸挺厚的。

写信对李贵诚来说不是难题，不多会儿就写好了。

朱从良把信收起来，说：“李哥，你放心，我明天就把这封信交给吴晴。”

李贵诚回到自己的房间，想着自己和吴晴的未来，不知道是能有一个幸福美满的未来，还是成为一个凄凉结局。

他躺在床上翻来覆去怎么也睡不着，想起来自己和吴晴的种种情景。

突然，他越想越害怕起来：不好，朱从良不是个好人，我把信放在他那儿有点不妥。要是他在信里动了手脚，那就更糟糕了。不行，我要把信要回来。

他开门就要去朱从良的房间，没想到的是朱从良已来到他的门口，他奇怪地问：“小朱，你有什么事情呀？”

朱从良说：“李哥，我本想替你把这封信送给吴晴。但是我想了想，我送信不合适。你想呀，吴晴本来就讨厌我，要是让我送信，本来是好事也变成坏事。再说这信还是你自己送给吴晴比较合适。”他就把信递给了李贵诚。

李贵诚一听，正中下怀，伸手接过来信看了看，那信原封未动。他就放心了，就把信收了起来。

朱从良还挺关心地说：“李哥，依我说你最好不要把信直接交给吴晴。你最好把这封信交给她的姐姐吴玉娟，让吴玉娟转交给吴晴。”

李贵诚问：“为什么呀？”

“李哥，你想呀，如果要是你亲手交给吴晴，吴晴会耍小性子，不会看这封信。那你这信不是白写了吗？要是她姐姐交给她，那就不一样了。”

李贵诚还挺感激朱从良的，点点头说：“我知道了。”

第二天，李贵诚就想把这封信交给吴玉娟，但是他又怕吴玉娟不接受，所以他始终没有把信交给吴玉娟。

直到下班了，他一看再不交信不行了，这才鼓足了勇气，把信交给了吴玉娟。

吴玉娟并没有接过信，而是说：“李贵诚，我不会替你传这封信的，你还是别再纠缠我妹妹了。”

李贵诚十分恳求地说：“吴姐，我求求你，你就帮我这一次吧！我知道我配不上你的妹妹，但是我就是管不住我的心。难道我能不知道该放弃吴晴，难道我不想忘记吴晴吗？我就是忘不了她呀！你就帮帮我吧！”

吴玉娟盯着这个执迷不悟的小伙子，冷冷地说：“李贵诚，你还是清醒清醒吧！你追我妹妹，我反对还来不及呢，还会帮你吗？”

这时候，招来厂里许多人看热闹。

李贵诚叹了一口气说：“唉，当时我不知道刘婷芳为什么为了抛弃她的王丰给我下跪。我现在懂了，真懂了。不管你是神仙也好，还是凡间普通人，在爱情面前一样卑微。吴姐，今天，我就为了我爱的吴晴给你下跪。”说着他还真给吴玉娟跪下，把信递到了吴玉娟的手里。

吴玉娟接到信都傻了，都不知道该怎么办，双手颤抖着接过信。

李贵诚把信交给吴玉娟，站起身走了。

李贵诚这么爱吴晴，能感动几个人？有的人说李贵诚是癞蛤蟆想吃天鹅肉，有的说李贵诚为了一个女人，连做男人的尊严也没有了。

吴玉娟就把信带回了家，不过她没有想过把信交给妹妹的，只打算明天把信还给李贵诚。

她就随手把信放到桌上就开始做饭了。

许洪亮拿起桌子上的信，问：“这是谁的信？”

吴玉娟说：“李贵诚的。”

许洪亮就好奇地说：“不知道这里面写的是什么呀？”

吴玉娟忙说：“洪亮呀，别人的信你不要看，万一有什么隐私。我明天还给他就是。”

“我知道，别人的隐私是不能窥视的。”他说着话，就把信放在桌子上。

不一会儿，一双儿女放学回来了。

第三十八章　一封要命的情书

吴玉娟随手把李贵诚的情书放在桌子上，想着怎么处理这封信。

不一会儿，孩子们放学回来了，进门说：“妈妈，饭做好没有？我饿了。”

吴玉娟应了一声：“你在外面等着，饭菜马上就好了。”

他们吃过晚饭，吴玉娟就和爱人一起看电视。

忽听许佳婷跑进来问：“爸爸、妈妈，你们说什么叫享受肉体上的快感呀，什么又叫欲仙欲死呀？还有还有，什么又叫你我的那一夜，我们永远也忘不了呀？”

吴玉娟一听，生气地问：“你在什么地方看到这些浑蛋的言语？”

许洪亮也气呼呼地问：“你是不是看了你们不该看的小说呀？”

许佳婷吓得战战兢兢：“爸爸，妈妈，我们……我们看了桌子上，一个叫李贵诚写给二姨……”

“什么，你们看了桌子上的信了？”许洪亮大声怒吼，“你们怎么偷看大人的信呢？下回不要这样了，听没听到？”

许佳婷嗫嚅着说：“我知道了。”

吴玉娟说：“佳婷，你把那封信拿过来，我看看上面到底写了什么。”

许洪亮还说：“玉娟，你看别人的信不好吧？”

“还有什么好不好的？”吴玉娟看了一眼许洪亮，说，“我顾不了那么多了。”

许佳婷就把那封信拿给了妈妈。

吴玉娟接过信看了一遍，气得直哆嗦，差点儿把信给撕了。

许洪亮忙问：“玉娟，你怎么啦？”

吴玉娟就把信递给了丈夫。

许洪亮接过信，看了看说：“玉娟，我看没有什么呀！不过呀，李贵诚的文笔还不错。”

吴玉娟说：“你再往下看。”

许洪亮又接着看下去，也就气得哆嗦上了。

吴玉娟说：“吴晴该不会已经和李贵诚……李贵诚……”

许洪亮说：“不可能吧？”

吴玉娟指了指信说：“洪亮，你说他们要是没有事，李贵诚在书信上写这些干吗？”

许洪亮摇摇头说：“我也想不明白，依我看李贵诚温文儒雅，绝对不会做出越轨的事情。再说，就是他和吴晴有那些事情，也不至于把那些话写到书信上啊。”

吴玉娟问：“洪亮，你说我们怎么办呀？”

许洪亮想了想，说：“我们别一个人做主，要跟她大哥大嫂商量一下。”他看了看手表，说。“现在才7点多，我们不如现在就去弟弟家，看看怎么办！”

他们拿着信就来到吴龙的家里，把信拿给吴龙夫妻看。他们看了信也气得抖了起来。

吴龙是个火暴脾气，一看书信可气坏了。

最后，他们做了决定，就是吴龙、吴玉娟、许洪亮三个人，拿着信去问问吴晴这到底是怎么回事。

吴晴的心情很不好，一夜光想着烦心了，没有睡觉。

这一大清早，就听有人敲门，她开门一看，原来是大哥、大姐和姐夫来了。

她一见亲人可来了，满心的委屈就有了倾诉的对象，刚要扑过去诉苦。

哪知道吴龙指着妹妹怒吼：“小晴，你怎么这么不听话呢！那李贵诚有什么好的，你竟和他……”他都没有好意思说出口，说，“哎哟，你都气死我了。是不是李贵诚给你灌上迷魂汤了，你就上当受骗了？”

吴晴听得头都大了，忙问：“大哥，你在说什么呀？我一句也没有听明白。”

吴龙咬了咬牙，说：“小晴呀，我没有想到你能做出这么丢人的事情，让我怎么跟爸爸妈妈交代呀！”

吴晴奇怪地问：“大哥，我到底做了什么丢人的事了？”

吴龙火冒三丈：“你还有脸问我，你自己做的丢人的事，你自己不知道吗？不知羞耻——”他的脾气这暴呀！要不是许洪亮拉着他，他的手都要打在妹妹的脸上了。

许洪亮拉住大哥说：“哥呀！你这是干什么呀！我们要把这话问清楚。”

吴玉娟问妹妹：“小晴，你是不是和李贵诚有什么事？”

吴晴着急地说：“姐，我和李贵诚什么事也没有。”

吴龙问：“吴晴，你和李贵诚真没有说不清道不明的关系吗？”

吴晴着急得都要哭了：“哥、姐、姐夫，你们怎么不相信我呢？我和贵诚哥真没有什么。你们也不知道是听谁在胡说八道。”

“你和李贵诚真没有是吧？”吴龙就把那封信摔到吴晴的面前，说，“那这是什么？你就自己看看吧！”

吴晴就拿起信，看了一遍。她看了信，浑身发抖：“这……这是胡说八道，谁和他……谁和他……”她趴在床上哭了起来，“他们成心害我。”

吴龙说：“小晴，你哭什么？事情都到了这一步了，你哭也没用了。”

吴晴从床上坐起来，咬着牙说：“好，哥、姐、姐夫，我这就去找李贵诚问个明白。”

说着这一干人跟着吴晴来到李贵诚的房间门口，一看这门都上锁了。很显然李贵诚不在宿舍。

吴晴说：“好，他不在家，我就等他回来，非要把这事情问个清楚不可。”

许洪亮就说：“吴晴，我们老是在李贵诚门前，算什么事情呀！不如这样吧，上班的时候，你也别跟他闹了，就在吃饭的时候，在餐厅问个清楚。”

吴晴一看，没有别的好办法，只好点头：“好，我一定在餐厅找李贵诚问个清楚。”

许洪亮和吴玉娟也没有心思上班了。吴龙也不放心，就在这里陪着妹妹。

到了中午吃饭的时候，他们就早早来到餐厅。他们左等李贵诚没来，右等李贵诚不到。

吴龙说：“李贵诚，他是不是害怕了，不敢来了？”

许洪亮摇摇头说：“不会吧？他应该不知道我们找他吧？”

吴晴说：“难道他自己做的亏心事自己不知道？他要是不敢来了，我就到仓库里找他。”

吴龙紧握着拳头说：“我要是见到李贵诚，非揍他一顿不可。”

许洪亮忙说：“大哥，你那就不是解决事情的办法，我们重要的是把事情问清楚才对嘛。再说要说动手，人家怕你呀！别忘了，李贵诚练过跆拳道。”

吴龙一激动，把李贵诚练过跆拳道的事儿忘了。不过他不服软，说：“他说明白了就算了，要说不清楚我再揍他。”他说这话的时候，一点底气也没有。

在餐厅里吃饭的员工，都在用奇怪的眼光看着他们。

在他们说话的时候，李贵诚就跟没事人似的，来到食堂打饭。

其实，他不是做贼心虚，也不是在躲着吴晴他们。而是在吃饭的时候，来了一车货，他就在仓库门口清点货物，所以吃饭来晚了。

他本来想到另外一张桌子上吃饭，就听吴晴说："贵诚哥，你过来一下。"

李贵诚抬头一看，就见吴晴向他招手，心里还在想呢：嗯，小朱的这个办法还真好，要是我和吴晴和好了，我要好好地感谢小朱。他端着饭碗就来到吴晴这张桌子上。

他一见吴龙来了，忙跟他打招呼："吴哥，你怎么来了？"

"哼！"吴晴气呼呼地把脸一扭，就没有理李贵诚。

李贵诚笑着说："你们怎么都聚到餐厅里了？"他又看了看吴晴，问，"吴晴，你怎么了？"

吴晴强压怒火，问："贵诚哥，我有事情要问你。"

李贵诚本来是挺高兴的，一见吴晴他们的脸上冷得跟冰块似的，就问："吴晴，你怎么了？"

许洪亮一见餐厅里这么多人，要是把这些话说出来不好，就说："吴晴，李贵诚，这些话不能在这里说，这里人多嘴杂，我们还是找个没有人的地方把这个事情说清楚。"

吴玉娟说："好吧！我们就到休息室让他们把话讲清楚。"

他们就离开餐厅，李贵诚连中午饭也没有吃，就跟着他们出去了。

他们走后，餐厅里的员工都议论纷纷。有人说："你看他们谈的不是什么好事。"有的人又说："你还不知道吗？吴晴跟那个李贵诚有说不清楚道不明白的关系。"旁边还有人就说了："你还不知道吧，我听说吴晴还跟李贵诚同房了两次。"

这些话说得好难听呀！不过比这话难听的还有。就这样说吧，说什么的都有，就是没有一句实话，都是一些没来由的桃色新闻。

在这个餐厅里最不高兴的就是老戚几个人，他们一见吴晴气势汹汹来到食堂，就知道有笑话看。他们就像期待好莱坞大片似的，等着看这个笑话。眼见就要看到笑话了，没有想到许洪亮几句话，这个笑话就没有看着。

朱从良气得吐了一口："呸，他奶奶的，我们忙乎了两天，就是看这场重头戏。结果，什么笑话都没有看成。我这白忙乎了。"

"唉！"老戚几个人都摇头叹息，这个笑话没有看着，就像是遗憾终身似的。

小杨不动神色的说了一句话："李贵诚要倒霉了。"

老戚几个人一听李贵诚要倒霉了，都又高兴起来了。

吴晴两个手指头夹住那封信，又问起了老问题：“李贵诚，这封信是你写的吗？”

李贵诚点点头说：“对呀！这封信就是我写的！”

吴晴问：“李贵诚，我们在山洞里怎么啦？我们一起看夕阳的时候，你抱着我。我们又什么时候那个了？你给我把话说清楚。”

李贵诚听得一头雾水，吴晴问了这些事情。他一件事都不知道，问：“吴晴，你到底要说什么呀？你说的话我一句也没有听懂。”

“你自己好好看看。”吴晴就把那封信摔到李贵诚的脸上。

李贵诚展开自己的信看了一遍。这封信有一个奇特的功能，不管是谁看了都会发抖，包括李贵诚。

这封信写着：

吴晴：

桃之夭夭，灼灼其华，怎比得上你万分妖娆。蝴蝶纷飞，飘飘舞动芬芳，也比不了你曼妙的身姿。你那动人的舞姿，压倒群芳众艳。你在桃花中回眸一笑，胜过贵妃当年。使我迷醉，忘记自己。我的心从此被缚去。

我也不知道是什么感觉，让我对你念念不忘，满脑子里都是你的倩影，你的美丽的脸庞。我也不知道是什么力量，驱使我有了勇气追求你。尽管无数次被拒绝。有时我也流泪，有时我也想放弃。但是这种力量驱使我勇往直前。

现在，我才知道那是爱的魔力，她是美丽的，也是可怕的！我想任何人都无法抗拒她的力量。

我们在爱情魔力的驱使下，走到了一起。可是我的爱让你受到伤害，让你流泪。我很抱歉。

我知道你无法原谅我，但我还是希望你我能回到从前。我们毕竟爱过那么多次。

吴晴，你还记得吗？我们第一次约会，就遇见了风雨天，我们就进了一个山洞。

我们在山洞里促膝长谈，彼此有了爱慕之情，你的初夜就这样给了我。真的，这是第一次体验到肉体上的快感。它使我终生难忘。

你还记得那一次吗？我们在星光灿烂夜空下，又一次激情燃烧。

我也忘不了八月十六的晚上，那月光皎洁的夜晚，我们一起赏月。你给我跳了一支优美的舞蹈。我记得，你依偎在我的怀中，我抱着你给你讲《嫦娥奔月》。

我们在湖边一起看落日夕阳，我觉得十分幸福。

我们在那草地上，我们又一次欲仙欲死。我们玩得高兴极了，不是吗？这是多么浪漫的回忆。

我和你在一起的时候，多么希望时间能停下来，永远停止在这快乐的一刻。

吴晴，我们拥有无数次你我的那一夜，我们永远也忘不了。你真的不能原谅我这一次错误？

我因为爱你，才一时冲动，所以在餐厅向你求婚，但是我是真的好爱你呀！

我们不能回到从前吗？就让我们重新开始吧！我要用我的一生爱你，我要陪着你走过风风雨雨，我要陪你走过接下来的坎坷路。我要保护你，用我的一生爱你，不要让你受伤，不让你心碎，不让你流泪。

吴晴，你原谅我吧！让我们的爱情继续燃烧吧！

永远爱你的李贵诚

2000 年 10 月 13 日

李贵诚颤抖着看完这封书信，不知所措地说：“怎么会是这样？这好像不是我写的。”

吴玉娟说：“李贵诚，你不要否认。这封信是你亲手交给我的。”

吴晴也说：“错不了，这封信就是你写的，你的字体我认得。”

李贵诚就是有一百张嘴，也说不清楚这是怎么回事。但是这件事情说不清，也要说：“吴晴，你听我说，这封书信是我写的不假，但是有人动了手脚。”说不清楚的事情，哪能说清楚，只能是越描越黑。

吴晴哭着说：“贵诚哥呀贵诚哥，我一直把你当作哥哥、当作朋友、当作我的知音，甚至把你当作我男朋友。你却这样对我，我真是伤透了心。”她狠狠打了李贵诚一个耳光，哭着离去了。

吴龙实在是忍不住怒火，上前就抓住李贵诚说：“李贵诚，你敢欺负我妹妹，我非揍你一顿不可。”

李贵诚一点也不反抗，说：“吴哥，你要是觉得这样能解决问题，你就打吧！最好是把我打死，我不想活了。”

“你以为我不敢打你吗？”吴龙抡拳要打，可是被许洪亮拦住了，说，“大哥，你这是干什么呀？我相信李贵诚绝对说不出那么无耻龌龊的话。这里面一定有隐情。”

吴龙松开了李贵诚，说：“你以后离我妹妹远一点，以后不要再纠缠她了。

就凭你这智商，还想追我妹妹！”说完他就离开了休息室。

许洪亮对李贵诚说：“李贵诚呀，你要是让吴晴原谅你，你首先要把这件事情弄清楚，到底是怎么回事。这封信究竟经过别人的手没有。”

说完这些他也拉着吴玉娟走了。

李贵诚心情十分不好，下午浑浑噩噩地上了一下午班。

到了下班的时候，李贵诚就把那封要命的信，拿出来又看了一遍。他仔细一看，就看出来被修改的痕迹，就是用窄透明胶，把原来的字粘掉，再写上别的字。

第三十九章　冲动的惩罚

李贵诚终于知道给吴晴的这封书信乃是用透明胶修改的。这种修改的办法，他并不陌生。如果不小心写错字，就用透明胶粘在错字处，把错误的字粘掉，那错字就没有了，再重新写上对的字。上学的时候，做作业的时候写错了字，就用这种方法修改。没想到朱从良就把这个办法用到这上面了。

他又想找朱从良算账，但是他控制住了，心想：“我要冷静，一定要冷静。越是在这个时候，越要冷静。我现在最重要的，既然用透明胶修改这封信，那被粘掉的字还一定在透明胶上。我一定把那些修改的透明胶找来。

他就来到朱从良门前，轻轻敲门，问：“有人吗？”

“有，谁呀？”朱从良在里面应了一声，就把门打开一看，吓得一哆嗦，“李贵诚，你来这里干什么？”

“你走开。”李贵诚就把朱从良扒到一边，进了屋。直接就翻朱从良的垃圾桶。这里面都是生活垃圾。李贵诚也不嫌脏，仔细地翻着垃圾。

果然，那修改书信的透明胶就在垃圾桶里。

李贵诚就把那些透明胶拿在手中说：“朱从良，你为了我，真是煞费苦心。哼，不过你百密一疏。朱从良，你没有想到吧？人算不如天算，这些东西被我找到了！”

吴晴打发走了哥哥姐姐之后，一个人静静坐在床上。她真是好伤心：为什么贵诚哥会这样说我？他怎么这样呢？难道美丽也是一种罪过吗？为什么贵诚哥会对我有肮脏的想法？难道他以前人品端正，谦谦君子的形象，都是装出来做给我看的吗？她怎么也接受不了那封信就是李贵诚写的。

忽听门外有人敲门，她失魂落魄的问：“谁呀？”

门外有人应了一声：“是我，李贵诚。”

“你还来找我干什么呀？”

“我来给你解释那封信是怎么回事。”

“你走开，我不听你解释！”

李贵诚在门外说：“吴晴，你开门好吗？”

吴晴依旧不开门，只是从里面哭叫着然李贵诚走。

李贵诚等了很久，门还是紧紧关闭，说：“好，吴晴，我现在去竹林公园等着你，你什么时候想明白了，你什么时候就去竹林公园。我就在竹林公园等着你。你要是一分钟不去，我就等你一分钟，你要是一个小时不去，我就等一个小时。你要是一天不去，我就等你一天。你要是一年不去，我就等你一年。”他说完话就走了。

吴晴一想：“李贵诚这个人就是犟脾气，如果我不去，他还真等我一夜。”但是她又一想，“不行，我不能去，要是被我姐知道了，又该说我了。我既然要和李贵诚断绝来往，索性就一断到底，不给他留一点念想。”

她本来不想去，不知道为什么，有一种无形的力量吸引着她去竹林公园。这种力量就像地球引力。

这是无法抗拒的力量，让吴晴来到竹林公园，见李贵诚手中握着那封该死的信，低着头正在等自己到来。她有点感动，带着哭声说：“李贵诚，你这个人怎么这么傻。我要是不来，你真的要一直等下去呀？”

李贵诚抬起头看着吴晴说：“吴晴，我就知道你一定会来的。如果你一年不来，我就等你一年，如果你一辈子不来，我就等你一辈子。你说我犯傻，我就是为我心爱的女人犯傻。”

吴晴说：“李贵诚，我来了，你不是要解释这封信吗？这封信到底是怎么回事？”

李贵诚就把自己怎么又一次上当，在朱从良屋中写书信，朱从良用什么办法修改了这封信，仔仔细细都给吴晴讲了。

吴晴一听就相信了，因为她对透明胶修改文字并不陌生。她在上学的时候也经常用这个办法。

李贵诚又把那封信拿出来，让吴晴看。

吴晴接过书信，仔细看这封信上的字迹。这封信虽说大部分的字体都是李贵诚写得，但是那些龌龊话的字体，就没有李贵诚的字体潇洒。别看李贵诚模样丑，但写得一手好字。还有，有的文字距离特别近，有的本来一行字的距离，却写了两行。

她第一次看到这封信时只顾着生气了，所以就没有看出来这些。

他们把信和透明胶上的字迹对比。这封信就恢复了原貌：

吴晴：

桃之夭夭，灼灼其华，怎比得上你万分妖娆。蝴蝶纷飞，飘飘舞动芬芳，也比不了你曼妙的身姿。你那动人的舞姿，压倒群芳众艳。你在桃花中回眸一笑，胜过贵妃当年。迸我迷醉，忘记自己。我的心从此被缚去。

我也不知道是什么感觉，让我对你念念不忘。满脑子里都是你的倩丽身影，你的美丽的脸庞。我也不知道什么力量，驱使我有了勇气追求你。尽管无数次被拒绝，有过很多次失败。有时我也流泪，有时我也想放弃。但是这种力量驱使我勇往直前。

现在，我才知道那是爱的魔力，她是美丽的，也是可怕的！我想任何人都无法抗拒她的力量。

我们在爱情的魔力下，走到了一起。可是我的爱让你受到伤害，让你流泪。我很抱歉。

我知道你无法原谅我，但我还是希望你我能回到从前。我们毕竟爱过那么多次。

吴晴，你还记得吗？我们第一次约会，就遇见了风雨天。我们就进了一个山洞。

我们在山洞里促膝长谈，彼此有了更多的了解，很愉快。真的，这是我第一次和女孩子聊天。

你还记得那一次吗？我们在星光灿烂夜空下讲故事，那是多么开心！

我也忘不了八月十六的晚上，那月光多么皎洁的夜晚，我们一起赏月。你给我跳了一支最美的舞蹈，我给你讲《嫦娥奔月》。

我们在湖边一起看落日夕阳，你就坐在我的旁边，我远远地看着你，就觉得十分幸福。

我们在那草地上、小河边你追我跑，我追你跑，我们玩得高兴极了，不是吗？这是多么浪漫的回忆。

我和你在一起的时候，多么希望时间能停下来，永远停止在这快乐的一刻！

吴晴，我们拥有无数次美好的记忆，我们永远也忘不了。你真的不能原谅我这一次错误？

我都是因为爱你，才一时冲动，所以在餐厅向你求婚，但是我是真的好爱你呀！

我们不能回到从前吗？就让我们重新开始吧！我要用我的一生爱你，我要陪着你走过风风雨雨，我要陪你走过接下来的坎坷路。我要保护你，用我的一生爱你，不要让你受伤，不让你心碎，不让你流泪。

吴晴，你原谅我吧！让我们的爱情继续燃烧吧！

永远爱你的李贵诚

2000年10月13日

李贵诚说："吴晴，你原谅我好吗？我们还像以前一样好不好？"

吴晴摇摇头说："贵诚哥，对不起，发生了这么多的事情，我们的关系再也回不到原点了。"

有时候女人的思维就是让人难以捉摸，或许她们喜欢暧昧不清的感觉，喜欢彼此做朋友的感觉，一旦男人有了错觉，开始表白，那么，他们便连朋友都做不成，这就是女人的思维。

"吴晴，为什么？"李贵诚显得很激动地问，"信的事情我不是解释清楚了吗？你怎么还不原谅我呀？吴晴，我是那么爱你。"

吴晴说："贵诚哥，对不起，我从来都没有爱过你，我们只是朋友。"

李贵诚还是不相信地问："吴晴，你是骗我的。你要是不爱我，那你什么总是找我聊天，我们一起在星光灿烂的夜空下讲故事，我们一起在池塘边看夕阳，我们一起赏月，讲着《嫦娥奔月》的美丽传说，我们一起在小河边快乐地嬉闹。你说你不爱我，我们以前的关系是什么？"

"我也不知道了，我的脑子很乱，我也不想谈这个问题。"吴晴说，"贵诚哥，我要回家了。"

"什么？"李贵诚听了吴晴要回去了，他心都死了，倒退了几步，说："吴晴，你要回去吗？什么时候回去呀？"

吴晴久久低着头，也不敢看李贵诚，回答："我五天之后回家。"

她以为李贵诚一定很伤心难过，哪知道李贵诚不但不难过，反而笑了："吴晴，好呀！等你走的时候，我要送送你呀！"

李贵诚不伤心难过，吴晴反倒有点失落，说："我以为你听说我要走了，会很难过的。没有想到你一点不难过！"

李贵诚笑着说："我以前对你很执着，苦苦追求着你。我爱你爱得很累，我有时也想放弃，就是放不下你。当你说要走的时候，是，我很难过。我突然也想通了，是你的始终都是你的，不是你的怎样强求都没用。人呀，要相信命运。你不属于我，我不再纠缠你了。"

吴晴强挤笑容地说："好……好呀！你这样想，我就放心了。"

李贵诚笑着说："我现在想通了，身上的包袱也卸下来了。我也轻松了不少。"

"你要是这样想就好了。"吴晴知道李贵诚从此不再纠缠她，她应该高兴才是。可是她一点也不高兴不起来，反而倒有莫名的伤感：李贵诚以前是那么爱我，为什么我要走了，他一点都不难过？他口口声声说爱我，难道都是假的吗？

李贵诚笑着说："吴晴，我要请你喝酒。"

吴晴奇怪地问："干什么呀？"

李贵诚笑了笑说："吴晴，你不要有压力。在你走之前，我们痛痛快快醉一场。让我们忘记过去，也不要想未来。我们现在就痛痛快快醉一场。"

"好吧！我们就好好醉一场，忘掉一切烦恼。"吴晴就跟着李贵诚走，偷眼看着李贵诚，没有一点伤心的样子，心中真不是滋味：李贵诚，他曾经是那样疯狂地追求着我。我拒绝了他这么多次，他还是义无反顾地追我。他怎么听我说要走了，那么快就把我给忘了？人呀，总是善变的。我什么时候才能找到真正属于我的爱情？她倒伤心难过起来。

他们就来到一家小酒馆。李贵诚要了几个下酒的小菜，要了一箱子啤酒，他们就喝了起来。

李贵诚一开始还是慢慢地一口一口喝，可是两瓶啤酒下肚，就不是慢慢地喝了，而是一瓶子一瓶子喝。说喝呀，那已不叫喝了，那就是灌。

吴晴本也想喝酒，忘掉烦恼，但她见李贵诚这么不要命地喝酒，吓得也不敢喝酒了。

李贵诚一个人就喝了七瓶啤酒，最后喝得趴在桌子上直吐，就这样还要喝呢！

吴晴说："贵诚哥，你不要再喝了。"

李贵诚醉醺醺地说："我要喝酒，我一辈子也不要醒过来。你要回去了，这里孤零零剩下我一个人，还有什么意思呀？我要醉，我要大醉一场。因为醉了就不会再想那些痛苦的事情。"

原来，李贵诚刚才的洒脱都是装出来的。其实，内心的痛苦无法用语言表达。他怕吴晴伤心，这才装着一副无所谓的样子。

吴晴不知为什么，知道李贵诚还是爱着她的，觉得有了一丝安慰。

吴晴扶着李贵诚出了酒馆，说："贵诚哥，我们回宿舍去吧。"

李贵诚推开吴晴说："我不回去了，我不想回去，我更不敢回去。"

吴晴就说："贵诚哥，你看这都这么晚了，不回去怎么办？"

"我不回去，因为我要是回去了，你就离开我了。"他拉着吴晴的手，说，"吴晴，我们不要回去好不好？"

吴晴忙抽回自己的手，说："贵诚哥，你就别闹了，我们还是回去吧！"

李贵诚还是紧紧握住吴晴的手，说："吴晴，我以前以为只要用真心，就能把你感动。"他苦笑了两声，"哈哈……不管我怎么用真心对你，还是感动不了你。我是多么幼稚呀！是我太天真了。别人说我傻，我还不相信。看起来是我错了，我真的错了。"

吴晴怎么使劲也抽不回自己的手，就着急地说："贵诚哥，你不要这样好吗？"

李贵诚依然拉着吴晴的手不放，说："吴晴，我们在一起好不好？我要保护你，我要一辈子爱你，不会让你受半点伤害。"

"贵诚哥，你喝醉了。"

"吴晴，我没有醉，我现在清醒得很。我在清醒的时候，总是自己骗自己，只有喝醉的时候才最清醒。吴晴，你说我是不是很自卑？"

吴晴十分着急："贵诚哥，你不要这样，放开我呀！你让人家看到了会怎么想？"

"我就是怕这个怕那个，这也怕，那也怕。就是因为害怕，我们才走到今天这一步。现在我什么都不怕了。"李贵诚说着把吴晴抱在了怀里。

吴晴就在李贵诚怀中挣扎，说："贵诚哥，你不要这样。"

李贵诚依然抱着吴晴，说："吴晴，别说你的心是块冰，可是我不怕，你就是一块铁，也把你熔化了。"他灼热似火的嘴唇吻在了吴晴娇柔的嘴唇上。

起初，吴晴还在李贵诚怀中挣扎。最后，她感觉到李贵诚真挚的爱情。她不再挣扎了，闭上眼睛享受狂吻的热浪。这种亲吻的感觉很奇妙，让人心跳加速，呼吸颤抖，有点眩晕。在这宇宙中再也没有比亲吻更奇妙的感觉。

当吴晴睁开眼睛的时候，看见李贵诚脸上的伤疤，和自己平日想象的白马王子有天地之差。她真的接受不了，用力一推，说："李贵诚，你干什么呀？"

李贵诚也觉得自己刚才的举止有点过分，自己都不知道该怎么向吴晴讲，十分尴尬地说："吴晴，我对不起你。"

"李贵诚，你为什么要伤害我呀？"吴晴狠狠打了李贵诚一个耳光，哭着离去了。

李贵诚傻傻地站着，看着吴晴离去的背影，说："事情怎么会发展到这个地步呀？"

第四十章　天使之吻

吴晴跑回了自己的房间，躺在床上回想着李贵诚狂吻自己的感觉，并不觉得讨厌。她不止一次问自己：李贵诚吻我的时候，我为什么不讨厌那种感觉，为什么我的心跳会加速？

她躺在床上再也睡不着了，自己和李贵诚在星光下讲故事、小池塘边一起看夕阳、月下讲《嫦娥奔月》的美丽传说，小河边玩闹嬉笑的情景，一一在眼前浮现。

突然，她一想到李贵诚一个人喝了那么多啤酒，还在外面乱走，她不由得担心了起来：贵诚哥要是迷路了怎么办，他要是被车撞了该怎么办呀？但是她又一想：他和我有什么关系呀？我为什么要担心他？她是这样想的，但就是控制不了自己担心李贵诚，从来没这样担心过一个人。

后来，她鬼使神差地来到李贵诚门前，轻声喊："李贵诚，你在家吗？李贵诚，你在不在屋中呀？贵诚哥，你在吗？"她问了那么多声，没有人回答，很显然屋中没有人。

她是真着急了，不知道喝醉酒的李贵诚去了哪里，有没有危险。

她就出厂找李贵诚。

她来到厂门口，大门都关上了。她又叫保安给自己开门。

保安小刘问："吴晴，你这么晚还出去干吗？"

吴晴含糊地回答："我出去有一点事。"

小刘还很奇怪："这么晚还有什么事情呀？"

吴晴来到李贵诚喝酒的那个小饭馆门前，那家饭馆早就关门了。

这里哪还有李贵诚的影子呀！她就用最笨的方法边找边喊："贵诚哥，你在哪里呀？李贵诚，你有没有听到我在喊你？李贵诚，你答应我好不好？贵诚哥！"

她就连找带喊了一个小时，喊得她口干舌燥，累得她腰酸背痛。她实在是走不动了，就靠在一棵树上歇歇脚。

她真是太困了，不多久就昏昏沉沉地睡着了。她不知睡了多久，一睁眼就看见李贵诚面带笑容地看着自己。

她心中所有的害怕、委屈一下子都涌出来了，一下子就把李贵诚抱住，哭着埋怨："李贵诚，你到哪里去了？你知道不知道你都吓死我了。我喊得嗓子都哑了。贵诚哥，你知道我找不到你，我心中有多害怕吗？有多担心你吗？"

李贵诚紧紧抱着她，用手轻轻拍着她的肩头，就像哄小孩子一样，说："好了，好了，我不是在你身边吗？"

吴晴仰起脸问："贵诚哥，你不要离开我好吗？你要保护我一辈子。"

"好呀！我就一辈子做你的护花使者。"李贵诚站起身，伸出手说。"跟我来吧！"

吴晴拉住李贵诚的手，问："我们去哪里呀？"

"不要问了，你跟我来就是了。"李贵诚拉着吴晴的手就走。

他们一起来到了一个非常美丽的地方。这个地方有青山碧水，有绿树红花，这里也有可爱的小动物跑来跑去。树上活泼可爱的小鸟儿，在那里叽叽喳喳。

李贵诚用手一指，笑着说："吴晴，你看那是什么？"

吴晴放眼望去。一条汉白玉台阶，蜿蜒直上云端。她惊叹："呀！这真是一个天梯呀。"

李贵诚拉着吴晴，就塌上了白玉天梯，说："我们走吧！一起去没有烦恼，没有痛苦，只有快乐，没有权力争斗，只有和平，没有尔虞我诈，只有真心

诚意的地方。”

吴晴说：“那不是天堂吗？”

李贵诚笑着点头：“对，那就是人类向往的天堂。”

他们二人并肩漫步在洁白的白玉天梯上，两边都是各种各样的花儿。她每走一步，眼前就出现快乐的回忆。

这条天梯的尽头就是天堂，那真是虚无缥缈，云雾弥漫。在白云上有好多精美的凉亭，每个凉亭里，都有一个美丽的公主，跳着最美丽的舞蹈。她们的舞步是那么轻盈，散发着美丽高贵的气质。这里还有许多的花儿，姹紫嫣红，在白云间若隐若现。在每朵鲜花上又坐着一个安琪儿，唱着动听的歌声。只有在天堂才有这么美妙的歌声。

吴晴陶醉在其中：“真是好美丽，我都不想离开这个天堂了。”

李贵诚拉着吴晴的手，笑着说：“对，这里没有欺骗或虚假，只有真情、真爱，这就是我们的天堂。”

“贵诚哥，谢谢你带我来到美丽的天堂。”

“吴晴，对不起，我骗了你。”

“你什么骗我了？”吴晴奇怪地问。

李贵诚就把脸上的伤疤拿下来说：“这个伤疤是假的，我用它来做伪装，寻找我生命中的公主。”

吴晴看着李贵诚的本来相貌，真是器宇轩昂，俨然一位从童话中走出来的王子。她一见倾心，不由得心都醉了。她看着李贵诚，李贵诚看着她。他们两个嘴巴越来越近，最后两人亲吻在一起。

他们的接吻是多么美好的镜头呀！在李贵诚的后背上，长出一对巨大的白天鹅羽毛的天使的翅膀。吴晴后背上也生出一双如蝴蝶一样美丽的翅膀。

他们开心地笑着，是多么幸福啊！快乐紧紧地包围着他们。

吴晴在睡梦中，觉得好冷呀！她睁眼一看，这天早就亮了。她的美梦也就醒了。她不知道李贵诚去了哪里。她多么希望李贵诚立刻出现在自己的面前！她从来就没有这样想念过李贵诚。

她在内心无数次地问自己：我这是怎么了？我为什么想他呀？她越想越害怕：天呀，难道我爱上了李贵诚？怎么可能呀！我怎么会爱上李贵诚，我怎么可以爱上李贵诚呀？她害怕，她真是好害怕。她竟然不知不觉爱上了一个自己接受不了的人。

她拖着疲惫的身体回到宿舍楼，一看李贵诚正在洗衣服呢！

这种画面总是十分美好，虽然不及梦中那样完美，但是作为现实中的一个瞬间，总会被她充满诗意的心蒙上淡淡浪漫的色彩。

原来，李贵诚早就回宿舍了。他喝得太多了，身子一沾床就睡着了。吴晴喊他那么多声，他也没有听到。

吴晴知道自己爱上了李贵诚，有点不敢看李贵诚了，低着头从李贵诚身边走过。

李贵诚见了吴晴，也不知道该说什么，想跟吴晴打声招呼吧，又见吴晴低着头过去了，所以他也没有说话。

她回到自己的房间躺在床上，心中十分烦恼。

不一会儿，她的姐姐姐夫来了。

吴玉娟坐在妹妹的床上，问："小晴呀，那个李贵诚有没有再纠缠你呀？"

吴晴撒了个谎："没有。"

吴玉娟点点头说："没有就好。"

吴晴躺在床上，侧身向里，良久，她伤心地说："姐姐，我想明天就回去。"

吴玉娟奇怪地问："不是说九月二十三回去吗？"

吴晴神情颓然地说："这个伤心地我一刻都不想待下去了。我要回家！"

吴玉娟抚抚妹妹的头说："傻丫头，你该不会对李贵诚动心了吧？"

吴晴点点头说："我居然会爱上他！"她的语气充满着恐惧。

吴玉娟惊奇地说："你怎么能爱上他呢？你不可以爱上他！"

许洪亮看不下去，在旁边说话了："玉娟，小晴，你们姐妹聊天，我本不应该说话。但是有些话又不得不讲。小晴，我以过来人的身份告诉你，你不要把爱情想象得太美好了。其实，爱情不需要华丽的外表，也不需要轰轰烈烈，更不需要用不着的美丽。你知道他对你好就够了，其他的都是虚幻的东西。我看得出来李贵诚是真的爱你。"

吴玉娟不同意，冷冷地哼了一声："哼，李贵诚有什么好的？"

许洪亮笑着说："我看李贵诚不简单，我能从他眼睛里、言谈话语中了解他。他绝对不甘心平凡一辈子，要轰轰烈烈做一番事业。只不过，没有人注意他而已。你们想想他一个大学本科学历的人，他日后必能成就一番事业。我也是阅人无数，不会看错人！"

吴玉娟没有好气地说："你说李贵诚这好那好，干吗不让你的妹妹嫁给他呀？"

吴晴很烦恼说："姐、姐夫，你们不要吵了好吗？我真的很烦。"

许洪亮说："吴晴，我再说一句，你一定要珍惜眼前，不要让爱情溜走。人生也许爱情只有一次，一旦爱情失去了，再也回不来了。"

"姐夫，谢谢你。不过，我和贵诚哥根本就不可能。"吴晴的泪水流了下来，说，"姐夫，你能答应我一件事情吗？"

吴玉娟就问妹妹："小晴呀，你有什么事情要让你姐夫帮忙呀？"

吴晴说："姐姐、姐夫，我走了，你们要替我照顾李贵诚呀！因为他很善良，很容易就相信别人。"她说到这里，就低着头哭了，说，"姐姐、姐夫，你一定要好好照顾他。"

许洪亮点点头说："好，我答应你就是了。"

吴晴哭着说："谢谢你。我就他交给你了。"

到了第二天，吴晴早早起来，提着自己的行李就出了电子厂。

她本来是不让李贵诚知道自己走的，以免他伤心难过。但是她走的时候，被陈明看见了。

陈明非常热心，再加上这些天耳闻目睹到李贵诚和吴晴的感情之事，就赶快跑到男工人宿舍楼，敲李贵诚的门，说："李贵诚，你快开门呀！"

李贵诚还在睡觉呢！在睡梦中听有人敲门。他就迷迷糊糊起来，开门一看是陈明。他就奇怪地问："陈明，你这么早敲我的门，有什么事吗？"

陈明问李贵诚："李哥，吴晴今天走，你知道不知道呀？"

李贵诚一点都不相信，说："你跟我什么玩笑，她走我知道，说是二十三走，还有好几天呢！"

陈明认真地说："李哥，谁给你开玩笑呀！我会起来这么早跟你开玩笑吗？我刚才上厕所的时候，看见吴晴背着包袱已经走了。"

"糟啦，我给她写的信还没有给她。"李贵诚着急地穿上衣服，带上那封信匆匆离开了，就连房门也没有关。

吴晴是多么希望李贵诚来送自己呀！但是她又觉得自己好傻呀：自己今天走，他一点也不知道，他又怎么会来送我呢？

不一会儿，要等的公交车来了。她在上公交车前还回头看了一眼，厂子门口空空的。李贵诚一直都没来送自己。

李贵诚跑来的时候，看见公交车里的吴晴了。公交车启动后了，他又要接着跑——去追公交车。

吴晴在公交车上看见李贵诚来送自己，心里有说不出的高兴，又见李贵诚为了自己追赶公交车，心里很是感动。真没想到，电视剧里的事情会发生在自己身上，她心中又充满了爱的渴望。

开公交车的司机看见有一个人在公交车后面追也不是那回事，所以他就把车停住了。

李贵诚冲到公交车里，来到吴晴面前说：“吴晴，你为什么一声不吭就要走了？”

吴晴怕自己走了李贵诚伤心难过，想彻底断了李贵诚的念想，冷冷地说：“李贵诚，我都要走了，你还来纠缠我干什么？”

李贵诚把自己写的信拿出来，说：“我就是要把这封信给你。”

吴晴接过信，连看也不看一眼，就顺手打开车窗户，把信扔了出去。

这公交车到了下一站，司机说：“我看你们还是下车聊吧！”

李贵诚就拉着吴晴下了公交车。

吴晴甩开李贵诚的手，说：“李贵诚，我求求你，你就放过我吧！别再纠缠我了！”

李贵诚说：“吴晴，你以为我是再来纠缠你的吗？你错了，我只是来给你送行的。我不会自私地把你留在我的身边，让你断送前途。你就是金凤凰，你应该翱翔在九天之上。但是你一定要记得，在远方有一个人，在默默祝福你幸福。”

吴晴听到李贵诚这些话，每一句都如锤子般敲打着她的心脏。

“吴晴，我走了，我再也不会纠缠你。”李贵诚转身，头也不回地走了。他放声朗诵：

“我心将碎痛断肠，何人能知我凄凉！
一番真心换流水，情到绝时心也亡。
借酒欲醉忘记痛，酒醒醉去还是伤。
洒泪分别不相见，劳燕分飞难成双！”

这段美丑之恋世俗不容，最终以凄凉的分手结局告终。

李贵诚他该如何面对厂里同事对他的嘲笑和背后的议论？

这些都不是他最害怕的，最害怕的就是姐姐李瑰丽。李瑰丽说过，要是弄个人财两空，就让他死在外面别回来，他不知道怎么该跟姐姐说。

他前方的路很迷茫，不知道该怎么走下去，因为他走上了绝路。同时他错过了人生中的第三段恋情，他不知道是否还会有第四段恋情，也不知道这种喜欢的感觉是否就离开了自己。因为爱情本来就是奢侈的东西。

当李贵诚头也不回地走着的时候，吴晴多么想喊一声“贵诚哥”，李贵诚

肯定会回过头，她扑向李贵诚，二人拥抱在一起，那是多么美的镜头呀！可是她怎么也喊不出来。

她实在不忍心看李贵诚离去的背影，闭上眼睛，但是泪水却流了下来。

这个车站等车的人，都用奇怪的眼神看着她。在茫茫的人群中，她眼睁睁地看着李贵诚离开了，人们来来往往，谁都难以消解她的痛苦。在她眼中变成幢幢的幻影。来到这里，她好像做了一场梦。然而，这场梦却又那么清晰和漫长，漫长得就算是她用一辈子来回忆都觉得不够。

吴晴再也忍不住，一下子崩溃了，坐在地上失声痛哭：“贵诚哥，对不起，我爱你，可是我不敢爱你呀！”

（全书完）

后记

夜幕慢慢降临，并不是一个寒星满天的夜晚，因为天气不太好——多云天，那么清冷，只有几颗明亮的星星透过云层，放着微弱的光芒。西边天空上挂着一轮下弦月，已被云层遮挡，不是那么明亮，显得是那么凄凉和孤独！

我为了生活工作了一天，又回到寂寞的小屋，只有一台电脑，还有许多的书籍，是它们陪伴了我一个又一个寂寞的夜晚，所以我对它们的感情很深。

窗外，一阵风吹过山上的竹林，发出“呼呼”的声音，不禁让我想起了《聊斋》中，房间里总是有一个书生在昏暗的灯光下看书。这时，从外面走进来一个绝色美妇人……其实，这是狐妖所幻化、演绎的一段刻骨铭心的爱情。这种人和妖之间的恋情，永远让人觉得荡气回肠。

当然，这种幻想的爱情在现实生活中不会有，对我来说只有乏味的生活、无情的寂寞。我是一个渴望得到爱情的孤独人，就像《美丽公主的爱情》里的李贵诚。

开始构思这部小说时，我感觉《美丽公主的爱情》的类型挺复杂，也让我觉得十分迷茫。因为我不知道自己到底是要写一部纯粹的爱情小说，还是以爱情为主题的小说。一般情感故事讲的通常是一对俊男靓女，一见钟情；或者还有富家女和穷小子；还有灰姑娘和王子的爱情。但是这部小说的内容和却与以往的爱情小说不同，一个平庸、丑陋不堪的男人，爱上了一个天使般的女神。不可否认，这部小说里面加入了许多我的个人的生活经历，因为我觉得这样才真实。要说该书是情感类的小说，也不是，这里面有许多爱情成分。这部小说只能勉强称为言情小说。

这部小说有五个主角，吴晴、李贵诚、王丰、刘婷芳，还有朱从良。我们先说第一主人公吴晴，她是集美丽、高贵于一身的上帝宠儿，她向往纯洁浪漫的爱情，又不像普通女孩子一样轻浮；她既有涵养，又像城堡中的公主一样无忧无虑。说她是一号主人公很尴尬，她的故事并不多，还没有刘婷芳

的多。她的性格孤傲，在男人眼里好像没有一点瑕疵。其实她这个人受家庭的影响很深，为人很现实，梦想着自己能嫁给白马王子。她对爱情充满向往，但是她是一个不折不扣的完美主义者，这也是她一直没有男朋友的原因。另外，吴晴还是极有爱心的女孩，当她知道李贵诚的故事后，和李贵诚成了好朋友，但并不是男女情侣的那种关系。她没有主张，特别容易依赖人，最后被自己的好姐妹刘婷芳设下圈套，使她一步步堕入彀中。因为她对爱情的要求极高，既不会单纯地以貌取人，也不会以财产的多少来寻找伴侣，所以她爱上李贵诚是必然的。

我们再说二号男主角李贵诚，他是本科学历，受过高等教育，为人修养极好。但他的相貌极为丑陋，自从他脸上有了疤痕，周围就一直充斥着有意的、无意的或是揶揄或是嘲笑，甚至有些不怀好意的人欺负他。不过，他表面上总是假装不在意，一笑而过。其实他的心里很受伤。他就像躲起来舔舐伤口的老虎。

有很多人觉得李贵诚是以我为原型所写，其实不是，我没有李贵诚那么高的学历，也没有李贵诚那么好的涵养。像受了别人嘲笑、取笑的时候，他也只是笑笑而已，然而我的脾气却与之大相径庭。

或许和故事中的李贵诚一样相貌丑陋，所以我的感触比较深刻。有一次，有人见我的面相憨傻，想取笑我，说："小李呀，我就给你说一个脑筋急转弯。过年了，家里年货还没有办，家里只剩下一头驴和一头猪，你说说是杀驴呢还是杀猪？"这个我知道，就是赵本山在春晚的小品《功夫》中的脑筋急转弯。我知道他不怀好意，不管回答是杀驴还是杀猪，他都能骂你，这是两头逮的问题。

我微微一笑："你呀，驴也不能杀，猪也不能杀。"

他问："为什么？"

我随口念了一句诗："本是同根生，相煎何太急？"

"什么意思？"他不解地问。

我笑着说："我骂你哥哥是驴，你弟弟是猪，你还不知道吗？"我站起身就走了。

我曾经把这个情节写到《美丽公主的爱情》中，但我这个故事是2000年发生的，然而那个《功夫》小品乃是2005年春晚的，与情节不符。还有种种原因，这个情节被我删除了。

还是接着聊李贵诚吧！这李贵诚表面上和吴晴差不多，容易依靠别人。实质上他不像吴晴那样单纯依赖刘婷芳，他懂得利用王丰，是一个有主张的人，只是性格内向——嘴上不说而已。像王丰这么聪明的人，都为他死心塌地办事。

说到泡妞高手王丰，的确是一个用情不专的花花公子。他在该书中起到重要作用，一点不亚于吴晴、李贵诚二人。他长得十分帅气，为人极为聪明，懂得取悦女孩，又会体贴人，好像是完美的，但是他的人品不怎么样，是一个见利忘义的小人。这种人写起来，总是非常有市井气息，可能和我在生活中的观察不无关系。

他和李贵诚互相利用，直到他抛弃刘婷芳另有新欢时，才兄弟反目，关系彻底决裂。有很多人都以为李贵诚，最后抓住王丰抛弃刘婷芳为由是卸磨杀驴，其实则不然，李贵诚对他极为厚道。王丰临走的时候，还欠李贵诚两千元钱。

想必该书给读者留下最深印象的人物是刘婷芳，她和王丰也说不清楚谁是第三号主角，谁是第四号主角。她的性格古灵精怪，热情奔放，给人一种泼辣的感觉。

我塑造刘婷芳这角色，是对男人的惩罚。在我身边，很多男人见了漂亮的女人，就跟一辈子没有见过女人似的，立刻死皮赖脸贴上去；要么就是都跟老戚几个人似的，见了美人不敢靠近，又心有不甘，就在旁无聊地评头论足。表面上很了解女人，其实他们见了女人就害怕，时间长了，他们得不到又不敢出手，所以嫉妒心大起，要么就风言冷语，进行阻挠。

当时，我看到这些男人就想，如果世上有一个女人能让这些男人害怕，并且是让男人退避三舍的女人，那该多好啊！因为在这些男人面前，女人始终是弱者。刘婷芳的雏形在我的大脑中出现了。她足智多谋，善于设局，被人称为“女诸葛”，让男人谈“芳”色变，是男人的克星。生活中也不乏这样能自我保护的女人。

不过，这刘婷芳我不太喜欢，她这个人自以为是，大女子主义，说什么“有我在决不让身边的女人上男人的当”。王丰抛弃了她，也许就是因为她性格的问题。

直到王丰把她抛弃，她还是执迷不悟。尽管王丰抛弃了她，她还执意到上海寻找王丰。其实刘婷芳所谓的泼辣，正如吴晴所说的：“她不是什么‘女诸葛’，她只是一个普通的小女孩。你要理解她！之所以之前那样泼辣，她是怕受伤，她怕人欺负她。其实，她挺善良的。”

其实，她跟普通的女孩子无异，只是被命运扭曲了。她寻找“爱情的真谛”，又怕步她姐姐后尘，最终还是被王丰抛弃，知道了爱情是苦的。

最后，我们说说朱从良，这个人品行道德极差，而且妒忌心极强，跟老戚几个人一路货色，喜欢做一些损人不利己的事，是个彻头彻尾的小人。他虽然出场晚，到后半部分才出场，却亲手断送了李贵诚与吴晴的情缘。

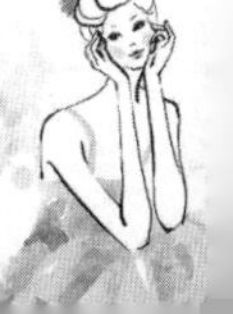

李贵诚这么爱吴晴，最终他们还没有走到一起，让人觉得很遗憾。有的人会埋怨李贵诚做人太失败了，他们都走这么近了也没有把吴晴追到手中，但我觉得他比我成功，最起码，他让吴晴爱上他，我至今 30 岁还没有女朋友，他比我成功多了，不是吗？也有人就埋怨我笔下太无情了，让他们相爱却不能相守。可是我觉得，这才是我写作这部小说的原因。因为我们都是成年人，已经过了阅读童话的年纪。

其实，他们之间根本就不可能，一个是无论是学历、容貌、气质都可以用“高贵”两个字来形容；一个是生活窘迫，出身卑微且面貌丑陋的男子，虽说李贵诚也是高学历，但是相貌的缺陷轻而易举就把他的缺点抵消了。美丑之恋世间不容。这个故事开始就比较现实，但从刘婷芳帮助李贵诚追求爱情开始，就不是真实的了。我对他们开了天恩，要在实现生活中根本不可能，也算属于艺术加工的范畴，什么看星星、什么池塘边看落日，都是我没有原则写出来的情节，但是最终还是没有逃过现实的残酷。

这部小说从 2012 年 10 月份开始写，由于电脑的原因，写的第一稿都丢失了。五个多月的辛苦都付之东流，无可奈何，我又重新写了一遍。写小说不是难事，但是稿子丢失了，再写一遍可不是一件容易的事，我就尽量靠着回忆，恢复前一遍稿子的情节，不过很抱歉，前一遍那些连珠妙语，我实在是想不起来了，这是我的一个遗憾！

这部小说我写到 2014 年 7 月份写成，历时两年，虽然没有写《寻灯恋情记》那么久、那么辛苦，可是生活中的琐事仍然占据了我相当多的时间，但我也不是全力以赴，一边工作，一边挤时间写。不过条件比写《寻灯恋情记》要好得多，因为有电脑了。

这两年里，有很多人劝我，要我放弃。其中不乏一些充满歧视的言语。是啊，在他们眼里没有多少文化的我，还能写出多好的小说？同时，有人嘲笑我，也有人妒忌我。我耳边经常响起这样的话：“你看他那德行，还能写小说？”“你看他长得这么丑，就是写来小说出，有谁去看呀！”“他要能写小说，还在这里打工？”我听到这些话，总是非常自卑。不过我是一个能将痛苦化为动力的人，仍然坚持写作。我想精诚所至金石为开，对于那些用静止眼光看问题的人，我只能用“燕雀安知鸿鹄之志哉”来回敬他们。

有一个人对着我说：“你的小说写得肯定不好。”我问他看过我的小说吗？他说：“没有，看你的样子，也写不出来什么好小说。”我送给他一句话：“狗眼看人低。”

有人就对我讲：“小李呀，你写的小说又不能赚钱，你写它有什么用呀？”

我听了这个人的话，冷冷一笑：“要说写小说为了赚钱那就是俗了，这是我个人的爱好。有人喜欢赌博、有人喜欢喝酒，我就喜欢写小说。”

那人又说：“你写小说不为赚钱，那要是没人看呢？”

我淡然一笑，说：“如果按照你的说法，我们最终都会死，难道我们会因为将来会死而放弃生命吗？”那人无言以对。自从我提笔写小说起，不管这部小说好不好，也要把它写完。再说我写小说就像身体里的血液一般，如果不写小说，我都不敢想象该怎么活下去。因为不懂写作，没有情怀和梦想的人，永远不会知道这个世界有多么美妙。

我想把大爱的中心思想注入这部小说中，如果有一天人们心中拥有博爱，世界将会变得多么美好啊！其实，我们身边有很多的人需要我们，这种需要有时不是实际的帮助，而是一个善意的、尊重的眼神。有许多孤独的老人或残疾人士，以及自卑的人，需要我们对他们关爱，需要我们与他们交流，有时候他们需要的仅仅是平等。但是我见过很多人却讽刺、取笑他们。要知道如果你拿老年人、残疾人士、自卑的人寻开心，反而会让大家觉得你没有素质！只有你尊重别人，才换来别人的尊重；只有关爱别人，给别人温柔，才值得一份尊重。无论爱还是尊重，都是相互的。我们应当帮助他们、勉励他们，让真爱传递，让整个社会充满爱，让温暖洒满人间。

写作是我毕生都会坚持的事，但是不可否认的是我这个人并不是那么阳春白雪，因为生活在世界上，每个人都未能免俗，我虽然对写小说执着，但那些人说的话，也不是没有听进去。这个社会是现实的，写小说不为赚钱为什么？难道就为了我的情怀，而孤芳自赏？写作的道路是坎坷的，我告诉我自己一定要坚持。我觉得我就要坚持不下去了，我不知道能走多远，我又能坚持多久呢？我也会面临很多现实中的琐事，但是我会不断地努力，因为一个不知变通不知进取的人会被打败，而一个有梦想勇于实践的人永远都不会打败的。就像海明威的《老人与海》中连续八十多天没有打到鱼的老人，当所有人都怀疑他、嘲笑他的时候，他却在这天打到了令所有的人都震惊的大鱼，虽然这条大鱼最后只剩下一副骨架。希望和动力真是个令人感动的东西。

我写了《寻灯恋情记》《美丽公主的爱情》等小说，并且随着生活的深入，我还会继续努力，笔耕不辍。但是我需要大家对我的支持！

谢谢。

好了，晚安！

笑仙散人

2014 年 12 月 25 日